ハヤカワ・ミステリ文庫
〈HM(439)-8〉

地下道の少女

アンデシュ・ルースルンド&ベリエ・ヘルストレム
ヘレンハルメ美穂訳

早川書房
8315

FLICKAN UNDER GATAN
by
Anders Roslund and Börge Hellström

Translated by
Miho Hellen-Halme
First published 2019 in Japan by
HAYAKAWA PUBLISHING, INC.
This book is published in Japan by
arrangement with
SALOMONSSON AGENCY
through JAPAN UNI AGENCY, INC., TOKYO.

「いちばんつらいのは、家を離れていることじゃない。
だれにも探されていないこと」

ミカエラ、十六歳
アスプソース青少年更生施設

目次

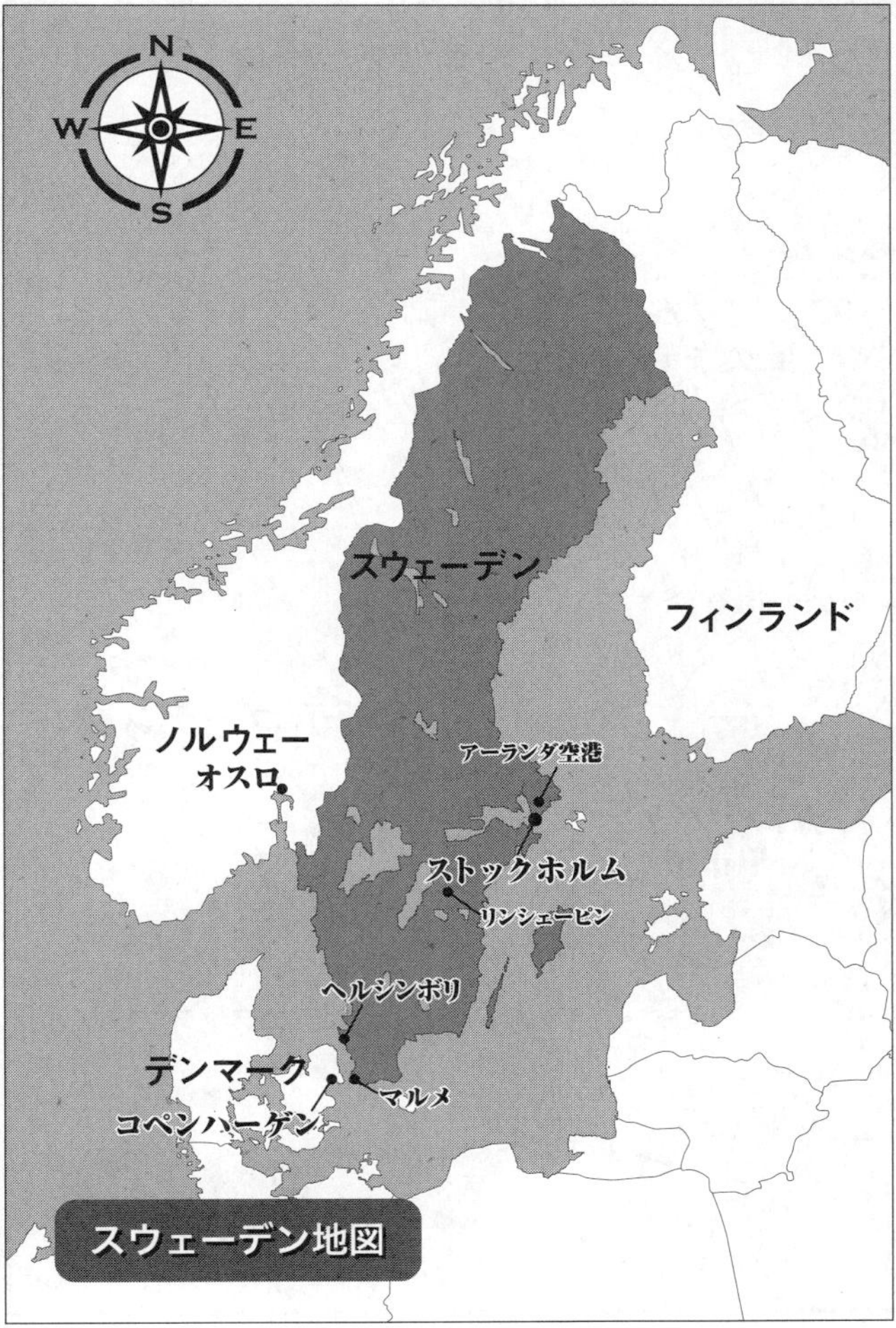
N
W
E
S
スウェーデン
フィンランド
ノルウェー
オスロ
アーランダ空港
ストックホルム
リンシェーピン
ヘルシンボリ
デンマーク
マルメ
コペンハーゲン
スウェーデン地図

→至　リディンゲ
ヴァルハラ通り
エステルマルム
マルム
聖クララ教会
ユールゴーデン島
王宮
ガムラスタン
(旧市街)
→至　グスタフスベリ
ストックホルム詳細図

N
W
E
S
至アーランダ空港
スヴェア通り
サンクトエーリク通り
オーデン通り
ヴァーサスタン
ノル
至ヴィークシェー
聖ヨーラン病院
フレミング通り
クングスホルメン島
裁判所
シェーレ通り
クング通り
ドロットニングホルム通り
フリードヘム広場
ベリィ通り
検察庁
警察本部
ストックホルム
中央駅
クングスホルム広場
クングスホルメン島　拡大図
イーゲルダム通り
アルストレーメル通り
マリエベリ通り
フレミング通り
聖ヨーラン病院
アルベータル通り
フリードヘム基礎学校
(現在のクングスホルメン
基礎学校)
シェーレ通り
クング通り
サンクトヨーラン通り
裁判所
フリードヘム広場
トーリルズプラン駅
トーリルズプラン高校
フリードヘム通り
ベリィ通り
フリードヘムスプラン駅
検察庁
クロノベリ公園
ストックホルム
中央駅
警察本部
クングスホルム広場
ハントヴェルカル通り
ヴェステル橋

地下道の少女

登場人物

エーヴェルト・グレーンス……………………ストックホルム市警警部

スヴェン・スンドクヴィスト
マリアナ・ヘルマンソン　}……………同警部補

アンニ……………………………………………エーヴェルトの元同僚で恋人

ニルス・クランツ………………………………鑑識官

ラーシュ・オーゲスタム………………………検察官

ルードヴィッグ・エルフォシュ………………法医学者

イェンス・クレーヴィエ………………………インターポールの警察官

ホルスト・バウアー……………………………ドイツ連邦刑事庁警部

シルヴィ…………………………………………聖クララ教会の執事

イェオリ…………………………………………同管理人

レオ
ミッレル　}……………………………………地下道で暮らす男

リズ・ペーデシェン……………………………死体で発見された女性

ヤン………………………………………………リズの夫

ナディア・チオンカン…………………………ルーマニア人の少女

現在

一月九日　水曜日
八時四十五分
聖クララ教会

彼の名はイェオリ、ろうそくを手に持っている。よくある小さな白いろうそくだ。訪問者の大半が五クローナで買い求め、火をともして、金属製の大きな輪形の燭台《しょくだい》、そこにたくさんついているキャンドルホルダーのどれかに立てていく。代金は、後ろにある長椅子の端、幅の広い手すり部分に置いてある貯金箱に入れる。自主献金のようなものだ。この教会の扉が開いていることに感謝しつつ、ろうそくの炎に見入ったり、ゆっくりと垂れていく蠟《ろう》を目で追ったりする。

ここはイェオリの職場だ。教会管理人として、朝の六時には出勤している。そうしないと間に合わない。ここはストックホルムの中心にある大きな教会で、朝の礼拝は七時半に、昼の礼拝は十二時に始まる。ひとりで準備を整えるにはたっぷり時間が要る。彼がいま持っている白いろうそくは床に落ちていたものだ。だれかが燭台にぶつかって落としたのに拾わなかったろうそく。そういう人がたくさんいる。わざわざ身をかがめようとはしない人たち。

美しい教会だ。突きつめればどの教会も美しいのだろうが、聖クララ教会にはなにか特別なものがある、とイェオリは昔から感じている。都会の喧騒《けんそう》のただ中にそびえ、すぐ隣はアスファルトで、奇人変人、麻薬の売人、社会のはみ出し者たちに囲まれている教会。古めかしく立派で、やたらと座席が多く、金メッキを施され壁を彩《いろど》っている石膏《せっこう》の天使たちも、やたらとうれしそうに見える。冬は寒く、夏は涼しい。ふとそばを通りかかって、静けさを求めてやってくる人、デパートやバス停や雑踏から逃れたがっている人、そういう人たちのための場所だ。

この、不思議な静けさ。

イェオリはいま、この大きな建物にひとりきりでいる。この時間はたいていそうだ。朝の礼拝の余韻がおさまり、数少ない出席者たちがコートに身をうずめて、急ぎ足で冬へ戻っていったあと、しばらくのあいだは。

ほかのどこにもない、独特の静けさ。

このおかげでエネルギーが湧く。この無には存在感があり、逆に彼を満たしてくれる。彼を大きくしてくれる。

イェオリはじっとその場にたたずみ、無に耳を傾ける。

そうしているうちに、教会の重い扉が開く。力のあまりない人が開けたのだと音でわかる。鉄製の取っ手をつかんで力いっぱいに引いているが、手が滑ってしまい、また取っ手をつかんで開けている。それから、足音。灰色の石床《いしゆか》を軽く擦《す》るようにして、ゆっくりと歩く小さな足。

少女はがりがりに痩《や》せている。真っ先に思ったことはたぶんそれだ。何枚も服を着こんでいるが、それでもわかる。二枚重ねのズボン、その上にはいた黒いロングスカート、昔は真っ赤だったらしいぶかぶかの中綿ジャケット、手を布でくるんでからはめたように見えるミトン。それから気づいたのは、汚れだ。少女の顔は、煤《すす》、土、ひょっとしたらほかにもなにかまじっているかもしれない、そんなものの層に覆《おお》われている。つかみどころのない少女だ。頬も、額も、顎《あご》も、少女ではないなにかの膜に覆われ、灰色がかった汚れに包まれてしまっている。

未成年だろうが、幼い子どもというわけでもなさそうだ、とイェオリは当たりをつける。十四歳か、十五歳か、ひょっとしたら十六歳ということもありうるだろうか。見た目では判断がつかない。汚れが邪魔をしているから、なおさら。

少女は教会の扉を入ったところ、アーチの下に立ったままだ。彼女もまた、無に耳を傾けているのだろうか。それともだれか、ここにはいない人を探しているのだろうか。イェオリは少女と目を合わせようとするが、少女の瞳はまっすぐ前を向いたままだ。なにも見ていない、生きていないまなざし。外界を遮断している。だが、薬物のせいではない。少なくともイェオリはそう思う。麻薬をやっている人が入ってきて、しばらく中をうろついてまた出ていくのは、よくあることだ。この少女は、そういう人たちとは違っている。もっと、なんと言ったらいいのだろう？　ここにいない感じがする。

「ようこそ」

少女には聞こえていない。

「私はイェオリ。この教会の管理人だよ」

彼がそこにいることに、少女はまったく気づいていない。が、通路を歩きはじめ、彼のほうに向かってくる。そばを通り過ぎる。そのにおいがイェオリの鼻に届く。強烈なにおいだ。閉ざされた、空気の淀んだ中にあったもののにおい。酸《す》っぱさにまじって、山火事のような、焚《た》き火のような煙たさもある。つんと鼻をつくその悪臭に、イェオリはわれ知らず少し顔をそむける。

少女の足取りは慎重だ。音はあまりしないが、それでも静けさの中で足音が増幅され、壁に沿って上がっていって、大きく跳ね返って戻ってくる。少女はだれもいない長椅子の列を素通りし、イェオリは教会の奥へ進んでいくそのか細い背中を目で追う。少女が立ち止まり、祭壇をじっと見つめる。そこから一歩脇へ移動し、前から二列目の長椅子の前に入る。讃美歌集や聖書を置く台に手をついてバランスを保ちつつ、狭い通路を歩き、半ばまで進んだところでまた立ち止まる。まるで自分の縄張りを主張しているかのようだ。がらんとした教会の、だれも座っていない長椅子で。孤独というものに手で触れることのできそうな、この場所で。

イェオリは少女を見つめる。長椅子の背もたれから突き出て見える小さな頭、べとついて乱れ、後ろの白い板にまで垂れ下がっている長い髪。イェオリはもう一本ろうそくをともし、金属製の燭台に立てる。聖書を置いたワゴンを持ち上げ、邪魔にならないよう脇に寄せると、金属でできた金色の番号を持って、祭壇の掲示板へ近づいていく。この仕事がいちばん好きだ。黒い掲示板に、礼拝で歌う讃美歌の番号を掲げる瞬間。なぜかは自分でもよくわからず、少々子どもじみていると思わないこともないが、たぶん、少し離れると光って見えるからだろう。大きなシャンデリアの明かりで、数字が輝いているように見える、それが気に入っている。

祭壇の掲示板は、少女が入っていった長椅子の列のそばにあり、イェオリはゆっくりとそちらへ移動する。少女は座ったままぴくりとも動かない。少し前のめりになった姿勢で、片方の腕をだらりと垂らしている。目を閉じているのかどうかはよくわからない。おそらく閉じていないだろう。空《から》っぽな瞳が閉ざされていることはめったにない。

ひとりきりで教会に入ってきて腰を下ろし、考えに沈みこむ訪問客は珍しくない。イェオリ自身、礼拝の合間、去っていった人たちとこれから来る人たちのあいだの継ぎ目の時間を、ここで過ごすのが好きだ。それと同じだろう。

だが、この少女は。イェオリはため息をつく。この若さで、こんなにも汚く、こんなにも寄る辺《べ》のない少女。

きっとこれから、あのまま長いこと座っているだろう。そういう訪問者だ。

過去

五十三時間前

暗闇が体に貼りついている。

思い返せば、昔からずっとそうだったかもしれない。少なくとも記憶にあるかぎりは、ずっと。べっとり、じっとり、ねっとりと。

もう慣れている。気に入ってもいる。貼りついていなければ耐えられない。

だが、これは。夕暮れから朝までのあいだ外にある、ほんものの暗闇。これには慣れていない。自分のしていることが正しいのか、この見かけで大丈夫なのか、いつも心もとなく感じている。すれ違う人々にまじまじと見られているのではないか、見透かされているのではないか。

彼は寒さに震えた。長いこと彼を待ち伏せていた冬が、いま襲いかかってきている。薄いコート、擦《す》り切れてほつれたところのあるズボン、はるか昔から持っている緑のスニーカー。守ってくれるはずの服だが、いまはそれでも足りない。一月の冷気が好き勝手に戯れている、こんな夜は。

彼の名はレオ、その歩き方はいつもと変わらない。積もった雪を擦《す》って進む両足、日々少しずつ曲がっていく痩《や》せこけた体。フリードヘム広場のほうから来て、フリードヘム通りを歩いている。やがて左に曲がり、サンクトヨーラン通りの緩《ゆる》やかな坂道を上がる。片側はがらんとした校庭、もう片方の側は静かな賃貸マンションで、街灯の光はちょうどこのあたりで絶妙の明るさになる。自分の吐く白い息が見えるほどには明るいが、窓辺で夜明けを待っている人が、路上駐車された車のそばを通る人影に気づくほどではない。

彼はサンクトヨーラン通りとマリエベリ通りの角で立ち止まった。

どの窓にも、まるで小さな炎のごとく、クリスマス前後に飾る星形のランプが輝いている。まだ起きている人たちの動きが、ときおりちらりと見える。遠くのほうで、共同玄関の扉の閉まる音がする。

レオは交差点の真ん中に立ち、そわそわとあたりを見まわした。

アスファルトの道路だが、ここでは雪か、氷か、市の道路局が青いプラスチック箱から撒《ま》いた滑り止めの砂利しか見えない。足先でそれらを払いのけると、丸いマンホールの蓋《ふた》があらわになった。

最後にもう一度、頭《こうべ》をめぐらせる。だれもいない。だれひとり。だれもこちらを見ていない。

レオはリュックサックを下ろして足元に置いた。外ポケットのひとつに入れてあった金棒を、マンホールの蓋と道路のアスファルトのあいだに押しこんで、ぐいと蓋を持ち上げる。重い。六十キロはある鉄の塊だ。が、痩せこけた両腕は意外にも力強い。もう一度ぐいと持ち上げると、鉄の塊は開いた穴から半分ずれたところに着地した。蓋の下には鉄格子があり、頑丈な南京錠でコンクリート壁の金輪に固定され、殺鼠剤《さっそざい》の入った大きなビニール袋ふたつが真ん中にぶら下がっている。レオは地面にひざをついて鍵束を探った。ここの鍵は厚みがあって短く、錠に差しこんでもなかなかまわらなかった。一月はどこもそうだ。それでもなんとか開け、鉄格子を脇に押しやったとき、素手で触れたせいで冷たい金属に手が貼りつきそうになった。

狭い道路の二ブロック先から、車の近づいてくる音がする。

あまり時間がない。レオは息をはずませつつ、リュックサックの肩ベルトに長さ二十五メートルのロープをくくりつけ、両手に持って下へ滑らせた。重いリュックサックは穴の中へ落ちていき、ロープが擦れて手のひらが激しく痛んだ。

ドスンと鈍い音が聞こえるまで待った。リュックサックがきちんと底に着地した音だ。車のヘッドライトがだんだん大きくなってくるのが見える。レオは上半身をすくませ、リュックサックのあとを追って暗闇へ潜りこんだ。

下りていくためのステップは、壁に固定された、短く滑りやすい棒の数々でできている。

レオは疲れで少々よろめきながらも、まず両手を頭上に伸ばしてマンホールの蓋を閉め、それから鉄格子を持ち上げて元の位置に戻した。南京錠をかけているときに、ぶら下がっている殺鼠剤の袋が頰に当たり、彼は悪態をついた。すぐ上を車が走っていくのが聞こえた。

彼はアスファルトのただ中に消え、首都を走る道路の下へ、さらに下へと移動した。

バスは南からストックホルムに近づいてきた。色褪《いろあ》せたような薄い赤色のバス。はるか昔に時代遅れとなった型式。疲れ切ったエンジンが、数少ないほかの車の音をかき消している。

奇妙にライトアップされたような空が、この三十分でさらにくっきりと浮かび上がってきた。光はつねにそこにあり、この大都会と手を取り合って夜を過ごす。街灯、ネオンサイン、家々の居間を彩るランプが、百五十万の人々とひしめき合っている街だ。

ヴェストベリヤのあたりで、バスは四車線ある高速道路を離れ、オーシュタやセーデルマルム島方面への長い出口に入った。スピードは落ちている。ためらっているかのように。自分がどこに向かっているのかわからず、雪に埋もれた標識に視線を走らせているかのように。

そのバスに気づいた人はさして多くない。首都を走っているバスなど目立つものではない。それでも目をとめた数少ない人々には、そのバスがリリエホルム橋を渡り、ロングホルム通り経由でヴェステル橋へ、クングスホルメン島へ向かっていくのが見えただろう。ひょっとすると、ぎくしゃくとブレーキをかけてはぎくしゃくと発進するそのようすに、運転手は雪と氷に覆《おお》われた道路を走ることにあまり慣れていないようだと気づいて、かすかな笑みを浮かべたかもしれない。そして、人が乗っているらしいとも気づいただろう。バスの窓は外側が汚れ、内側は不安を抱えたいくつもの肺のせいで白く曇っていて、車内を見ることはできなかったが。

見えたのはそれだけだ。わかったのはそれだけだ。

乗っていた四十三人の乗客たちも、この時点では知らなかった。

自分たちがまもなく捨てられることなど。

これは、別の暗闇だ。

なじんだ暗闇、安心できる暗闇。だれにも見られず、だれにも裁かれない。

トンネルの暗闇。

レオはストックホルムの夜にまぎれて、サンクトヨーラン通りとマリエベリ通りの交差点、アスファルトの真ん中にあるマンホールの蓋《ふた》を開け、閉めた。こうしてほんの束の間そこに現われた穴の中へ消え、いまは両足でステップの段ひとつひとつを踏みしめている。地下へ下りるときにはこのマンホールをいちばんよく使うから、どこで狭くなって肩が硬い壁にぶつかるかも知っている。

道路の下、十七メートル。

ロープで下ろしたリュックサックは、下水道の縁、歩道のように少し高くなったコンクリート部分で彼を待っていた。何度も失敗を重ねた末、ようやくこうして濡れていない場所にうまく落とせるようになった。夜更けはいちばん水位が低く、水の深さはほんの数センチだが、それでもリュックサックを濡らすのはなるべく避けたい。ここには彼の人生が詰まっている。

細く長いロープをほどき、リュックサックの外ポケットのひとつに入れた。車がかなりのスピードで近くまで来ていたから、この鋭いナイロンのロープを両手に持って滑らせるしか道はなく、手袋に大きな穴があいた部分の手のひらに擦《す》り傷ができていた。血が出ているから、あとで洗って包帯を巻かなければ。地下で傷を放置していると、細菌感染を起こして治りにくくなってしまう。

ここはいつも暖かい。一年じゅう十五度から十八度のあいだを保っている。レオはいつものとおり、しばらくその場でじっとたたずんだ。震えを止めるため。冬の中で暮らす人生を選んだ連中のもとに、その冬を置いてくるため。黙って耳をそばだて、ほかにだれもいないことを確かめるため。

ヘッドランプは、リュックサックのもうひとつの外ポケットに入っている。電池があまり残っていない、明朝までもつだろうか。前方ほんの一メートルほどしか見えない中を歩きはじめる。予想よりも何分かよけいに時間がかかるかもしれない。

トンネルの幅は広く、二メートル半近くある。天井の高さもじゅうぶんで、身長百九十センチのレオより低い場所はどこにもない。それでも彼は以前と同じように歩いた。背を丸め、少し前かがみになって。そこにない天井に頭をぶつけるのを恐れているかのように。

二十二歩。

ひとつ目のドアは右側の石壁にある。錠はひとつだけ、よくある三角ロックだ。レオはドアを開け、下水道を離れて連絡通路に入った。

空気の湿り気が減り、息をするのがずっと楽になる。

レオはヘッドランプの位置を直し、つま先の前を走っていく動物を蹴りつけた。

さらに、七歩。

連絡通路の終点にまたドアが現われ、錠がふたつついていた。上のはさっきと同じ三角ロック。下のは丸く、いつも少しよけいに手間がかかる。

ドアを開けると、そこは次なる地下通路網だ。軍用トンネル。幅や高さは変わらないが、石壁よりコンクリート壁の比率が多くなる。レオが気に入っているのはこちらのほうだ。このトンネルがいちばん過ごしやすく、住まいをここに定めてからまもなく十一年になる。

下水道。連絡通路。軍用トンネル。

道は知っている。

この地下世界で、レオほど道を知っている人間はほかにいない。

また動物だ。腹の立つネズミを蹴りつけようと足を動かすが、向こうはこちらの姿が見えないせいか、ほとんど動こうともしない。代わりにいつもどおり両手を打ち、足踏みをしてやる。これで少なくとも前に進むことはできるようになった。

においがする。とても好きなにおいだ。かすかな煙のような、火事の跡のような。地上世界の窓辺にあったクリスマスの星形ランプと、もしかしたら同じ炎かもしれない。

あの人をここには置いておけない。

光のほうはあまり好きではない。歩いているあいだ、あたりを弱々しく照らすヘッドランプ。ときおり人間のようにも見える影。だが、憎らしいとまでは思わない。その光が、自分から離れたところへ向けられているのであれば。自分の体に当たらないのであれば。そうでなければとても耐えられそうにない。

あの人がいると、やつらがここに来てしまう。

片付けなければ。

レオはそのまま歩きつづけ、ネズミをしっと追い払った。ヘッドランプの明かりが、壁に固定されたなにかの金属に反射してこちらへ向かってきて、彼は目を閉じた。何歩進んだかはもう数えていない。距離がありすぎて数えきれない。西へ四百メートル強。地上で、雪に覆われたサンクトヨーラン通りを歩いていたときと、同じ進行方向だ。

三つ目のドアは、ひとつ目のドアと同じように、トンネルの壁でひっそりと彼を待っていた。

ここが目的地だ。

出口である場所。入口でもある場所。

向こう側への、別の世界への出入口。

レオはまた周囲のようすをうかがった。鍵を手にしたまま不安げに耳をそばだてていたが、聞き分けられたのは自分の息遣いだけだ。ほかの足音はせず、声も聞こえない。地下トンネル網のこのあたりに住んでいる連中は、夜はたいていい眠っている。

レオは鍵を開けた。簡単なことだ。重い金属扉を全力で押し開け、中に入る。首都の大病院のひとつにある、ごくふつうの地下通路の中へ。

薄い赤色のバスは、ハントヴェルカル通りの坂をゆっくりと下った。外側は汚れ内側の曇った窓ガラスが、あちこちで息を吹き返しはじめている。外を見ようと、冷たいガラスを必死にこする手の数々。なにかが起こりつつあると乗客たちが察しているしるしだ。なにかはわからないし、理由もわからないが、いやな予感だけはある。この長い旅で初めて、見知らぬものへの恐怖を感じている。

あたりはまだ暗く、夜明けまでにはまだ数時間ある。したがってこのバスは、安全な暗闇に包まれて、疲れ切ったエンジンをかけたままクングスホルム広場で停車することができた。

男がひとりバスを降りた。次いでもうひとり。その直後に、女もひとり。三人とも、茶色いビニールバッグを重ねて両腕に抱えていて、広場を貫く狭い砂利道にそれを積み上げた。それから三人は車内に戻り、何秒か静けさが訪れた。マンションのひしめく界隈《かいわい》にやってくる程度の静けさではあるが。

やがて最初の悲鳴があがった。

大声ではなく、さして長く続きもしなかったが、そばにあるいくつかの建物の住人を起こすにはじゅうぶんだった。四十三人の子どもたちが、バスを降りるのを拒んだ声だ。

金属の手すりをつかんで離そうとしない子ども、むりやり降ろそうとする相手に殴りかかる子ども。何人もが泣いている。怒鳴り返せたのはほんの数人だ。

いちばん大声で叫んでいるのが、少女たちの中でいちばん年上らしき娘だった。赤ん坊をきつく抱きかかえ、座席と曇った窓から離れるのを全力で拒んでいる。男のひとりが少女の肩をつかんで激しく揺すり、もうひとりが赤ん坊をぐいと引きはがしてバスを降り、地面に置いたビニールバッグの脇に放置した。少女は唾《つば》を吐き、脚をばたつかせ、走って追いかけていって赤ん坊を抱き上げ、しっかりと抱きしめた。振り返り、バスに向かってなにか叫んでいる。好奇心にかられて窓辺に近寄った近隣住民のだれにもわからない言語だった。

ほんの数分で、すべてが終わった。

ろくな準備もなく寒さに襲われたせいだろうか。

バスに乗ったあとに子どもたちがのまされ、最後のほうでは二倍の量を与えられていた、あの錠剤のせいだろうか。

あるいは、だれよりも強いあの少女までもがむりやり降ろされたことで、皆あきらめてしまったのだろうか。

十二歳ほどであろう少年がふたり、山積みになったビニールバッグに向かって歩いていき、中を探った。やがて長さ三十センチのチューブ容器を見つけ、それぞれひとつずつ開けると、粘着性のある中身を出し、ずらりと並んで差し出された小さな手に分け与えていった。

ひとり、またひとり、子どもたちは次々と歩道の縁に腰を下ろし、組んだ両手を顔に近づけて深く息を吸いこむ。そうして、バスがノール・メーラルストランド通りの建物の向こうへ消えていくのを目で追いつつ、黙ったまま自分の殻の中へ逃げこんでいった。

好きになれない建物だ。必要であることは確かだが。ここにいる人たちが好きになれない。昼夜を問わず、部屋にも廊下にも人がいるのだ。トンネル網から直接出入りできるほかの建物は、夜になると人の気配がなくなり、しんと静まりかえって真っ暗になるが、ここはいつも生きている。人々がつねにどこかへ向かっている。

さきほど、サンクトヨーラン通りにあるマンホールの重い蓋《ふた》を持ち上げ、まっすぐ地下へ下りていった。トンネル網を移動し、最後のドアの前で、だれにも見られていないと確信できるまで待った。

そして、扉を開けた。

レオがいま立っているのは、大病院の地下階だ。

ときどきここに来て、物を取ったり、逆に置いていったりする。

この上、地下一階や地上一階、その上に重なるこのビルのすべての階では、白衣の連中が走りまわっている。だが最下階であるここを行き来する人の大半は、青い作業着を着た輸送トラックの運転手たちだ。最後のひとりがここを通ったのはもう何時間も前だろう。いつも夜の九時ごろにやってくる、いくつもの車両が連なった小さな列車のように見えるゴミ収集車。次のトラックが来るのは朝のはずだ。ゴミ収集車よりも小さめの車両が連なった、ポリッジと焼きたてパンの香り漂うトラック。

これまでの長い年月で、彼らの日課はもう把握している。いつからいつまでならだれにも邪魔されずに動けるか、正確に知っている。

鍵束をぐっと握りしめる手。壁の時計をちらりと見る。もうすぐ四時だ。

夜が終わろうとしている。

残るドアはひとつ。病院の地下通路の、レオがいまいる場所から、廊下を渡った先。ここも金属製の、青い扉だ。が、取っ手のあたりで、ガラスに覆《おお》われた赤いLEDが点灯している。

防犯アラーム。

気にすることはない。正しいやり方で開けるまでだ。そうすればアラームは鳴らない。

上の錠は前からあるものだ。鍵がすっと入り、レオはそれをまわした。

下の錠は新しかったので、彼はコートのポケットから分解した爪切り鋏《ばさみ》の片方を出し、とがった金属の刃を鍵穴に差しこんで、前後に抜き差しして穴を削った。次いで、同じポケットに入れてあったすきまゲージを出した。地下鉄アルヴィーク駅そばのガソリンスタンドで何年も前に盗んだ工具セットに入っていたものだ。薄く小さな金属板をたぐり、中くらいのを使おうと決めると、やすりをかけて歯を四つかたちづくる。ふつうの鍵についている歯よりもやや間隔が広い。そうしてできあがった単純なつくりの合鍵を、そっと錠に差しこんだ。金属板は爪切り鋏で削った部分にすぐ引っかかり、抵抗がなくなって、錠がカチリとまわった。

開いたのは、病院の作業場への扉だ。

レオは中に入った。ここに用事があることがいちばん多い。油と埃《ほこり》のにおいが漂っている。いくつかある作業台のあいだの床にリュックサックを置くと、革ベルトを両方はずして蓋《ふた》の部分を開けた。かさばる圧縮機はリュックサックの真ん中にしっかりと鎮座していて、彼はそれを取り出すと作業台へ運び、いつもの場所に置いた。壁のラックに掛けてある電気コードを引き寄せ、片方の端を圧縮機にねじこんで、充電が始まっていることを確かめた。

長い夜だった。いい夜だ。

あの人をここには置いておけない。

疲れた。家に帰りたい。

あの人がいると、やつらがここに来てしまう。

これから急げば、あの人をここへ連れてきて、それから置いてくることもできる。もう一度、地下トンネル網を往復できる。

片付けなければ。

時間はまだある。あの人は重いし、上半身が地下通路の床に引っかかって動かなくなったら、擦《す》り傷のできた手のひらが痛むだろうが、それでも朝までには終えられるはずだ。暗闇が消えるまでには。この大きな建物で、人々の行き来がふたたび始まるまでには。

大きな窓の外は寒かった。

雪、暗闇。夜ごと縄張りを広げる、いまいましい冬。人生の五十八年目を蝕《むしば》み、奪ったまま、なにも返してくれない冬。

怖くはないし、失われた過去を悲しんでいるわけでもない。ただ単に、何カ月も春を待ちつづける気になれないだけだ。とにかく疲れている。整備されていない歩道で足を滑らせるのにも、息がしにくいほどの厳寒にも、それに腹を立てるのにもうんざりだ。少々の暖かさと、手袋やズボン下なしで過ごす昼夜、それだけでいいのに、過ぎた望みだろうか？

エーヴェルト・グレーンスは固くなった取っ手をひねり、四つある小さな窓のうちのひとつを開けた。オフィスは警察本部の広い中庭に面していて、気弱な巡査どもがファイルを小脇に抱えて走りまわっているのが一日じゅう見える。だが、いまはだれもいない。みんな家で寝ているのだろう。朝になればまた別のファイルを抱えて走りまわるわけだ。

窓から外へ身を乗り出すと、冷たい空気にがしりと顔をつかまれた。少し風があり、体がぶるりと震えたが、期待したとおりに目が覚めはした。一メートルの積雪、凍てついた氷の層に触れた冷気には、それだけの力がある。

夢を見た。記憶にあるかぎりずっと昔から何度も見ている、いやな夢だ。背後で扉が閉まり、目の前に伸びる階段はどこにも行き着かず、自分の住まいが見つからない。どこかへ移されたのか、ドアポストに記された名前が変わってしまったのか。さらに上へ、建設されていないはずの階へ上がり、自宅に似たドアを出たり入ったりするが、どこでも他人が邪魔をする。彼の家であるはずの場所で、他人が頑として動かず、ただこちらをじっと見つめてくる。なんの用だと尋ねてくる。

ろくな答えを返せたためしがない。

だからだろう。ここで眠ろうと考えることが多いのは。茶色いコーデュロイの古ぼけた二人掛けソファー。上着もズボンも脱がず、ほんの数時間だけの浅い眠り。背中や腰が痛み、首はもげそうになる。終わりのないそんな夜が、いやでしかたがない。いったいなんの意味があるというのだろう？

エーヴェルト・グレーンスは窓を閉めた。彼女が恋しい。この時間になると、彼女はいつもやってくる。ここことは別の窓のそばに座って、入江を、船を、傍観者として人生を眺めている、彼女。

彼女がぴくりとも動かないから、はじめは気づかなかった。赤いもの。血だった。彼女の頭のどこかから流れ出ていた。

エーヴェルトは他人を理解できず、他人は彼を理解できない。そういうものなのだとしか言いようがない。だが、アンニにはなんの説明も、なんの駆け引きもいらなかった。はじめから、ずっとそうだった。彼女が健康体だったころから、すでに。

机の後ろの棚に置いてある大きなカセットプレーヤーに向かい、自ら曲を選んで録音したカセットテープを探る。かつて彼女と共有していた歌ばかり。

今日はこのあと当然、彼女のそばで過ごすつもりでいる。キャスターの付いた金属製ベッドのそばで、椅子に座って過ごす。麻酔をかけられて眠っているとき、彼女の手はいつもひどく小さく感じられる。年単位でゆっくりと進行している症状――頭蓋《ずがい》内の液体を運ぶ管が徐々に詰まってきているので、アンニは定期的にリディンゲの私立介護ホームにある自室を離れ、この街にいくつもある病院のどこかでレントゲン検査などを受けている。要はアンニのような患者に必要とされる医学的処置ということで、エーヴェルトはとっくの昔に質問するのをやめた。答えなど欲しくないとわかったから。ただひたすら、同じことが続くだけなのだ。変化などないまま、ずっと。

探していたカセットが見つかり、エーヴェルトは音量を上げて巨体を動かしはじめた。腕を宙に伸ばし、重い体を揺らして、室内の端から端まで移動する。

キャデラックだって使い捨て　豪華なボートも使い捨て

彼女を抱擁《ほうよう》し、ふたりで踊る。かならず夜明けにひとりきりで、この広い警察本部の廊下に面したドアを閉めて。あたりは静かで暗く、考える気にもなれないすべてを音楽が満たしてくれる。

酒落《しやれ》たコテージも使い捨て　笑わせてくれるわね

軽快なステップ、壁に声がぶつかっては跳ね返る。シーヴ・マルムクヴィストとスヴェン＝オロフ・ヴァルドフ・オーケストラ、一九六六年録音、オリジナルは『ラッキー・リップス』。歌詞は覚えているから、彼は声を合わせて歌った。シーヴの曲ばかりを自ら選んで入れた、六本のカセットテープ。ほかにはなにもないのだ。この部屋には、なにも。

暑くなってきて、しわだらけの上着の下に汗がにじんだが、それでも彼はステップの幅を広げ、タンバリンらしき楽器とコーラスが二回、三回、四回、五回、彼の気に入りのリフレインを繰り返すたび、歌う声をさらに張り上げた。二分四十秒後、音楽が沈黙したころには、すっかり息がはずんでいた。棚のカセットプレーヤーへ急ぎ、もう一度再生しようとする。まだ足りない。彼女を抱擁する両腕は若返ったかのようだ。

シンプルで気安いひとときは、甲高《かんだか》い呼び出し音に断ち切られた。エーヴェルト・グレーンスは電話を怒鳴りつけた。だれかに見せつけるかのごとく机に背を向けて、電話が鳴るのを放っておいた。

まだ五時半にもなっていない。この時間、電話はつながないよう指示したはずだ。彼がここにいることを知っている人間、この時間にはいつもいることを知っている馬鹿者が、内線でかけてきているということだろう。

呼び出し音は鳴りつづけ、エーヴェルトは観念した。荒い息のまま応答する。

指令センターの当直からだった。何年もともに働いてきたが、とりたてて親しくなろうという気にはならなかった、年配の警官のひとり。

「ちょっとお願いできますかね」

エーヴェルトはため息をついた。

「だめだ」

「いますぐ頼みますよ」

また、ため息。

「時間がないんだ。知ってるだろう」

エーヴェルトは、フォルダーが積み上がって五つの山となっている机に目をやってから、続けた。

「三十二件だ」

「知っています」

「進行中の捜査がそれだけある。三十二件」

「グレーンス警部、ちゃんと権限のある人じゃないとだめなんです。あなたしかいないんですよ……こんな時間に出勤しているのは」

エーヴェルト・グレーンスは書類の山ふたつを動かし、机に腰を下ろした。窓の外の暗闇はいまも居座ったままだ。ときおり白っぽいものがきらりと光る。よく見えないが、ひょっとすると雪が降りはじめたのかもしれない。今年の冬は、そういう冬だ。

「どういう件だ？」

当直はためらった。一、二秒の逡巡《しゅんじゅん》。

「子どもが四十三人」

「子ども？」

「二十分前に発見されました。クスリかなにかにやられた子どもが四十三人、ハントヴェルカル通りの歩道に突っ立って、薄着で震えていたんです。で、パトロール警官がここに連れてきました。一ブロック離れたここ、ベリィ通りの入口まで、徒歩で。いまは下で待ってもらっています」

昔は倉庫だったのだろう。少なくとも彼女はそう思っている。べつにどうでもいいから、だれにもほんとうのところを尋ねたことはない。どうでもよくはないのかもしれないけれど。なにはともあれ、かなりの数の昼と夜を過ごしている場所なのだから。

コンクリートの壁、コンクリートの床、コンクリートの天井。硬く見えるし、慣れていない人には実際そう感じられるかもしれない。でも、逆だ。やわらかくて、優しい部屋。昔の部屋とは違う。ここのほうが、煙たいのに息はしやすい。いまはちょうどいちばん煙たい時間帯だ。火は燃えつきたばかりで、トンネルへの扉はいつもほど開いておらず、灰色のはかない靄《もや》がすきま風に吹かれて頭のそばを飛んでいくこともない。

ドアのすきまが煙突代わりで、炉のレンガは床に直接置かれ、長方形をかたちづくっている。とくに快適とは言えない場所だ。が、それでも美しいと彼女は思う。変えたいところはひとつもない。

伸びをする。もう夜更けだ。いや、早朝だろうか？　レオの帰りがいつもより遅い。焚《た》き火はたいてい、朝が近くなるまでもつ。彼が戻る前に消えてしまうことはめったにない。

彼女は薄いマットレスの上で、寝袋にくるまって仰向《あおむ》けになっている。眠りは浅く、なにかの動物が腹の上を走っていったせいで目が覚めた。動物は火が消えるなり寄ってくる。怖くはない。昔、ここに移ってきたころとは、もう違う。レオに教わったとおり、大声を出して両腕を振りまわし、動物を追い払えるようになった。

レオの寝床のほうを向く。だれもいない。マットレスと寝袋が重ねて置いてある。彼が出かけていくときはいつもそうだ。

ここにいてほしいのに。

ひとりきりで、上の世界、恐ろしい光の世界にいてほしくはない。

なにかの擦《す》れる音がして振り返った。ネズミが部屋の隅から隅へ駆けていく。テーブル代わりの箱を越え、そこらじゅうに置いてある県庁のロゴの入った黄土色の毛布を横切って。その動きが、昔飼っていたモルモットに似ていた。いつもそう思う。ケージに入れて飼っていたモルモット、出してやるとよくベッドの下に隠れていた。ママとパパ、両方の家だったあのアパートの、彼女の部屋のベッド。彼女はまた大声をあげ、寝袋から這《は》い出してどすどすと足踏みした。ネズミはドアのすきまを抜け、トンネルへ消えていった。

あくびをひとつ。頭の上に両腕を上げ、また伸びをする。彼女はまだ年若い。顔を合わせる相手は数少ないが、その人たちは皆、彼女のことを十五、六歳だろうと思っている。火が消えているので、彼女は中綿の入った赤いジャケットをはおり、すでにはいているズボンの上にもう一枚ズボンを重ねた。褐色の髪は長く、ぼさぼさに乱れて絡《から》まっている。汚れと煤《すす》に覆《おお》われた顔。両手はほとんど真っ黒だ。

煙がさらに少し薄まり、ネズミがまた何匹も寄ってきた。腕を振り足踏みをして大声を出しても、もはや効果はない。ネズミは数多く、彼女はひとりきりだ。トンネル内の空気が勢いよく流れているのがわかるほどにドアを大きく開けると、前かがみになって板きれの山に手を伸ばした。長さも幅も同じ板に、一枚、また一枚と変性アルコールを塗り、炉に重ねて置く。柄の長いライターの着火レバーがなかなか動かず、何度も試みたところでようやく火がついて広がりだした。あたりが明るく、暖かくなり、うるさい動物たちを一匹ずつ追い払うことができた。

マットレスに腰を下ろす。

炎がパチパチと音を立てる。ときどきあることだ。木の板から熱が立ちのぼって天井へ向かう。硬い壁に囲まれたこの部屋が、彼女を包みこんでくれる。

手の中に、煙草《たばこ》が一本。彼女はそれに火をつけ、何度かすばやく吸った。

もう長いことここで暮らしている。だが、これほど穏やかだ、自由だ、と感じたことはない。こんな早朝には、ときどきふと思ってしまう。また上がれるのではないかと。戻る勇気が生まれるのではないかと。

煙草を、もう一本。煤にまみれた指でぎゅっとつかむと、白い紙に色がついた。

笑みが浮かぶ。

遠くのほう、たぶん、トンネルが急に曲がっているところ。そのあたりから、彼の足音が聞こえてきた。

目を閉じて、その音に耳を傾けるのが好きだ。トンネルのコンクリートを軽く擦《す》る足音。背が高く痩《や》せているレオの体、彼を追い立てる瘤《こぶ》のようなリュックサック、無精ひげの生えた角張った顔。

彼が入ってきて、炎が揺らめいた。

彼の足がぶつかって、小さなレンガがいくつか崩れて落ちた。

「あの人がいると、やつらがここに来てしまう」

レオはいま、部屋の真ん中に立っている。

体はこわばり、両手は震え、瞳はふらふらとあたりをさまよっている。

こういう彼は何度も見たことがあり、そのうち治るものだとわかっている。原因は光だったり、ネズミを集めずにいられないせいだったりするが、いずれにせよ心配には及ばない。

だが、今回は違う。

レオの恐怖、怒り、身を隠そうとしているかのような態度。

彼に触れたい。抱きしめたい。だが、レオはそれ以上近寄ってこなかった。マットレスから遠く離れたコンクリートの上に立ったまま、聞き取れないほどの小声でつぶやいた。

「ここには置いておけなかった」

スヴェン・スンドクヴィストは早くに出勤していた。高速道路がいつもの月曜の朝よりもすいていたのだ。道路が凍結しているからか、それとも単にそういう日なのか、とにかくグスタフスベリの自宅からの移動はスムーズで、そのおかげで時間ができたので、警察本部の大きな出入口の真向かいにある、少々値は張るが早くから開いている喫茶店で、二度目の朝食をとった。具を載せたパンを二枚食べたところで外が明るくなってきた。昼が訪れたがまだ始まってはいない時間、スヴェンは会計を済ませ、店主らしき年配の男性に礼を言うと、ベリィ通りを渡って職場へ向かった。低い外階段、重い玄関扉、そしてパスポート申請窓口の待合室。ストックホルム市警のある区画には、ここを通らなければ入れない。

玄関扉を開ける。あたりを見まわす。その場で立ちつくす。

自分はいま、見たことのない光景の中に足を踏み入れている、とスヴェン・スンドクヴィストは感じた。

何人かは、床にじかに横たわっている。何人かは、やたら硬そうだとスヴェンが昔から思っている木の長椅子に、じっと座っている。大半は、壁にもたれて立っているだけだ。おびえたようすで、どこか上《うわ》の空でもある。

スヴェンはその数を数えた。なぜかはわからないが、気がついたらそうしていた。自分がいったいなにを見ているのか、理解するための時間が欲しかったのかもしれない。

子どもが、四十三人。

全員が同じツナギを着ている。青と、黄色。四角い布が縫《ぬ》い合わされただけのような。

スウェーデン人ではなさそうだ。頭に浮かんだ考えはそれだけだった。それから、この奇妙な静けさ。スヴェンには息子がいる。ヨーナス、十歳。だから、子どもはうるさいものだと知っている。なのに、この子どもたちはなにも言わない。笑っていないし、泣いてもいない。とにかく静かだ。年端《としは》のいかない、年長の子のひざに座っているような子どもたちさえも。

スヴェン・スンドクヴィストはゆっくりと息をついた。

漂っているにおいはいつもと変わらず、冬はいつもそうであるように少々肌寒く、コーヒーマシンそばの天井ではあいかわらず蛍光灯がふたつ点滅している。とっくの昔にだれかが替えておくべきだった、これからも長いこと点滅しつづけるだろう蛍光灯。

いかにもふつうどおりに思える。それなのに、目に映る光景、まわりの光景は、とても現実とは思えなかった。

追いつめられておびえきった、みすぼらしい身なりの子どもが、四十三人。

「スヴェン」

待合室のいちばん奥、巨大なブリキの植木鉢に植わった観葉植物ふたつのあいだに、携帯電話を耳に当ててそわそわと行き来しているエーヴェルト・グレーンスの巨体が見えた。頭のかなりの部分が禿げあがって光り、こわばった右脚のせいで、ぎくしゃくした、足を引きずるような歩き方になっている。

「スヴェン、ぐずぐずするな、さっさと来い」

スヴェンは最後にもう一度、点滅する蛍光灯を見やった。気持ちはどうにか落ち着いていた。

「エーヴェルト、これは……」

「こいつらには出ていってもらう。もうすぐ担当者が来ることになってる。とりあえず階段を上がって、犯罪捜査部のある区画に連れていくぞ」

「いや、しかし……」

「いますぐだ、スヴェン」

スヴェン・スンドクヴィストは、制服姿の警官が四人、広い待合室の四隅にそれぞれ両足を大きく広げて立ち、背中の後ろで手を組んで見張りをしていることに気づいた。もう一度、ぼんやりと寝そべったり座ったりしている小さな人たちに目を向け、いちばん近い長椅子に座っている子ども、ヨーナスよりやや年上のように見える少年たちに、ゆっくりと近寄った。腰を落とし、さまよう視線を追いかけ、名前を尋ねる。ところが、少年たちにはこちらが見えていなかった。スヴェンにはそう感じられた。こちらに目を向けてはいるが、まるで透明人間でも見ているようだ。

どこから来たのか、気分はどうかと尋ねてみた。まずスウェーデン語で、次に英語で、それから声を小さくして、学校で習った片言のドイツ語でも尋ねた。知っている数少ないフランス語のフレーズも口にした。

答えはなかった。

なんの反応も返ってこない。

ヨーナスの顔。朝早くに出勤する前、息子の部屋に入ってその顔を眺めるのが習慣になっている。今朝《けさ》もヨーナスは部屋で眠っていて、夜のあいだに褐色の髪が枕に擦《す》れてぼさぼさになっていた。スヴェンは長々とその場にとどまっていた。いつもそうだ。そのせいで車に向かうのが小走りになり、ストックホルムへ向かうスピードを上げなければならなくなったとしても、べつにかまわない。あのひとときには、それ以降の一日よりも、ずっと意味があると思っている。

ヨーナスは安心して暮らしている。そう言い表わすのがぴったりだと思う。いまここにいる、この子どもたちとは正反対だ。

「上に行こう《アップステアズ》」

スヴェン・スンドクヴィストは幅の広い階段を指差した。あいかわらず透明人間になった気分だ。

「上に行こう《アップステアズ》。みんな《エヴリワン》」

少年たちのうち、ひとりの肩に手を置いたら、まるで殴りつけたかのような反応が返ってきた。か細い体がびくりと震え、少年は顔をそむけたまま叫んだ。なんと叫んだのかはわからない。

「怖がらなくていいよ《ドント・ビー・アフレイド》。ほら《ユー》……」

そのとき初めて、においに気づいた。強いシンナーと、乾いた小便。吐き気が襲ってくる。これほどのにおいに気づいていなかったなんて、さっきまでの自分はどれほど放心していたのだろう。後ろに座っている少年はもう少し年下で、ヨーナスと同年代、十歳そこそこのように見えた。その痩せ細った手の動きを、スヴェンは目にしたが、はじめは意味がわからなかった。少年は長いチューブを片手に持ち、もう片方の手に接着剤を出すと、その手で拳を作って鼻先に近づけている。シンナーの蒸気を深々と吸いこむために。

「おい、ちょっと……なにやってるんだ？」

チューブをつかんで引き寄せる。少年が放そうとしないので、さらに力を込めようとしたところで、指に痛みが走った。少年に指の付け根あたりを咬《か》まれたのだ。

制服警官のひとりがあわてて駆け寄ってきたが、一メートルほど離れたところで立ち止まった。スヴェンはチューブから手を離し、そのまま宙に浮かせている。

制服警官はかぶりを振った。

「いまのはまずかったと思いますよ」

スヴェン・スンドクヴィストは自分の手を見た。くっきりと歯形がつき、血が出ていた。

「ほかにどうすればよかったんだ？」

「この子たちとは、ここに連れてきたときからずっといっしょなので、いろいろ観察できたんですがね。見てわかりませんか？　シンナー依存症ですよ。全員。あなたはいま、この子たちが安心できる唯一のよすがを奪おうとしたんです」

枕の上でぼさぼさになった髪、その下に隠れたヨーナスの顔。床に寝そべって、接着剤のチューブを手にしている少年。

安心とは、いったい？

しばらくはチューブを取り上げないことにする。

「上に行こう《アップステアズ》」

スヴェン・スンドクヴィストは立ち上がり、また指差した。室内を見まわし、とにかく階段を手で示してみせる。

「いますぐ《ナウ》」

子どもたちはなにも言わず、動きもしなかった。ただ、スヴェンの前に寝そべっている少年だけが、なにやらつぶやきながら、また接着剤を出して蒸気を吸いこんだ。

そして、倒れた。ぐったりと。

「まずい、手当てをしなければ。スンドクヴィストさん！　息ができなくなってるかも」

スヴェンは少年の首をたどって脈を探し、口の一センチほど上に手をかざして呼吸を確かめようとした。

不意に、小さな体が目を覚ました。両手をやみくもに振り、ろくに見えていない顔を殴ろうとしている。スヴェンの頬にその手が命中して、焼けるような痛みが走った。

少年はしばらく暴れていたが、やがて近寄ってこようとしたほかの子どもたちの前にさきほどの制服警官が立ちはだかり、スヴェンがぐいと少年をうつぶせにして馬乗りになり、その両腕を強く床に押しつけると、ようやく動きを止めた。

そのまま数分が経った。少年の息遣いはゆっくりになり、か細い体のこわばりが少し解けた。赤ん坊を抱いた十五歳ほどの少女が、二、三歩前に進み出ると、外国語でなにか言い、階段を指差した。年長の少年たちのひとりに、最後まで待つよう告げたようだ。それから、歩きはじめた。また指差し、さっきと同じ言葉を繰り返すと、ほかの子どもたちもためらいつつ移動を始めた。

スヴェン・スンドクヴィストは立ち上がった。チューブを持っていた少年は去っていった。子どもたちの背を見送る。

こんなことは初めてだ。似た光景すら見たことがない。

ぼんやりとした無言の人間たちが、列になって広い待合室を出ていく。シンナーと小便のにおいを漂わせて。全員が化学薬品の依存症なのだ。青と黄色のツナギを着た、四十三人の子どもたち。大半は自分の足で歩いているが、幼い何人かは抱きかかえられて階段を上がった。小さな人たちが、もっと小さな人たちを抱えて運んでいた。

いま、何人かは眠っている。

冷たいリノリウム床での、浅い眠り。スヴェン・スンドクヴィストはまた彼らのそばを通った。ほかの子どもたちは座っている。スヴェンは、底の見えない彼らの瞳に溺《おぼ》れそうになる。ひどく不愉快な気分につきまとわれ、犯罪捜査部の長い廊下に十メートル間隔で配置され、そこで待機している四人の制服警官たちは、そばを通ったスヴェンは彼らに目礼した。四人とも疲れたようすだ。善良な彼らもまた、自分が見張っているものの意味を理解できずにいる。

名前のない子どもたち。

それが、警察署の廊下にいる。

全員がバッグを持っていた。質素な茶色のビニールバッグ。スヴェンは子どものころに母が持っていたバッグを思い出した。家から数百メートル離れたスーパーへ丸めて持参し、牛乳やマーガリン、細長い缶ジュースを入れて戻ってきた。そうすれば有料の紙袋を買わずに済むから。〝一日一袋買っていたら、積もり積もって大変な額になるでしょう？〟。スヴェンはかぶりを振った。三十年ぶりに見るたぐいのバッグ。それがいま、廊下の床に散らばっている。

四十三個。ひとりひとつずつ持っていたわけだ。

スヴェンは自分のオフィスに向かっていたが、ふと気が変わってふたつ先のドアを目指した。エーヴェルトの部屋だ。ノックをし、そっと中をのぞく。エーヴェルトはあいかわらず椅子に座ったまま、携帯電話を手にしていた。

だれかと話をしているわけではない。ただ手に持って、画面を見ているだけだ。

「ガキどものツナギ、見たか」

エーヴェルト・グレーンスが大声を出す。

「青と黄色だぞ、スヴェン。青と黄色！」

スヴェン・スンドクヴィストは部屋に入り、コーデュロイのソファーに向かった。エーヴェルトはさっきまでこのソファーで寝ていたにちがいない、と考える。いっしょに仕事をするようになって、もうすぐ十三年。この建物にいる人間の大半が避けて通る警部と、こうして親しくなり、彼がまわりの世界を大声で罵《ののし》るのにもすっかり慣れた。だが、いま彼が見せているこれは、怒りではない。なにか別のものだ。むしろ諦念《ていねん》に近い。

「わかるか？」

エーヴェルトが立ち上がる。落ち着かなげだ。どこかへ向かおうとしている。

「スヴェン……わかるか？　あのガキども、どうしてだれも探しに来ないんだ？」

エーヴェルト・グレーンスは机とソファーのあいだを行き来しはじめた。ぎくしゃくと方向転換するたびに、スヴェンの足を踏みそうになる。ふたりとも黙ったままだ。エーヴェルトはまもなくまた口を開くだろう。窓ガラスに吹きつける風がおさまったら。廊下で咳をしている子どもが、見張りの警官から水を一杯もらったら。

「社会福祉局の緊急対応チームが、あと何分かでここに着く」

エーヴェルトはスヴェンの前で立ち止まった。

「だがな、通訳もとっつかまえて連れてこい。まだ手配できてないんだ。意思の疎通ができなきゃ話にならん」

部屋の外で、咳がまた始まった。

スヴェン・スンドクヴィストは廊下に出ようとしたが、エーヴェルトに引き止められた。

「なあ、スヴェン、あともうひとつ」

エーヴェルトは室内を見まわしている。だれにも聞かれていないのを確かめるように。

「俺には子どもがいない。だから、わからんのだが……あれ、どう思う？　見てると……なんというか……腹が減ってそうだと思わないか？」

部屋の出口で立ち止まっていたスヴェンは、振り返って廊下を見た。

こちらを凝視する、やつれ疲れた、いくつもの顔。

スヴェンはうなずいた。

「僕もそう思う」

エーヴェルト・グレーンスは念入りにドアを閉めた。しばらくひとりになる必要がある。

ついさっきまで抱き合っていたのだ。

まず子どもたちの食事を手配しよう。それからカセットプレーヤーに向かい、一時間前に中断させられたことを、あらためて終わらせよう。

二分四十秒、シーヴ・マルムクヴィストの『ハートもポイッと捨てちゃいや』。間に合わなかった。

アンニが麻酔をかけられるのは午前中だ。だから、それまでにダンスを終わらせなければ。俺のブレーキが間に合わなかった。

もう一度、音楽をはじめから鳴らす。同じ歌詞、同じリフレイン。やがて室内が静かになると、エーヴェルトはようやく彼女を手放した。また背中やうなじに汗がにじんでいた。


子どもたちはあいもかわらず寝そべったまま、座ったままだった。

スヴェンは咳のおさまらない少年のそばに立っている。制服警官のひとりが、五歳ほどの少女をトイレに連れていってやっている。エーヴェルト・グレーンスは自室のドアを開け放したまま廊下に出た。子どもたちをひとりずつ、順に見つめていると、向こうもこちらを見ているのがわかった。視線を避け、気にとめていないふりをしているが、それでも間違いなくこちらを見ている。子どものことなどなにもわからない。そもそも知り合うことがほとんどなかった。未成年と接する機会といったら、捜査の過程で事情聴取をするときぐらいだ。それでも、さすがにこれだけはわかる——この子どもたちは、心身ともに健康体とは言いがたい。

コーヒーマシンにたどり着いたところで立ち止まった。プラスチックカップに入ったブラックコーヒーを、一気に飲み干す。もう一杯、またブラックで、半分飲んだあと、残りをゴミ箱に流して捨てた。ひどい味だ。それでも、これに慣れてしまっている。飲まずにはいられないほど慣れ親しんだ味だ。安い、苦い液体が、胸の中を気持ちよく流れていく。ソファーで背を丸めて幾晩も過ごしたあとは、とくに。

「おはようございます」

彼女の姿は見えていなかった。が、背後のどこかから聞こえてきた声に、心がはずんだ。

「おはよう。早いな」

「警部」

「なんだ」

「あれ、どういうことですか？」

マリアナ・ヘルマンソンは廊下の先を見やり、同時にエーヴェルトの肩に手を置いた。エーヴェルトはいつものごとくぎくりとした。他人に触れられたらどうすればいいのか、いまだによくわからない。

「今朝《けさ》来たんだ」

かいつまんで説明すると、言葉を尽くさずとも彼女にはわかったようだった。頭がいいのだ、ヘルマンソンは。いまではすっかり気に入っている。はじめ、一昨年の夏に臨時職員としてヘルマンソンが来たときには、例によって抗議したのを覚えている。だが、ストックホルムの大病院で起きた人質立てこもり事件で、見方が変わった。

〝どうして私を採用したんですか？〟

〝そんなことはどうでもいいだろう〟

〝それに私、警部が女性の警官をどう思ってらっしゃるか知ってます〟

当時のヘルマンソンは学校を出たばかりの若い警官だった。が、思慮深く、分析に長《た》けていて、救急外来の手術室を拠点に捜査を進めているあいだ、エーヴェルト自身が気づくべきだった結論を導き出してみせた。

〝ストックホルム市警は年に六十人ほど採用してる。なにを説明しろと？　おまえが有能だと言ってほしいのか？〟

〝理由が知りたいんです〟

半年後、エーヴェルトは昇進を待っている巡査たちの行列を無視し、彼女を警部補として採用した。

〝おまえが有能だからだ。ひどく有能だからだ〟

〝女なのに？〟

〝言っておくがな、おまえは有能だが、それは例外だ。女の警官など認めん〟

この廊下から、エーヴェルトのオフィスに入ったところで交わした会話。ときおりよみがえり、ふたりのあいだに漂っているかのようだ。

それがいいことなのか悪いことなのか、エーヴェルトにはいまだに判断がつかない。

ヘルマンソンがコーヒーマシンを指差す。エーヴェルトが脇へ退くと、彼女は上のほうにあるボタンを何度も押した。ミルクパウダーとなにかの入ったコーヒー、若い警官がみんな飲んでいるやつだ。エーヴェルトは彼女のプラスチックカップを眺め、嫌悪感をあらわにした。ろくに眠れない夜、ついさっき三十三件になった進行中の捜査、それだけでもううんざりなのに、こんなクソみたいに人工的な飲み物など見たくもない。

「私、あの子たちと話をしてみます」

「無理だ。なにも言いやしない」

そう言ったときにはもう、ヘルマンソンはいなくなっていた。コーヒーを片手にゆっくりと歩き、子どもたちに向かってもう片方の手を小さく振ってみせている。年長らしき少女の前で立ち止まり、また手を振っているのが見えたが、あいかわらず反応はないようだ。この少女が赤ん坊を抱えて子どもたちのあいだを歩きまわっていることに、エーヴェルトはすでに気づいていた。年下の子どもたちを見守り、気を配っている。非公式のリーダーのようなものか、そうでなくとも一同に信頼されているということなのだろう。だから今朝、二度にわたってこの少女と話をしようとした。

二度とも、少女は顔をそむけるばかりだった。蔑《さげす》みの表情を浮かべているようにも見えた。だが、いまヘルマンソンと向き合っている彼女は、少なくともその場から立ち去ろうとはしていない。

エーヴェルトはまたボタンを押し、コーヒーをいれた。

窓の外に目をやる。腹の立つ冬だ。年を重ねるごとに冬が嫌いになる。湿っぽい、滑りやすい、いつまでも終わらない冬。

ヘルマンソンはまだ少女の前に立っている。エーヴェルトは、シューッと音を立てて次に備えているコーヒーマシンのそばにとどまり、コーヒーを飲み干してから、ふたりに向かって歩きだした。さほど長い道のりではない。黙りこくっている子どもたちのあいだを抜けていく。その姿にスヴェンが気づき、自室から出てきてエーヴェルトに合流した。エーヴェルトはスヴェンのほうを向き、満足げな顔で口を開いた。

「食い物、用意してやったぞ。あと三十分で来る。オーブンを温めるのに時間がかかるんだと。ピザ・カプリチョーザ、四十三人分だ」

「はあ？」

「おまえも食うか？」

「エーヴェルト、ピザ頼んだのか？　よりにもよって？」

ヘルマンソンと、彼女が話しかけている少女のもとに、もう少しでたどり着くところだったが、エーヴェルトは苛立って立ち止まった。

「こいつら、腹が減ってるんだろう？　おまえがそう言ったんじゃなかったか？」

「エーヴェルト……」

「スヴェン、いま栄養学の講釈は聞きたくない。こいつらには食い物が要る。で、食い物がもうすぐ来る。以上」

喉《のど》から絞り出したようなエーヴェルトの大声が廊下にこだまし、近くにいる子どもたちが何人か、不安げに身をよじらせた。ヘルマンソンと向き合っている少女も一歩あとずさった。おびえた目で、大男の身ぶりの意味を理解しようとしている。

「昨日からなにも食べてないそうですよ」

ヘルマンソンはあとずさった少女に手を伸ばし、その頬をそっと撫《な》でた。それから向きを変え、まずエーヴェルトと、次いでスヴェンと目を合わせた。

「最後の食事は昨日の午後ですって。つまり、十七、八時間はなにも食べてないってことです」

エーヴェルト・グレーンスは、ふん、と鼻を鳴らした。

「どうしてわかる？」

「この子が教えてくれました」

「冗談のつもりか？」

ヘルマンソンはそばに立っている子どもたちを目で示してみせた。

「警部、この子も、あそこにいる子も」

声をひそめ、ささやき声になる。話題になっている子どもたちに聞かれてしまうのを恐れているかのように。

「ストリートチルドレンです。たぶん、間違いありません。ブカレストの路上で暮らしてる子たち」

彼女は焚《た》き火に顔を向けて寝そべっていた。やけどしそうなほどの熱さ。この感覚が好きだ。

でも、炎はあっという間にしぼんでしまった。また消えかかっている。

一時間ほど眠った。板のもつ時間がだいたいそれくらいだ。レオが手近な食料品店の倉庫から取ってきた、荷物を載せるためのパレットをばらばらにした板。これまでの経験で、ドアを全開にすること、一度に板を五枚、数センチの間隔をあけて置くこと、それに気をつけさえすれば、一時間は炎がもつとわかっている。

ここにはほかに時計がない。季節も、昼も、夜もない。

彼女は向きを変え、レオを見た。眠っている。さっきはあれほどこわばっていた顔も、いまはやわらかくなって、すべらかな頬のまま寝息を立てているし、まぶたもいまはぴくぴくと痙攣《けいれん》していない。

〝ここには置いておけなかった〟

レオは部屋の真ん中に立っていた。おびえていた。彼女にもわかってほしい、そう切望していた。

眠ったままのレオがそわそわと体を動かし、マットレスの上で寝返りを打つ。額が湿っている。汗をかいたのだ。寝袋は床に放り出して、病院の黄土色の毛布数枚にくるまっている。その姿は美しかった。彼女が地上の人々におびえているとき、レオはいつもそばで支えてくれた。彼女がここに来たときにも、レオはすでにここにいて――もう、はるか昔の話だ――なにも要求せず、ただ鍵を持って待っていてくれた。話をするときには距離を置きたがった。彼女からなにか奪おうとすることは一度もなかった。彼女のほうから、さわりたくないの、と尋ねて、レオの手を自分の頬に引き寄せ、その指で長い髪を梳《と》かせたことも何度かあったけれど、レオはそのたびに手を引っこめた。彼女のものを奪ってしまうことを、ほかの連中と同じだと彼女に思われることを、恐れていた。

初めて会ったときのことを思い出す。何度か一週間だけ家出した、そのうちの一度。レオがどういう人かなんて、もちろんそのときは知らなかった。彼は夕闇の中、フリードヘム広場のバス停のそばに立って、聖約キリスト教会が配っているコーヒーを飲みながら、帰る家のない人々にサンドイッチや服を配り歩いている人たちと話をしていた。そんなレオに、彼女はどういうわけか近づいていった。距離を縮めようとした。そのときからもう、彼に好感を抱いていたのだ。この人はなにも求めてこないと感じた。だから、それまでまったく知らなかった世界を彼が案内してくれたときにも、この人といっしょならマンホールの蓋《ふた》の下へ潜っても大丈夫だ、と思えた。〝見つかりたくなかったら、ここに来ればいい〟。レオは彼女を信用してくれた。大切にしている唯一のものを分かち合ってくれた。なぜかはいまだにわからない。ひょっとすると、レオにはぴんと来たのかもしれない——彼女もまた、もうだれにも見られたくないと思っているのだ、と。

またレオが汗をかいている。その顔は年老いている。だが、瞳は老いていない。瞳を見れば、その人のことはよくわかる。

彼女は炎を、存在しない炎を探した。早くもやってきたネズミが戸口に群がっている。なにも見えていない、巨大なネズミたち。少し離れたところにある肉のにおいに気づいているのだ。またモルモットのことを思い出した。正直、あまり可愛《かわい》がっていたとは言えないと思う。ケージに入れて、眺めたり、ときどき抱き上げたりしていただけだった。死んでしまってから何週間も経って初めて、いなくて寂しい、という気持ちが自分の中にあったことに気づいた。自分の部屋で、ふと孤独を感じたときに。

気配でわかったのかもしれない。ネズミがクンクンと鼻を鳴らすのが聞こえたのか。レオが目を覚まし、暗くなった炉のそばで体を起こした。毛布を振り払って手に持ち、近寄ってきていたネズミに向かってバタバタと振る。ネズミたちはやがて観念して姿を消した。

レオはそのあと、パレットを分解しやすくなるよう蹴って壊し、小さめの板をいくつか割り取ってから、ナイフを使ってそれをさらに細かく切り分け、消えかけている焚《た》き火にくべた。床に口を近づけて何度か息を吹きかけると、しばらくのあいだ灰があたりを舞った。炎が燃え上がる。彼女はレオに大きめの板をいくつか渡し、焚き火が息を吹き返すのを見守った。

「どこ？」

何時間も声を出していなかった。問いかけが頭の中に残ったままなのは、そのせいかもしれない。

レオは答えなかった。

「どこにいるの？」

レオは肩をすくめた。だが、なにも言わなかった。レオに向かって声を荒らげたことなど一度もない。そんな必要はいままでなかったのだ。きっとそのせいだろう、こんなにも胸がざわつくのは。

「知りたいの。わかる？　あの人がどこにいるのか教えて」

彼は三杯目のコーヒーを手にゆっくりと階段を下りた。もう長年、この同じ階段、暗い、寒い階段を使っている。かかる時間は長くなる一方だ。昔はここを駆け上がったり駆け下りたりしていた覚えがある。三十五年の警官人生で、いったい何回上り下りしただろう。エーヴェルト・グレーンスは禿げあがった頭をひと撫《な》でした。過去があり、いまがある。そのあいだのことなど、あとから思い返してなんになる？

あと一階というところで、もう喧騒《けんそう》が聞こえてきた。張り替えたばかりの木の床を擦《す》る椅子、テーブルに少々乱暴に置かれるグラス、小声でやりとりしている人の声。

食堂の奥のほう、中庭に面した窓のあるあたりが埋まっていた。長テーブル三台、五十二席。エーヴェルトは使用済みの食器を置くラックのそばで立ち止まって、遠くから一同を眺めた。

スヴェンとヘルマンソン。四人の制服警官たち。社会福祉局の緊急対応チームから送りこまれてきた、若めの男性がふたり。通訳派遣業者から送りこまれてきた、もう少し年配の男性がひとり。全員が、青と黄色のツナギを着た子どもたち四十三人を見ている。子どもたちは、白い紙箱から直接手づかみでピザ・カプリチョーザを食べ、小さな茶色いプラスチックカップでミルクを飲んでいる。

こんな子どもたちには初めて出会った。

ヘルマンソンがさきほど、一行の中では最年長で、ほかの子どもたちに頼られている少女と、少し言葉を交わした。

ブカレスト、と少女は言ったらしい。

エーヴェルトはかぶりを振った。いったいどういうことなのか。三千キロも離れた街ではないか。

マリアナ・ヘルマンソンはいま、部屋のいちばん奥、年長の子どもたちが集まっているところに座っている。もちろん、知らないほうがおかしかったのだ。ヘルマンソンがルーマニア語を話せることなど、知っていて当然の事実であり、エーヴェルトは他人に関心を寄せられない自分を呪った。本人から少なくとも二度は聞いたではないか――マルメの貧しい移民街、ローセンゴード地区の団地で育ったこと、母はスウェーデン人で、父はルーマニア人だったこと。エーヴェルト自身の記憶にあるそれとはかけ離れた子ども時代を過ごしたこと。だが、その話を聞いたときには、さして重要な話だと思っていなかったから、そのまま忘れてしまった。自分の人生ですら把握する気になれないのだ、他人の人生までどうやって把握しろと？

エーヴェルトが忘れていることに気づいたヘルマンソンは、ほんの一瞬、傷ついたような顔をした。エーヴェルトもそれには気づいた。自分をさらけ出して打ち明けたのに、ろくに聞いてもいなかったのか、という顔だった。

どいつもこいつも、他人に勝手に期待を寄せて、それに応えることを求めてくる。ヘルマンソンとはあとで話をしよう。いろいろ話をしてくれること自体はうれしいのだと伝えよう。ただ、聞いた話をどうしたらいいかわからないだけで。

子どもたちはせかせかと食べている。スヴェンの言ったとおりだ、やはり空腹だったのだろう。エーヴェルトは昨日から置きっぱなしになっている使用済み食器のトレイにプラスチックカップを置き、彼らの席へ向かった。何人かが、そろそろ空《から》になりそうな紙箱から不安げに顔を上げた。見覚えのある顔だ。廊下にいたとき、エーヴェルトが少々近すぎるところで少々大げさに腕を振りまわしたせいで、逃げていった少年たち。

エーヴェルトは社会福祉局の役人たちに目礼し、ヘルマンソンに席を立つよう合図した。ほんの数分、小声で話がしたい。聞き耳を立てる連中に背を向けて。

「警部、あの女の子に話を聞きましょう」

エーヴェルトが問いかける前に、ヘルマンソンはもう答えてくれた。

「私が廊下で話をした女の子です」

「ほかには？」

「あそこにいる男の子」

ヘルマンソンは中央のテーブルの端を指差した。少女よりも少し年下のように見える。十

二、三歳だろうか。

「あのふたりに集中するべきだと思います。話をしてくれるとしたらあのふたりです。恐怖以外のなにかを言葉にできそうなのも」

マリアナ・ヘルマンソンは、ちょうど腹と胸のあいだにあるあの場所に違和感を覚えた。いつも同じ場所だ。レントゲン写真を撮ってもなにも写らないだろうが、それでもなお、このいつもの場所に大きなボールを抱えているように感じる。肋骨《ろっこつ》を圧迫される。よくある不快感とも、期待感とも違う、なにか別のもの。未知の感覚。

交わした言葉は数少ない。

まるで自分自身と話しているようだった。

少女はマリアナより十二歳年下で、まったく別の世界の出身だった。だが外見は、十二年前のマリアナにそっくりだった。なにもかもが同じだった。髪の色も、瞳も……態度も。

まわりを寄せつけないかたくなさ。

いま、ふたりは並んで廊下を歩いている。一時間前、少女にいくつか質問して答えをもらい、エーヴェルトを驚かせたのと同じ廊下だ。茶色のビニールバッグはまだ床に放置されていて、階段からコーヒーマシンのほうまで散らばっている。子どもたちのツナギのまわりに渦巻いていたにおいも、まだ乾いた空気の中に滞《とどこお》っている。汗と化学薬品のにおい。

ナディア。それがこの少女の名前だった。歩幅は狭く、前を見据える目はうつろで、呼吸は不規則だ。ヘルマンソンは彼女に触れたいと思ったが、体に触れるということ――自分にとっては安心感のもとになるそのしぐさが、この少女にとってはまったく別の意味になりうることもわかっていた。

エーヴェルト・グレーンスのオフィスは廊下の奥のほうにある。ヘルマンソンのオフィスからはかなり離れたところだ。彼女はまだ新入り扱いなので、ほかの捜査官たちに近いオフィスへ移れるのを待っている。二、三年はかかりそうだが、べつに急いではいない。そもそも移りたいのかどうかもよくわからない。理解しがたい上司から離れたところにオフィスを構えるのも悪くないと思っている。

ドアは開いていた。ヘルマンソンはそれを指差して、中に入るようナディアに言った。返事はなかった。アイコンタクトもない。少女は前を見据えたまま、黙って部屋のいちばん奥まで歩いていった。ひとつしかない窓に向かって。ヘルマンソンに背を向けて。

「座ってもいいよ」

ヘルマンソンはルーマニア語を話している。それでも同じことだ。少女の耳には届いていない。

「ナディア、こっちを向いて。机の前の、このソファーに座ってくれる？　私が隣に座る。で、話をする。それだけだから」

エーヴェルト・グレーンスがドアの枠をノックする。窓辺の少女はぎくりと震え、すでにこれ以上ないほど近づいている壁に、さらに体を押しつけようとした。ヘルマンソンは、グレーンスがおびえている少女からあからさまに距離を置き、机に向かって座るのを待った。

「ナディア、この人も同席させてもらうよ。あなたのためにね。私たちのやりとりを、この人に聞いてもらうの。私の質問も、あなたの答えも。わかる？」

ルーマニア人の少女はその場を動かない。ヘルマンソンは彼女に目を向けたまま、コード二本を机の上に引っ張ってきて、録音機のスイッチを入れた。少女は、美しいとは言いがたいが、可愛らしいとは言えるかもしれない。褐色の長い髪、褐色の瞳。疲れたようすで、安らぎを知らない顔をしている。外の真っ白な雪に反射して差しこんでくるきつい光のもとでは、まるで老女のようにすら見える。年齢のふたつある人間だ。生物学的な年齢と、前払い金のように引き出され、使われてしまった年齢。

取調官マリアナ・ヘルマンソン（取）：あなたの名前は？　ナディア以外にはなんというの？

ナディア（ナ）：（聞き取れず）

取：もうちょっと大きな声で話してくれる？

ナ：（聞き取れず）

取：聞こえないよ。ナディア、ちゃんと聞いて。あなたのフルネームが知りたいだけなの。

室内はずいぶん肌寒い。この季節はいつもそうだ。古い警察本部の暖房の熱には、廊下の奥のオフィスまでたどり着くエネルギーがないのかもしれない。それなのに、ナディアは汗をかいている。彼女の額が湿っていること、鼻やこめかみに小さな、小さな汗の粒が浮いていることに、ヘルマンソンは気づいた。

取：具合が悪いんじゃないの？　違う？
ナ：（聞き取れず）
取：お願いだから答えて。
ナ：わかりません。

ひどくこわばっていた顔が、今度はぴくぴくとひきつりだす。痙攣《けいれん》のような、軽いチック症状のような。主に目元だ。ヘルマンソンは警官になってからまだ日が浅いが、それでも見たことはあった。たいていはナディアよりも歳がいっているが、彼女と同じ亡霊から逃げようとしている連中。体が慣れ親しんだものを求めて苦しんでいる。

察しはついた。それでも、確証が欲しい。この年老いた子どもの手を見なければならない。ヘルマンソンは上着のポケットを探り、目的のものを見つけて差し出した。煙草《たばこ》の箱。法に反するのはわかっているが、あえて無視した。

ナディアは予想どおりの反応を見せた。

箱に手を伸ばし、初めてヘルマンソンを見た。マリアナ・ヘルマンソンがうなずいてみせると、片手の指で煙草を一本、そっとつまんだ。震える指で。ヘルマンソンは確信した。額の汗、目元の痙攣、静止できない手、いま目の前でがくがく震えている手。このルーマニア人の子どもは、重い禁断症状に苦しんでいる。

取：あなたの腕。
ナ：えっ？
取：見せてもらえる？
ナ：どうして？
取：袖《そで》をまくってみてくれない？　そのツナギの袖。ひじのあたりまで。

ナディアは不安そうに上半身を揺らし、やがて煙草の箱の隣にあったライターを指差した。ヘルマンソンはまたうなずいた。ライターの火を煙草の端に近づけたときにも、両手はがくがく震えていた。フィルターをくわえる唇《くちびる》に力がこもる。少女は煙を吸いこんだ。一度、二度、三度。やや落ち着いたようだ。ほんの束の間であっても。

私はこっち側。
この子はあっち側。
マリアナ・ヘルマンソンは十五歳の少女をじっと見つめた。少女は煙草が燃えつきそうになるまで手に持っていたが、やがて肩をすくめ、ツナギの袖をひじまでゆっくりとまくりあげた。

私はこの子より十二歳年上。物心ついたころにはもう二カ国語を話していた。

私はこっち側。

この子はあっち側。

どちらの腕にも、比較的まっすぐな線状の傷痕が十から十五ほどあった。どれも最近ついた切り傷だ。傷口がふくらんでいるからすぐにわかる。ヘルマンソンは録音機のマイクに向かって身を乗り出し、ナディアとともにこの部屋に入ってきてから初めてスウェーデン語を口にした。

取：事情聴取をいったん中断します。ナディアについて、備忘のため。

少女を見やり、続けた。

取：震える手。ぴくぴくと痙攣する顔。かなりの発汗。しかも話すときにくちゃくちゃと音がするので、口の中が乾いていると思われます。重い禁断症状です。

少女はヘルマンソンの前に立ち、両方の前腕をあらわにして見せている。

その後ろに窓があり、警察本部の中庭を舞う雪が見える。
このまま目を閉じてしまいたい、とマリアナ・ヘルマンソンは思った。

取：腕に注射の痕はありません。ですが、傷痕が十カ所、十五カ所ほどあります。直線状の、わりに新しい傷で、前腕の表側に集中しています。

深く息を吸いこむ。少女のうつろな瞳をちらりと見てから、またマイクを手に取った。

取：傷の長さは約五、六センチ。明らかに自傷行為の痕です。

事情聴取のあいだ、ドアは半開きになっていて、少女がそちらを見ているのが何度かヘルマンソンの目にとまった。廊下を通った人がぶつかってドアが開くと、ナディアはさっとそちらを向く。つま先立ちになりすらした。ドアが大きく開いていたのはほんの数秒だったが、ナディアは廊下を見ようとしたのだ、とヘルマンソンは確信した。
ただちに録音機を止める。
「さっき、赤ちゃんを抱っこしてたでしょう」
ドアは閉まったが、ナディアはまだそちらを見ている。ヘルマンソンは録音機をコツンと叩いてみせた。このやりとりはさしあたり内密にするつもりだと、少女にも確かに伝わるように。

「まだ小さかったね。六カ月ぐらいかな。合ってる？　ナディア」

「はい」

「あ、あ、あなたの赤ちゃん？」

エーヴェルト・グレーンスは黙って耳を傾けていた。

内容はほとんどわからなかったが、若い娘にチック症状があり、汗が出ていて、前腕に長さ五センチの傷があるとなれば、通訳の必要もない。悪臭を放ち、禁断症状に苦しんでいる子ども。見ていると不快感のようなものが襲ってきた。エーヴェルトは咳払いをし、補足のために自分からも質問しようと考えたところで、耳障りな呼び出し音が部屋を砕いて粉々《こなごな》にした。

エーヴェルトはため息をついた。

少女は身をすくませて電話を見ている。エーヴェルトは呼び出し音を放置し、鳴らなくなるまで耳を傾けた。

また咳払いをする。少女に目を向け、ひとつ目の質問をしようと口を開いたところで、また電話が鳴りだした。

エーヴェルトは憤《いきどお》って身を乗り出した。

「なんだ」

「グレーンス警部？」

「電話はつなぐなと頼んでおいた。だからここに電話することはできないはずだ。それなのに、おまえが交換手経由でここに電話をかけやがるのは、今日これでもう二度目だぞ」

前回と同じ声。指令センターの当直だ。

「警部、また仕事です」

エーヴェルトはあたりを見渡した。そばに積んであるフォルダー。ソファーに座っている少女。

「俺はな、進行中の捜査を三十二件抱えてたんだ。そこにほんの何時間か前、おまえが三十三件目を持ちこんだ。まさか三十四件目も押しつけようって魂胆《こんたん》か？」

受話器を握る手に力がこもる。また少女をちらりと見やり、胸に湧く怒りをなんとか抑えようとした。

「女の死体が見つかりました。聖ヨーラン病院の地下通路で」

受話器の向こうの声は、質問に答えようとすらしなかった。

「おそらく殺人事件です」

足音がゆっくりと近づいてきて、通り過ぎ、消えていくのが聞こえた。ここで暮らしているだれかが、トンネル内を移動している。コンクリートの床から足を完全に上げることなく、擦《す》り足で。

彼女はスプーンを置き、じっと耳を傾けた。音が徐々に消えていったあとも。

足音は好きではない。

人がドアの向こうを通り過ぎていく音。

テーブルクロスを直す。きれいなテーブルクロスだ。赤と白の格子柄。小さかったころにママやパパといっしょに行った、ちょっと高めのレストランにあったような。そこではラザニアを食べた。だれも声を荒らげなかった。レストランでも、そのあとの夜も。そういう日々も、確かにあった。

テーブルと呼べるほどのものではない。パレットを四つ重ねただけだ。だが、テーブルクロスが床まで届いているから、赤と白の布しか見えない。

彼女は軍の倉庫からくすねてきたスープを開け、フリードヘム広場そばの路上で慈善団体が配っていたチーズサンドイッチを出し、スーパー〈ICA〉の商品庫にあった、賞味期限の長い缶詰のハムをきれいに並べた。いい朝食だ。テーブルとマットレスのあいだの床に置いてあるコンロで、慎重に温めた。

コンロはある晩、この付近にいくつかある学校のひとつから取ってきた。狭い職員室の簡易キッチンの奥にしまいこまれていたもので、こんな小さなコンロは初めて見たが、コードが長いのでコンセントにつなぐことができた。地下トンネル網の部屋のコンセントは、壁のいちばん上、天井と交わるあたりにある。

「レオ？」

「なんだ？」

「おはよう」

レオを見つめる。長い夜だったから、疲れて見える。疲れているとき、彼の目はいつもしぼんだようになる。

この人のことが好きだ。ほんとうに。

「ねえ」

「なんだ？」

「おはようって言ったんだけど」

「おはよう」

テーブルの上のランプも同じコンセントにつながっていて、テーブルクロスの赤とほぼ同じ色だ。ほっそりしたランプシェードが明かりのほとんどをさえぎっている。長いあいだしつこく頼みこんで、ようやくレオに取ってきてもらったものだ。ほかの学校の、ほかの職員室から。ローラムスホーヴ公園のそばにある学校だった。

彼女はランプの位置を少しずらした。レオの疲れた目。刺激はなるべく少なくしてあげたい。

朝食をほぼたいらげたところで、また足音が聞こえてきた。さっきと同じ方角から。だが、さっきよりも音が大きい。しつこくて、なかなか消えない。

不意に、足音が止まった。すぐそばで。

レオはすでに立ち上がっている。マットレスのあいだを抜けて、炉の脇を通って、止まった音に耳をそばだてている。

ドアをノックする音がして、レオがびくりと身を震わせたのが見えた。

テーブルの陰には隠れられそうにない。少し身をかがめてみたが、だめだった。ノックの音がするなんて、めったにないことだ。ここではだれもそんなことはしない。トンネルの中では、みんなだれの邪魔もせずに暮らしている。

ふたりとも顔見知りだった。片方は名前のわからない人で、ほんの数回しか見かけていないが、昔からずっとここにいるのは知っている。もうひとりはミッレルという名で、ときどき話をする間柄だ。下りたり上がったりしている人たちのひとり。冬はイーゲルダム通りに出るマンホールのそばの部屋で過ごし、夏は北の郊外のアパートで暮らしている。奥さんも、成人した子どももいるらしい。どうして地上の世界と地下世界を行ったり来たりしているのか、尋ねたことは一度もない。いつか訊いてみてもいいかもしれない。

こうして並んで立っていると、ふたりはよく似ていた。歳のころは六十歳ほど、少々伸びすぎた白髪《しらが》まじりのぼさぼさ髪が、縞模様のキャップの下からはみ出している。肌は赤みを帯びていて、口と耳を結ぶ長い溝のようなしわがある。

ふたりとも、やさしい目をしている。人間は、やさしい目をしているか、していないか、そのどちらかだ。

口を開いたのはミッレルだった。

「あんたらにも知らせておこうと思って」

トンネルの暗闇を背に、部屋の入口に立っている。

「病院のほう。大騒ぎになってる。ここにも来るかもしれない、そんな予感がする」

〝見つかりたくなかったら〟

彼女は目を閉じた。

まだ。まだ見つかりたくない。

聖ヨーラン病院正面入口の前のアスファルトは雪に覆《おお》われていた。雪の下には、その前に積もった雪の層があり、さらにその下には、つるりと滑りやすい氷の層が隠れている。エーヴェルト・グレーンスは車を降りて二歩進んだところで、子どもか酔っ払いでしかありえないような派手さで転倒した。手をつく間もなく、硬い地面で背中を打って、通行人にちらちら見られて辱《はずかし》めを受けている気分になる。悪態をつき、スヴェン・スンドクヴィストに差し伸べられた手を振り払って立ち上がった。

冬は大嫌いだ。理解できたためしがない。

まだ朝で、大病院は出ていく人よりも入ってくる人のほうが多い。エーヴェルトは入口ロビーであたりを見まわした。職業柄、病院を訪れる機会はたくさんあるが、この病院は警察本部からいちばん近いところにあるにもかかわらず、来たことはあまりない。民間の警備会社の制服を着た警備員が案内カウンターにいて、列をなす人々に辛抱強く行き先を説明している。喫茶店では、早く来すぎた人が高価なコーヒーで時間をつぶしているのと同じテーブルに、とくに知り合いではないらしい入院服姿の人もいる。しばらく病室のベッドを離れる許可をもらって、健康体になった気分を味わっているのだろう。図書室、売店、少し離れたところに薬局。聖ヨーラン病院もほかの病院と変わらない。ここに十分以上いたら、天井から下がっている案内板を見ないと、自分がどこにいるのかわからなくなってしまう。

「グレーンス警部ですか？」

「そうだ」

「地下にご案内します。あの左の階段で下りましょう」

入口そばのソファー脇で立ったまま待機していた若い警官は、エーヴェルト・グレーンスの知らない顔だった。人ひとりが生まれて成人するほどの年月をさかのぼれば、自分にもこんな警官だった時代があった。若い警官は廊下も地下への階段も足早に進んでいく。エーヴェルトはさっき転んだせいで片方の腰が痛く、もっとゆっくり歩けと命令しそうになったが、思いとどまった。新入りどもの笑いの種になるのはごめんだ。今日の午後あたり、どこかのしけた休憩室で、歩く体力すらない老いぼれと嘲笑《ちょうしょう》されるなんて。

「通報があったのは一時間ほど前です。いちばん下の階にある通路で、施設管理職員が死体を発見しました」

若い警官は歩きながらこともなげに話す。息はまったく乱れていない。エーヴェルトの息は上がり、口に出す言葉は切れ切れになった。階段で楽に話ができたのはもうはるか昔の話で、いまも喉《のど》から絞り出すような苦しい声しか出ない。

「どんな死体だ？」

「女性です。ベッドに寝かせられていて、毛布が何枚か掛かっていました。職員はその毛布を片付けようとして死体に気づいたそうです。ベッドを別の階へ運ぶことになっていたとか」

一行の前に地下通路が伸びる。足音が壁にぶつかり、頭のまわりで不穏に反響した。

「初めは、亡くなった患者さんだと思ったそうです。ですが、患者さんが亡くなった場合には、遺族に見せられるよう、ご遺体を布でくるむことになっているそうで、この女性はそういうふうにはくるまれていないと気づきました。そこで上司に連絡し、その上司がただちに医師に連絡しました」

地下通路が方向を変え、幅が広くなって、灰色のコンクリートの割合も増えた。若い警官はあいかわらず足早に、腹立たしいほどの軽やかさで歩いている。彼はまずエーヴェルトのほうを振り向き、次いでスヴェン・スンドクヴィストのほうを見た。わずかながらも声が乱れはじめている。

「医師が地下に下りてきて、死体を見て、警察に通報しました。なぜそうしたかは、ご覧になればわかると思います」

地下通路はさらに二度方向を変え、幅が狭まり、また広がった。犯罪現場を囲む青と白のビニールテープの向こうに、ニルス・クランツがいる。テープで囲まれた中にいるのは、のちに捜査の土台となる手がかりを守り、採取しようとしている鑑識官たちだ。

若いパトロール警官はクランツに軽く目礼し、エーヴェルト・グレーンス警部とスヴェン・スンドクヴィスト警部補をお連れしました、と告げた。エーヴェルトはひとつ息をついてからビニールテープをつかみ、こわばって思うように動かない脚でもまたげる高さまで押し下げた。

「エーヴェルト、待ってくれ」

ニルス・クランツはあきらめのまじったしぐさで両手を振った。

「このあたり全体の調べが終わるまで」

毎回、同じだ。

ニルス・クランツは、エーヴェルト・グレーンスにも聞こえるよう、深々とため息をついてみせた。これまでの年月で、この警部がどんな人間かはよくわかっている。捜査官の仕事はなにより情報を集めること、証人から話を聞くこと、被害者からも話を聞けるなら聞くことであると、クランツは理解しているし、グレーンスもそれはわかっているはずだ。鑑識官がビニール手袋をはめピンセットを片手に仕事をしている最中に、犯罪現場にずかずか踏みこむことは、捜査官の仕事には含まれない。

だが、今回も、次回も、同じ議論を繰り返すことになるだろうと、クランツにはわかっているし、グレーンスにもそれはわかっていた。

「いま見せられるものはないのか？」

毎回、同じだ。

「ここからベッドのあたりまでは調べてある。だが入るならこれをつけてくれ」

クランツは白衣を二着と、青いビニールの靴カバー、頭を覆《おお》う透明なカバーを掲げてみせた。

「それからな、エーヴェルト、今回は、私が歩けと言ったところだけを歩くように」

エーヴェルト・グレーンスとスヴェン・スンドクヴィストは、数階上の地上で降っていた雪のせいでまだ湿っている上着を脱いだ。エーヴェルトは靴カバーをつけるのに手間取った。白衣はきつかったが、なんとか着られた。頭のカバーは、禿《は》げた頭にかぶるとずり落ちそうだった。ちくしょうめが、とエーヴェルトは思う。昔はこんなごたいそうな衣装などいらなかったのに。だが、しかたあるまい。馬鹿げた頭巾《ずきん》をかぶらされるほうが、手がかりを見落とすよりはましだろう。昔に比べると、昨今は得られる物的証拠の数が格段に上がった。ここ数年で、分析技術のほうが捜査官の脳みそより大きく進歩したわけだ。

ニルス・クランツは片手でビニールテープを持ち上げ、グレーンスとスンドクヴィストが下をくぐるのを待った。

「私の後ろを歩いてくれ」

地下通路の最後の区域。これまでの区域に比べるとはるかに短い。五十メートルほどだろうか、とエーヴェルトは見てとった。

最奥部であるここは暗い。蛍光灯の間隔が広いうえ、光も弱いように感じられる。それとも、ここの壁が光をあまり反射しないせいだろうか。古びてくたびれた、灰色のコンクリート壁だ。

半ばあたりに、ベッドが八台並べてあった。ヘッドボードは金属製で、脚にキャスターのついた、大きな、重いベッドだ。通り道をふさぐように置いてある。なんと無計画なことかと思うが、病院では往々にしてやむを得ないことでもある。空きスペースがつねに不足しているから、場当たり的に保管場所を作るしかないのだ。

死体は、いちばん奥のベッドにあった。

女性。

かつて女性だったもの。

ニルス・クランツが立ち止まって動かないので、エーヴェルト・グレーンスは彼の後ろでもどかしさに身をよじった。もっと近づきたい。女を見なければ。これから何日か、自分の一部となる死人の顔を、もっとよく見なければ。

死人と話をすることはない。

そもそも、たいていは会ったことすらない相手だ。

それでも俺は死人の考え、日課、日常を共有する。朝食になにを食べたか、最後にだれとセックスしたか、通勤手段は自転車か地下鉄か、そういったことが、にわかに俺の知るところとなる。生きている人間の知り合いはあまりいないし、正直、関心もない。それなのに、死人なら、自分自身よりもよく知っているのが山ほどいる。

女は微動だにしなかった。

たまにそういう死体がある。ふつうよりもじっとしているように見える死体。

女の髪は黒く、わりに短くてまっすぐだった。自然の色ではなさそうだ――それにしてはどことなく色が濃すぎる。デパートで髪染めを買って家のバスルームで混ぜたら、たいていこんな色になるだろう。

女はコートを着たまま仰向《あおむ》けに寝かされていた。コートは襟元《えりもと》まできっちりボタンがとまっていて、血まみれだ。とっくに乾ききった液体のせいで、布が不快にごわついている。四十代か、とエーヴェルトは推測した。

「いつ死んだ？」

法医学者ルードヴィッグ・エルフォシュは、死体を見つめたまましばらく黙っていた。

「これはまぎれもない殺人事件だな、エーヴェルト」

「いつ死んだ？」

「何日か前」

女の髪、服、年齢。彼らはいま、まだ名前のない人間のそばに立ち、殺人事件の捜査の第一段階で話すべきことを、すべて話している。

ほんとうなら、女の顔についても話をするべきだろう。

もちろん、これから話すつもりでいる。数分後には、かならず。だが、いまはその話をする気になれない。女の顔について、いまはなにも言いたくない。

エーヴェルト・グレーンスも、スヴェン・スンドクヴィストも、ニルス・クランツも。毎日のように死体を切り刻んでいるエルフォシュですら、女の顔については、まるでなにかのついでのように、堅苦しい医学用語で包み隠した所見を録音機のマイクに吹きこんだだけだった。

顔の一部が欠損しているようだ、と。

皮膚がなくなっている、と。

顔のそこかしこで、肉がえぐられてあらわになっている、と。

現在

一月九日　水曜日
十一時三十分
聖クララ教会

この、寒さ。

イェオリはかつて白かった雪の上でひざをついている。一方のアスファルトからもう一方のアスファルトへ、近道をして秒数を稼《かせ》ごうと、教会の墓地をまっすぐ横切った人々、あるいはただ単に、雪かきの済んだ小道の外を歩かなくては気が済まない人々、そんな連中の足に踏まれて、別の色になった雪。土や砂利の色に近い。

ちょっと凍えそうだ、静けさと暖かさの中へ戻りたい、とイェオリは思う。風のせいだろうか。一月の風はあまりにも強く、こちらの都合などおかまいなしで、分厚いジャケットの布も勝手に突き抜けてくる。

いや、雪が汚れているのはむしろ、麻薬常用者たちのせいだろう。彼らがここを汚すから、こうして日に何度か、雪にひざをついて後始末をするはめになる。墓地の管理も自分の仕事だとイェオリは思っている。彼はそういう教会管理人だ。誇りをもって仕事をしている。

しばらく前から続いていることだ——麻薬常用者たちが、教会の南側にある墓を掘って暴き、麻薬の新たな隠し場所として使っている。亡き人々への敬意はどこに行ったのか。イェオリは深々とため息をつく。セルゲル広場や街角での麻薬売買が厳しく取り締まられた結果だ。それで中心街での売買の場を移すしかなくなり、すぐそばにあるこの教会は都合がよかったのだろう。制服連中も、教会にまではそうそう踏みこんでこないだろうから。

イェオリは手袋をはずして泥まじりの雪の上に置き、墓の土台の一部を押して元の位置に戻す。体重をかけ、ひたすら石を押す。売人たちがいつもクスリをしまいこんでいる穴が見えなくなるまで。

立ち上がり、あたりを見まわす。もうすぐ正午で、この季節、これ以上明るくなることはないのだろうが、それでも腹の立つことに夜明けか夕方だと言われても違和感はない。見分けがつかないのだ。教会の正面出入口に向かって歩きだす。もうすぐ昼の礼拝が始まるから、準備が整っているかどうか確かめたい。白いろうそくの蠟《ろう》が床に落ちていないか、聖書や讃美歌集を載せるワゴンが空《から》になっていないか。

あの少女のことを考える。だれもいない教会で、もう三時間近く座っている少女。いっさい動かず、なにも言わず、前から二列目の長椅子の中央に腰掛けている。イェオリは午前中、ときおり彼女のようすを目でうかがっていた。あんなに若いのに、あんなにおいを放っているなんて。まだ慣れることができない。山火事のような、煙のような。不潔な、すえたにおい。

か細い肩、乱れて絡《から》まった長い髪、それしか見えなかった。皮膚を覆《おお》っている膜を破ることはできない。仮面、盾《たて》、壁の向こうには手が届かない。

まだ子どもだ。が、その悲しみは大人のものだ。

イェオリは今朝《けさ》、一時間ほどかけて、祭壇の掲示板に金属製の数字を掲げ、洗礼台のそばの椅子を動かし、奥にふたつあるテーブルのクロスを交換した。そうしているうちに朝が午前になり、彼はようやく少女に近寄った。

少女の座っている長椅子の脇で立ち止まり、ゆっくり通路に入っていくと、少女を見つめ、具合はどうか、なにか自分にできることはあるか、と尋ねてみた。ここ、この教会の中で、人を助けるのが自分の仕事だ、とも伝えた。

少女はまっすぐ前を向いたままだった。あの奇妙な膜が、瞳をも覆っていた。

イェオリはしばらくそこにとどまって質問を続けた。すると、はるか彼方にいるかのようなこの少女が、それでもイェオリの存在に気づいているらしい反応を示した。かすかなまばたき、息の乱れ。ひょっとすると彼の言葉も理解しているかもしれない。

つまり、精神の病で現実を認識できないとか、緊張病で昏迷状態にあるとか、そういったことではなく、ただ単に、放っておいてほしいと強く主張しているだけのようだった。

イェオリはまた扉を開け、教会内に入る。温もりに迎えられて、体のこわばりが解ける。彼は重いコートを脱ぐ。

少女は座ったままだ。

訪問者が増えている。三十人、いや、四十人ほどいるだろうか。一月の平日はだいたいこんな感じだ。見覚えのある人もたくさんいる。寒さに震えながら入ってきて、イェオリに向かって軽く頭を下げ、ろうそくに火をともしてから、いつもどおり、あちこちの席に散らばって腰を下ろす。大きな建物のこちらに何人か、あちらに何人か。

だが、少女のいる列には、だれも近づかない。

なにもない空間が邪魔をしている。

赤い中綿ジャケットと、強烈なにおいが、その場を占めている。だれも踏みこもうとしない。

イェオリはいつものごとく、金属製の丸い燭台《しょくだい》のそばに立っている。ここからだと全体が見渡せて、ひとりひとりの背中がはっきり見えるのだ。背後から軽やかな足音が聞こえる。教会の音楽主任だ。若い女性で、前任者よりもオルガンの演奏がうまい。そばを通ったときに彼女が微笑みかけてきて、イェオリも微笑み返す。彼女は二階席に上がる階段へ、広間と大きなオルガンを隔てるドアへ向かっている。

だれかが咳をする。だれかが讃美歌集を床に落とし、その音が響きわたるのを聞いて気まずそうにあたりを見まわす。それを除けば、静かだ。みんなが待っている。

牧師は着任したばかりで、イェオリはまだ二、三度しか会ったことがない。その牧師が、聖具室から出てきて祭壇の前に立つ。

音楽主任が奏でる、最初の音。

参列者たちは黒い掲示板に掲げられた金属製の数字を見やり、讃美歌集の薄いページをめくる。

美しい讃美歌で、たくさんの人が声を合わせて歌っている。オルガンと歌が場を満たし、人々はしばらくのあいだ共同体となって、外に広がる街を、喧騒《けんそう》を忘れる。この教会の中だけは暑く感じられるほどだ。

イェオリは傾いたろうそくをまっすぐにしようとするが、やがてあきらめ、もう少し安定感のあるろうそくと交換する。

それからずらりと並ぶ長椅子に向き直り、ここ数時間ですっかり少女の席と化した場所に目を向ける。なぜ前かがみになっているのだろう、と考える。なぜ長い髪に両手を押しつけ、耳をふさいでいるのだろう。どうして彼女の世界への扉は閉ざされているのだろう。

過　去

五十時間前

彼が立っているのは、地下通路の最後の曲がり角だ。

顔の一部が欠損しているようだ。

ここからだと、地下通路の薄暗い最奥部の全体が見渡せる。

皮膚がなくなっている。

エーヴェルト・グレーンスは移動するとき、ニルス・クランツのあとについてここに来たときと同じ場所に足を置くよう気をつけた。もう、どこでどんなふうになにが起きたのか、クランツにしつこく質問を浴びせる気にはなれなかった。さきほど、現実とは思えない光景を目にした。距離を置いて、ひとりきりで観察しなければ、とても理解できそうになかった。

顔のそこかしこで、肉がえぐられてあらわになっている。

細長い空間、場を占めようとする暗闇。遠くから見るとまるで舞台のようだ。クランツとエルフォシュが設置した電灯で、八台ある金属ベッドが煌々《こうこう》と照らされている。いくつも重なった光の輪で、地下通路がさらにくっきりと分割される。陰になってよく見えないところと、にわかに際立って鮮やかに見えるところと。

ここから見てすぐにわかるのは、女が仰向《あおむ》けになっていること、コートを着ていること、乾いた血のせいでその元の色がよくわからなくなっていることだ。

だが、顔は見えない。あのおぞましくえぐられた穴は見えない。

ニルス・クランツとその部下ふたりは、いまも硬い床を這《は》いまわっている。白衣姿で、ライトを持って、ベッドから地下通路の果てまでのコンクリートを隅から隅まで調べている。ときおりひとりが体を起こしてほかのふたりを呼び、ろくに見えないなにかを見せている。

エーヴェルトはため息をついた。いずれ話すことになるだろう。数分後には。

「エーヴェルト」

その数分後が、ついに来たようだ。

「エーヴェルト、これはどうやら……たぶん、なにかに……咬《か》まれた痕だ」

ルードヴィッグ・エルフォシュはベッドのそばにとどまっていた。録音機はすでに上着のポケットにしまわれ、ビニール手袋もはずされている。

「死後に咬まれている」

エルフォシュはエーヴェルト・グレーンスを手招きし、ベッドをはさんだ反対側に呼び寄せた。

「だが、直接の死因はおそらく、これだ」

女の胸と腹を指差す。コートのごわついた布地。赤黒い血にまみれ、大きなしみがいくつもできている。

「刺傷だな。おそらく細長いナイフのたぐいだ。そういう傷がたくさんある」

おまえは何日か前に死んだ。顔のあちこちが欠けてる。たとえばそこ、右の頬骨のあたり。エーヴェルトは、もう息をしていない女をじっと見つめた。肉がなくなってるから、俺にはいま、おまえの骨の一部が見えるんだ。わかるか？この女は、仕事の対象だ。エーヴェルトにとっても、エルフォシュにとっても、クランツにとっても。

人間ではない。単なる分析の対象だ。すべてを明らかにして、次のだれかの分析に移るまでの。

人間ではない。もはや。

エーヴェルト・グレーンスにはもっと情報が必要だった。だが、いまの時点ではエルフォシュにこれ以上言えることはない、ともわかっていた。この女の解剖を終えたら連絡してきて、もっと詳しい情報をくれるだろう。刑事が徐々に名もない女の日常へ溶けこんでいく、そのプロセスに不可欠な事実を。

エーヴェルトは女の顔から離れ、ベッドのまわりを一周した。立ち止まり、もう一周。この女は、におう。ふつうのにおいではない。どことなく甘く鼻をつく死臭とは違う。

もう一周。

煙だ。さして強くにおうわけではない。だれかが煙草《たばこ》の火をもみ消して、部屋の換気をしてから、顔を近づけてきた、その程度だ。服に残った、かすかな淀みの記憶のようなもの。エーヴェルトは身をかがめ、触れる直前まで鼻を近づけた。

煙草のにおいではない。むしろ山火事に似ている。湿った葉が燃えたときの、灰色をした煙のすえたにおいだ。

死人にここまで近づくと――近づきすぎているかもしれない――逆に見られているような気分になる。好奇心も、さしたる関心も感じられない。もっとうつろな、少し傷ついたようなまなざしだ。

〝おまえはだれだ？　私のそばでなにをしている？　なにをじろじろ見ている？〟

理解できないこともない、とエーヴェルトは思う。

「三人全員から話を聞いてきたよ」

スヴェン・スンドクヴィストも、さきほどのエーヴェルトと同じように、クランツが許可を出した狭い経路を、靴跡をたどりながら近づいてきた。エーヴェルトはうなずき、耳を傾けた。先を聞きたい。

「三人とも――職員も、その上司に当たる施設管理責任者も、医師も、みんな毛布にさわったそうだ。予想どおりだな。たぶん死体にもさわっている」

使い果たされた人間のそばに近寄ることを、スヴェンがどれほどいやがっているか、エーヴェルト・グレーンスは知っている。彼には生きがいとなるものがありすぎるのかもしれない。少なくともエーヴェルトはいつもそう思っている。スヴェン・スンドクヴィストのように、たくさんの命に囲まれて暮らしていると、死に相対するのがつらくなるのではないか。だから、殺人事件の捜査開始からの一時間、仕事をどのように分担するかは、これまでの年月で自然と決まってきた。スヴェンは現場から遠く離れたところで事情聴取にあたり、エーヴェルトはもはや存在しない人間にできるかぎり近づいていく。

「あとで除外できるように、指紋とDNAを採らせてもらうことになる、と伝えてきた」

スヴェン・スンドクヴィストはベッドから二、三メートル離れたところに立っていて、エーヴェルト・グレーンスは彼と死体のあいだにいる。エーヴェルトが死体を隠しているおかげで、スヴェンは開かれることのない口やうつろな目を見ずに済んでいる。彼は感謝のまなざしで上司を見た。

「毛布は三十分前、袋詰めにして分析のためリンシェーピンの国立科学捜査研究所に送った。で、死体は……」

彼は口をつぐんだ。

エーヴェルト・グレーンスが無意識のうちに移動していたのだ。それでスヴェン・スンドクヴィストの視界がひらけた。

もはや逃れられなくなった。

彼の視線が初めて、女の顔に、そこにあいている大きな穴に向けられる。到着したときにちらりと見はしたが、そのあとはずっと目をそらしていた。それなのに、もう目が離せない。

彼女のもとを離れることができない。

「あの人……」

「スヴェン、死体は俺がなんとかする。おまえは残らなくていい」

「エーヴェルト……あの人、見覚えがあるんだが」

座面から、腰のあたりのクッション、肩のほうまで、ふかふかとやわらかい椅子だ。潜りこんで身を隠せる。かつて雄牛だった赤い革のカバーからは、高価な新品のにおいがする。彼女はひとりでくすくす笑った。いま、だれかがこの部屋をのぞきこんだら、いったいどう思うだろう。アスファルトの下、地下十七メートルのところにある、暗いトンネル網。パレットと変性アルコールのにおいが充満した空気。薄いマットレスと病院用の黄土色の毛布が床に置いてある、金属扉で隔てられたコンクリートの空間。煤《すす》まみれの顔をしている、しかもそれが気に入っている、ひとりの少女。

彼女はまた笑い声をあげた。

その少女が、こんな椅子に座っているのだ。

工場から出荷されたばかりの、三万クローナもする椅子。三日前の夜、レオが学校庁のお偉方のオフィスから取ってきてくれた。

建物の下の出入口、アルストレーメル通りとフリードヘム通りの角にあるあの出入口から、ここまでこれを持ってくる体力がいったいどこにあったのか、彼女にはいまだにわからない。

あのあたりの下水道トンネルはものすごく狭いし、連絡通路からここまでの道のりもかなりあるのに。

それでも、誕生日を迎えた彼女が、椅子を欲しがったから。

彼女は安らぎを求め、椅子をゆっくりと前後に揺らした。レオを見る。また眠っている。彼女の脚のすぐそばで。夜中に活動したあとの彼は、いつも延々《えんえん》と眠る。

また笑い声をあげようとする。さっきそうしてみたら気分がよかったから。が、無理だった。

この日だけは、いやでしかたがない。

このままがいちばんいいのだ。毎日、毎時間、いまと同じように暮らしていたい。レオと、暗闇と、干渉してこない人たちといっしょに。

それでも、この日だけは。

週に一度、二時間。体を清潔にしなければならない。人目にさらされなければならない。

こんなことはしなくていいのだと、レオは何度も言ってくれた。部屋を出ていく前の彼女のようすを見て、行くな、ここにいろ、と何度も言った。

週に一度。守ってくれる膜をはがす。

いやでしかたがない。それでも、やるしかないとわかっている。自分のため。薬のため。きっかり七日でいつも切れてしまう薬。いちばん簡単な入手方法がこれだ。薬がなければ、彼女は穏やかな気持ちになれない。レオも光に耐えられなくなって、また巨大ネズミを集めることになってしまう。

レオは全部やってくれている。彼女にできることはこれだけだ。やらなければ、必要とされなくなる。

だから、またシャワーを浴びる。

そして、あの両手を振り払う。昔、蛇口をひねるたびに追いかけてきた両手。体が密着して、隔てるものが湯だけになるまで、脚のあいだをぐっとつかんで放してくれなかった両手。

彼女は声をあげて笑った。

できた。

力を振り絞れば、両手をぐっと握りしめれば、たいていは笑える。


レオはぐっすり眠っている。あと何時間かは起きないだろう。マットレスに顔を埋めて、うつぶせに寝ている。だいたいいつもその姿勢だ。

寂しい、と彼女は思った。

椅子をそっと前後に揺らす。煙草《たばこ》を一本。レオのゆったりとした寝息。

いやでしかたがない、この日。

頭に浮かぶ考えを追い払う気力はもうない。話をしなければ。ただ話すだけでいい、どんな話でもいいのだ、とにかく自分以外のだれかと話せれば。

赤いジャケットはドア脇の釘に掛けてあり、彼女はそれを身につけた。北へ向かうトンネルはいつも寒い。あそこのほうが風が強いのだ。

いちばん近い道を行くなら、距離は二百メートル。いちばん好きな道を選ぶと、距離はほぼ倍になる。そちらのほうが、コンクリートで固められた通路は古いが、体を起こして歩くには楽だ。

彼の居場所は狭く、壁にたまたまあいた穴のようで見つけにくい。イーゲルダム通り沿いの公園の地下をほぼ占めている、あの大広間のような空間のすぐ手前だ。

ミッレルは地面にあぐらをかいて座っていた。彼女の期待どおり、ひとりきりだ。縞模様のニット帽を目深にかぶっていて、ぼうぼうの眉も覆《おお》われている。頬を縁取る髪は、一時間ほど前、名前のわからないだれかといっしょに訪ねてきたときと比べても、さらに乱れている。顎に生えたひげはもう何週間も放置されているようだ。

ミッレルがやさしい顔をしていることを彼女は知っている。だが、いまはそれがなかなか見えない。

「入ってもいい？」

ミッレルはうなずいた。レオと同じだ。言葉数が少ない。

彼女はひざをつき、四つん這《ば》いになって中に入った。何メートルか進むと少し広くなった。立ち上がれるほどではないが、もう少しでできそうではある。

ミッレルは未開封のクッキーの箱を差し出した。

「食べるか？」

「いらない」

「煙草は？」

「もらう」

ミッレルはクッキーの箱を脇に置くと、ジャケットにたくさんついているポケットのひとつから煙草と巻き紙を出した。そして、彼女を見つめた。

「今日なのか？」


彼女の行き先をミッレルは知っている。なにを抱えてここに来たかも知っている。こういう子たちの来歴は、皆よく似ている。まだ幼い少女たち、子どもたちが、さわってくる手のある家を逃れて、一週間、ときには一カ月、ここに身を隠す。よくないことだとミッレルは思っているが、なにも言わない。そういう子たちはたいてい、こちらが名前を覚える間もなく、またいなくなる。だが、中には彼女のような子もいる。戻ろうとしない。土も煤《すす》も汚れも受け入れて、自分を守る膜にしてしまう。それがなければ、まるで透明人間のようだ。

「うん。今日」

この娘は、だれよりも長くここにとどまっている。もう二年は経っただろう。もっとかもしれない。来たときにはまだ幼い少女だった。いまの彼女は別人だ。

「やりたくなけりゃ、やらなくていいんだぞ」

「二時間だけだから」

「おまえが決めていいんだ」

ミッレルはこの娘を気に入っている。だが、ここにいる連中のことをよそ者に告げ口したことは一度もなかった。

三週間ほど前までは。

ずっと前から、知らせなければと思っていた。こんなにも若い、かよわげな娘なのだから……あとになってから悔やむことを恐れていたが、いま、こうして彼女を見つめていても、心は痛まない。悔いはいっさいなかった。自分は正しいことをした。ときには正しいこともできるのだと思った。

だって、おまえ、まだ子どもじゃないか。

「二時間だけだから。ね？」

少女は微笑もうとしている。笑い声をあげようとすらしている。

まだ子どもなのに、こんな。

やるからにはしっかりやったつもりだ。知らせる相手として選んだのは、聖クララ教会の執事、シルヴィだった。初老の女性で、週に何度かフリードヘム広場そばの交差点までやってきて、コーヒーやサンドイッチを配っている。

俺はついに告げ口した。上の人間におまえのことを知らせたんだ。おまえのために。

三週間ほど前。コーヒーを受け取ったあと、シルヴィに、ちょっと離れたところに来てほしい、だれにも聞かれたくない話がある、と告げた。シルヴィも路上で生活していたことがある。そこから人生を立て直したのだ。ふざけたことをいっさい言わない、信用できる人だと思っている。ふたりはバス停のそばで立ち止まり、ミッレルはそこで、地下で暮らしている少女、地上に戻ろうとしない少女の話をした。秘密にしておくのはもう耐えられない。二年以上前から地下通路で姿を見かけている。あの子を探している人々がどこかにいるはずなのだ。

おまえはここにいるべきじゃない。隠れて暮らすには若すぎるんだ。

「もっとある？」

少女が、燃えつきそうな煙草を指差す。ミッレルは空《から》になった煙草の箱を見せ、自分のを口から出して彼女に渡した。

「やるよ」

自分は正しいことをした。

「そんなに吸わないほうがいいんじゃないか」

「吸わなきゃだめなの」

「どうして？」

「どうしても」

煙草を持つ少女の手が震えている。ここ数カ月のことだ。震えがだんだん強くなってきているのがわかる。

ミッレルはぼさぼさに乱れた少女の髪を撫《な》でてやった。

シルヴィに知らせた。もう自分ひとりではない。シルヴィもこの子のことを知っている。

知ってどうするかは、シルヴィが決めることだ。

自分は、もう考えなくていい。

女からは煙のにおいがした。

淀んだ、すえたにおい。あの、落ち葉の山が焼けたようなにおい。気になってしかたがない。前にも嗅《か》いだことのあるにおいだ。

エーヴェルト・グレーンスは明かりに照らされたベッドの脇にたたずんでいる。おまえはつい最近まで生きていた。顔の一部が欠けている女。おまえはもう生きていない。その胸と腹を見つめる。エルフォシュによると、犯人はそこにナイフを突き立てたらしい。何度も、何度も。

おまえには名前がある。おまえはなにかを考えていた。どこかに属していた。

「エーヴェルト」

ニルス・クランツはテープで囲まれた中、ついさっきまで歩くのも禁止だった場所に立っている。エーヴェルトと、少し離れたところで待っていたスヴェン・スンドクヴィスト、地下通路を去ろうとしていたエルフォシュに向かって手を振った。

「ちょっと来てくれないか」

クランツは床にひざをつき、三人にもそうするよう告げた。さっきまで作業に使っていたランプがひとつ、クランツの前に置いてある。彼はカバーのついたそれを持ち上げ、紫外線ライトを左脚のそば、埃《ほこり》にまみれたコンクリートの床に向けた。

「この女性がどこから来たかわかった」

一行は、クランツと部下ふたりが調べを終えたばかりの区域を移動した。

「なにかを引きずった跡がある。それが、ベッドの死体のそばで途切れてる。固まった血と、布の繊維の断片が見つかった。おそらくこの女性の服の一部だ。引きずった跡のそばには足跡も見つかった。この女性をここまで引きずってきた人物のものだろう。複数かもしれんが」

エーヴェルトは明かりに照らされた箇所を見つめたが、クランツの言うような跡は見えなかった。

「引きずった跡か。どこからだ？」

「長さは百六十二メートル。あっちだ」

クランツは、四十五分前にエーヴェルトとスヴェンが現われた方向を指差した。

「私の後ろを歩いてくれ」

ニルス・クランツが立ち上がって歩きだす。エーヴェルトはそのあとについて歩きつつ、携帯電話を出し、アンニの介護ホームの職員に三度目の電話をかけた。いまごろはもう、いつも行く比較的小さな病院のどれかに到着していて、麻酔をかけられ、いつでも手術室に入れる状態になっているはずだ。いつもと同じ、型どおりの検査だとわかっている。脳圧を測るのだったか。介護ホームの職員にはここ数年、心配は無用です、私たちを信用してください、大丈夫だから任せてください、と何度も言われている。他人任せにはできないという気持ちこそ、エーヴェルトがしがみつける唯一の命綱なのに。

もちろん、心配せずにいられるわけがなかった。恐怖をコントロールすることはできない。それは後ろから忍び寄ってきて、腹に広がる不快感となって彼の中に居座る。

エーヴェルトが不満をあらわにする。長いことぶつぶつ文句を言っていたせいで、ほかの三人が彼のほうを向いた。この胸糞《むなくそ》悪い地下から電話をかけるのは、これで三度目。呼び出し音すら鳴らずに電話が切れてしまうのも、これで三度目だ。

「ちょっと待った」

クランツが片手を上げる。立ち止まったのは、長々と続く壁の真ん中にあいたドアの前だ。ほかのすべてとまったく同じ色をしている。これは、目立たないようにあえてそうしたのだろうか、とエーヴェルトは考えた。それとも、この色のペンキが大量にあっただけだろうか。

「そこにいてくれ」

ふつうならまったく目立たなかったであろう、灰色のドア。だが、灰色であるはずのそこにはいま、黒々としみがついている。ドアの金属に煤をはたいたからだ。

「まだ調べつくしてはいない。開けて向こう側も調べたい。錠がふたつついてるが、病院の職員は片方の鍵しか持ってない。いま、もう片方の鍵を待ってるところだ」

クランツは手を下げ、ところどころ黒くなったドアに目を向けた。

「百六十二メートル。ここから始まってるんだ。引きずった跡は」

スヴェン・スンドクヴィストがドアに一歩近寄る。

「つまり、あの女性は……この向こうから来たってことですか？」

「おそらく」

エーヴェルト・グレーンスは四度目の電話をかけたが、またもや呼び出し音すら鳴らずに電話が切れて、苛立ちのままに携帯電話の電源を切ったところだ。

「この向こうに入るのは厄介だぞ」

いまはスヴェンの隣、地下通路の壁から一メートル弱のところに立っている。

「このドアの向こうには、ストックホルムの地下世界が広がってる。文字どおり、ほんものの地下世界だ。通りの下、公園の下、移動するおまえたちの汚い足の下に、トンネル網がいくつも張りめぐらされてる。そのうちのひとつがここだ。何キロも続くコンクリートの管。人が歩きまわれるほど大きいのもたくさんある」

エーヴェルトはふたつある錠のそばで手をひと振りした。

「何度か入ったことがある。この病院からじゃなくて、ほかの入口からだが。こういうドアは、公《おおやけ》の建物ならどこにでもある。少なくとも、ある程度古い建物にはな。街そのものが昔、トンネル網につながるように建てられたんだ。入口は、電話網の中継室だったり――この地下通路のどこかにもあるんじゃないか、そういう部屋――発電用のボイラー室経由だったりする。いずれにせよ、ドアを抜ければそこはもう地下世界だ」

　ルードヴィッグ・エルフォシュはそれまでずっと黙っていたが、いま、持っていた鞄《かばん》を床に置いた。

「その、トンネル網だが」

　ゆっくりとうなずいている。ひとり納得したように。

「もっと早く気づくべきだった……エーヴェルト、そのトンネル網というのは……下水道のトンネルともつながっているんだろう？」

「つながってるよ、全部な。下水道、軍用トンネル、地域暖房システム、電話網、各建物の暖房システム。大きさも行き先もさまざまないくつものトンネルが、連絡通路、ドア、出入口、とにかくいろんなもんでつながってる。もうだれも全体を把握してない。古すぎるし、数が多すぎるし、地下深いところにありすぎる。下水道だけでもな、郊外まで含めたら長さ八十キロ、百キロはあるんだ」

　エルフォシュはいまもなお、だれにともなくうなずいている。出しゃばらず、しっかり言葉を選んでから前に出るタイプの人間だ。ホームパーティーの最中でも、キッチンの隅に座って、ざわめきに耳を傾けているタイプ。

「女性の顔にあいていた穴だが、あの原因がわかった」

　エーヴェルト・グレーンスはそういう人間が好きだ。そういう人間が口を開けば、かならず耳を傾ける。

「ドブネズミだよ、エーヴェルト。あれはネズミに喰《く》われた痕だ」

スヴェン・スンドクヴィストはじっとしていられなくなった。

「喰われた痕？」

「おそらくな」

スヴェンはかぶりを振った。

「欠けていた部分……なんというか、あの、穴は……かなり大きいですよ」

エルフォシュは何歩か後ろに下がり、地下通路の反対側、女の死体のある方向を指した。

「ドブネズミは実際、かなり大きいんだ。三十センチ近い大きさのもいる。尻尾《しっぽ》は二十センチ。つまり全体で半メートルはあるということだよ。おそらくあの女性は、複数の、さまざまな大きさのネズミにやられている。咬《か》み跡の大きさがまちまちだったから。地下のトンネルなら何百万匹といるだろう。環境さえ整っていれば、ネズミのつがいはたった一年で千匹子どもをつくる」

地下通路の遠くのほうで、なにかの擦《す》れる音がした。この数階上、病院の正面入口でエーヴェルトとスヴェンを迎えた若い警官は、あいかわらず早足で歩いている。ひょいと身をかがめ、青と白のビニールテープをくぐった。

「ご指示どおり、病院全体の捜索を行ないました。不審者はいません」

エーヴェルト・グレーンスのほうを向いてそう言ってから、ニルス・クランツに向かって続けた。

「それから、施設管理責任者からの伝言です。もう片方の鍵は、この病院にはない、と」

「それだけ？　ほかにはなにも言ってなかったのか？」

「なにも」

エーヴェルト・グレーンスはクランツを見やり、ふっと笑った。

「そんなことなら俺が教えてやれたぞ、ニルス。訊いてくれさえすればな。民間防衛団体に問い合わせるんだよ。そういう錠を開ける鍵を持ってるのはそいつらだ」

クランツは苛立ちを抑え、すぐ戻ると言い置いて去った。エーヴェルトは彼の足音が聞こえなくなるまで待ってから、エルフォシュに近寄った。

「何日か前、と言ったな。つまりどういうことだ？」

「現段階ではそれ以上はわからん、ということだよ」

「言ってみろ。推測でいい。死後どのくらい経ってる？」

エルフォシュはため息をついた。

「推測でものを言うのは好かない。知っているだろう」

「それでもだ」

「少なくとも三十六時間。それ以上は言わん。正確な時刻は解剖のあとだ」

エーヴェルトは地下通路の壁のドアを観察した。

「おい、スヴェン、手伝え。発見者の話を聞いてきたんだろう」

スヴェン・スンドクヴィストは白衣の下に手を入れた。少年に咬まれた指の付け根の皮膚がひきつるのを感じる。そっと指を伸ばし、上着のポケットの口に引っかかったメモ帳をなんとか出した。

「勤務表によると、夜勤の施設管理職員が最後に地下通路を通るのは二十時五十分。平日も週末も同じだ。ゴミの回収のためだと思う。責任者によれば、その時点ではベッドの上に毛布はなかった。したがって、女性の死体がここに運ばれてきたのは、早くても二十一時ごろということになる」

スヴェンはメモ帳をめくり、最後のほうのページで止まった。

「で、今朝《けさ》七時半ごろ、日勤の職員が死体を発見した。朝食を運ぶワゴンを運んで戻る途中だったそうだ。ということはつまり、女性の死体がこの地下通路にあった時間は、長くて十時間半。もしトンネル網から引きずられてきたのなら、まだにおいが残っているだろうから、犬が使える」

今朝初めて、地下通路に完全な静けさが訪れた。がさがさと床のあちこちを這《は》いまわっていたクランツは不在で、ビニールテープのおかげで部外者はだれも来ていない。そしてエーヴェルト・グレーンスにはもう質問がなかった。彼はスヴェンとエルフォシュを見つめ、こくりとうなずいた。これから一階上に上がり、施設管理職員室で固定電話を借りるつもりだ。分厚い壁に阻まれない電話を。

まず、指令センターに電話をかけた。十五分以内に警察犬が現場に来ることになった。次の通話も短かった。ヘルマンソンはほんの二言《ふたこと》三言《こと》の説明で、病院の地下通路で見つかった女性の死体の状況をたちまち把握した。エーヴェルトは、朝一番に飛びこんできたほうの事件を担当するよう、彼女に指示した。ストックホルムの真ん中で捨てられた子どもたち四十三人の件。彼女に能力があることは疑っていない。もう大規模な捜査を指揮できる。同じ課で彼女よりずっと長く働いている連中の何人かに比べても、彼女のほうがはるかにいい仕事をするはずだ。

三つ目の通話。ダイヤルトーンはしっかり聞こえ、呼び出し音も鳴った。ここから十キロ弱離れたリディンゲにあるアンニの介護ホームの職員は、すぐに応答した。

スサンヌに代わってほしいと告げる。エーヴェルトが信用していると言っても過言ではない、介護ホームでアルバイトをしている医学生だ。スサンヌは電話に出ると、アンニは確かに今朝早く搬送されていった、いまは麻酔をかけられて眠っている、と言った。レントゲン検査をして、脳に埋めこまれたプラスチックチューブの状態を確かめるのだ。低圧水頭症。頭に外傷を受けて出血した場合に発症することがある、と医学生は説明した。

たったのひとこと。

その結果が、車椅子での二十七年だ。

俺のブレーキが間に合わなかったせいで。

エーヴェルトはずしりと重い黒の受話器を手に持ち、彼を落ち着かせようと話を続ける声を聞いている。だが、もうその場にはいなかった。昨冬、アンニとスサンヌとともに出かけた、あのときに戻っている。エーヴェルトが訪問したある日、アンニはいつもどおり窓辺に座り、過ぎ去っていく人生を眺めていたが、突然、なにかに向かって手を振った。エーヴェルトはそのとき室内にいて、アンニが海に向かって、ヴァクスホルム社の白い旅客船に向かって、かすかに手を上げた場面を目撃した。アンニは笑い声をあげ、指を何度も前後に動かしたのだ。彼女がそんなふうに意識して体を動かすことはありえないと、脳神経科医どもはみんな言っていたのに。エーヴェルトは動転して介護ホームの廊下に走り出た。いかにも施設らしい、個性のない家具のあいだで踊り、笑い、泣き、叫んでいると、職員が追いかけてきた。落ち着いてくださいと懇願する声がだんだん大きくなった。数日後、エーヴェルトはアンニが見ていた船を予約した。雪で白くなったストックホルム沖の群島を抜け、船内でコーヒーを飲んだ。アンニは分厚い毛皮の襟《えり》のついた茶色いコートを着ていた。そのときに医学生のスサンヌが口にした懸念を、エーヴェルトはまったく気にとめなかったし、いまもどうでもいいと思っている――期待を裏切られて苦しむことになるのではないか、と彼女は心配していた。意識して体を動かしたように見えても、実は単なる反射運動にすぎなかったということはよくある。期待しすぎると、ひどく傷つくことにもなりかねない、と。

聖ヨーラン病院の最下階に戻り、地下通路を歩きだしたときにはもう、静けさは消えていた。

スヴェン・スンドクヴィストとルードヴィッグ・エルフォシュが通路の真ん中に立って話をしている。なにを話しているのかはよく聞き取れない。警察犬とハンドラーが到着していて、立ち入り禁止テープのそばで次の命令を待っている。ニルス・クランツはついに鍵を手に入れ、壁のドアを開けていた。調子はずれの口笛を吹きつつ、指紋を取るべく金属扉の裏側に煤《すす》をはたいている。

エーヴェルト・グレーンスはゆっくりと地下トンネル網の入口へ向かった。クランツが苛立って刷毛《はけ》を持った手で追い払おうとするので、立ち止まり、代わりに扉の向こうに広がる暗闇をのぞきこんだ。どこに視線を据えたらいいのかよくわからない。やがて目が慣れてきても、ほとんどなにも識別できなかった。先の見えない、巨大なコンクリート管。天井に沿って黒い桁《けた》が延びているようにも見える。それだけだ。が、においはする。さっき女から漂った、かすかな煙のようなすえたにおい。そして、熱。これもはっきり伝わってくる。自分たちのいる肌寒い地下通路に比べると、あの中のほうがはるかに暖かい。

おまえは、あの中から来た。

「終わったよ」

ニルス・クランツは満足げだ。彼の担当する現場検証が、これで終わった。

おまえは、あそこで死んだ。

「もういいのか？」

「ほら、ドア、開いてるぞ」

エーヴェルトは警察犬のハンドラーのほうを向いた。自分と同年代の男だが、背筋は彼のほうがぴんと伸びていて、髪も豊かだ。犬は男の足元でじっと座っている。シェパード犬で、毛色が黒に近い。シェパードはふつう、もっと明るい色だったような記憶があるが。

すべての動きがあらかじめ決まっていて、機械のようですらあった。

すらりとした胴にハーネスがはめられ、背中側のリングに留め金が掛かり、長さ十五メートルのリードが少しだけ繰り出される。

もどかしげに鼻を鳴らし、張り切って尻尾《しっぽ》を振りはじめた警察犬に、コマンドが出される。

ハンドラーは最後にもう一度、エーヴェルトと目を合わせた。ゴーサインを確認してから、開いたドアへ犬を促した。

そして、右手を伸ばした。

トンネルの中へ。

まもなく犬がそちらへ向かう。次のコマンドが発せられたら。

彼女は壁沿いの箱のひとつに置かれた時計を見やった。銀色をした金属製で、文字盤の青い、小さな時計。これを見るのは週に一度だけだ。守らなければいけない時間はひとつしかない。

十一時五分。あと一時間弱だ。

レオはまた目を覚ましていて、あいかわらず落ち着きがなく、動きがぎくしゃくしている。そういう時期が彼にはあるのだ。まわりのなにもかもが危険で唐突に思えて、逃げられなくなってしまう時期。彼女はもう慣れていて、ほんとうは足りないのに、自分の錠剤を彼にあげたりもする。自分の恐怖は我慢できるけれど、彼の恐怖を見るのは耐えがたいから。

今日はいつもより寒い。ミッレルのところへ向かうトンネルも寒かったけれど、朝だったし、よく眠れなかったせいだろうと思っていた。でも、いま、ふたりとも凍えそうだ。レオは部屋の真ん中に立ってがたがた震えているし、彼女はジャケットを着た上に毛布をかぶっているのに、それでも全然暖かくならない。

「行かなくてもいいんだぞ」

「わかってる」

レオがドアを開け、ふたりはトンネルに出た。もうひとつの部屋は、二歩だけ進んだ先にある。もちろんここもドアは金属製で、鍵は小さいほうの鍵束に入っている。

ふたりが暮らしている部屋によく似た空間だ。同じくらいの広さ、むき出しのコンクリート壁、天井近くに電気のコンセント。地下のこのあたりにある部屋はたいていそうだが、ここもまた、有事のための貯蔵庫として造られた部屋だろう。

いまはふたりの貯蔵庫だ。

いつも閉め切ってあるから、煙もネズミも入ってこない。

レオはこの空間を、床から天井まで物で埋めつくしていた。ていねいに重ねて置いた箱の中には、彼が夜中、地下トンネル網からドアで出入りできるあちこちの建物から取ってきたものが入っている。左側は、食料――保存食や乾物で、軍のものもあれば、いくつかあるスーパー〈ＩＣＡ〉の商品庫から取ってきたものもある。真ん中には、黄土色の毛布の山が四つ。どれも新品で、透明なビニールに包まれたままだ。右側には、服。ストックホルム市交通の職員――バスの運転手、地下鉄の運転手、改札の見張り――のための備品倉庫から取ってきたものがほとんどだ。

埋まっていない壁は一面だけで、そこには太い釘がふたつ打ちつけてあり、ハンガーが掛かっていて、どちらにも青い制服がひと揃い下がっている。彼女は、ズボンを、ロングスカートを、中綿ジャケットを、セーターを脱いだ。ショーツとブラジャー以外はすべて脱いだ。

また寒さに震える。肌があちこち赤くなっている。湿った服が青白い肌に擦《す》れたせいだ。あの、両手。

脚のあいだに触れて、胸をつかんできた、両手。

週に一度。地下にいれば、週に一度で済む。

制服のジャケットをはおり、腿《もも》のあたりがぶかぶかなズボンをはく。水色の線の入ったVネックセーターに、つばの少々やわらかすぎる制帽。

お湯は大嫌い。

レオがまた入ってきた。着替えの邪魔にならないよう外に出ていたのだ。いつもそうしてくれる。

「ルールはわかってるな」

ふたりは互いを見つめた。レオの声が硬い。このときだけだ。ほんとうに、このときだけ。彼は手にしている小さいほうの鍵束から、鍵をふたつはずした。かなり角張った大きな鍵がひとつと、ごくふつうの鍵がひとつ。昔住んでいたアパートの鍵に似ている。

「だれかに止められたら。なにか訊かれたら。こいつを取られそうになったら。なにも言うな。なにも知らないと言え」

毎週繰り返されるやりとり。だが、彼の声を怖いとは思わない。これらの鍵にどれほどの意味があるか、よくわかっているから。すべてなのだ。レオにとっては、地下で過ごしたこれまでの年月、今後ここで暮らしていく年月と、同じだけの価値がある。権力であり、尊厳であり、ふたりがだれの助けも借りずにここで暮らしていくための絶対条件だ。

「これと、これ。俺が持ってるのがばれたら……やつらはここに来る。音も光も引き連れて。俺には耐えられない。知ってるよな」

彼女はふたつの鍵をしっかりと握りしめて歩いた。大きいほうの鍵で連絡通路へのドアを開け、ふたりの地下トンネル網、たぶん軍と都市整備局のだろうと彼女が思っているトンネル網を離れて、地下鉄のネットワークに属する通路に入った。

昔は、地下にあるトンネル網といったら、これしか知らなかった。

住んでいる人の数は、ここのほうがずっと多い。だが、あまり長く暮らすことはない。地下鉄の通路はたいてい、薬物依存症の人たちの一時的な住処《すみか》、奥まで潜りこまなくていい人たちのための場所だ。

そういう人たちのそばを、彼女は走らずに、しかしできるだけ速く素通りする。彼らは岩壁のへこみや空洞など、あらゆるところに座ったり寝そべったりしている。見ると、何人かの顔には覚えがある。彼らはこちらを見ない。

ここではいつも、なにかのきしむ音がする。

鉄と鉄のぶつかる鋭い音。線路を擦《す》る大きな車輪の音。

遠くのほう、広い通路がふたつに分かれているところで、赤い灯がふたつ点滅し、地下鉄の最後尾の車両が走り去っていくのが見えた。

ふつうの鍵を握った手を、青いズボンと上着にこすりつける。これからの数分で、ドアを三つ開け、階段を二カ所上がり、地下鉄フリードヘムスプラン駅の入口ホールを横切ることになる。

だれも、なにも質問してこないだろう。目をとめもしない。制服が彼女を守ってくれる。

週に一度、たったの一時間。

毎回忘れてしまう。どんな音がするか、どんなにおいがするか。走りまわっているだけのように見える人たちが、どれほどたくさんいるか。

ストックホルム市交通の職員専用エリアは、地下鉄駅の入口ホールの上にある。昼食時になると、バスの運転手、地下鉄の運転手、改札の職員が、質素な食堂にひしめきあって持参した食事を囲んだり、更衣室に入って制服を着替えたりしている。

彼女は狭い入口ホールに入った。壁に取りつけられた公衆電話で、大げさに手を動かしながら話している男と、あやうくぶつかりそうになった。トイレの脇を通り、かすかに香水のにおいが漂う、シャワーの蒸気で温まった部屋に入った。

運がよかった。女がひとりしかいない。褐色の髪をした年配の女で、ドライヤー二台と巨大な鏡のあるコーナーの前、長椅子のひとつに裸で座っている。微笑み、挨拶《あいさつ》代わりに軽くうなずいた。

「これから?」

「えっ?」

「シフト、これから? それとも、上がり?」

「上がりです」

「私も。今朝《けさ》の五時からのシフトでね。めちゃくちゃ混んでて大変だったよ。寒いから、車のバッテリーが上がっちゃった人が多いんだね、きっと」

少女は更衣室のいちばん奥に入り、巨大な鏡に背を向けて腰を下ろした。鏡は絶対に見ない。苦手なのだ。自分ではないと感じる。昔、部屋に貼っていたロビー・ウィリアムズのポスターの上の壁に、金縁の細長い鏡が掛けてあったけれど、あれに映っていたのだって自分とは思えなかった。

「そっちも大変だった？　疲れた顔してる。こんな日に、ずっと改札に詰めてるなんてね」

女は太っていて、丸みを帯びたその体はまるで果てがないように見えた。潜りこんで身を隠したくなる体、かき抱きたくなる体だ。少女はそんな体を横目で見やった。ママはあんなふうではなかった。もっと幼い女の子のような、薄くて、角張った体だった。

「ねえ、どうだったって訊いてるんだけど」

「えっ？」

「大変だった？」

「はい」

シャワーは三つあり、ベージュのビニールカーテンがそれぞれの前に掛かっていた。

お湯は大嫌い。

細い管がときおり音を立てる。むずかるような甲高《かんだか》い音。外が寒いせいで、よけいに大きな音がする。

お湯。大嫌い。大嫌い。

彼女は服を脱いだ。木の長椅子に制服を脱ぎ捨てる。女に背中を見られているのがわかる。赤くなった肌を、汚れを見られている。だが女はなにも言わない。いつだって、だれも、なにも言わないのだ。しばらく沈黙があり、やがてドライヤーのスイッチが入った。鼻歌が聞こえてくる。ここの人たちはいつも鼻歌を歌っているけれど、たいていは癇《かん》に障る騒音にかき消されて聞こえない。

彼女はシャワーカーテンを閉めた。ベージュのビニールに、白い鳥が何羽もいる。彼女は鳥たちを見ながら、泣いた。まだ湯は流れていない。蛇口に指をかけてはいるが、まわせずにいる。

お尻を、脚のあいだを、胸をさわってくる、あの両手。

彼女は蛇口をまわした。湯が肌を鞭打つ。昔と同じように。守ってくれる膜をはがしていく。

女はすでに更衣室を去っている。ドライヤーの音が止まったあとも、鼻歌はしばらく続いていた。かなり単調なメロディーを口ずさみながら、女は自分のロッカーを開け、閉めた。タイル張りの壁とシャワーカーテンのあいだから、その大きな体がちらりと見えた。女は長いこと裸のままだったが、やがて服を一着ずつ身につけはじめた。そして私服姿で廊下に吸いこまれていった。

少女はシャワーカーテンの奥にとどまり、更衣室にだれもいなくなるまで待った。さっきよりもっと寒い。湯が肌にこびりついている。洗濯かごからタオルを引っ張り出し、赤くなった肌がひりひりするまで拭いても、やっぱり取れない。

制服がさらにぶかぶかになった気がした。清潔になったせいで、前よりも気になる。

だが、涙は止まっていた。

鏡は避け、まっすぐ前を見据えたまま更衣室を出た。休憩室前の廊下の壁に時計が掛かっている。床を見下ろしながら歩き、青い制服姿の人ふたりに目礼してから、大声で話しつつ食事をしている人々の部屋を素通りするときに、ちらりと時計を見上げた。十一時五十五分。間に合いそうだ。

階段で地下鉄駅の入口ホールに下りてから、外へ。人々や車のあいだを抜け、ドロットニングホルム通りを渡る。

ごくふつうの賃貸マンションだ。

共同玄関の片側に、ベビーカーを売る店。もう片方の側に、窓ガラスや窓枠を売る店。

暗証番号は覚えている。エレベーターは避けた。狭いし、中で動くとガタンと揺れるから。

診療所は最上階、マンションの一室にある。どの階もかなりの広さがあるが、最上階にはドアがひとつしかない。

彼女は呼び鈴を鳴らさずに中へ入った。やわらかな明かりが寄せ木張りの床に鈍く光る。

背もたれのまっすぐな椅子が四脚。テーブルの上に揃えて置かれた週刊誌は、高さが同じにになるようていねいに重ねてある。きれいな待合室だ。ふつうなら患者がたくさんいるはずの。

「入りたまえ」

診察室はふたつあるが、彼女はその片方にしか入ったことがない。こちらのほうがやや広く、簡単な手術もできるストレッチャーが置いてある。男はやさしそうな容貌で、ドアを開けるときにはいつも笑顔だ。歳は五十歳ほど、頬と顎《あご》を覆《おお》うひげはきちんと手入れされ、ところどころ白髪《しらが》がまじっている。身長はレオと同じくらいだが、もっと背筋の伸びた、がっしりした体をしている。白衣の前が開いていて、下に水色のシャツを着ているのが見えた。ジーンズは新品だろう、何度も洗濯したようには見えない。靴は黒く、つま先が細くなっている。パパもこんな靴をいつも履《は》いていた。

「ほら。きみの欲しいもの」

男が白い紙の袋を差し出す。中身はわかっている。ステソリド七十七錠、モガドン六十三錠、炭酸リチウム錠剤が三錠。

「来週まではもつよ」

彼女はうなずき、ぶかぶかの制服のあちこちにあるポケットのひとつに袋を入れた。この人にさわられること自体はべつにいい。それからストレッチャーに向かい、無言で服を脱ぎはじめた。それはもう、どうでもいい。肌寒さのせいで、荒れた肌がさらに赤みを増した。それよりも……それよりも、この人にさわられるときに、私が清潔なのがいやだ。隔てるものがなにもない。そのほうがつらい。

天井に入った長い亀裂ふたつを、じっと見つめる。

こうしていれば大丈夫。もう二十二回はこれでうまくいった。ちゃんと数えたのだ。

もっと小さかったときのほうがつらかった。

いつも、そう考えるようにしている。

シャワーの湯に招き入れられたあの手は、始まりでしかなかった。だれも助けてくれないこと、終わってもどこにも逃げられないことのほうが、ずっとつらかった。

いまは違う。

こいつにさわられたって、それが終わりさえすれば、この男のことは知らないし、いつでもここから出ていける。トンネルへ、レオのもとへ、守ってくれる汚れのあるところへ、いつでも帰れる。家を出ることもできずに、キッチンでも玄関でも居間でもあの手が目に入ってきて、まだそこにあるのだと思い知らされるばかりだった、あのころとは違うのだ。

エーヴェルト・グレーンスは目を閉じていた。
部屋のどこかで影が動いている。彼は事務用椅子をゆっくりと前後に揺らし、抱えるにはあまりにも軽いものにしがみつく。

ただの火遊びだったのね　もう出ていって

声、音楽、暗記してしまった歌詞、これだけで、いつでも過去のすべてを感じ取れる。これほどの年月が経ったあとでも、ついさっき起きたことのように。

くれた指輪もお返しするわ

これが彼の世界だ。シーヴ・マルムクヴィストしか流さないカセットプレーヤー、進行中の捜査資料に埋もれた机、ときどき寝所になる、いまはスヴェンとヘルマンソンが座っている、訪問者用のソファー。

「警部」

残り時間は約一分半、三回繰り返されるリフレイン。エーヴェルトは咳払いをし、声を合わせて歌った。別の時代だった、あのころ。ふたりの時代。

「警部、もう始めないと」

エーヴェルトはいらいらしてかぶりを振った。『ただの火遊びだったのね』、オリジナルは『フーリン・アラウンド』、一九六一年録音。あと五十秒、もう一度コーラスが入り、リフレインがもう一度。それからエーヴェルトは訪問者たちのほうを向き、笑みを浮かべた。このふたりはよい人間だ——エーヴェルトはときおりしみじみと実感する。許容できる相手であるこのふたりが、どういうわけか自分に付き合う価値を見いだしてくれているわけだから、自分にもきっと、なにかしらよいところがあるのだろう。エーヴェルトは聖ヨーラン病院から徒歩で戻る途中、サンクトエーリク通りの三流レストランでスヴェンと簡単な昼食を済ませた。料理はくたびれた肉片が味気ないソースに浸って溺《おぼ》れているようなありさまだが、喧騒《けんそう》を逃れたいときにこっそり行くことのある店だ。ヘルマンソンは時間がないそうで、バナナとヨーグルトを手に持っている。もう一年以上になるのか、とエーヴェルトは考えた。彼女がストックホルム市警の廊下を歩きまわるようになったのは一昨年の夏からだが、そのころにはもう、ほかの警察官たちの大半と同じように、移動しながら食べ物にかぶりついていた。不規則な食事は、もはや典型的なストックホルム暮らしの一部、立ち止まることのない街という神話の一部と化している。こいつもやはり、たまに家に帰ることがあってもキッチンには入らないタイプだろうか、とエーヴェルトは考えた。掃除をする必要すら生じたことのない自宅のオーブン、油のしみすらついたことのない自宅のコンロが頭に浮かんだ。

「開いてるぞ」

ドアのノックのしかたに覚えがある。

「少し遅れました。申し訳ない」

ラーシュ・オーゲスタムはいつもどおりの姿だ。濃色のスーツ、ワインレッドに近い色合いの縞模様のネクタイ、短い金髪。すでに横分けになっている前髪を、さらに手で横に流して撫《な》でつけている。エーヴェルトは、ほんの数年で新人から地方検察庁の次席検察官にまで駆け上がった若い男を、じっと見つめた。こいつとは付き合う価値もない。ふたりは初めて会った日から互いを嫌っている。何年か前、初めてともに事件を担当したときのこと。五歳の少女が性犯罪者に殺されて、捜査の流派ふたつがぶつかりあった——実体験でかたちづくられた捜査方法と、本と大学で成り立っている捜査方法と。

「昼食はなしですか？」

オーゲスタムはオフィスに入ってドアを閉めつつ、ヘルマンソンが持っている空《から》のヨーグルト容器と、そこに巻きつけられたバナナの皮を目で示した。

「ええ、今日は」

「ルーマニア人の子どもが四十三人。女性の死体。まあ、そうでしょうね」

いちばん奥の隅に椅子が一脚ある。オーゲスタムはそれを持ってくると、流れている音楽にため息をついた。実に我慢ならないが、さしあたり放っておくことにする。どこにも行き着かない口論でミーティングを始める気にはなれなかった。苛立ちをあらわにしてみたこともないではない。一九六〇年代に書かれた中身のない歌詞に、自分たちの時間を無駄にされるのがばかばかしいと、はっきり伝えてみたことも過去にはあった。が、結末はいつも同じだった。グレーンスがニヤリと笑いながらカセットを巻き戻し、三分二十八秒のくだらない音楽をまた再生する。単なるいやがらせのためだけに。

オーゲスタムは曲が終わって静かになるのを待ち、それから黒く薄いファイルを開いた。紙が何枚か入っているだけで、彼はそれを読むでもなくめくってから、エーヴェルトに向かってうなずいてみせた。

「午前中に受けた報告に基づいて、捜査を二件、正式に始めることにしました。一件はおそらく殺人事件。もう一件は人身売買の疑いあり、と。グレーンスさん、まず、女性の死体のほうですが」

エーヴェルト・グレーンスは空になったコーヒーカップを置くと、指令センターに呼び出されたこと、病院のベッドに女の死体が横たえられていたこと、それを引きずった跡が、地下通路の壁、鍵のかかった金属扉のところで途切れていたことを話した。

今朝《けさ》の数時間を、ほんの数分で。

「しばらくしてクランツがその扉を開けた。すると、同じ指紋が見つかった」

エーヴェルトは立ち上がり、オフィスの中央に立って話を続けた。

「扉の裏側に、指十本すべての指紋が残ってた。つまり犯人はこんなふうに、前に体重をかけて、かなり重い扉を押して開けたわけだ。そうやってトンネルの側から病院の地下通路に入った」

彼は両腕をまっすぐ前に伸ばしてみせた。

「それから、死体のほうだが、こっちにも指紋が残ってた。死体を発見した職員の指紋。連れてこられて死体を検分して、警察に通報した医者の指紋。それに加えて、三人目の指紋もあった。同じ指紋だった。金属扉に残ってたのと同じ」

オーゲスタムはファイルに入っている数少ない紙の一枚になにやら書きつけた。

「で、スンドクヴィストさん、あなたが事情聴取を？」

スヴェン・スンドクヴィストはメモ帳を手に持っている。上着のポケットから出そうとするといつも口に引っかかる、あのメモ帳だ。

「施設管理職員は年配の男性で、聖ヨーラン病院での勤続年数は約四十年。医師のほうがはるかに若くて、あの病院に勤めはじめてまだ間もなく、専門は一般内科。ふたりとも発見時に死体にさわったことを認めている。それ以上のことはなにもなさそうだ。ふたりともあの女性とはなんのかかわりもなかった。単に、たまたまあの場所にいて、なんの関係もない死体を見つけてしまっただけのことだろう」

オーゲスタムはまたファイルされた紙にメモをした。これはスヴェン・スンドクヴィストの得意分野だ。経験豊富な取調官で、彼が証人から引き出す答えは、その後捜査で明らかになる真実と、たいてい一致している。

「さて、ここからだんだん面白くなるぞ。ついさっき、クランツが指紋検索をかけた。パソコンの前に何分か座っただけで答えが出た」

エーヴェルト・グレーンスはオフィスの中央に立ったままだ。

「死体と、金属扉の両側についてた指紋は、大きさからして男のものだ。検索の結果、これまでに警察に逮捕されたことも、事情を聞かれたこともなく、疑われたことすら皆無で、どの登録簿にも載ってないことがわかった。つまり、身元はわからない」

オーゲスタムの手にあるファイルを指差す。

「だが、それでも七件ヒットした」

エーヴェルトはファイルをつかみ、オーゲスタムの手から奪い取った。

「七件の事件の捜査で、同じ指紋が捜査線上に上がってきてるんだ。どの事件も未解決。ちょっとした盗みとか、たいしたことのない犯罪ばかりで、いちばん古いのは二、三年前。だが、どれもフリードヘム広場の周辺で起きてる。女の死体があった病院からそう遠くないところだ」

満足げにあたりを見渡す。

「犯罪の内訳は、まず公《おおやけ》の建物への不法侵入と窃盗。場所は聖ヨーラン高校、フリードヘム基礎学校、聖ヨーラン教会、学校庁。ここの隣、警察庁の倉庫もやられたらしい。それから、食料品倉庫への不法侵入と窃盗。ハントヴェルカル通りにあるスーパー〈ICA〉の地下倉庫だ。軍の施設への不法侵入もあった。ショッピングセンター〈ヴェステルマルムスガレリアン〉のあたり、地下二十五メートルのところにある動員用倉庫だ。べつべつに起きた空き巣事件、七件。ところがどの件でも、扉をこじ開けた跡はいっさい見つからなかった。まったくの無傷だったんだ。計二十四カ所のドア、どれも同じ指紋がついていて、どれも鍵を使って開けられてた。今回のドア、病院の地下通路のドアも同じだ」

　巨体が室内をそわそわと歩きまわる。せき止められているものが大きすぎるのだ。発散しなければならないものが。

「公の建物。ハントヴェルカル通りの地下にある食料品倉庫。ショッピングセンターの地下にある軍の倉庫。間違いない。地下で活動してるやつがいるんだ。そいつはマスターキーをひとつどころか、いくつも持ってる。ストックホルムの地下に広がるトンネル網と、ほぼすべての公の建物とをつなぐ、特別な鍵を。軍や救助隊が使うための鍵を」

　エーヴェルトはあからさまにオーゲスタムのほうを向いて続けた。

「そいつはいままで、空き巣だけで満足してた。空き巣事件の捜査には人員も時間も要るが、だからといって新聞で大きく報じられるわけじゃない。そういう事件は、検察官どもにまったく注目されない。優先順位を下げられて、この机に積まれたままになって、単なる数字として意味もない統計に組みこまれて終わる。だが今回、男は一段階上の行動に出た。おそらく故意に人を殺した。そうなると……とたんに捜査の優先順位が上がるみたいだな？」

エーヴェルトはオーゲスタムから視線を離さない。答えが返ってくるまで。

「グレーンスさん、そういう話でしたら、僕は興味ありません」

ラーシュ・オーゲスタムは軽く、だが相手にも見えるようにかぶりを振ってみせた。いまのは挑発だ。グレーンスが、いつも不機嫌なこの男が、またもや喧嘩《けんか》を売ってきた。古くさい階級差コンプレックス。老警部連中はいまだに若い検察官を前にすると、そういう劣等感から逃れられないらしい。

だが、喧嘩を買う気にはなれなかった。少なくとも、今回は。

「ですが、さっきの話には興味があります。地下で活動しているとおっしゃいましたね。どういうことですか？」

女は、地下通路に置かれた病室用のベッドに寝かされていた。四十歳ほどで、顔のあちこちが欠けていた。山火事のような、湿った煙のにおいがした。

「ストックホルムの地下世界には、地上と変わらない広さがあるんだ。部屋の数は同じくらいあるし、姿を隠せる空間も山ほどある。入口は何千とあって、中にはトラックで入れるほど大きいのもある。フリードヘム広場あたりはトンネル網がめちゃくちゃに錯綜してる。そのひとつひとつが別のトンネル網とつながってて、そこからまた別のトンネル網への連結通路があって……で、例の指紋は、そういうトンネルの中を動きまわってる人間のものだ。トンネル網を知りつくしてて、鍵を持ってる人間」

女はこちらを見ているようだった。エーヴェルトにはそう感じられた。私はここでなにをしているのだろう、と問いかけている目だった。

「地下で活動してる人間だよ、オーゲスタム。俺たちが知りもしない別世界で、ゴラム（J・R・R・トールキンの小説『指輪物語』などに登場するキャラクター）みたいに生きてる人間だ。まあしかし、二、三日くれればいい。少なくともどこを探せばいいかはわかってる」

スヴェン・スンドクヴィストとマリアナ・ヘルマンソンはずっと黙ったまま、エーヴェルトの古いソファーに座っていた。ラーシュ・オーゲスタムは、ふたりからのコメントがとくにないのを確かめてから、短い休憩を提案した。オフィスにある窓のひとつを開けると、壁の向こうで待ち構えていた冬が忍びこんできて、心地よい冷気が広がった。雪に覆《おお》われた中庭を見渡す。面白くなる、とグレーンスは言った。確かにそのとおりだ。これまでの数カ月、ありふれた日常、なんの面白みもない型どおりの捜査が続いたせいで、ここから逃れたいという気持ちが強まっていた。車の窓ガラスを割るジャンキーにも、売春婦に金を払っておきながら、彼女はただの女友だちで、口淫は彼女の意思だ、などと言い訳する既婚者にも、心底うんざりしていた。ところが今日の朝はいつもと違っている。女性の他殺体に、捨てられた子どもたち。冷淡きわまりない感想である。だれひとり声に出しては言わないだろう。だが、みんなそういうものだ。検察官、刑事、ジャーナリスト、社会福祉局の職員、他人の地獄を通り抜ける機会のある人間なら、だれしも。

「始めましょうか？」

次のファイル。これも、さっきのと同じくらい薄い。オーゲスタムはぱらぱらと拾い読みした。一時間ほど前にこれを書いたときと同じ感情が湧いてくる。殺人事件ならいくつも経験したことがあるが、これはなんだろう。背景のまったくわからない子どもたちが、ずらり。まるで現実ではないかのようだ。

「ヘルマンソンさん？」

ヘルマンソンがうなずいた。ラーシュ・オーゲスタムは腰を下ろし、ペンを手に持った。

あの子どもたちは現実に存在するのだと、まもなく実感できることを願いつつ。

「下の階にいま、子どもが四十三人います。屋内プールです。社会福祉局の緊急対応チームのふたりと、パトロール担当の警官が四人、プールの縁に座っています。子どもたちのツナギはフレミング通りのクリーニング店に運びました。いまごろは洗濯機にかけられている最中かと」

ヘルマンソンは若い。だが、声はときおり老成して聞こえる。賢明な声というのはたいていそうだ。片方の事件の捜査を彼女ひとりに任せるとグレーンスから聞いて、オーゲスタムはとっさに反対したが、すぐ引き下がった。この人は優秀だ。すでにその能力を遺憾《いかん》なく発揮している。

マリアナ・ヘルマンソンは、エーヴェルト・グレーンスとスヴェン・スンドクヴィストが離脱して聖ヨーラン病院へ向かってからの四時間のできごとを、まとめて説明した。

まず、十五歳の少女との事情聴取を終えた。ナディアと名乗った少女は、生後六カ月の息子と判明した赤ん坊を、ずっと不安げに見守っていた。次いで、エーヴェルトが聴取するつもりで準備していた少年からも話を聞いた。エーヴェルトが通報を受けて去ってしまったので、通訳とともに取調室に取り残されていた少年だ。このふたりが選ばれたのは、一行の非公式リーダーであるように見えたからだった。

ふたりの話は、細かいところまで完全に一致していた。

子どもたちはブカレストから来たという。ストリートチルドレン。トンネルや公園、建物の軒下、ゴミ収集室にしか家を持たない子どもたち。ここスウェーデンではありえないことだ。少女の体が震えていた。汗ばみ、話すときにくちゃくちゃと音を立てていた。よくある禁断症状。ヘルマンソンは少女の腕についても話した。自傷行為の生々しい痕が残っていたが、注射針の痕は見当たらなかった。子どもたちがなんの薬を使っているのかはまだわからないが、少なくとも注射針が必要とされるものは除外してよさそうだ。

「理解できない」

スヴェン・スンドクヴィストはいつも穏やかだ。その彼が、立ち上がり、声をあげる。

「ついさっき、破傷風の注射を受けてきたよ。十歳の男の子から接着剤のチューブを取り上げようとして、咬《か》まれたから。僕はあのとき、乾いてこびりついた排泄物《はいせつぶつ》、不潔な肌のにおいを嗅《か》ぎたくなくて、息を止めていた。クスリで朦朧《もうろう》となった九歳児が、クスリで朦朧となった三歳児を抱えて、ここの廊下への階段を上がるのを見た」

彼はオーゲスタムのほうを向いた。

「ラーシュ……僕には理解できない。理解したいかどうかもわからない」

この部屋にいる中で、子どもがいるのは彼だけだ。頭の中でまた息子のヨーナスのもとに戻り、息子を抱きしめる。今朝《けさ》早く、無言でこちらを見つめる子どもたちに初めて出会ったときにも、やはりこうして頭の中で息子を抱きしめていた。怒りで全身が痛む。人が生きるうえでの大前提ではないのか。自分の子どもをけっして見捨てない、というのは。

「ごめん」

スヴェンは腰を下ろした。マリアナ・ヘルマンソンは彼に弱々しい笑みを向けた。

「スンドクヴィストさん、あの子たちが黙ってたのはね。怖がってたのは、と言ったほうがいいかもしれません。あれはね、制服のせいです」

事情聴取をしたときの、あの少年の張りつめた顔。

不安そうに、何度も何度も、閉まったドアの向こうの廊下に目をやっていた。なにを探しているのだろう、とヘルマンソンはしばらく訝《いぶか》しんでいた。

「あの子たちはみんな、ルーマニアの手荒な警察官と接した経験があるんです。それで、口をつぐむことを学んでしまった。スウェーデンの警察官もルーマニアの警察官も、そうして首をすくめて見ている側からしたら、なんの違いもありません」

その後、理由がわかった。

見張りをしていた制服警官のひとりが入ってきて、医療スタッフが到着しました、検査の許可を待っています、と告げた。

するとと少年はぎくりと震えて縮こまった。

部屋の真ん中にある椅子に座っていながら、その上で身を隠そうとした。

そのとき抱いたイメージを、ヘルマンソンは恥ずかしく思いながらも忘れられずにいる——人間の足音が森の静けさを破ると怖がって逃げていく、そんな動物のようだと思ったのだ。

「さっき、窓を開けましたよね……また開けていただけます？」

マリアナ・ヘルマンソンはラーシュ・オーゲスタムのほうを向いた。

「ここは息が詰まりそう」

オーゲスタムは立ち上がった。窓が全開にならないようにするプラスチックの掛け金が、なかなか固定できない。冷気のせいだろうか。

ヘルマンソンは思わずため息をついてから、話を続けた。

「まあとにかく、ふたりの話の内容は一致していました。それでも情報はまだまだ足りません。いまわかっていることは……正直、なんと言えばいいか。どうとも判断しかねます」

彼女は持っている書類に視線を走らせた。

「ふたりの話では、子どもたちそれぞれに大人が接触してきたということでした。男も女もいて、ソーシャルワーカーだろうと思ったそうです。少額ながらお金を渡されて、もっとお金が手に入る、仕事もある、いまとは違う人生が待っている、そう約束された、と」

ヘルマンソンはまたため息をついた。

「ただ、暮らしている地下トンネルから出て、ルーマニア国旗の色をしたツナギを着て、四日間バスに乗るだけでいいのだ、と」

かぶりを振る。

「行き先はスコットランドだ、と」

オーゲスタムが咳払いした。

「どこですって？」

「スコットランド。そこが行き先だと思っていたそうです。今朝も、スコットランドに来たと思っていたらしいですよ」

風が窓ガラスとプラスチックの掛け金に吹きつけたせいで、窓が急に全開になって壁に当たり、バタンと大きな音を立てた。だれも反応しなかった。冷たい風が心地よかった。

「赤ん坊を抱えていた女の子はナディアという名前です。事情聴取のあと、いっしょにハントヴェルカル通りまで歩いてみました。ナディアも男の子も、そこでバスを降ろされたと証言しています。赤いバスだったそうです。それで……」

「赤ん坊を抱えていったのか？」

エーヴェルト・グレーンスはそれまで長いこと黙っていた。

「当然でしょう」

「そうか？」

「ナディアは赤ん坊のお母さんですよ」

「ヘルマンソン、そうじゃなくて……あの子は赤ん坊を持って歩いてるのか、ってことだ」

「持って歩いてる？」

「ずっと抱いて歩いてるのか？」

「ええ」

「いいこととは思えないんだが」

「それは確かにそうですね」

エーヴェルトは、床を――その下のどこかにある地下階を指差した。

「押収されたベビーカーが保管室にあるはずだ。ひとつ借りられるよう手配してやる。赤ん坊ってのはけっこう重いもんだろ」

隣に座っているスヴェンの顔は見えないが、彼も自分と同じように微笑んでいるにちがいないとヘルマンソンは思った。エーヴェルト・グレーンスはときおりこんなふうに意外な思いやりを見せる。彼にはあまりそぐわないから、居場所がなくていつも困っている、そんな思いやりだ。

「まあとにかく、ハントヴェルカル通りまで歩いていきました。ナディアによると、問題の赤いバスは、子どもたちの大半がまだ座席で眠っている時間に、クングスホルム広場のそばで停まったそうです。角の薬局に見覚えがあるということでした」

〝押収されたベビーカーが保管室にあるはずだ〟

彼の言葉がなかなか頭から離れない。気難しく、意地が悪いと言っても過言ではない、机のそばでダンスに興じているような上司だ。それなのに、ときどきこんなことを言う。

ヘルマンソンは上司を見つめた。

こういうことがあるから、耐えられるのだろう。

「付近で聞きこみをしてみました。一般人五人と、近くでお店をやっている人ひとりが、確かに薄い赤色のバスが今朝《けさ》四時半ごろ、ナディアが指差した場所に停まったと証言してくれました。そのうちのひとりは、バスは塗料が日焼けして色褪《いろあ》せていたように見えた、とも言っていました。で、バスは数分そこに停まっていた、薄着の子どもがたくさん降りてきた、と」

「バスの捜索は？」

「お昼ごろから全国に捜索命令が出ています」

エーヴェルト・グレーンスは満足げだ。

「よし、ヘルマンソン。よくやった。これでそのバスはこの国から出られないぞ」

ラーシュ・オーゲスタムは時計に目をやった。もう三十五分間、グレーンスの部屋に閉じこもっている。捜査ミーティングは予定よりもはるかに長引いていた。

わかっていることはかなりある。

それなのに、突きつめてみれば、なにもわかっていない。

「最後にもうひとつ質問があります。女性の死体について」

次の会議にはすでに遅刻している。

「身元は？　だれなんですか？」

顔のあちこちが欠けた女性。名前があるはずだ。何者かであるはずだ。

「不明だ。まだわからん。だれだったのかはな」

ため息ひとつ。

グレーンスがため息をついて訂正してきたが、オーゲスタムは無視した。

彼の世界ではまだ、吐く息ひとつで〝だれなのか〟と〝だれだったのか〟を区別することはない。

「いつわかりますか？」

エーヴェルト・グレーンスは、これから大事なことを言うぞ、とでも言いたげに、かすかに前へ身を乗り出した。

「夜までにはわかると思う。犬のハンドラーの話だと、現場にはいろんなにおいがありすぎて、トンネルを五十メートルぐらい入ったところで犬はにおいを追えなくなったらしい。いくつもあるトンネルとトンネル網が交わってつながってるところだった。だが、そこまでの約五十メートルで、犬が見つけたものがいくつかある。クランツがいま調べてる最中だ。死体と関係がある可能性もある」

彼はオーゲスタムを見つめ、さらに少し前へ身を乗り出した。

「しかもな……」

そして、スヴェンのほうを向いた。

「……スヴェンがあの女に見覚えがあるんだと」

スヴェン・スンドクヴィストは両腕を広げてみせた。

「見たことがあるのは確かなんだ。顔に見覚えがある。それは間違いない。ひょっとすると……ひょっとすると、話もしたことがあるかもしれない」

「どういうことですか？」

「どういうこともなにも。そういう気がするっていうだけだよ。わかるだろう。日々出会う人はたくさんいて……知っている、という気はする。でも、名前も、どうして知っているのかも、どこで会ったのかもわからない」

彼は腕時計を見やった。

「聖ヨーラン病院のベッドのそばにいたときから、もうすぐ四時間だ。あれからずっと、あの女性のことを考えている。頭から離れない。絶対に会ったことがあるはずなんだ」

ラーシュ・オーゲスタムはうなずいた。よくわかる。検察庁に入ってまだ数年なのに、すでに昔の記憶と最近の記憶が混ざってしまっている。裁判で同席したにちがいない人に街で出会えば挨拶《あいさつ》をするが、たいていは名前も、どういう裁判だったかも忘れている。相手は被害者であったり、証人であったり、参審員であったりする。自分の仕事がその人の人生になんらかの影響を及ぼした可能性もある。それでもやはり、名前は思い出せないのだ。

彼はまた時計を見た。さらに十五分の遅れ。礼を言い、立ち上がってオフィスを出た。

だから、電話の音も、エーヴェルト・グレーンスが電話をあからさまに無視して放った怒りの罵声《ばせい》も、オーゲスタムには聞こえなかった。

「三回目だ！　どう思う？　交換手経由で電話が来るのは、今日これで三回目だぞ。かかってきてもつなげるなと言っておいたのに」

エーヴェルトは前回同様、鳴りつづける電話を放置している。ヘルマンソンとスヴェン・スンドクヴィストは呼び出し音の回数を数えつつ、それぞれ自分のメモを整理し、オフィスを立ち去る準備をした。

いつまでも鳴りやまない。

二十六回、二十七回、二十八回、まだ鳴っている。

エーヴェルトは机をバンと叩き、応答した。

彼が黙っているようすのせいだろうか。数分間、電話の向こうでだれかが話しているのに、彼はいっさい答えなかった。ただの一度も。

あるいは、彼が受話器を置いたようすのせいだろうか。彼はまっすぐ前を見据えたまま、ミーティングをしていたオフィスから出ていってしまった。無言で。

ヘルマンソンとスヴェン・スンドクヴィストは顔を見合わせた。たったいま、なにかが起きたのだ、と気づいたから。声を奪うほどのできごと。ふたりにはまだわからない、なにか。

エーヴェルトは、声もしぐさもなく、ただ消えてしまったようだった。

スヴェン・スンドクヴィストはメモ帳と書類の束をソファーに置き、開いたドアから外へ飛び出した。廊下の少し先に、エーヴェルトの背中。それが消えていく。スヴェンの部屋へ。
エーヴェルトは机に向かって座っていた。さきほどと変わらず、まっすぐ前を見据えたま
ま。
スヴェン・スンドクヴィストは自室に入ったのに、邪魔をしている、と感じた。妙な感覚
だ。自分の部屋がいま、なにか別のものになっている。
「エーヴェルト？」
触れたい、と思った。肩に手を置きたい、大きな体に腕をまわしたい。だが、エーヴェル
ト・グレーンスを相手に、そういうことはしないものだ。ふだんもしないし、いまもするべ
きではない。
「エーヴェルト……大丈夫か？」
十二年。これだけの年月、ともに仕事をしてきて、この男とこれ以上親しくなるのは無理
だろうと思うほど親しくなった。エーヴェルトが私生活への分厚い壁を、ほんの少しだけ開
けてみせてくれたこともあった。連帯感のようなものがほのかに生まれていた。
だが、彼のこんな姿を目にするのは初めてだ。
「エーヴェルト、僕は出ていくよ。ゆっくりしていてくれ。なにか用があったら、僕はきみ
のオフィスにいるから」
エーヴェルト・グレーンスは、ささやくということのできない男だ。
それなのに、スヴェンが廊下に出たとき、彼はそうしたらしい。ささやいたのだ。

「検査が」

スヴェン・スンドクヴィストは歩みの途中で足を止めた。ドアから二、三メートルのところ。言葉に似た、ぼんやりとした響きが、ここまで届くはずはない。部屋の中から、ここまで、など。

「アンニの検査。麻酔をかけて検査する予定だった。いつもどおり」

スヴェンは微動だにしなかった。ほかの音を立てたら、エーヴェルトの声の残りが喉《のど》から出てこなくなってしまう、そんな気がした。

「まずいことになったらしい」

エーヴェルト・グレーンスは車に乗っているが、ぴくりとも動かない。急がなくてはならないのに、キーを挿《さ》してもいなければ、ハンドブレーキを解除してもいないし、ハンドルに手をかけてもいない。

二十七年前、彼女の頭を車で轢《ひ》いた。

警察本部の地下駐車場は静かで暗く、エレベーターに向かって歩いている六、七人の警官の一団に、両手に顔をうずめている警部の姿は見えなかった。

彼女の検査のときに立ち会わなかったのは、今日が初めてだった。

彼はサイドウィンドウにもたれ、冷たいガラスにこめかみを当てた。

これまでの長い年月。突きつめれば、たった二秒のことだった。

あらゆる面で正しいことをしていようが、なんの意味もない。人生の長さはほんの数秒だ。ちょうどそのときに、そのたった数秒のあいだに、間違ったことをしただけで、それ以外の人生はもうなくなってしまった。

「必要な検査だったんです、それはご存じですよね」

「わからない」

「ご存じでしょう」

「なにをだ？」

「もう同じことを何度も申し上げています」

「俺がわかるまで繰り返してくれ」

「ああいう形で検査するしかないんですよ、グレーンスさん。植物状態の患者に診断を下すためには」


それ以外のやりとりは覚えていない。最初の電話ではずっと黙っていた。そのあと医師がまた電話をかけてきて、十分間にわたって話をしたが、エーヴェルト・グレーンスはその会話をほとんど思い出せなかった。

思い出したのは、この部分だけだ。ひとつの言いまわしだけ。

植物状態の患者。

アンニは人間として生きているじゃないか！　何年も手術を繰り返したあと、アンニはずっとあの介護ホームで暮らしてきた。エーヴェルトが自ら彼女を抱えて階段を上がったのだ。初日の夜にはもう、彼女は車椅子に座って待っていて、エーヴェルトには笑い声に聞こえる、あの喉《のど》を鳴らす音を立てていた。よそ行きのワンピースが何着かあり、髪はいつもきれいに梳《と》かしてあって、エーヴェルトが訪ねていくたびに、ふたりは黙ったまま並んで座り、窓越しにはるか下のほう、深い海の上を行くボートを眺めるのだった。ふざけるな、アンニはまぎれもない人間だ！

地下駐車場の暗闇から外に出ると、歩道の縁で好き勝手にふくらんだ雪の吹き溜まりにタイヤがはまって動けなくなった。車を前後に細かく動かして解放されると、氷に覆《おお》われたアスファルトの上で出せるかぎりのスピードを出した。

交通量がいつもより少ない。寒気のせいで、人々はあまり車を出さず、代わりに混雑したバスに乗りこむか、家にこもりきりでいるかのどちらかだ。エーヴェルトはシェーレ通りを走って地方裁判所の前を抜け、バーンフース橋を渡り、凍りついた電線を擦《す》りながら走る電車の上を通過した。ダーラ通り、オーデン通り、ヴァルハラ通り。ボンネットを開けている車が二台。車を停めて、フロントガラスにこびりついた氷をかき落としている人々。地面をじっと見下ろしたまま歩道を歩いている人々。

ニルス・クランツとの短い通話。警察犬が見つけたがらくたを調べているが、いまのところ役立ちそうな情報はまだなにもないという。死んだ女につながる手がかりはない。ヘルマンソンとの短い通話。四十三人の子どもたちを捨てて去った、あの薄汚れた赤いバスについても、いまのところ情報はまだなにもないという。全国に捜索命令を出したにもかかわらず。ソフィアヘメット病院の広い駐車場は満車だった。エーヴェルトは駐車場をぐるりと二周したのち、あきらめて正面入口の前にくねくねと延びる小道をふさぐように違法駐車した。古くなった建物の中に入り、受付を素通りして二階に上がった。

病院はどこも同じにおいがする。今朝《けさ》の聖ヨーラン病院のだだっ広い廊下も、この病院の、はるかに狭く、はるかに古い廊下も、なにも変わらない。

死。

それが病院のにおいだ。病院にはつねに、死にゆく人がいる。

慣れているはずだ。が、これには対応できない。理屈でどうにかなるものではない。

仕事ではない。アンニなのだ。

彼に残された、唯一の拠《よ》りどころ。

アンニは小さく見えた。

眠っていて、布団《ふとん》の下で体が縮んでいるようだ。目は閉ざされている。それ以外はあまりよく見えない。呼吸を助けるマスクが、鼻と口、ほっそりした頬の大部分を覆っていて、髪は枕の上で乱れて絡《から》まっている。

エーヴェルトは彼女の息遣いに耳を澄まし、無意識のうちにそのリズムを追いかけていた。奇妙な機械の数々は、ベッドの上に覆いかぶさって場を埋めつくしているかのようで、ピーッと鳴り、曲線を描く。いかにも電子的な、異質な感じがした。

エーヴェルトはアンニに近寄り、その手を取って、額にキスをした。

「だれかが患者さんにものを食べさせたようなんです。麻酔をかける、ほんの数時間前に。手術の前は飲食禁止なのに」

「患者さん、だと？」

「えっ？」

「アンニ。ちゃんと名前があるんだ」

エーヴェルトは自分と同年代の上級医をにらみつけた。怒りは、恐怖とつながっている。わかっているのだ。スヴェンがいつもそう言っている。どちらを選ぶかは人による。エーヴェルト・グレーンスは憤《いきどお》るほうが性に合っていた。

「患者さんは二十五分間、麻酔で眠っていました。検査にはそれ以上かかりません。その後……」

「名前があると言っただろう」

「い、い、起こすときにはマニュアルどおり、まず気管内に挿入されていたチューブをはずしました。そのときに、患者さんが誤嚥《ごえん》を」

エーヴェルト・グレーンスは、若い検察官を軽蔑するのと同じ理由で、年配の医師を軽蔑している。専門用語や礼儀作法の陰に身を隠す連中。本で習い覚えたお利口《りこう》さを盾《たて》に、他人を遠ざけずにはいられない。それだけ自信がないのだ。

「ふつうのスウェーデン語で話してくれ」

上級医が体の前で手を動かした。室内を見まわし、長い廊下のほうへ目をやりつつ、手をゆっくりと上げ、下げる。グレーンスの声が大きすぎるという合図だ。

「嘔吐《おうと》なさっていたんです。吐いたものが誤って気管に入った場合、胃の内容物が気管から肺に入ってしまうおそれがあります。そうなるとまず、胃酸によって化学反応が起きる可能性があります。次いで、細菌感染が起きる可能性があります。患者さんはすでに肺の機能が低下していますから、たいへん深刻な事態にもなりかねません」

ふたりの日々は、まだ始まったばかりだったのに。

一秒だけ、注意が逸《そ》れた。

そのたった一秒が、二十七年間、ずっと続いている。

アンニは動かない。エーヴェルトはまた彼女の手を取り、握った。あのときと同じように。かつての彼女がしてくれたように。怒りだけではもう足りない。激しい憤怒《ふんぬ》が渦巻き、内側から彼を引っ張り、引き裂き、殴りつける。

「深刻な事態？　どういう意味だ？」

丈の長い白衣を着た男はぎくりと震え、一歩あとずさった。

「声のボリュームを下げていただけると……」

「深刻な事態ってのはどういう意味なんだ？」

「まだ麻酔が切れたばかりですので、誤嚥性肺炎が起きる可能性やその重篤性《じゅうとくせい》についてはなんとも……」

「ふつうの言葉で話せ！」

エーヴェルトは自分がまた大声を出したことに気づいた。口をつぐみ、医師が先を続けるのを待った。

「肺炎になるかもしれないということです。患者さんご自身の嘔吐物が原因となって。われわれとしては、レントゲン検査をさらに続けます。呼吸数、体温、全身症状を継続的にチェックして、血液ガス分析も行ないます。予防目的での投薬、緊急の場合には人工呼吸器の使用も検討しています」

憤怒が勢いを増し、胸を満たして痛いほどだ。だが、エーヴェルトはもう怒鳴らない。それはもう済んだ。

上級医もそのことに気づいたのか、眉《まゆ》を下げ、エーヴェルトの肩に手を置いた。

「グレーンス警部、われわれは最善を尽くします。いまはご容体も安定しています。私を、ここのスタッフを、どうか信用してください」

車に戻るため、階段を下りる。三十分弱、アンニのもとにとどまって、彼女の息遣いに耳を傾けていた。ときには彼女のために息をしていた。

こんな孤独を感じるのは初めてだ。

彼はいまも、ストックホルム中心部のスヴェア通り、オーデン通りとの交差点近くにあるふたりのマンションで暮らしている。最初のクリスマスはそこでいっしょに祝った。ヴァーサ公園に行って、葉の落ちたマロニエやぽつんと建っているブランコのあいだを、スキーで滑りもした。あのころは冬が好きだった。

アンニは引っ越してきたばかりだった。

彼はいまもなお、アンニが引っ越してくるのを待っている。


エーヴェルトは車のエンジンをかけると、携帯電話の電源を入れ、アスファルトで舗装された小道を走ってヴァルハラ通りに向かった。たちまち呼び出し音が襲ってきた。何度もかけていたのかもしれない。

「エーヴェルト？」

「ああ、もしもし」

「ニルス・クランツだ。しばらく前からかけてたんだが」

エーヴェルトは答えなかった。クランツはすぐに言葉を継ぐだろう。

「トンネルで犬が見つけた手がかりをひととおり調べたよ。必要な情報は得られたと思う」

トラックが二台、狭い道路を並んで走っていて、三車線が二車線と化している。

「ちょっと待て。馬鹿どもが前を走ってやがる」

エーヴェルトはブレーキを踏みつつ長々とクラクションを鳴らした。その音は、巨大なトラックの排気管のあたりでかき消えた。

「もしもし？」

「プラスチックのカードがあったんだ。縦五センチ、横六センチ。そこに女の指紋が残ってた」

「間違いないんだな？」

「死んだ女の指紋だ」

中心街を目指して左に曲がり、直進していくトラック二台を見送った。またクラクションを鳴らす。気分がよくなった。

「聞いてるか？」

「邪魔なトラックがいただけだ」

「聞いてるのか？」

「あたりまえだろう」

ニルス・クランツは高めの声の持ち主だ。

「縦五センチ、横六センチ。たぶん、職場のカードキーだ。女の身元を突き止める鍵にもなる。間違いなく」

午後になった。彼女はまた地下にいる。コンクリートの部屋で、あの高価な革張りの椅子に座り、床のマットレスや毛布の山、しばらく前から休んでいる炉を、見るともなく見ている。

服は着替えた。制服はもう、向かい側の物置部屋のハンガーに掛かっている。いつものとおり、ズボンを二枚重ねてはき、その上にロングスカートをはいた。赤い中綿ジャケットは昔、パパにしつこくねだってデパート〈NK〉で買ってもらったものだ。あの日の朝、アパートを去るときに、クローゼットから出して持ってきた。その時点でもう、すでにきつくなっていたけれど。

これで、自分のにおいが戻ってきた。

肌は煤《すす》にまみれ、顔にはふたたび膜が張った。戻ってきた彼女はこの部屋のドアを開けるなり、すぐさま硬い床に寝そべって、黒ずんだ灰をつかんでは指のあいだからさらさら落とすのを、長いこと繰り返していた。

それから、袋に入っている錠剤を二錠飲んだ。おかげで心地よい感覚がある。目の奥や口元、頰のこわばりも解けた。

これで、穏やかな気持ちになれるはずだった。

だが、戻ってきたとき、彼は留守だった。

だれもいないマットレスを見つめる。わからない。レオは夜中ずっと起きていた。そのあとは、いつもなら眠っている。それなのに、今日はトンネルへ出ていったらしい。

煙草《たばこ》の包みと巻き紙はいつも、部屋の片隅にある木の棚の端に置いてある。彼女は片手で巻き紙を取り、もう片方の手で煙草の葉をぱらぱらと落とした。舐《な》め、紙を巻く。目を閉じて後ろにもたれ、深々《ふかぶか》と一服。眠気に襲われて伸びをすると、ひじが壁にぶつかって、火のついた煙草の葉がジャケットに落ちた。巻き方が緩《ゆる》すぎたのだ。ジャケットのファスナーのそばに、小さな穴がいくつもあいてしまった。パパが見たら怒りそうだ。高かったんだぞ、大切にすると言ったじゃないか、と。

会いたい。

「いるか？」

ドアをノックする音がした。

ノックは嫌いだ。いつも嫌いだけれど、ひとりのときには、とくに。

もう一度。

「はい？」

「ミッレルだ」

確かに、声でわかった。

「どうぞ」

老人は彼女に笑みを向け、部屋に入ってきた。

たいていの人には耐えられる。隙あらばなにか盗もうとするジャンキーは耐えがたいけれど、そのほかの人たちは大丈夫だ。ミッレルのような人たちがいちばんいい。だれよりも昔から地下にいる人たち。彼らのほうが少し穏やかだからだろうか。たぶん、そうだと思う。

彼女は微笑み返し、くわえている煙草を指差した。ミッレルがうなずく。彼女は煙草を一本巻いた。黙ったまま。

何人いるのか数えようとしたこともあるけれど、最後まで数えきれたためしはない。五十人か、ひょっとすると六十人。ずっとここで暮らしている人もいれば、行ったり来たりを繰り返している人たち——何カ月かをトンネルで過ごして、何カ月かは地上のどこかで暮らし、また地下に戻ってくる人たちもいる。

彼女が煙草を巻き終えると、ミッレルはそれを受け取って半分まで吸い、それから咳払いをした。

「レオのことだ。さっき見かけた」

彼女は話の続きを待った。

「イーゲルダム通りに出るマンホールのところで。俺の部屋のそばだ」

「それで？」

「もうすぐ始まるみたいだ」

ミッレルが残り半分を吸うあいだ、ふたりは黙って座っていた。ミッレルは彼女を見ている。彼女の顔をよぎる不安を見ている。レオといるときの彼女は安心しきっている。レオと暮らすのは、この子にとってよいことなのだろう。だが、この状態のときはだめだ。

「あとどれくらいで？」

「見かけたときには、ネズミを探してた」

いつも二、三日は続く。そういう人間を、ミッレルはこれまでに何人か見てきた。同じ病気に苦しんでいる人たち。すさまじい勢いで襲ってくる、躁状態と鬱状態。スイッチが入り、切れる。なにかを追いかけて、自分自身から逃れようとして、一睡もせずに駆けまわり、それが終わるとバタンと倒れこんで、さまよっていたのと同じだけ眠りつづける。

ここにいる連中は皆、似たような道のりを歩んできた。

たいていはふたつ、場合によってはレオのように三つも病名をつけられて、どこかの医療施設に何十年も閉じこめられて暮らしていた。ところが九〇年代の初め、経費を節約できそうな分野を探していた政治家たちが、精神科医療と名のつくありとあらゆるものを解体してしまったせいで、患者たちは街へ放たれた。自分自身の面倒を見ることも、ふつうの世界でうまくやっていくこともできないままに。

ふつうの世界——つまり、地上の世界だ。

結末はいつも決まっていた。依存症か、死か、逃亡か。レオは逃げた。居場所のある、別の世界へ。試せる道をすべて試した末に、人々が職場やアパート、家族のもとへと急ぐ街路、その何メートルも下にある暗い空間を発見した。

ミッレルは目の前にいる少女をじっと見つめた。

ああ、まだ子どもじゃないか。レオみたいな連中の世話は、おまえには無理だ。時期が来ると、そこらにある色を手づかみしようと必死になり、つかまえた色をズボンのポケットに隠そうとする連中。人が話しているのを聞いて、言葉が攻撃してくると思いこみ、その声から逃げようとする連中。いまは巨大なネズミを追いかけて集めている最中だからと、小さなネズミを威嚇《いかく》し、蹴りつけ、咬《か》まれても気づかない連中。

おまえは、まだ子どもなんだ。

自分は正しいことをした。この子がここにいることを知らせたのだ。心は痛まない。三週間ほど前のことだが、悔いはいっさいない。

知っている人が地上にいる。シルヴィが知っている。

まだ子どもなのに、こんな。

「もう一本、いる？」

ミッレルの煙草が燃えつきたことに彼女が気づいた。

「いや」

ミッレルは首を横に振った。

「用件はもう伝えた。これでわかっただろう。そろそろだ。これから何日か、あいつは自分の殻に閉じこもって出てこない」

彼女の頬に手を伸ばす。そっと撫《な》でてから、ミッレルは暗いトンネルの向こうへ消えた。

レオは巨大ネズミを集めている。

どこでそうしているかは知っている。ここは別のトンネル網——下水道だ。市庁舎や王宮のほうまで行っていることもある。そこのほうが、ネズミがたくさんいて、みんな大きくて凶暴だから。

こうして革張りの椅子に座ったまま、死んでしまったモルモットのことを考えていたかった。彼女が悪いことをしたときに、ママがお仕置きとして安楽死させてしまった、いなくなって初めて、寂しい、と思った、あのモルモット。それなのに、考えられない。レオが大丈夫かどうか知りたい。いつも、ほんの少しだけれど、レオを落ち着かせてあげることが彼女にはできる。新しく手に入れた錠剤もある。飲ませてあげなければ。この薬。これがあれば、興奮しきって走りまわる、ミッレルが躁状態と呼んでいるこの時期を、短くすることができる。

彼女は部屋を出た。ヘッドランプがなかなかつかず、電池を替えた。トンネルをひとりで歩くのは好きではないし、考えてみると、ほんとうにひとりきりで歩いたことは一度もない気がする。道に迷うわけではない。そういう問題ではなく、ただ、この暗闇と、トンネルを吹いている風、場所によっては髪を引っ張られるような心地のする、この風がいやなのだと思う。昔、もっと小さかったころ、ベッドで寝ていたときのことを思い出す。体をまさぐる両手、いっしょにシャワーを浴びるよ、とささやきかけてくる口。耳のすぐそばで息をされると、髪が風に吹かれて軽く引っ張られるような感じがした。

この方向で合っている、それは間違いなさそうだ。ネズミのにおいまでしてきた。数百メートル。あと少しで道のりの半分というところで、遠く先のほうに、やや低いところからあたりを照らしている弱々しい光の筋が見えてきた。レオではない。あれは懐中電灯の光だ。レオがヘッドランプなしで下水道に入ることはありえない。どんな動きをしても彼自身には光が当たらない、あのランプなしでは。

彼女は歩くスピードを下げた。懐中電灯がだんだん近づいてくる。トンネルの壁を不安げに照らし、ときおり彼女の目をくらませる。

レオ。ミッレルと、その友だち。市交通のシャワールームにいた女。天井を見つめる彼女の体をさわってきた医者。今日は午前中だけで、いつもの一週間分を上まわる数の人たちと顔を合わせた。そして、今度はこの人だ。

十メートルか、十五メートルほどの距離になったところで、ようやくだれだかわかった。アルストレーメル通りの下にある大きな部屋で、いっしょに暮らしている女の人たち、十一人のうちのひとりだ。

いや、女の人とは言えないかもしれない。たぶん自分とあまり変わらない歳だろう。

二、三メートルまで近づいたところでちらりと目が合った。ふたりとも歩くスピードをさらに下げ、互いに触れないよう一歩脇へ退いた。

すれ違うときに、もう一度、ちらりと見る。

少女でしかないその女は、まっすぐ前を見据えている。身長は同じくらい、髪は同じように長く、褐色で、ぼさぼさに乱れて絡《から》まっている。顔も同じように煤《すす》まみれだ。だがなによりも目を引いたのは、ぎらぎら輝いているものだった。耳の縁にひしめくシルバーのリング形ピアス。十個、百個では済まない。もっとありそうに見える。

この人を見かけたことは、これまでに三度ある。

だが、言葉を交わしたことはない。一度も。地下の世界では、みんなそれぞれに物語があり、だれもが語るのを避けている。

さらに数歩。懐中電灯の光が揺れ、消えていく。ふたりはもう、それぞれ反対方向へ向かっている。

エーヴェルト・グレーンスはストックホルムの中心街を車でゆっくりと走り抜けた。道路はあいかわらずすいている。皆、寒波におびえているのだろう。ロングコートに隠れて遠いどこかを夢見ている人が何人かいるだけだ。どの通りも、どの歩道も、どの共同玄関も知っている。ストックホルム市警の警察官になって三十五年、犯罪者や麻薬常用者の跋扈《ばっこ》している場所はひととおり頭に入っている。そのほかの人々、ふつうの人々の中には、あまり知り合いがいない。

ストゥーレプラン広場の前で、赤信号が青になり、また赤になった。後ろのどこかでクラクションが鳴ったが、エーヴェルトの耳には届かない。彼はまだ、アンニのもとに、機器類の点滅するベッドのそばにいる。容体は、このような状況にしては安定しているほうだ、という話だった。が、そんなふうには見えなかった。彼の目に映ったのは、意識を失って目を閉じ、機械を通じて息をしている人間だった。そういうふうにしか思えなかった。

あんな恐怖を感じたのは初めてだ。

昔のほうがましだった。昔のほうが、心を閉ざすのは得意だった。感情が昂《たかぶ》って、もうなにも感じたくないと思ったら、仕事にもっと没頭し、傷だらけになった机の天板にもっと深く頭を埋め、見苦しい廊下をもっと足早に歩けば事足りた。それが、いまでは難しい。年齢のせいか、それとも、感情のほうが強くなっているのか。専門家を自称する連中によると、サイコパスであってもものごとを感じる力は年月とともに発達するのだという。学者どもが出したそういう結論は鼻で笑うのが常だ――ろくでもない連中とは日々顔を合わせているが、まともになったやつなどひとりもお目にかかったことはない――が、もしそうだとしたら。もしほんとうに、サイコパスの感じる力が発達するのだとしたら。それは、警部という人種にも共通することなのかもしれない。

ひざの少し上に固定されている無線機から、癇《かん》に障るピーッという音が二度響いた。そして、指令センターのオペレーターの声。

「一九二三号車、応答願います。どうぞ」

「こちら一九二三号車。どうぞ」

「ニルス・クランツさんに頼まれました。電話してほしいとの伝言です」

「もう話した。ついさっきだ」

「もう一度話したいそうです。ところが携帯電話がつながらないそうで。電話していただけますか」

エーヴェルトは無線機の脇の充電器から垂れ下がっている携帯電話を見やった。クランツが電話をかけてきたあとに、また電源を切ったのだ。ひとりきりで考えに沈み、アンニとともに過ごしたかったから。

また電源を入れ、電話をかける。クランツは呼び出し音が一度鳴っただけで応答した。

「カードキーだがな、エーヴェルト。女の指紋が残ってたやつ。どこのものか調べたよ」

「それで？」

「テューレセーの社会保険事務所だった。ボルモーラ広場のそばだ。行き方は……」

「了解」

「……行き方は、まず南に向かって……」

「どうも。もういい。そこの警備担当者とアポは取っただろうな？　捜査官ごっこをするなら、そのくらいはしてほしいもんだが」

クランツの高めの声は、不機嫌に響くこともある。だが、いまはうんざりしているだけのようだ。

「エーヴェルト、私も、人に礼を言うのは苦手だよ」

エーヴェルトは頬を緩《ゆる》ませた。

確かに、大の苦手だ。昔からずっとそうだった。

笑みを浮かべたことで体内に心地よさが残り、エーヴェルトはその感覚を味わいつつ、クング通りを離れて左折し、トンネルに入った。セーデル街道につながる、南の郊外へ向かう道だ。

それでも、ほどなくアンニの顔が思考を乗っ取った。彼女の呼吸を助けようとするあまり、自分の息が苦しくなった。

ボルモーラ広場を行き交う人々も、中心街と同じく寒さに震えている。エーヴェルトは車を降りると、急いで車内に戻ろうとはせず、寒さの中で十分間、車にもたれて立って待っていた。頬に当たる冷気は心地よく、徐々に感覚が薄れていく。待っているあいだに、ソフィアヘメット病院に電話をかけた。容体に変化はないとまた言われて、そんなはずはない、変わらないものなどなにもない、とまた返した。

猛スピードで近づいてきたパトカーが、急ブレーキをかけてエーヴェルトの足元で停まった。

制服姿のふたりはまだ若く、助手席の窓を開けて恭《うやうや》しく挨拶《あいさつ》してきた。エーヴェルトは茶封筒を受け取ると、礼を言い、去っていくふたりを見送った。

テューレセーの社会保険事務所は、建物そのものも入口も実につまらない、いかにも役所らしい、公的施設らしい場所だった。一九七〇年代以降に建てられた公《おおやけ》の建物は、すべてこんなふうに無気力でなければならない、という決まりでもあるのだろうか？　受付にいる守衛は金髪を短く刈った大柄な男で、丸い頬がまるで子どものように見えた。彼はエーヴェルトの身分証をチェックすると、やがて何度もうなずき、青い紙でできた訪問者用の名札を発行してくれた。

ほんの数分で警備責任者が来るという話で、守衛は受付の前にいくつか置いてある椅子を指差した。エーヴェルトは首を横に振った。立っているほうがいい。脚が痛むのだ。年老いた関節、萎縮《いしゅく》した筋肉に、冬が押し寄せてくるこの時期には、いつも。

名札の紙をしわくちゃに丸めたところで――上着の襟《えり》に紙製の身分証をぶら下げるなんてまっぴらだ――女がひとり、小股でせかせかと近づいてきた。

「どうも、カイサです」

ファーストネームしか名乗らない。エーヴェルトには気に入らないやり方だ。それでも彼女の握手に応えた。

「エーヴェルトだ」

女は四十代だろう。背が高く、自分と同じくらいありそうだ。つまり百八十五センチ近い。驚いたことに、彼女はエーヴェルトの手を離さなかった。

「あらやだ」

「はあ？」

「グレーンス警部じゃないですか」

「そうだが」

「あなたがいること、すっかり忘れてたわ」

ついてきて階段を上がるよう女が手招きする。乾いた空気、段差の大きな階段。エーヴェルトはすでに息を切らしていた。

「どういうことだ？」

「昔、警察本部で働いていたんです。ほんの短いあいだでしたけど。あなたもいらっしゃいました。あのころはちょっと怖くてね」

「ふむ」

「でも、こんなふうに十二年も経ってから、警察本部から離れたところでお会いしてみると、そんなに怖くは見えないものですね」

短い廊下、階段がもうひとつ。

「そういうものか」

「私が歳をとったからか、あなたが歳をとったからか。いえ、もしかすると、時間的にも距離的にもじゅうぶん離れたところにいると、その場所でしか通用しないことなんて全部忘れてしまう、というだけのことかもしれませんね。暗黙の了解とか、その場の文化とか、そういったこと。遠く離れていれば、もう目に入らないし、振りまわされることもないから、完全に無視してしまえる」

女は微笑んだ。なかなか美しい女性だ。そういう思考をエーヴェルトが自分に許すことはめったにない。が、実際そうだった。

「雑談はもういいか？」

女は笑みを浮かべたまま部屋に入り、エーヴェルトがあとについてきてふたつある訪問者用椅子の片方に腰掛けるのを見届けた。本人は机の反対側に座り、エーヴェルトのようすをちらりとうかがってから、口を開いた。

「さて、どういったご用件でしょう？」

「コーヒーを」

「えっ？」

「コーヒーはあるか？」

女はため息をついた。

「ありますけど。お砂糖は入れます？　ミルクは？」

エーヴェルトは首を横に振り、女は廊下へ去った。エーヴェルトは室内を見まわした——相手がコーヒーを取りにいっているあいだにいつもやることだ。ここは自分のオフィスよりも広く、感じがいい。家族ひとりひとりの写真が壁二面に掛かっていて、窓の下のサイドボードには、社会保険事務所が行なった管理職研修の修了証がいくつか。床のひらけた部分には、大きな観葉植物を植えた鉢が置いてある。

女がエーヴェルトのコーヒーを持って入ってきた。カップは白い磁器製で、社会保険事務所の緑のロゴが入っている。

「そういえば思い出しました。あなたが女性の警官をあまり評価していなかったこと」

エーヴェルトはコーヒーをひとくち飲んだ。熱い。少し冷まさなければ。

「それはいまも同じだ」

エーヴェルトは女を見た。

「だが、警備責任者が女なのはべつにかまわん」

微笑みが軽い笑い声に変わった。自己紹介は終わった。社交辞令も終わった。

本題に入れる。

「用件はこれだ」

エーヴェルト・グレーンスはさっきパトカーから受け取った茶封筒を開けた。クランツによれば縦五センチ、横六センチの白いプラスチックカードが、透明なラップらしきものに包まれている。

「殺人事件の捜査の一環でな。ここの職員のものらしいんだが」

女はプラスチックカードを受け取った。この建物に出入りするためのカードキーであることはふたりともわかっている。彼女はカードを裏返し、机の一段目の引き出しから読書用の眼鏡《めがね》を出すと、さらに何度かカードを裏返した。時間をかけて眺め、さらに時間をかけて考えている。エーヴェルトが言ったことの意味を察しているのは明らかだ。

「だれですか？」

女はプラスチックカードを茶封筒に戻した。顔も声もこわばっている。

「だれ、というと？」

「おわかりでしょう、グレーンス警部」

「だれかはまだわからない。だからここに来た」

エーヴェルト・グレーンスは実のところなにも言っていない。それでもこちらの用件が正確に伝わっているのがわかる。このカードキーを与えられていたここの職員が、殺人事件の捜査の対象になっているらしい、ということ。女はかすかにうなずいてから、カードをまた手に取り、眼鏡の位置を直した。

左端に番号が入っている。四桁《けた》ずつに分かれた十六桁の数字。女はそれをひとつひとつパソコンに入力した。エーヴェルトは画面が見えるよう、立ち上がって机の反対側にまわり、女の隣に陣取った。

女はなにも言わず、エーヴェルトを追い払いもしなかった。人がひとり殺された。事務所の方針や個人のプライバシーよりも、いまはそちらのほうが大事なことだ。

ペーデシェン、リズ
名前。ひょっとすると、死んだ女の名前かもしれない。

一九六六年五月十三日生
死人の、放棄された顔。もう数えきれないほど見てきたが、どの顔にもひとつ共通点があるのをエーヴェルトは知っている——蓄積された時間がゼロに戻っているように見える、ということ。死人を見てその年齢を言い当てるのは難しい。心臓も呼吸も止まって、時間が吸い出されてしまったあとでは。

エーヴェルトは頭の中ですばやく計算した。四十一歳。ありうる。

「この人なんですね?」

警備責任者はかなり浅黒い肌をしていた。この建物を取り囲んでいる、一月という季節にもかかわらず、こんがりと日焼けしているように見えた。

その彼女の顔色が、いま、がらりと変わった。恐怖にかられた人間の青白い肌。

「そうなんですね？　この人なんでしょう？」

「さっきも言ったが、それはまだわからない」

「きっとそうです。いやな予感がしてたまらない。リズは……リズは、三日前から出勤していないんです」

女の手がキーボードの上をさまよう。弱々しくキーを押すが、なにも起こらない。画面には同じ名前が表示されたままだ。同じ生年月日。腹の奥に残っている、同じ不快感。

「病欠の連絡もありませんでした。だからもちろん、こちらから電話してみたんです。でも連絡がつかなくて」

エーヴェルトは画面を見た。ペーデシェン。覚えのある名前ではない。

「この人とはどれくらい親しかった？」

「ここで働いている人とはほとんど顔見知りです。いい職場で、みんな長く勤めますから。リズは……リズと私は、ほぼ同時にここで働きはじめました。十一年前のことです」

女はゆっくりとかぶりを振った。

「初めのころ、何年かは、けっこう親しくしていたと思います。同じ時期に同じことを始めた人とは、たいてい親しくなるものでしょう」

エーヴェルトは血の気を失って縮んだように見える女を見つめた。ついさっきまであんなに背が高く見えたのに、いまは椅子の背もたれに体をあずけて肩を落としている。

「警察で働いていたと言ったな。それなら、次の質問は想像がつくだろう」

女は答えなかった。

「できそうか？」

答えは、まだない。

「身元の確認だ。できそうか？　ほんとうにこの人かどうかを確かめるんだ」


マリアナ・ヘルマンソンは、警察本部C棟の階段を力強い足取りで上がった。汚れた、おびえた顔がひとつ、またひとつと頭をよぎる。子どもたち。今朝《けさ》、まるで輸送されてきた貨物のようにバスから降ろされて置き去りにされた、小さな人たち。十五歳の少女の忘れがたい顔を、その前腕に残ったまっすぐな切り傷の痕《あと》を、彼女が抱いていた赤ん坊の姿を、何度も頭から追い払おうとする。

少女はマリアナによく似ていた。十二歳の差はあれど、体つきも、鼻も口も、髪も、歩き方までもが似ていて、姉妹と言っても通用しそうだった。ふたりの立場が入れ替わっていてもおかしくなかった。なんと奇妙なことだろう、ほんの少しの違いですべてが決まってしまう。人生の条件は偶然でかたちづくられる。マリアナの父親が、当時のルーマニアの独裁政治を逃れて移住していなかったら。マリアナがスウェーデンのマルメで生まれていなかったら。ローセンゴード地区という、まわりからは見下されているけれど彼女にとっては安心できるわが家だった、あの団地で育っていなかったら。そうしたら、マリアナはどこか別の場所で、別の人間として生きていたのだ。

私たちの立場が入れ替わっていても、まったくおかしくはなかった。

イェンス・クレーヴィエのオフィスは最上階にある。その階全体を占めるスウェーデンのインターポール事務所、四つあるオフィスのひとつだ。前に一度来たことがある――昨冬のこと、いまと似たり寄ったりの寒さで、あのときは別の顔が頭から離れなかった。偽造パスポートを持った人物、公的には存在していないことになっていた、そのせいで拘置所の独房に閉じこめようとしたら痙攣《けいれん》を起こして倒れてしまった人物。事件の捜査が終わってもけっして忘れられない、腹や胸の中にこびりついて離れない、そんな人たちのひとり。ナディアもたぶんそうなるだろう。〝おまえは若すぎるんだ、ヘルマンソン、捜査で出会う連中みんなを抱えて生きてたらもたないぞ〟。グレーンスにそう忠告されたことがある。仕事を体内に抱えこんではいけない。犯人も、被害者も、それ以上の存在にしてしまってはいけない。〝そのうち場所が足りなくなる。おまえはだんだん蝕《むしば》まれていって、やつらと自分自身の境界線がわからなくなっちまう。思い切って手放さなきゃだめだ〟。だが、無理だった。彼女には。だれかのことを終わらせようと決意しても、できない。一度もできたためしはなかった。離れていかない人々は、なにをしようと離れていかなかった。

クレーヴィエは机に向かい、パソコン画面を凝視していた。片手にフォルダーを持ち、もう片方の手に煙草《たばこ》を持っている。こちらの足音は聞こえていなかったらしく、彼女が咳払いをするとぎくりと震えた。

「なんてこった、気づかなかった」

とっさに煙草を持った手を下げ、机の下に隠している。首筋がかすかに赤くなっていた。

「いつもは……この建物では最近、煙草を吸うならバルコニーに出ろって言われるようになってね」

クレーヴィエはフォルダーを持ったままの手で、オフィスにある唯一の窓を指してみせた。

「温度計、見たかい。マイナス十七度だとよ」

ヘルマンソンは肩をすくめた。

「べつに室内の空気がどうとかいう話をしにきたわけじゃありませんから。この階の人たちに異存がないなら、私もべつにかまいません」

クレーヴィエの背筋がかすかに伸び、肌の赤みがゆっくりと消えていった。ヘルマンソンは薄くかかった靄《もや》の中に踏みこんだ。

「助けていただきたいことがあります。私たちみんなそうですけど、クレーヴィエさんも仕事が山積みなのは知っています。でも、いまやってることをしばらく中断していただけますか。急ぎなんです」

イェンス・クレーヴィエはフォルダーを机に置き、煙草を口に運んで満足げに一服した。

「きみが前回、急ぎだと言ってここに来たときのこと、覚えているよ。無実の人間がオハイオ州で処刑されるという結末になった」

存在しないはずだった人、どうしても彼女のもとを離れてくれない人。ジョン・シュワルツと名乗っていた。この一年、彼女は折に触れてシュワルツに思いを馳《は》せた。彼の父親に電話をかけようと思ったことも何度かある。息子が死刑に処される国へ引き渡されるのを防ごうと、飛行機でわざわざストックホルムの警察までやってきた、恰幅《かっぷく》のいいやさしげな男性だった。ただ単に、残された一家のようすが知りたかった。それだけだ。

「捨てられた子ども、四十三人の件です」

クレーヴィエはまた煙草を一服してから、机の引き出しにしまっていた灰皿で火をもみ消した。彼が深刻な顔になったのがわかった。

「きみが担当なのか？」

「そうです」

「うちの部署も午前中はその話で持ちきりだったよ。四十三人！　こんな話、聞いたことがない。もう長いこと勤めているのに」

クレーヴィエはパソコン画面に手をかけた。

「実はもう調べたんだ。ルーマニア人の子ども四十三人の国際捜索命令は出ていない」

この経験豊富な、年配の警察官が、規則に逆らって喫煙し、憤《いきどお》っている。これまでには聞いたことのない、気持ちのこもった声を出している。

「だが、もしよければ問い合わせてみようか。さしあたりヨーロッパの加盟国に」

ヘルマンソンはうなずいた。

「ぜひお願いします。どのくらいかかります？」

「連絡するよ」

階段を下りている途中で、大きなボールがまた現われた。腹の中でなにかがふくらんでいる感覚。目には見えないだろうが、不快感と苛立ちの混ざったような。

子どもなのに。ほんものの子どもなのに。だれも探していない。

空き巣、強盗、暴行、過失致死、殺人、そういうものならまだわかる。毎日向き合っているし、ともに生きている。そのために生きていると言ってもいいかもしれない。

だが、これは。

彼女にはとても理解できなかった。

ベリィ通り側の受付で、市の青少年支援課の調査官が待っていた。彼女と同年代の男性で、気さくそうに見える。苦しい立場に立たされ焦《あせ》ってはいるようだが、それでも話しやすそうだ。ふたりは挨拶《あいさつ》を交わすと、並んで廊下を歩き、階段を下りた。広大な警察本部の次なる廊下を進み、体育館のそばを通って、また階段へ。ガラス張りになった壁の前に、赤と緑のプラスチック椅子が置いてある。ふたりは腰を下ろし、ガラスの向こうにいる年若い人たちを眺めた。

体が白い。確かにいまは冬だが、それでもこんな青白い肌は見たことがない。

大半は、塩素の入った冷たい水に浸かって、じっと立ったままでいる。

プールの縁にいるのがひとり。少し離れたところで、バスタオルを肩からかけているのがひとり。

警察本部の屋内プールに入った、四十三人の子どもたち。

こうして遠くから見ているると。プールに入っているのを、ガラス越しに見ていると。

まるでふつうの子どもみたい。

また、あのボールだ。腹の中でひどくふくれあがっていくのを感じる。

でも、あの子たちは警察にいる。スコットランドだと思っていた国にいる。だれもあの子たちを探していない。

「グループ分けをします」

「なんですって？」

「こんなケースは初めてだ。いまわれわれにできる最善の策です」

ヘルマンソンがすさまじい勢いで動いたせいで、プラスチック椅子の背もたれが曲がった。

「グループ分けですって？　あの子たちにはお互いが必要です。これまで以上に」

「住むところと、食事。なによりもそれを優先しなければなりません。これまで……」

「相手は人間の子どもですよ。優先ってなんですか？」

「……これまで八時間、ずっと探してきましたが、四十三人全員を引き取ってくれる受け入れ先は見つかっていないんです」

子どもたちの髪が濡れている。少し寒がっている。プールの縁の梯子《はしご》を上がっては、中に飛びこんで、また梯子を上がっている。

ヘルマンソンの息ははずんでいた。

まるでふつうの子どもみたい。

「あの子たちは、いっしょにいるから安心していられるんです。わかりませんか？　お互いにとっての家族なんです、あの子たちは。家族を引き裂いたりしたら……厄介なことになりますよ」

若い調査官をじっと見つめる。気さくそうな表情はまだ変わっていない。耳を傾けてくれている。ジーンズにジャケット姿で、ひざにファイルを置いた彼は、ふたたび口を開いたヘルマンソンの話を、じっと聴いていた。

「というのも、私たちはあの子たちからもっと事情を聞かなければならないんです。安心を奪われると、人はなにも話してくれなくなります」


肉がえぐれて欠けている。

だれなのかは考えなかった。ここにいるのは人間だとも考えなかった。息をしていないとか、心臓が止まっているとか、目が合わないとか、そういったことも考えなかった。

ただひとつ。

頬骨のそばにある、あの穴。そこにあるはずの肉がないようだ、としか思わなかった。われながら妙な反応だ、と彼女はあとで思うだろう。ストレッチャーに乗せられたこの女性、法医学局の解剖室の真ん中に展示されているこの死体は、自分の知り合いだったのに。

肉がない、という思いだけが頭を占めている。たったひとことが、行く道をすべてふさいでいる。

エーヴェルト・グレーンスは警備責任者を見つめた。

もうわかった。彼女がなにか言う必要はなかった。この部屋で何度も見たことのある表情だ。近しい死に向き合うこと。一気に虚《むな》しさが押し寄せてきたような表情。

「そうです」

死体をはさんだ反対側に立っているエーヴェルトは、一歩前に踏み出し、彼女と目を合わせようとした。

「急ぐことはない。じっくり見ていいぞ。間違いないと思えるまで」

皮膚は白く、かすかにむくんでいる。土気色《つちけいろ》になっているところもあり、青に近く見えるところもいくつかあった。人はほんの数日でここまで変わってしまうものだろうか？　社会保険事務所の廊下で毎日顔を合わせていた相手だ。いつもにこにこして雑談に興じていた。初めの数年を思い出す。いっしょに遅くまで残業したことも、パートナーも交えて夕食をともにしたこともあったし、テューレセー城のパーティー会場でいっしょに夏至祭を祝ったことも一度ある。が、そのあとプライベートな付き合いは途絶えた。なぜかは覚えていない。生活があわただしくなって人と疎遠になるのはよくあることだ。

「間違いありません」

「リズ・ペーデシェンか？」

「はい」

エーヴェルトは少し離れたところで待っていたルードヴィッグ・エルフォシュに向かってうなずいた。

「これで身元がわかった。ほかにわかったことを、これから聞かせてくれ」

スヴェン・スンドクヴィストは、法医学局の狭い入口を入ったところにある椅子で待っていた。彼はいつもそこで待っている。死から遠いところで。エーヴェルトはスヴェンに、警備責任者の女性をエルフォシュのオフィスに案内して、そこでもう少し話を聞くよう指示した。それから解剖室に、生命のなくなった体に戻った。

「胴体をナイフで刺された痕《あと》が、三十三カ所」

エルフォシュは死んだ女の脚にA４の紙を二枚置いた。タイプライターで書いたメモ。エーヴェルトは年代物のタイプライターがエルフォシュの机の上に置いてあるのを見たことがある。自分が持っていたのによく似ていた。

「うち十二カ所は、そこ一カ所だけでも致命傷になりうる傷だった。心臓、肝臓、肺に達している」

ルードヴィッグ・エルフォシュは司法解剖報告書を置いたまま、身を乗り出して死体に顔を近づけた。

「凶器となったナイフは刃の細長いものだ。傷の深さはまちまちだった。犯人の力の入れ方がまちまちだったということだろう。被害者には防御創もあった。両腕の計十四カ所に刺し傷がある。身を守ろうとしたわけだ。立っているときにも、倒れてからも」

〝傷の深さはまちまちだった〟

「続けてくれ」

「推測でものを言え、ということだろう」

「そうだな」

エルフォシュはため息をついた。彼は慎重だ。百パーセント確信できないことについては話したがらない。

「おそらく──あくまで推測だがな、エーヴェルト──犯人がどういうふうに動いたかを合わせて考えると、浅い傷のほうが最初について、深いほうの傷はそのあとについたのではないかと思う。したがって、犯人はその場でカッとなって刺したのだろう。何度も。何度も。刺しているうちに、だんだん力が入っていった」

エルフォシュが胴体を覆《おお》っていた布をめくる。エーヴェルトは視線を据えられる場所を探した。無理だった。つい最近まで生きていた女は、ずたずたに切り裂かれていた。

「この力の込め方にはな、エーヴェルト、最後のほうに加えられたとみられる攻撃の威力には……狂気すら感じる」

エーヴェルト・グレーンスは刺し傷を目でたどった。何度も、何度も刺された痕。連続で、四十七回。

「細長いナイフと言ったな？」

「かなり長さのある、細いナイフだ。刃がギザギザになっている。これも推測だが、ふつうのキッチンナイフであってもおかしくない」

ナイフを使う犯人の大半はどこかしら精神の均衡を欠いているものだと、エーヴェルトは知っている。そういうことを測定して表を作る統計学者どももいることにはいるが、彼には必要ない。はるか昔から犯罪者を追いかけてきて、自然に学んだのだ。魂の脆《もろ》さとナイフには、なぜかつながりがあるようだ、と。

「死体のようすは見てのとおりだ」

エーヴェルト・グレーンスは一歩後ろに下がり、立ち去る準備を始めていた。が、エルフォシュの話はまだ終わっていないらしい。彼は死体のそばに立ったまま、その上に手をかざしてゆっくりと動かした。足元から、頭のほうへ。

「わかるだろう?」

「ああ」

「無傷で済んでいる部分はほとんどない」

「そうだな」

エルフォシュはしばらく黙っていたが、やがてふたたび布を掛け、傷だらけの部分を覆い隠した。

「私はこれまでに、幼い子どもも、十代の若者も、女も、男も解剖してきた。人間を見てなにかを感じたのは、もうずいぶん昔のことだ」

彼はエーヴェルトのほうを向いた。

「だが、こんな……過剰なまでの暴力は、これほどの激しい怒りは、めったに見たことがない。犯人は精神を病んでいるか、あるいは……すさまじい憎しみにとらわれた人間だ」

マリアナ・ヘルマンソンはウィンカーが出ていることを確かめてから、ちらりとバックミラーを見やり、高速E4号線を離れた。警察本部のあるクロノベリ地区から、アーランダ空港への入口まで、車で十九分かかった。

「大丈夫？」

彼女はスピードを下げ、後ろを振り返った。

「ねえ、大丈夫？」

ヘルマンソンの冬用ジャケットを一着借りた少女は、生後六カ月の赤ん坊をひざに乗せて、後部座席の真ん中に座っていた。

「はい」

捜索命令が出てからほぼきっかり三時間後、巡回していたアーランダ警察のパトロール車が、捜索命令の記述にぴったりのバスを発見した。空港にいくつかある長期駐車場のひとつに、駐車スペースの境界線をまたぐ形で駐《と》まっていたのだ。知らせを受けたヘルマンソンは、子どもたちをグループ分けすると言いだした調査官のもとを離れ、ガラス張りの壁をあとにして、屋内プールに入った。ナディアははじめ話をすることも拒んでいたが、やがて自分がなにをするのであれ、マリアナ・ヘルマンソンにどこへ連れていかれるのであれ、息子もいっしょに連れていってかまわないのだと理解すると、しぶしぶながらも耳を傾けてくれた。ふたりでヘルマンソンのオフィスへ向かい、一月の寒さから身を守る服を調達してから、エーヴェルト・グレーンスの署名の入った出庫請求用紙を持って押収品保管室に向かい、優先度の低い事件にまつわるありとあらゆるがらくたの中にあった押収品のベビーカーを一台受け取った。捜査が進展し、スウェーデン最大の空港の駐車場に手がかりが見つかったいま、少女の目が、言葉が、証言がどうしても必要だった。

「手伝おうか?」

マリアナ・ヘルマンソンは、折り畳まれて車の荷物スペースに入っているベビーカーを指差した。新品なのかもしれず、車輪がほとんど使われていないように見える。警察の整理番号の記された紙切れが、ハンドル部分に輪ゴムで留めてあった。

「はい」

少女は、ベビーカーを使ったことが一度もなかった。

息子が生まれてから六カ月、どこに行くにも抱えて歩いていた。そうしなくてもいいというのは、少女にとって未知の感覚だった。

アーランダ警察は、フェンスで囲まれた長期駐車場の入口前で待っていた。警察官がふたり挨拶《あいさつ》してきて、そこから二百メートルほど入ったところまで案内してくれた。

問題のバスは、マリアナが子どものころに乗っていたバスに似ていた。早朝から夜更けまで、マルメのローセンゴード地区と中心街のあいだをせっせと行き来し、車を持たない人たちを数クローナで運んでいたバス。このバスは、かつては赤だったのだろうが、いまはすっかり色褪《いろあ》せて、ピンクともオレンジともつかない色になっている。タイヤ、窓、車体の金属、すべてが摩耗《まもう》し、疲弊《ひへい》している。少なくとも三十年は使われていそうだ、と彼女は推測した。

「このバス？」

ナディアはベビーカーから息子を抱き上げ、額にキスをしてぎゅっと抱きしめた。彼女はうなずいた。

「はい」

「間違いない？」

「はい」

広大な駐車場に冷たい風が吹く。マリアナ・ヘルマンソンはバスのまわりをゆっくりと一周した。子どもが四十三人。ヨーロッパを横断した四日間の旅。彼女は身をかがめると、片方の前輪の左側にある小窓を開け、そこにあったハンドルをまわした。ドアが開く。間違いない、このバスだ。乗ってみなくてもわかった。中からシンナーのにおいが漂ってきて、毒を含んだ透明な壁となる。ヘルマンソンはもう一周、今度は反対まわりに歩いてから、バスの後ろで立ち止まった。

N864。モナコ公国《プランシポテ・ドウ・モナコ》。

ナンバープレートは本物のように見える。

「赤ちゃん、寒がってる？」

ナディアが息子をジャケットの内側に入れ、体重を片脚からもう片方の脚に移動させて、ゆっくりと揺らしている。

「いえ、べつに」

「あなたは寒い？」

少女は首を横に振った。

「よかった。もうすぐ中に入るからね。そしたら暖かいよ」

警察官ふたりは少し離れたところで車に乗って待っていた。ヘルマンソンはふたりに、バスのナンバーをすぐ検索するよう頼んだ。それが終わったら、鑑識官に連絡してほしい。座席、レバー、床の隅々まで、徹底的に調べてもらうのだ。最後に、今日アーランダ空港から出発するすべての国際線の乗客名簿を手に入れてほしい、とも頼んだ。すでに離陸した便も、午後これから離陸する便もだ。頭の中でざっと計算してみる——もの言わぬ子どもたちを四十三人、暗闇に乗じて見知らぬ街に置き去りにした連中は、朝の八時ごろにはすでに機中の人となっていた可能性もある。おそらく実際にそのとおりだろう。

ヘルマンソンはまたバスを見つめ、最後にもうひとまわりした。

一周するたびに縮んでいくように見えた。

ほんものの、人間の子どもたち。

ここに座り、立ち、折り重なるようにして横になっていたにちがいない。

国際線ターミナルの広いホールの空気は淀んでいた。

出発便がまず遅れ、次いで欠航になって、チェックインや荷物預け入れのカウンターを探してさまよっている乗客たち。忍耐強く質問に答え、皮肉を言われても微笑んでいる、制服姿の職員たち。

マリアナ・ヘルマンソンはナディアの手を握り、ふたりはひしめく人々の合間を縫《ぬ》ってベビーカーを進めた。あたりを見まわす。姉妹。もしだれかがいま、私たちのことを見ていたら。どこかへいっしょに出かける姉妹だと思うだろう。連れているのは姉の子どもだと思うだろう。

もしだれかがいま、私たちのことを見ていたら。どこにでもいるふつうの人間だと思うだろう。

スウェーデン警察の警部補と、中欧から来て捨てられたストリートチルドレンではなく。

そうと言い当てられる人はまずいないにちがいない。

マリアナ・ヘルマンソンは人々の邪魔にならないよう気をつけつつ、できるかぎりゆっくりと移動した。すれ違う人々を見てほしい、とナディアには言ってある。ひとりひとりの顔、ひとりひとりの背中を、じっくり見てほしい。ずらりと並んだカウンターを素通りし、慎重にベビーカーを進めながら、蛇行する行列、女性用トイレ、男性用トイレ、両替所や切符売り場に並んでいる人々のそばを通って、売店に入り、書店に入り、案内カウンターのそばでもしばらく過ごした。

反応はいっさいなく、なんのシグナルも送られてこなかった。ちゃんと見えているのだろうか、まわりの光景を認識する気力もないのではないか、とヘルマンソンははじめ思ったが、ほどなくその不安は消えた。ナディアは確かに心理的に追いつめられ、おびえているが、それでも奥底には驚くほどの強さを秘めている。赤ん坊を安全なベビーカーに乗せているいま、彼女はマリアナの求めに応じ、視線をそらすことなく、人々の目を見ることもためらわなかった。探すよう促されているあいだ、本気で探していた。

オーゲスタムはこの事件の罪名を、人身売買の疑い、としていた。だが、そうではなさそうだ。人を売り買いする連中は、人を脅し、おびえさせ、傷つける。ナディアはおびえているが、いま探している連中におびえているのではない。目を向ける勇気がある。このようすを見るかぎり、これは人身売買ではなく、なにか別の話なのだ、と思う。

マリアナ・ヘルマンソンにはまだわからない、なにか。

「お腹がすいたんじゃないかな」

赤ん坊がしばらく前からぐずっている。ついに泣きだした。

「きっとそうだよ。ね？」

ナディアはうなずいた。

「はい」

「あそこに上がろう。カフェテリアがあるから。食事させてあげないと。ナディア、あなたも、なにか食べなきゃね。でもその前に、あとひとつだけ」

マリアナ・ヘルマンソンは行列する人々のそばで立ち止まった。その先には出国審査場があり、金属製の物体を感知してアラームを鳴らすゲート、手荷物の中身を映し出すモニターの並ぶ部屋がある。身分証を見せ、ベビーカーを押すナディアを手招きして行列を素通りさせると、セキュリティーチェックを担当する制服姿の警備員ふたりのあいだに立った。

X線検査をされるバッグや、鍵束やコインの入った小さなプラスチックトレイ、そういったものを運ぶベルトコンベアーの先に棚があり、そこにパソコンが置いてある。画面には、三つの顔がでかでかと映っていた。男がふたり、女がひとり。ナディアともうひとりの子どもが今朝《けさ》、事情聴取で証言した内容に基づいて描かれた似顔絵だ。

「なにか発見は？」

「ありません」

「なにもないんですか」

「ええ、残念ながら。あまり詳しい似顔絵ではないから、照合しにくいんです」

ヘルマンソンは似顔絵を見た。確かに、大急ぎで描かせた絵だ。もっと鮮明な似顔絵が、もっとたくさん要る。描いてもらうことにしよう。

カフェテリアは二階、エスカレーターを上がったところにあって、ターミナル全体がよく見渡せた。赤ん坊の泣き声がさらに大きくなっている。もはや必死だ。ナディアは腕の中の息子を揺らしてあやし、小声で歌い、額を撫《な》でてやっている。ヘルマンソンは出来合いのべビーフードをひと瓶、ウェイターに頼んで温めてもらった。ディル風味の煮込み肉とポテトと書いてある。自分用にコーヒーを一杯注文し、ナディアには小エビのオープンサンドとオレンジジュースを頼んだ。

赤ん坊はすぐに食べはじめた。もう泣いていない。母親の腕の中で眠りかけている。

ふたりは無言で座ったまま、途切れることのないざわめきに耳を傾けた。階下を行き交いすれ違う、たくさんの人たち。彼らの姿がガラス張りの壁越しに見える。ヘルマンソンがさきほど、警察の屋内プールに浸かった青白い子どもたちを見ていたときのように。

「ルーマニア語、話せるんですね」

ナディアが自分から言葉を発したのは、それが初めてだった。

「どうして?」

それまでは、質問されたことに短い答えを返すだけだった。あとは黙っていた。そのナディアが、自ら口を開いた。

「ここに住んでるのに」

ヘルマンソンは答える前にコーヒーを飲み干した。うれしい、と思った。なぜかはよくわからない。

「知りたい?」

「はい」

広大なターミナルからは人が減っていない。旅行者がひとりセキュリティーチェックを通過するたびに、新たな旅行者がひとり、雪と寒さを逃れて建物に入ってくる。マリアナ・ヘルマンソンは自分の父親の話をした。父が祖国からここへ逃げてきたこと、自分がこの国で育ったこと。

ナディアは笑みを浮かべた。初めてのことだった。

「で、スウェーデンで警察官をしてるんですね。ルーマニア人なのに」

「私はルーマニア人じゃない。父がルーマニア人なの。私が生まれ育ったのはマルメ。南スウェーデンにある町」

どうしてそこが大事なのか、どうしてその点を欠かさず指摘したくなるのか、ヘルマンソンには自分でもよくわからない。自然とそうなってしまうのだ。昔からずっとそうだった。いまのように、論点はそこではないとわかっていても。

コーヒーのお代わりを取りに行こうと立ち上がる。あなたもなにか欲しい、とナディアに尋ねると、いいえ、結構《ヌ・ムルツメスク》ですと愛想よく答えが返ってきた。ヘルマンソンは早足で歩いた。朝からずっと、こんなふうに話ができればと思っていたのだ。このままやりとりを続けたい。

追加の会計をしようと、小銭を探して上着のポケットに手を入れた瞬間、もう片方のポケットの中で携帯電話が鳴った。

切羽詰《せっぱつ》まった声だった。彼の姿が目に浮かぶ。煙草《たばこ》を手にしている姿。机の一段目の引き出しに灰皿を入れている。

「インターポールのイェンス・クレーヴィエだ」

「早かったですね」

「いま、どこにいる？」

ヘルマンソンは会計を済ませてコーヒーの礼を言い、レジから数歩離れたところで立ち止まった。ナディアと赤ん坊のもとへ戻るのは、話が終わってからにしたい。

「アーランダ空港です」

「バスが見つかった？」

「はい。ここに駐《と》まっています」

「そのバスで間違いないのかい？」

「はい。しかもついさきほど確認が取れたんですが、同じバスが今朝《けさ》四時十八分、リリエホルム橋を通ってストックホルムの中心街に入っていったこと、それから四時五十二分、クングスホルメン島のホーンスベリ地区経由で中心街を出ていったことがわかりました。雪が降っていましたが、それでも渋滞税の料金所にあるカメラは、ナンバーN864のバスをはっきりとらえていました」

クレーヴィエが煙草を何服かしているのが聞こえた。咳きこみ、新しい煙草に火をつけている。

「アーランダ空港か。つじつまが合うな」

もう二服。

「問い合わせを出してみたら、四件見つかったんだよ。四カ国で四件だ。ドイツ、イタリア、ノルウェー、デンマーク。どの件でも、使い古された年代物のバスに、約二十五人から六十人のルーマニア人の子どもが乗っていた」

マリアナ・ヘルマンソンはナディアを見た。少女のまなざしは訝《いぶか》しげだ。ヘルマンソンは電話を掲げてみせ、それを指差してから、指を二本立てた。あと二分、待って。

「聞いているかい？」

「聞いています」

クレーヴィエは声のボリュームを落とした。オフィスにだれか入ってきたのか、それとも動揺しているのか。

「どの件も、同じパターンをなぞっていた。早朝、まだ暗いうちに、街の真ん中で子どもたちが置き去りにされる。大都市ばかりだ。ストックホルムとオスロは小規模なほうに入る」

ヘルマンソンはコーヒーを飲み、元の席へゆっくりと歩きはじめた。

「どのバスもだな、ヘルマンソン、忽然《こつぜん》と姿を消したあと、大きな空港のそばに駐まっているのを発見されている。いちばん最近ではコペンハーゲン郊外のカストルップ空港だ。コペンハーゲンとオスロの捜査担当者と話をした。だが、それ以上のことはなにも教えてもらえなかった。うちのデータベースに入っている情報、すでに知っていることしか教えてくれないんだ。それ以外のことを尋ねると……わけのわからない、妙な沈黙が返ってくる。先に進めない」

カサカサと擦《す》れる紙の音。クレーヴィエが書類をめくっている。ヘルマンソンは一分弱、電話を強く耳に押し当てたまま待った。やがてクレーヴィエが続けた。

「同じ服装をした子どもたち。同じ茶色のビニールバッグを持っていて、自分たちがどこに来たのかさっぱりわかっていない子どもたち。その数は、今回で計百九十四人になる。最年長は十六歳。最年少はな、ヘルマンソン、最年少は、生後四カ月だ」

顔のあちこちが欠けている。胸も腹もずたずたに切り裂かれている。ストレッチャーに横たわった女。もう一度見ておこう、とエーヴェルト・グレーンスは考えた。だれなのかわかった、いま。少なくとも、名前だけは。

リズ・ペーデシェン。

聞いたことのある名前ではない。

ルードヴィッグ・エルフォシュが布をつまみ、エーヴェルトを見やる。エーヴェルトはうなずいた。大丈夫だ、また覆《おお》いを掛けてかまわない。

エルフォシュは、過剰なまでの暴力、激しい怒り、と言った。犯人はすさまじい憎しみにとらわれた人間だ、と。エーヴェルト・グレーンスは顔をしかめた。それならよく知っている。激しい怒りがどんなふうに、醜く汚いフィルターとなって、見るものすべてを覆ってしまうものか。憎しみがどんなふうに人を内側から蝕《むしば》んでいくものか。しかし、だからといって人に四十七回もナイフを突き立てるようなことはしない。

解剖室を出ると、ソルナ法医学局の廊下でしばらく待った。スヴェン・スンドクヴィストがテューレセー社会保険事務所の警備責任者から事情を聞いているのが、閉ざされたドアのガラス窓越しに見える。警備責任者が帰ってしまう前に、情報を補うためいくつか質問をする必要があった。彼女は死んだ同僚の身元を確認したばかりで、すぐにでもここを出たいと思っていただろうが、それでも残り、リズ・ペーデシェンの家庭の事情、交友関係、亡くなる前の数日間について、答えられるかぎりのことを答えてくれているようだった。

エーヴェルトは簡易キッチンに入った。小さな食卓、電子レンジ、冷蔵庫。食卓に置いてあるコーヒーメーカーのサーバーに残ったわずかなコーヒーをカップに注ぎ、においを嗅《か》ぐ。半分ほどは出し殻の、冷めきったコーヒーを飲んだ。

これも公的資金でまかなわれているんだな。国の金だ。

冷蔵庫を開け、いちばん上の段に置いてあったバターの箱とパンの袋を出して、パン二枚にバターを塗った。

うちと同じように。

簡易キッチンで立ったまま食べ、また冷蔵庫の中身を探ったが、食べられるものはもう見つからなかった。そのときエルフォシュのオフィスのドアが開いて、エーヴェルトは振り返ると、警備責任者と握手を交わし、つらい中で事情聴取に応じてくれたことに礼を述べた。三人で階段を上がり、寒さの中に出る。スヴェン・スンドクヴィストがいちばんわかりやすい帰り道を説明し、運転に気をつけて、と声をかけた。いまの道路はアスファルトというより、雪と氷そのもののようだから。

残されたふたりは、そのまま玄関でたたずんでいた。まだ昼下がりだが、もう夕方のような気がする。太陽の光はすでに弱まりはじめていた。

「あの女、関与してそうか？」

「いや」

「聴取でわかったことは？」

「あまりない。仕事仲間だった。仕事仲間がお互いに知っていることなんて限られているだろう？　エーヴェルト」

スヴェン・スンドクヴィストはエーヴェルトのようすをうかがった。どうも彼らしくない。増える一方の捜査に追われて力を失い、げっそりしていることはままある。だが、この疲れは、内側から来ているように見える。はるか昔に根を張った、なにか古いもの。彼がすでに戦い、負けた相手。去ることはけっしてないとわかっている相手。

「大丈夫か？」

「あの女は」

「エーヴェルト、きみに訊いているんだ。具合はどうなんだ？」

「あの女。ネズミに喰《く》われてた。トンネル網から引きずられてきた。煤《すす》で汚れた男の指紋が死体に残ってた。ナイフで何度も、何度も刺されてた。犯人はおそらく精神を病んでる」

エーヴェルト・グレーンスはコートのボタンをいくつか留め、マフラーを直した。

「スヴェン」

「フリードヘム広場あたりのホームレスについて、だれよりも詳しい人物を探してくれないか」

スヴェン・スンドクヴィストは内ポケットからメモ帳を出し、最後のほうのページまでめくった。

「聖クララ教会」

「なんだって？」

「もう調べたんだ。どうやら考えることが同じらしい」

「それで？」

「教会の執事。名前はシルヴィ、名字はわからない。話を聞くならこの人だ。聖クララ教会には巡回ボランティアがいて、週に何度か、地下鉄フリードヘムスプラン駅の出入口そばでコーヒーやサンドイッチを配っている。冬になると、たぶん寒いからってことで、回数がもっと多くなる。その人たちこそ、あの界隈《かいわい》のホームレスが唯一信用している相手じゃないかと思うんだ。うちとか、市の社会福祉局とか、そういう連中とはあまりかかわらないようにしているだろうし」

ふたりは自分の車にたどり着いた。入口の両側にそれぞれ駐車していたのだ。運転席に向かって歩きつつ、会話を締めくくろうとする。

「そこに行ってくれ、スヴェン。いますぐ」

スヴェン・スンドクヴィストはうなずいた。言われなくても向かうつもりだった。雪に覆われた鍵穴にキーを挿《さ》し、何度かガチャガチャと左右にまわす。凍りついた錠が動くまで。

車に乗りこもうとしたところで、ふと考えを変えた。

「エーヴェルト」

雪に埋もれた車の列に沿って走る。エーヴェルト・グレーンスはすでに運転席に座っていた。スヴェンはフロントガラスをノックした。

「ちゃんと知りたい」

車を迂回《うかい》し、助手席のドアを開ける。

「きみの具合がどうなのか」

エーヴェルト・グレーンスはダッシュボードを平手でバンと叩いた。

「ドアを閉めろ。寒い」

「答えてくれるまで閉めないぞ、エーヴェルト」

「いいから閉めろ！」

スヴェン・スンドクヴィストは助手席に座ってから、言われたとおりにドアを閉めた。

「僕はきみをよく知る人間のひとりだ。そうだろう？　だから好きなだけ怒鳴ればいい。僕は慣れている」

エーヴェルトのほうを向く。

「十年以上、すぐそばのオフィスで仕事して、ほぼ毎日顔を合わせてきたんだ。いつものきみがどんなようすかは把握している。それが、いまは……いまのきみは、ひどく苦しそうだ、エーヴェルト」

エーヴェルト・グレーンスは答えなかった。無言のまま前を見据えている。雪を、車の窓の外に広がる冬を見ている。

「アンニの具合は？」

エーヴェルトはまた平手でダッシュボードを叩いた。いつも彼を守っている、昔からずっと彼を守ってきた、怒りと攻撃性の盾《たて》。それが、役に立たなくなっている。エーヴェルトはじっと座ったまま、待った。だが結局、スヴェンも同じように待っていて、これからもずっと待ちつづけるだろう、と気づいた。

「危ない状態だ」

ひざを見下ろす。それから、硬いゴムのような素材に包まれた黒いハンドルを見つめた。

「俺は……」

咳払いをする。そして、また叩いた。これで三度目だ。わりに新しいプラスチック部分が割れて落ちた。

「スヴェン、俺はたぶん、ひとり残されたら耐えられない」

エーヴェルト・グレーンスの机の上、書類の山ふたつにはさまれた狭い空間に、クリスマスリースのような形をした菓子パンが置かれている。書類の山は今朝《けさ》増えたもので、進行中の捜査三十三件目と三十四件目の資料だ。スヴェン・スンドクヴィストは菓子パンをちぎり、シナモンの味のする甘いかけらを口に入れた。さらにうずたかく積まれた古い捜査資料の山ふたつのあいだには、トレイが置いてあり、コーヒー三杯分の湯気が漂っている。エーヴェルトのブラックコーヒーと、角砂糖がふたつ入ったヘルマンソンのカップ、深さ一センチほどミルクを入れた自分のコーヒーだ。

とてもよい雰囲気に見える。それが、ひどくちぐはぐに感じられた。

エーヴェルト・グレーンスはコーヒーや菓子をふるまうような人間ではない。スヴェン・スンドクヴィストは、エーヴェルトとともに仕事をしてきたこれまでの長い年月、彼が買ってきた菓子パンなど一度も見たことがなかった。

それが、いまは、部下たちのコーヒーの好みまで気にかけている。

エーヴェルト・グレーンスという人物とはかけ離れた、この思いやり。いやな予感すらする。

この人は、崩壊寸前なのではないか。

「始めてもいいですか？」

ヘルマンソンが青みがかったクリアファイルを掲げてみせる。エーヴェルトもスヴェンもうなずいた。ヘルマンソンはファイルを開け、書類を何枚か取り出した。昼食時にオーゲスタムとミーティングをしてからの数時間が、そこにあった。

まず、アーランダ空港の長期駐車場に駐《と》まっていたバスについて。

次いで、数時間のあいだに広大な国際線ターミナルを通過していった何千人もの乗客と、似顔絵との照合作業について。

最後に、空港のカフェテリアで会計をしているときに、インターポールのイェンス・クレーヴィエから受けた電話について。計五カ国で、計百九十四人の子どもが置き去りにされた旨《むね》の記録が確認できた、という話だった。

「バスの中を調べてくれた鑑識官の報告書を待ってるところです。それと、空港からの出発便の乗客名簿をまとめたものも。どちらももう来てるはずだったんですが」

ヘルマンソンはスヴェン・スンドクヴィストの腕を、そこにはまった腕時計をちらりと見やった。

「三十分前から、アーランダ警察の機械室で、ナディア、あの女の子に、国際線ターミナルに設置された監視カメラ十五台の映像を見てもらってます。赤ん坊といっしょにいさせてあげさえすれば、まともに頭の働く子です。見覚えのある人物がチェックインカウンターを訪れてたら、あの子ならたぶん気づくと思います」

角砂糖をふたつ入れたコーヒー。ヘルマンソンがそれを飲むと、スヴェンも一センチほどミルクを注いだコーヒーを飲んだ。彼も自分と同じことを考えているにちがいない、とヘルマンソンは思う――好みぴったりのコーヒーなのに、なぜか美味《おい》しいとは思えない。

「よし。順調に進んでるようだな。これからはどうする？」

エーヴェルトは疲れたようすだが、ヘルマンソンの報告はちゃんと聞いていて、その先を求めてくる。いつもどおりだ。

「このミーティングが終わったら、またクレーヴィエさんのところに行ってきます。夕方から今夜にかけて、もっと情報が入ってくる見込みらしいので。もしご希望でしたら、その都《つ》度《ど》報告します。今日は遅くまで残るつもりですし」

苦しげな顔、その真ん中のどこかに、微笑みが浮かんだ。

「朝早くに出勤。昼飯は抜き。夜遅くまで残業」

まだ笑みを浮かべている。

「やっぱり、おまえを雇ったのは正解だったな」

三人とも笑い声をあげた。こんなふうにいっしょに笑うなんてめったにないことだ、とヘルマンソンは思った。まだ解決には遠い殺人事件、置き去りにされた四十三人の子どもたち、ただひとりの大切な人を思って不安をつのらせるエーヴェルト、そのただ中で、腹に響く笑い声だった。三人とも、こういう笑いを必要としていた。

エーヴェルトが机の上に身を乗り出し、菓子パンの載ったトレイを動かして、低いほうの書類の山の片方に手を伸ばした。中ほどから薄いフォルダーを出し、目の前でぱたぱたと振ってみせる。

「さて、愉快な気分になったところで、大小入りまじったネズミに顔を喰《く》われた女の死体の話に入るとするか」

エーヴェルトは満足げだ。彼はときおりそういう表情を見せる。他人の不幸を前にして。

「スヴェン」

「ああ」

「さっき、社会保険事務所の警備責任者から話を聞いただろう。法医学局のエルフォシュのオフィスで。さて、だれの話をした？」

スヴェン・スンドクヴィストはゆっくりと顎《あご》をさすった。皮肉は苦手だ。どうしても好きになれない。皮肉のこもった物言いには、意地の悪い、傲慢《ごうまん》なものを感じる。むやみに人を傷つける底意《そこい》が含まれていると思う。

「どういう意味だ？」

「殺された女の話をしたんじゃないのか？」

「当然だろう」

エーヴェルトはスヴェンの拒否反応を察し、気分よく調子に乗っていた口調を和らげた。

「じゃあ、こう訊こうか。そのほうがいいかもしれん。スヴェン……女の名前は?」

「いったいどういうつもりなんだ?」

「名前は?」

「リズ。リズ・ペーデシェンだ」

「よし。で、スヴェン、その名前に覚えはないか?」

「ないよ」

「ほんとうに?」

「なきゃおかしいのか?」

なんと不思議な人だろう。苦しみ、途方に暮れているかと思えば、次の瞬間にはオーバーなほどの思いやりを見せ、また次の瞬間には底意地の悪さを発揮する。スヴェン・スンドクヴィストは息子を得る前からエーヴェルト・グレーンスを知っているが、それでもやはり、この人のことはなにもわからない、と思う。

エーヴェルトはさらに勢いよくフォルダーを振った。

「さっき、ひととおり検索してみたんだよ。個人識別番号660513、リズ・ペーデシェンの名前で。出てきたデータはいくつかあった。どれも出てきて当然のデータだった。運転免許証やら、パスポートやら。ただし、例外がひとつあった。これだ」

立ち上がり、振っていたフォルダーをスヴェン・スンドクヴィストに渡す。

「要捜索者名簿から引っ張ってきた失踪届だ。行方不明になった子どもが見つかった場合の連絡先として、保護者リズ・ペーデシェンの名前が登録されてた。失踪届を出したのは学校で、行方不明になったのはペーデシェンの子どもだ」

エーヴェルトは前に身を乗り出し、いちばん上に載った書類を指差した。

「娘だな。二年半前に失踪した」

スヴェン・スンドクヴィストは、エーヴェルトが指差した行を目でたどった。

「最後のページを見てみろ、スヴェン。いちばん下。失踪届を受け付けたやつの署名に、ひょっとしたら見覚えがあるんじゃないか？」

スヴェン・スンドクヴィストはA4用紙に記された失踪届をめくり、最後のページにたどり着いた。

確かに、署名がある。

自分の署名だ。

「あの女に見覚えがあると言ったな。これで理由がわかっただろう。あの女がここに来て、おまえが応対したからだ」

スヴェン・スンドクヴィストは答えなかった。

フォルダーを手にしたまま、呆然としていた。書類が指のあいだを滑っていった。


リズ・ペーデシェン（660513 - 3542）は二〇〇五年九月十七日、失踪届の出されたヤニケ・ペーデシェン（910316 - 0020）の件で、ストックホルム市警犯罪捜査部に出頭を求められた。失踪届は二〇〇五年九月十六日午前十時三十分、エリックスダール基礎学校校長の要請で出されている。

無数の顔、無数の人々。

二年半前に一度、ほんの束の間だけ顔を合わせた、災難に見舞われた人。

ひとりの女性、ひとつの届け出。次の日になれば、次の女性、次の届け出に取って代わる。

リズ・ペーデシェンも学校関係者の証言どおり、ヤニケ・ペーデシェンがこれまでに少なくとも三回、長期にわたって姿を消し、やがて帰宅したことがあったのを認めた。この際に娘が姿を消していた期間は、一回につき約一週間だった、とリズ・ペーデシェンは証言した。

だんだん記憶がよみがえってきた。娘が四度目の家出をしたという親と向き合って座った。おのずと息子のヨーナスを思い出し、自分はいつも息子のことを心配している、と思った。ひとり息子がこれまでに何度か、行き先を告げずに出かけて何時間も帰ってこなかったときには、アニータも自分も心配のあまりまいってしまいそうになった。ところがこの女性は、二週間、なにもしなかった。学校のほうがやむをえずに通報したのだ。

リズ・ペーデシェンは、娘の父親にあたるヤン・ペーデシェン（631104‐2339）が娘を繰り返し性的に虐待していた、娘の家出はそれが原因だろう、と証言した。

二週間。

スヴェンはかぶりを振った。

二週間が、もう二年半になってしまった。

母親であるリズはこれまでに二度、性的虐待の疑いがあることを警察に知らせていた。

二〇〇二年十月、捜査打ち切り。

二〇〇四年八月、捜査打ち切り。

スヴェンは肩をすくめた。

「なんと言えばいい？　どうやら僕は二年ほど前にこれを受理したらしい、としか言えないんだが」

「なにも言わなくていいぞ、スヴェン」

「捜査はだれか別の人が担当した。僕にとっては一時間程度で終わった件だ。だれだって……」

「スヴェン、ぐだぐだ言い訳しなくていい！　何年も前に会った相手だろう。俺なんか、昨日会った相手も覚えちゃいないぞ。そこまで興味が持てん」

エーヴェルトがまた変わった。底意地の悪い人物から、理解のある人物へ。なんと不思議な人だろう。スヴェン・スンドクヴィストはありがたい気持ちで彼を見た。

「残りも読んでみろ」

エーヴェルト・グレーンスは笑みを浮かべている。

「そいつを書いた馬鹿がなにを言いたかったのか、わかればの話だがな」

スヴェンもかすかに微笑み返した。それから、残る二ページを黙読した。

「新しい情報はあまりないな。母親のリズ・ペーデシェンは事情聴取で、父親がしていたとされる性的虐待で娘の行動がどんなふうに変わっていったか、詳しく話している。ごくふつうの身体的な接触にも、だんだん対応できなくなっていった。人との触れ合いを避けるようになり、父親に対して反抗的になった。少しずつ自分の殻に閉じこもるようになって、意思の疎通が難しくなった」

スヴェン・スンドクヴィストは束ねられていない書類をフォルダーに入れ、ソファーのひじ掛けに置いた。

「それだけだ」

スヴェンは立ち上がり、落ち着かなげに髪をかき上げた。

「この娘は、二年半前から行方不明だ」

同僚を見つめる。ひとりずつ。

「つまり、死んでいる」

反応を待つ。なにも返ってこない。

「こんなに長いこと行方不明の人が生きて見つかったことなんて、僕の経験では一度もない」

スヴェンはエーヴェルトのほうを向いた。

「きみの経験ではどうだ？」

エーヴェルトのオフィスの窓の向こうでは夜が深まっていた。さきほどまでの黒い闇が、さらに黒い、漆黒《しっこく》の闇になっている。外の静けさが、室内の静けさと混じり合う。

「一度でもあったか、エーヴェルト？」

「いや」

母親が死んだ。娘が死んだ。

こんな捜査会議、開かずに済めばどんなによかったか。

「スウェーデン人の女の子。十四歳。二年以上前から行方不明」

ヘルマンソンは、乗り捨てられたバスについての報告を終えて以来、いっさい口を開いていなかった。

「首都の真ん中でいなくなった。それなのに、だれも……だれもその子を探してない」

同じだと思った。ヤニケ・ペーデシェンと、ナディア・チオンカン。同じだけれど、全然違う。

「前にスンドクヴィストさんが言ってたこと、私も言います。理解できない。今日の午後、ずっといっしょに過ごした相手が、十五歳にして赤ちゃんの母親でもある女の子だったことも、とても理解できない。私たち、まるで友だちどうしみたいにカフェテリアでお茶して、いっしょにベビーカーを押して歩きました。でもあの子は、人生の半分を地下のトンネルで過ごしてきた。生き延びるために自分の体を売ることもある。そんなこと、いつまでできるでしょう？　使い古されて老けこんでしまうまで、あとどのくらい？」

おまえは若すぎるんだ、ヘルマンソン。

思い切って手放さなきゃだめだ、ヘルマンソン。

彼女には無理だ。そうするすべを学んでいないから。いまは、まだ。

「人間の子ども。それなのに、まるで動物みたいに生きてる。私にも、警部にも、スンドクヴィストさんにも、この国で暮らしてる人間のだれにも、理解できない人生です」

マリアナ・ヘルマンソンはエーヴェルトを、スヴェンを見つめ、両腕を大きく広げた。

「まったく想像がつかないんですよ。そういう子どもが、ここにはいないから」

夜だ。

正確な時刻はわからないが、どうでもいい。週に一度、一時間、あのときに時刻がわかっていればそれでいい。次回まで、まだ七日近くある。

彼女はコンクリートの空間を見まわした。

空《から》のまま壁沿いに長いこと置いてあった段ボール箱のひとつに、赤と緑の細かい格子柄の新しいテーブルクロスをかけた。なかなか安定感がある。食料品を入れる段ボール箱はたいていそうだ。皿とグラスを同時に載せてもつぶれない。やや大きすぎるが美しいろうそく立てを置いても大丈夫だ。

テーブルクロスがあまりにも清潔で、彼女はなるべくさわらないよう気をつけた。さわると指の跡が黒々とくっきり残ってしまう。汚れは気に入っているけれど、テーブルクロスにつくのはいやだ。とくに夜、こうして少し豪華にしたいときには。

白く長いろうそくを、そっとろうそく立てに差しこんだ。そのろうそくはいま、ほぼ燃えつきようとしている。下に置いた金属のトレイに、溶けた蠟《ろう》の湖ができている。

彼女の皿は緑の花柄のついた白いプラスチック製で、朝に食べたハムの食べかすが真ん中に残っている。ボウルには、たぶんスーパー〈ICA〉の商品庫からレオが取ってきた、缶詰のマッシュルームスープが少しだけ残っている。グラスもプラスチック製だが、脚がついていてほんもののワイングラスのようで、底に泡が残っている。縁には、彼女ができるかぎりゆっくり飲んだ瓶入りピルスナーの跡が見える。

食事は終わった。お腹は満たされ、少しふくれているような気すらする。美味《おい》しいものをたくさん食べて、もう必要ないのにもっと味わいたいと思ってしまうときは、いつもそうだ。

彼女はレオの椅子を見た。だれも座っていない。彼の皿、ボウル、グラス。全部残っている。ハムも、スープも、ピルスナーも、さきほど彼女が盛りつけ注いだときから、まったく変わっていない。

レオは今夜、なにも食べないだろう。

そもそも帰ってこないだろう。

出かけたきりだ。帰ってきてほしいと思ったけれど、いまはそういう時期なのだと知っている。レオが一睡もせず、とにかく動いて動いて動きまくらずにはいられない時期。午前中、物置部屋を開けて、制服と、あんなにも大切にしている鍵ふたつを渡してくれたとき以来、彼の姿は一度も見ていない。

レオの皿のそばに置いてある、ナプキン代わりの紙切れの位置を直す。歌おうとする。今日更衣室で出会ったあの女のように、ハミングしようとする。だが、だめだった。音程がはずれて聞こえるし、歌はこの部屋に閉じこめられたままで、どこにも行き場がない。彼女は煙草《たばこ》を巻いた。火をつけると、ろうそくの炎がふっと揺らめいた。だが、味がしない。ただの煙でしかなかった。

心配だ。

あの状態になると、レオは疲れてしまって判断を誤りがちになる。それはレオ自身にとっても、彼女にとっても危険なことだ。彼が明るいところで過ごすのはこの時期だけで、慣れていないから、まわりでなにが起きているのかうまく把握できない。

レオの現実が、ほかの人たちの現実と絡《から》み合うことになる。

寂しい。ここにいてほしい。彼女のもとに。

彼はまず、おびえる。それから、苛立つ。いまは、怒っている。

ぶら下がって邪魔をする青と白のものに怒っている。宙に浮かんだその色が、あまりに過剰で見苦しく、癇《かん》に障ってしかたがない。

黒と白であるべきなのだ。それなら耐えられる。それなのに、これは。目の前に垂れ下がって、あたりを汚している。乗っ取ろうとしている。

レオは色をつかんで引っ張った。殴りかかった。引きずり下ろし、ボールのように丸めた。

そして、手に握った。ちょうど手の中に収まる大きさだ。

それを床に投げつけた。青と白のボールは何度か跳ね返り、やがてぴたりと静止した。

彼は病院の地下通路に戻っている。昨晩と同じ道をたどって来た。昨晩はまず、圧縮機を充電するために置きに来て、それからあの人を連れてまたここに来た。あの人がいると、やつらがトンネルに入ってきてしまうから。自分たちの世界に、よそ者が入りこむことになるから。

青と白を、さらにつかんだ。

ぶら下がって邪魔をするものをどんどん丸めて、片っ端から床に投げつける。ボールは跳ね返って転がり、同じ場所で静止した。ひたすら色をつかみ、集める。全部なくなるまで。まわりがまた灰色になるまで。灰色はけっして襲ってこない。灰色なら耐えられる。

息がはずんでいる。額は汗で湿っている。それでも、穏やかさが生まれていた。それは両腕から始まり、ゆっくりと胸へ、腹へ、そこから両脚を流れ落ちていくように広がった。動くのをやめる勇気が湧いてきた。

色のボールを蹴りつけ、怒鳴りつける。

全部が床に落ち、じっとしている。

これでやっと、またものを考えることができる。

時刻は優に九時をまわっていた。今夜最後の輸送トラック、全車両にゴミを積んだトラックは、すでに去っている。明日の早朝、施設管理職員が食事を取りに来るまで、地下通路にはだれも来ない。レオの用事はすぐに済むから、朝までにここを去るのはわけもないことだ。

何歩か進み、金属扉へ。前からある錠は、細長い鍵を使えば開けられる。レオは扉を開けた。また、油と埃《ほこり》のにおい。電灯をつけるのは避け、通路から届く明かりの中で室内を見まわした。

願ったとおりだ。

病院の作業場に置いてある細長い作業台に、使われた形跡はなかった。

彼が前回ここに来て以来、だれもここを訪れていないのだ。

かさばる圧縮機は、昨晩置いた場所で充電されていた。これは置いたままにしておこう。

今夜はもっと遠くまで移動するから、リュックサックは軽くしなければならない。そこで高圧タンクをふたつ機械からはずした。長さ五十センチの管のようなタンクには、圧縮された空気——圧縮された爆発力が入っている。

上の棚にジャッキが三種類置いてあり、彼は真ん中のを選んだ。十二キロと少し重すぎるが、向きの変えられる車輪がついているし、リュックサックから出し入れするときに役立つ取っ手もある。

汗のしずくが額を流れるだけでは済まなくなった。うなじも背中も腹も濡れている。

この状態のときは、いつもそうだ。

一点を凝視する目つき、どくどくと脈打つ心臓、体から絞り出されるような汗。

高圧タンクとジャッキを大きなリュックサックに入れ、作業場のドアに鍵をかけると、廊下を横切って壁のドアに向かった。病院を、ほかの人たちの世界を出て、トンネルへ、自分の世界へ入るドア。

ヘッドランプの明かりが弱すぎる。替えるのを忘れないようにしなければ。永遠の闇の中で生きることを学んだ彼にすら、あたりのようすがよく見えない。病院の地下通路からトンネルに入るドアを開け、軍用トンネル網と下水道を結ぶ連絡通路、その始まりと終わりにあたる、もっと頑丈な金属ドアをふたつ通過して、さらに二百メートルほど進んだところで、いま、こうして地上への出口にたどり着いた。上がった先には、フリードヘム基礎学校のだれもいない校庭がある。マンホールは狭く、一歩上がるごとに体が壁に擦《す》れたが、この時間なら地上に出るにはいい場所だ。一月の寒さの中、あと一時間ほどで真夜中という時間帯に、校庭をぶらついている人などいないだろうから。

地上まで十七メートル。鉄製のステップは滑りやすく、彼はしっかりとそれを握りしめた。鉄格子には殺鼠《さっそ》剤《ざい》の袋がふたつぶら下がっている。南京錠を開けるときにはいつも、この袋ふたつが頭にぶつかって邪魔をする。そして、重い鋳鉄《ちゅうてつ》製の蓋《ふた》。両手を頭上に伸ばし、まっすぐ上へ持ち上げてから、ぐらぐら揺らして少しずつ脇へずらしていく。半分ずらしたところで、すり抜けられるすきまができた。最後の一段、これで地上だ。人の気配がないことを確かめる。腰のベルトにくくりつけてきたロープをはずし、一メートル、また一メートルとリュックサックを引き上げた。

少し離れたところにベンチがあり、その脇に街灯がある。彼は街灯の柱を蹴った。中ほどにネジで固定された蓋を一度蹴っただけで、明かりは消えた。ベンチに腰を下ろす。だいたい一時間。零時まではいつもここに座っている。それでじゅうぶんだ。零時を過ぎれば、この界隈《かいわい》に人はほとんどいなくなる。

厳しい寒さだが、レオは気づかない。まだ汗をかいている。また体の中がぞわぞわして落ち着かなくなってきた。校庭のアスファルトにきちんとはまっているマンホールの蓋を見やる。あの下が、自分の属する世界だ。自分がどこかに属することなど、けっしてないだろうと思っていたのに。

地下十七メートル。そこに、彼の、真の人生がある。

彼の名はレオ、名字もあるが、もう長いことだれも口にしていないから、忘れることにした。あそこでは、あの蓋の下では、レオという名前だけでじゅうぶんだった。

レオ、四十四歳。

時間だけはいつも把握できている。自分でもなぜかわからないが、とにかくそうなのだ。フルーエンゲンのロングブロー精神科病院で過ごした日々の数も、正確に覚えている。錠剤を山ほど飲まされたり、電気ショックで朦朧《もうろう》となったりした日々も。

十四年と、三カ月と、六日。

ある日ドアが開いて、みんなここから出ていけと言われた。統合失調症。偏執症。双極性障害。レオは病名を三つ与えられ、病院は閉鎖された。以来、たくさんの元患者が路上で死んでいくのを見てきた。刑務所に入っているのがかなりいることも知っている。レオは、そうはならなかった。ただひたすら休息を、暗闇を求めていた彼は、それを地下に見いだした。

十三年と、二カ月と、九日。

レオは木のベンチから立ち上がると、フリードヘム基礎学校の校庭を出てアルベータル通りに入った。ストックホルムは静まりかえっている。大都市の休息の時間だ。サンクトヨーラン通りを渡り、マンションを一棟、二棟素通りした。寒い夜だ。夜明けまでにはもっと気温が下がるだろう。すでにマイナス二十二度だ。路上駐車され雪に覆《おお》われた車二台のあいだ、暗がりの中で、彼は待った。今夜ひとつ目の玄関までの距離、十メートル弱。あたりを見まわす。自分が来た方角を、向かっていた方角を見る。

自分が吐く白い息。

ほかにはなにもない。

何歩か前へ。進みながらリュックサックを背から下ろし、共同玄関のそばで立ち止まった。不意に中の明かりがついた。建物が光に満たされる。レオはあわてて戻り、車の陰で身をかがめた。

女がひとり、玄関を開けて出てきた。毛皮の帽子をかぶり、長いショールで顔や首を覆っている。若い女だ。少なくとも動き方はそう見える。足取りの軽い、やわらかな動きだ。レオは女が視界から消えるまでその姿を目で追い、ふたたび待った。二分。共同階段の明かりが消えた。

儀式のように繰り返す、同じ動き。

慎重に前へ進み、リュックサックを下ろし、共同玄関のそばでようすをうかがう。

自分のほかにはだれもいないと確信できるまで、待つ。全部終えるのに四十五秒以上はからないはずだ。もう何度もやったことがあるのだし。

閉ざされたドアまでの距離、一メートル弱。

左を、右を、玄関を縁取る石の壁を、ちらりと見る。

着いた。もうこれ以上は進まない。マスターキーはかならずここに保管されている。玄関を入った中に保管されていることはないのだ。レオはリュックサックを開け、高圧タンクひとつとジャッキを出すと、それらを透明な細いチューブでつなげた。

狙いは左側の壁だ。

なにも知らない人には、ただの壁にしか見えない。どこにでもありそうな共同玄関の脇の、灰色の石壁だ。が、身を乗り出して顔を近づけてみると、一見なにもないように見える壁面に、小さく丸い錠がひっそりとあるのがわかる。

鍵の保管容器の錠。

レオにとっては、これこそが全世界だ。権力の証《あかし》、安全の証、トンネルで暮らしつづけていくための条件、他人に頼らずに生きていくための条件。

透明なチューブの位置を直し、圧縮された空気の入ったタンクが共同玄関前の地面にしっかり据えてあることを確かめた。

ジャッキを両腕に抱え、アームと本体先端を壁に近づけて、ちょうど丸い錠の縁に引っかかるよう調節する。

それから先端がじゅうぶん深く突き刺さるように、ハンマーで強く叩いた。ジャッキの赤いボタンを人差し指で軽く押す。爆発に似た強い衝撃。圧縮された空気が破裂した音と、石壁のごく一部が爆破された音が、同時に響いて混じり合った。金属製の円筒、鍵を保管する容器が、崩れた壁の真ん中に露出している。

ネジまわしを突っこんで円筒を引っ張り出す。冷たい金属を手に収めると、ふっと微笑んだ。それから円筒をリュックサックに入れ、アルベータル通りをたどって次の街区へ急いだ。

ここも似たような建物だ。

大きなガラス窓のついた玄関扉、それを縁取る灰色の石壁、左側にひっそりとある錠。だが、こちらのほうが時間はかかる。人が通りかかる可能性はここのほうが高いから、音を立てられない。そこでリュックサックのいちばん大きな外ポケットを開け、パイプレンチを出した。

圧縮された空気を使ったときには、数秒で済んだ。

パイプレンチを使うと四分かかる。だが、音を立てずに作業できるし、金属製の円筒を無傷で丸ごと回収して、地下に戻ってからゆっくり開けることもできる。

大きなレンチを握り、先端についた歯で丸い金属の筒をつかむ。がっちり固定して、肩と腕に力を入れ、レンチをまわし、ぐらぐら揺らした。汗がにじみ、筋肉がこわばり、冷たい空気が肺に入ってくる。四分。ついに円筒が壁からするりと抜け、彼の手の中に、リュックサックの底に収まった。

こうして、共同玄関の片側の壁に穴があいた。大きさはおよそ、縦五センチ、横五センチ。顔を近づけ、暗い空洞をのぞきこむ。

こういうものなのだ。ストックホルムのどこでも、マスターキーはこうして保管されている。

レオはまた微笑んだ。笑い声をあげそうになった。滑りやすい歩道をたどって、アルストレーメル通り周辺の界隈《かいわい》へ。広い街区、計三カ所。鍵の入った容器が、三つ手に入る。

ずいぶん前から真っ暗だ。

エーヴェルト・グレーンスは窓辺に立ち、漆黒《しっこく》の闇を目で探った。

輪郭《りんかく》はない。生命もない。

中庭には、警察本部に属するいくつもの古い建物をつなぐ小道があり、いつもならそれに沿って設置された小さな丸い街灯が光っているのだが、今夜は電気がついたり消えたりを繰り返している。冬が高笑いしながら電灯をもてあそんで、だれが偉いのか見せつけようとしているようだ。この一帯が何度も停電していて、今回はもうすぐ二十分が経とうとしている。

机の上に、ろうそくが二本。

簡易キッチンで見つけたものだ。プラスチックの食器やアルミホイルがしまってある戸棚の、いちばん上の段に入っていた。エーヴェルトの大きな体が近づきすぎて、炎が揺らめいた。

怖い。

停電する直前、電話がまた鳴った。ソフィアヘメット病院の集中治療病棟で働いている看護師からだ、ということはすぐにわかった。ああいう連中はいつもそうだが、彼女もまた礼儀正しく、非の打ちどころはないがよそよそしい口調で、こちらに来てください、と言ってきた。できればいますぐ、それが無理でもなるべく早くお願いします。患者さんの体力が低下してきているので。患者さんってだれだ？　ですから、患者さんの容体が徐々に悪くなっているんです。とくに何時間か前からは目に見えて悪化しています。俺の妻だぞ。患者さんの病歴も考えると、いらしていただくのがいちばんかと。妻には名前があるんだ！　電話を切り、そわそわと室内を歩きまわりはじめても、看護師の声が頭の中をまわっていた。が、エーヴェルトはやがて不意に立ち止まった。そこで、窓辺の暗闇の中で、だれかに電話しなければ、と考えた。

そこから、一歩も動けていない。

だれもいないのだ。電話できる相手など。

アンニこそ、このいまいましいオフィスの外にある人生のすべてだった。思考をしばらく断ち切って気分転換したいときに、電話をする相手はアンニだった。彼女はもちろんなにも言わなかったが、職員のだれかが受話器を持ってくれていて、アンニはじっと耳を傾けていた。笑い声をあげることもあった。胸のどこかから湧き上がる、あぶくのような声。介護ホームのベテラン看護師とはときどき言葉を交わす。あと話をする相手といったら、いつも故郷のイスタンブールの話ばかりしているピザ屋の男と、人を連れてはあまり行きたくない、サンクトエーリク通りのあの三流レストランで、よく給仕をしている若い女。それだけだ。

ほかにはだれもいない。あとは仕事の話をする同僚ばかり。もちろん、自分で選んだことだ。つねに見返りを求めてくる連中にうんざりして、オフィスの机の陰に身を隠し、小さすぎるうえ使い古されてくたびれきった、しかし安心できるあのソファーで、毎晩丸くなって何時間か眠っているのだから。

　ほかの人たちの日常生活に近いものといったら、彼の人生にはアンニの存在しかなかった。彼女がいなくなったら、なにも残らない。二十分前には病院へ出発《けさ》するべきだったのに、いまはこれしかやる気になれない――背後にある捜査資料の山。今朝、女の死体と子ども四十三人に忙殺されて、優先順位を下げた事件の数々。あの真ん中あたりから手をつけよう。てきぱき片付けてやる。読んで、考えて、じっと前を見つめつづける。そうやって受け入れがたい現実を追い出せばいい。

　エーヴェルトは三本目のろうそくをつけ、電気の通っていないコーヒーマシンに放置されて冷めたコーヒーのカップを取ってきた。休止状態にある捜査、三十二件の資料。フォルダーをひとつ、またひとつと手に取っては、中の書類をぱらぱらめくる。ストックホルム中央駅、タクシー待ちの行列で起きた重傷害事件。ピーペル通りのマンションでの殺人未遂事件。ヴァーサ通りのパブ〈トレー・レンマレ〉の前で起きた公務員侮辱事件。カタリナ教会の墓地でのレイプ未遂事件。トムテボー通りの〈セブン‐イレブン〉での強盗事件。資料を読み、考え、じっと前を見つめつづけて、三十分後に気づいたのは、言葉がひとつも頭に入っていないということだった。読み慣れた、いつもは心地よいとすら思える堅苦しい言いまわしが、今日はまったく中身がないように感じられる。

エーヴェルトは時計を見た。十一時半、もう遅い時間だ。ソファーに寝そべったらいいのではないか。眠りに落ちて、いやなことを忘れてしまえば。だが、だめだった。事態はさらに悪化した。耐えがたい感情が、にわかにわが物顔で襲いかかってきた。もはやなすすべはない。身を守る盾《たて》はなにもなかった。

エーヴェルトは立ち上がって携帯電話に手を伸ばした。道路の凍結と寒さのせいで車が足りないらしく、タクシーを呼んでも一時間、場合によってはそれ以上待つことになるとわかった。上着をはおる。考えてみればさほど遠くないのだ、歩いていけばいい。新鮮な空気が必要だ。足音が独自のリズムを刻みだすときに訪れる穏やかさが必要だ。

ベリィ通り、シェーレ通りを歩き、ハントヴェルカル通りの角にある薬局の前にさしかかる。

子どもたちがバスを降ろされたのはここだった。たった十八時間前のできごとだ。いつまでも終わらないこんな一日が、ときどきやってくる。

ルーマニア人の少女が指差したという場所で、しばし立ち止まった。

この仕事をしていると、子どもにかかわることはよくある。父親の暴行を目撃した子ども、街中のベンチで初めてクスリを注射してハイになった子ども、たった十四歳なのにマンションに空き巣に入って失敗し、補導された子ども。

担当した事件はもはや数えきれない。だが、四十三人を同時に扱ったことは一度もなかった。

ハントヴェルカル通りをたどって、スタッツフース橋、テーゲルバッケン通りへ。ひとりきりではない。外を歩いている人は少ないが、冷気が彼の一歩一歩を見守っている。しばらくすると声の大きな二人組が前を歩きだした。彼にもだいたいの内容がわかるほどの明瞭な英語だった。ヴァーサ通りに近づいたところで、売春婦が目を合わせようとしてきた。それを除けば、身を切るような風、氷点下の空気があるだけだった。

聖クララ教会の西側を歩く。都心にそびえる大きな教会を右手に見ながら。エーヴェルト・グレーンスは無意識のうちに、顔のあちこちが欠けた女についての捜査に関連した場所を選んで歩いていた。法医学局で女の身元が確認されたあとに、スヴェン・スンドクヴィストと話したことを思い出す。フリードヘム広場周辺のホームレスについて、だれよりも詳しい人物を探してほしいと頼んだら、スヴェンは即座に答えを返してきた。地下鉄フリードヘムスプラン駅のそばでコーヒーやサンドイッチを配っている、聖クララ教会の執事。体制側ではない人、社会福祉局の職員や警察官にはけっして寄せられることのない信頼を勝ち得た人。自分がもし、そうやって配られるサンドイッチを必要としている側だったとしたら、当然だ、まったく同じように考えただろう。警察官など信用するはずもない。ファイルを小脇に抱えて警察本部の廊下を走りまわっている、あの揃いも揃って無能な連中など。

聖クララ教会の狭苦しい墓地への階段を上がる。教会の建物、そこかしこに散らばった墓石、雪に覆《おお》われた狭い芝生、すべてが、いかにも一九七〇年代らしい古びた建物や商店街の合間に押しこまれている。エーヴェルトは教会の正面入口に向かい、重い扉を引いたが、鍵がかかっていた。傍らの壁に掲げられた看板が目に入る。開くのは朝で、夕方には閉まるらしい。自分が独自の時間の中で生きていることを、彼はたびたび忘れてしまう。自分は昼夜を問わず仕事をしているが、ほかの人たちはときどきこんなふうに扉を閉めて、家に帰り、いろいろなことをするのだ。職場にとどまらなくてもやっていける人たちがすることを。

エーヴェルト・グレーンスは喉《のど》が切れそうなほどに冷たい空気を吸いこんだ。暗がりの中を、クスリ漬けの連中がこそこそ歩いているのが見える。ここがああいう連中の巣窟《そうくつ》なのは知っている。売る連中も、買う連中もだ。すぐ目の前、教会の外壁にいちばん近い墓石のそばで、若い女がヘロインを注射しようとしている。静脈を探し、うめき声をあげた。失敗したのだろう。

止めに入るべきだったかもしれない。そうでなくとも、パトロール隊を呼ぶとか。だが、彼らの姿を見ていると、とにかくうんざりするばかりだった。消耗しきったチンピラどもが、ありったけの毒を自分の体に詰めこもうとしている。明日もまた、まったく同じ光景が繰り広げられることだろう。

エーヴェルトは墓地を去った。ここから一キロ半、街を突き抜けて足早に歩く。ヴァルハラ通りに面した窓の明るく輝く、ソフィアヘメット病院へ。

昼ごろに訪れたとき、彼女の容体は安定していた。

それが、いまはもう変わってしまった。

エーヴェルトは喉を締めつけるものを振り払い、集中治療病棟の入口で、呪わしい呼び鈴を押した。

現在

一月九日　水曜日
十五時
聖クララ教会

疲れた。

まだ午後なのに、なんとも長い一日だ。いつもどおり四時十五分に起床し、五時半には教会にいた。時間までに全部終わらせたいから。早起きの訪問客が来る前にやっておくべきことはたくさんある。

イェオリは最後列の長椅子の後ろにある椅子に座っている。あくびを嚙《か》み殺し、ぶるりと体を震わせる。寒くなってきた。ここにある暖房では、この巨大な建物の隅々《すみずみ》まで暖まらない。冬はいつもそうだ。

少女はまだ、あそこに座っている。ひとりきりで、ぴくりとも動かずに。

イェオリは朝からずっと少女を見守っている。そばを通ればちらりと目をやり、ほかになにもすることがなければ、いちばん後ろの椅子から彼女を眺める。昼の礼拝が終わると、いつも前のほうに座ってしばらく祈りを捧げていく顔見知りが何人か来た。酔っ払いがふらふら迷いこんできては、なにやらぼやいて去っていった。とはいえ、いちばん多いのは観光客だ。かならず集団でやってきて、あたりを眺め、天井画を指差し、絵葉書を買い、禁止されているのに写真を撮っていく。

　だれも彼女を気にとめない。だれも近づこうとしない。

　二列目の長椅子の真ん中に、ひとりきりで七時間も座っている少女。分厚い服は着たままで、明らかに強烈なにおいを放っている。

　怖がらせたくはないが、もう一度だけ話しかけてみよう、とイェオリはさきほど考えた。

　そこでパンにバターを塗り、チーズとハムを載せた。子どもは白いパンを好むものだ。紙コップにコーヒーを入れ、別の紙コップに果物味の赤いシロップ水を入れた。少女のいる列にゆっくりと入り、一メートルほどの距離まで近づいて、あと一歩というところで立ち止まった。

　少女にはイェオリが見えていないようだった。腹が減っていないか、喉が渇いていないかと尋ねても、少女には聞こえていないようだった。ただひたすら、床を凝視していた。梳《と》かされていない髪が、汚れた顔を隠していた。

　イェオリは皿と紙コップを長椅子の上、少女が手を伸ばしさえすれば届くところに置いた。

　それが、いま、まだそこにある。手はつけられていない。

　イェオリは自分の職場である教会の中を見まわす。記憶にあるかぎりずっと、この教会で働いてきた。それなのに、いったいどういうことだろう。慣れているはずではないか。孤独な人が出入りするのはよくあることだ。だが、これはなにかがおかしい。少女が、その存在自体が……釈然としない。

自分だけではどうにもならない。イェオリは立ち上がり、また教会を出る。墓地を横切り、そこにある小さな建物へ。小教会と呼ばれている。十八世紀の建造、幅の広い側がヴァットゥ通りに面した、黄土色のレンガ造りのなかなか美しい建物だ。

意思の疎通ができる人がいるとしたら、彼女だろう。

いまあの中にいるのは知っている。彼女はいつも早朝から街に出て、都心のどこかでホームレス連中に会い、話をしている。みんな彼女を信頼している。彼女も同じような暮らしをしたことがあって、実情をよくわかっているから。だが、この時間にはもう戻っていて、あの中の執務室にいることが多い。ホームレスの客が来ていることもあるが、たいていはひとりで机に向かい、ファイルを開いて電話を耳に当てている。落ち着いた声で来る日も来る日も、あの女性に、あの若い娘に、どこか別の場所でしばらく暮らす可能性を与えてあげるべきだと、社会福祉局やら医療施設やらを説得しようとしている。

ドアを開けた彼女は、いつものように微笑んでいる。よく気力がもつな、とイェオリは思う。

「シルヴィ」

「なあに？」

「あなたの助けが要りそうな人が来てます」

頬はこけ、肌は青白く疲れがにじんでいる。薄くなった髪は落ち着かずにあちこちへ跳ねている。だが、その目。シルヴィの瞳。燃えている。十二年前に薬を断ち、七年前にこの仕事――教会付きのソーシャルワーカーにあたる執事の職に就いた。生き延びたのだ。イェオリはこういう人に何人か出会ったことがある。長らく社会の最底辺にいて、すっかり忘れ去られていたのに、にわかに立ち上がって再出発を遂げた人々。そのエネルギーときたら、まるでろくに生きていなかった過去の分が上乗せされているかのようだ。残り少ない時間に、以前よりも濃い人生が詰めこまれる。

長々と説明する必要はない。イェオリはただ、少女のようすを話して聞かせる。がらんとした教会に、朝からじっと座っていること。においを放っていること。シルヴィはクローゼットから黒いコートを出し、壁に掛けたバスケットを探って毛糸の帽子を見つける。かぶるとよけいに顔が小さく見える。彼女はイェオリの腕を取り、ふたりは墓石や芝生を覆《おお》い隠す雪の中に出る。

四十秒で済むはずの道のりだ。が、シルヴィがいると二十分以上かかる。

彼女が顔を出すだけで、年がら年中この教会のまわりにいる麻薬常用者たちが、みんな巣穴から這《は》い出してくる。蠅《はえ》のようにまとわりついて邪魔をする。しつこく言えば、なにかもらえるかもしれないから。イェオリは一人目が現われた時点で苛立ってその場を去る。が、シルヴィにはいくらでも時間があるらしい。連中を抱擁《ほうよう》してやり、体の具合はどうか、寒くないかと尋ねる。

「シルヴィ、聞いてくれよ、あいつ、俺を騙《だま》しやがった！」

年配の男、たしかオルソンという名前だ。八〇年代半ばから強烈なクスリを注射しつづけているのに、いまも生きてこの界隈《かいわい》をうろついている、数少ない連中のひとり。

「シルヴィ、わかるか、俺を騙しやがったんだよ！」

小柄で華奢《きゃしゃ》な女性の前に立って、両腕をぶんぶん振りまわし、すがりつき、嘘をつく。彼女が金なり、食事のクーポンなり、とにかくなんであれ、すぐにクスリと交換できそうなものを持っているかもしれないから。

シルヴィは男と話をする。遠くにいるイェオリには、風のせいもあって彼女の小声がなかなか聞き取れないが、やがて彼女がオルソンを抱擁してやっているのが見える。それだけだ。男はなにももらえずにのそのそと去る。その背中が、墓地の西側の通りに出る階段の向こうへ消えていく。だが、そのうち戻ってくるだろう。オルソンはいま起きたことをすべて忘れて、また同じことを試そうとする。今晩か、明日か、あるいは今日の夜中か。シルヴィが通りかかれば、すぐに。

イェオリはシルヴィを尊敬している。彼女は、あの連中に信頼されている。へつらい媚《こ》びてくる彼らの要望を、毎回叶えてやるわけではないのに、それでも信頼を失わない。いや、だからこそ、だろうか。

イェオリが歩きだそうとしたところで次がやってきて、彼はまた少し離れたところへ移動する。今回は四人いる。まったく同じことが、儀式のように繰り返される。連中がなにかを欲しがり、すがりついて懇願し、シルヴィは彼らとしばらく言葉を交わし、抱擁してやり、彼らは期待した金を得られずに去っていく。

同情はしている、と自分では思う。同情するべきだとわかっているし、実際そうできているといいと思うが、自分でも確信はない。軽蔑に近いものもときおり感じる。あいつらはほんとうに、どんなことも、だれのこともまったく気にかけていないのだ。同じ日の午後までもつかどうかも怪しい、微々たる量のヘロインを手にするためなら、嘘もつくし、物乞いもするし、互いを踏みつけにもする。そう思ってしまうたびに、かすかな不快感がちくちくと胸を刺す。

シルヴィが最後のひとりとのやりとりを終えて、イェオリのもとにやってくる。笑みを浮かべ、教会の入口を目で示してうなずいてみせる。イェオリは彼女と腕を組み、いっしょに中へ入る。腕を組む必要などべつにないが、こうするのが心地よい。七年前に仕事仲間となったときからの習慣で、ずっとそのまま続けている。ふたりとも気に入っている習わしだ。

少女は同じ場所に座っている。

ほかにはだれもいない。意思の疎通すら叶わない、あの汚い子どもを除けば。

シルヴィはもう理解していて、広い通路の半ばまで早くも進んでいる。ためらうことなく前から二列目の長椅子に向かい、その列に入り、これ以上進めないというところでようやく立ち止まる。腰を下ろす。パンを載せた皿と紙コップふたつがふたりのあいだにある。

覚えのあるにおいだ、とシルヴィは思う。かつては自分もこのにおいを身にまとっていた。

この少女は、地下のトンネルで暮らしているのだ。焚《た》き火の煙。どの服にもしみついて離れない湿気。

少女の顔は見えない。ぼさぼさの長い髪が邪魔をしている。だが、まだ若い娘であることはわかる。その姿勢、息のしかた、かたくなに前を見つめる視線。

シルヴィは、待つ。

一分。また一分。

声ひとつ出さない。ぴくりとも動かない。

がらんとした教会で、ふたりは並んで座り、いちばん前にあるなにかを見ている。祭壇かもしれないし、白漆喰《しっくい》の壁かもしれない。

そのとき。ほんのわずか、ほとんど目に見えないほどかすかに、頭が傾いているだけだ。が、シルヴィは気づく。

少女がこちらを横目で見ている。

ということは、わかっているのだ。だれかが隣に座っていて、意思の疎通を図ろうとしていると。

シルヴィは皿を持ち上げ、少女に近づく。

言葉はまだかけていない。よけいな手出しもしていない。ただ辛抱強く、まっすぐ前を向いているだけだ。

やがて少女が同じ頭の動きを繰り返す。隣にいて、少しずつ近づいてくる人間に、警戒のまなざしを向けている。シルヴィは紙コップをひとつ片付け、もうひとつ片付け、少女に触れることなく近づけるところまで近づく。顔はまだ見えないが、ひざに置かれた両手が震えているのがわかる。痩《や》せ細って荒れた手の、指の付け根が白くなっている。

少女は華奢《きゃしゃ》な体をしている。いまにも壊れそうな体だ。

「あの人、追い出すしかなかった」

少女の声は弱々しく、ほとんど声になっていない。シルヴィはなにも尋ねず、少女のほうを見もせず、ただひたすら待っている。やがて少女が体をひねり、シルヴィのほうを向く。その息から、残飯と不安のにおいがする。

「わかる？　あの人、追い出すしかなかったの」

そして、また前に向き直る。

無言で、微動だにしない。閉ざされた瞳。

自分だけの世界に、また戻っている。

過　去

三十七時間前

もう夜中だ。

エーヴェルト・グレーンスはソフィアヘメット病院の前に立ち、暗い冬の夜空をじっと見上げた。ストックホルムはすでに沈黙している。ヴァルハラ通りをはさんだ反対側の建物では、キッチンの明かりがひとつ、またひとつと消えていき、延々《えんえん》と続くドラマの再放送で人々を慰めるテレビの青みがかった光だけが残った。

寒い夜だが、エーヴェルトは気づかない。

アンニは人工呼吸器をつけられていた。昼間に別れたときと比べても、ひどく顔色が悪かった。

少し先のほうから、タクシーのヘッドライトが近づいてくる。

医師が——こいつの名前も忘れてしまった、連中は皆同じに見える——人間に代わって呼吸する機械のそばに立って、エーヴェルトがすでに聞いたことを説明してきた。昼間の段階ではまだ可能性でしかなかったこと、つまりアンニの胃の内容物が機能の低下した肺に入って、化学反応が起き細菌が広がること、それがいま、実際に起きてしまったのだということだった。

エーヴェルトはタクシーの後部座席に乗りこんだ。しばらくひとりで考えたい。他人とのやりとりに飢え、政治や税金や渋滞税についてなんでも知った顔をするタクシー運転手に当たらないことを願った。

が、望みはたちまち潰《つい》えた。

「ひどい天気ですねえ」

運転手はわざわざバックミラーの角度を変え、エーヴェルトを見て話しはじめた。

「マイナス二十七度だって。さっき言ってましたよ。ニュースで」

エーヴェルトは目をそらした。

「おい」

「なんでしょう」

「いまは話をする気分じゃない」

エーヴェルト・グレーンスは、面会者用の椅子に座ってできるかぎり近づき、彼女の手を取ってぐっと握りしめていた。病院は大嫌いだ。自ら影響力をふるうこと、解決すべき問題を解決すること、邪魔な馬鹿どもをみんな避けて通ることに、彼は慣れている。だが、あの中では完全に無力だった。憤《いきどお》り、彼女の手を握りしめ、さらに力を込める以外に、できることはなにもなかった。

「しんどい一日でした？」

運転手が、まだバックミラーを見ている。

「きっとまた楽になりますよ。そういうもんです」

「わからないのか？　黙れと言ってるんだ」

タクシーはヴァルハラ通りを離れ、凍結したオーデン通りをゆっくりと進んだ。真夜中で、あたりを走っている車など一台もないのに、赤く光る信号機のそばで長いこと待った。

「ラジオをつけてもかまいませんかね？」

運転手はもうバックミラーを見ていない。数分間の雑談になりえたやりとりを放棄して、代わりにラジオのボタンを手探りしている。音楽を流す民放局をいくつか試し、一分ほど経ったところで好みのチャンネルを見つけて音量を上げた。

「だめだ」

「はい？」

「だめだ。ラジオはつけるな」

医者が病室を去ると、エーヴェルトは時間を忘れた。アンニのそばでひとり椅子に座って、機械の呼吸に耳を傾け、邪魔なコードを移動させた。零時を過ぎたあと、看護師にそっと肩を叩かれ、容体がまた安定してきたと知らされた。技術と薬の力で彼女を引き止めることができたのだ。ですからグレーンス警部、もうお帰りになってけっこうです、明日にそなえてお休みください。エーヴェルトは、よくも悪くも変化があればすぐに連絡するという約束を取りつけ、病室を出た。いったん出たあとでまた戻り、これからはソフィアヘメット病院から二十分以上かかるところには行かない、と宣言して、また病室を去った。

オーデン通りとスヴェア通りの交差点を、右へ。運転手は実線で引かれた中央線を越えてUターンすると、その途中でアクセルを緩《ゆる》め、タクシーメーターを切りつつ暗い建物の前で停止した。百二十五クローナ。

エーヴェルト・グレーンスは動かなかった。

行き先として自宅の住所を告げたはいいが、いまこうして共同玄関まであと数歩のところまで来てみると、中に入るエネルギーなど残っていないような気がしてきた。あそこはだめだ。かつてふたりの住まいだったマンション、いまもふたりの住まいであるマンション。あのうつろな空間、孤独の中に足を踏み入れるなんて。

「着きましたよ」

医師と看護師に囲まれて過ごした夜。彼らには知識がある。

だからエーヴェルトは質問した。彼らは辛抱強く答えてくれた。

すべての問いに答えてくれたが、最後の質問だけは別だった。このあとも彼女は生きつづけられるのか、という質問。口には出さなかった質問だ。答えが期待どおりでなければ耐えられないから。

「あの、着きましたよ」

だれかがタクシーのフロントガラスをノックしている。どこかに行きたがっている客だ。

「ちょっと、降りるんですか、降りないんですか？　次のお客さんが待ってるんですが」

エーヴェルトは苛立って手を振った。

「このまま行け」

「はあ？」

「クロノベリの警察本部まで。ベリィ通りの入口で降ろせ。ヴァーサ公園のそばを通るときは徐行しろ」

「徐行って、あそこは制限速度五十キロなんですが」

「だれかスキーをしていないかどうか見たい」

「はいはい、もうなんとでも」

「マロニエ並木とブランコのあいだでな」

運転手はバックミラーを調節したが、後ろを見ることはなかった。

「料金を払ってもらうまでは出発しません。まず、ここまでの百二十五クローナ。それと、ここからベリィ通りまでの分も。前払いで頼みますよ」

エーヴェルト・グレーンスは上着の内ポケットを探り、ストックホルム市警名義になっているカ数少ないクレジットカードのうちの一枚と、警察の身分証を出した。運転手は疑わしげな目つきで警部の写真を凝視した。

「警官なんですか？」

「黙れと言ったの、覚えてるか？」

「ええ、まあ」

「あれはまだ有効だ」

警察本部は暗かった。真夜中から夜明けまでのあいだはいつもそうだ。最上階からはいくつか明かりが漏れている。簡易キッチンで食べ物を探したり、寒いバルコニーで煙草《たばこ》を吸ったりしている刑事がいるのだろう。静けさにのみこまれてしまうことのない、生命の小さな証《あかし》だ。

エーヴェルトは自分のオフィスへ向かう長い廊下に入った。開いているドアがひとつだけあり、そこからひとつだけ明かりが漏れていた。

ドアの枠を軽くノックする。驚かせたくはなかった。

「ご苦労」

ヘルマンソンはパソコンの大きな画面に向かって座っている。顔を上げもせず、ただ挨拶《あいさつ》がわりに片手を振った。

「この時間はいつも俺ひとりなんだがな」

ヘルマンソンがまた手を振った。あいかわらず無言で、断続的に画面に現われる文章から目を上げることもない。エーヴェルトはそれ以上なにも言わずにヘルマンソンのオフィスを去り、数分後、両手にコーヒーカップを持って戻ってきた。彼女のには前回同様、角砂糖がふたつ入っている。

カップを机に置き、訪問者用の椅子に腰を下ろした。

「座り心地がいいな、これ」

なんの変哲もない木の椅子だ。どこにでもあるような。そして、コーヒーの香り。エーヴェルト・グレーンスが彼女の好みどおりのコーヒーをいれてくれたのは、この一日で実に二度目だ。

なにか言いたいことがあるのだろう。

マリアナ・ヘルマンソンは観念し、パソコン画面から離れた。

「大丈夫ですか？」

エーヴェルトは緊張している。プライベートな話のしかたがよくわからないのだ。

「いや、あまり」

彼は答えたがっている——ヘルマンソンはそう見てとった。が、声はそこで途切れた。恐怖におびえ、身動きもろくに取れず、言葉は大きな体のどこかに引っかかってしまっている。

彼女は待った。エーヴェルトは自分のコーヒーを半分飲み、カップを置き、また手に取って、残りを飲み干した。その瞳。いまのエーヴェルトはひどく小さい。

「命が危ないそうだ」

それまでアンニの話は一度もしたことがなかった。それは触れることのできない領域だった。もうずいぶん昔からエーヴェルトを知っているスヴェンですら、アンニの名前を聞いたことは数えるほどしかないという。ヘルマンソンはまず、エーヴェルトが医師から受けた説明を聞かされた。医師が使った言いまわしそのままであることは聞いていればわかった。そうすれば自分で言いまわしを考えなくて済むから。職業人が淡々と口にする専門用語を盾《たて》にして、身を隠しているほうが楽なのは理解できた。だがそのあと、エーヴェルト・グレーンスは徐々に心の内をさらけ出すようになった。彼自身の言葉で語るようになり、一度も止まることなく三十分間話しつづけた。出会ったころのこと。人生をともにする相手を求めていた、内気な若い警官ふたり。孤独を感じることのなかった、いくつかの冬、春、夏、秋。ほんの数秒ですべてを変え、封じこめてしまった、あの事故。毎日、毎時間、湧き上がってくる罪悪感。それぞれの部屋で——彼女は介護ホームの窓辺の車椅子で、彼は警察の見苦しいオフィスの机に向かって、互いを思いつづけてきた、二十七年間。

ヘルマンソンは焦《あせ》りを感じていた。乗り捨てられたバスをめぐる事実の断片が、パソコン画面にちょうど現われはじめたところだったから。だが、そのまま動かず、耳を傾ける道を選んだ。いま、この瞬間から、自分は限られた少数者のひとりとなったのだ、と気づいた。グレーンスに選ばれただけではない。選ばれ、迎え入れられたのだ。

するど、彼が突然立ち上がった。話を終えた、その瞬間に。

「仕事があるんじゃないのか?」

ついさっきまで弱々しく、いまにも裏返りそうになっていた声が、がらりと変わった。

「まったく、コーヒー飲んでのんびりしてる場合か。俺にはな、ヘルマンソン、そんな暇はないんだよ」

そう言い捨てて部屋を出ていくグレーンスの背中を見送る。かわいそうな人だ、と思った。

あんなに大きいのに、あんなにおびえて。


エーヴェルトは歌っている。

喉《のど》を締めつけていたものは緩《ゆる》まった。ヘルマンソンのオフィスから自分のオフィスまでの廊下で、もはやなじみとなった埃《ほこり》を吸いこむ。棚のカセットテープに視線を走らせ、目的のテープを見つけた。『ドンキー・セレナーデ』、シーヴ・マルムクヴィストとハリー・アーノルド・オーケストラ、メトロノーム社、一九六一年。歌う声のボリュームを少し上げつつ、机の上のフォルダーを片付けて、電話しか載っていない状態にする。それからフォルダーふたつを机の上、ひときわつやつやと光っている真ん中に置いた。

午前中に開始された、リズ・ペーデシェン殺害事件の捜査。

二年半前に開始された、ヤニケ・ペーデシェン失踪事件の捜査。

娘のほうから始めることにした。長らく欠席している生徒について、学校が通報したことで始まった捜査の資料を、ぱらぱらめくる。書類はかなり意欲的に、ていねいに記されていた。

何度も家出を繰り返していた子ども。通報しなかった母親。

エーヴェルトは資料を脇に置き、室内をひとまわりした。こわばった首筋を伸ばし、使い古された脚を生き返らせようとする。それからまた腰を下ろし、書類の束を引き寄せると、強く握りしめて読みはじめた。

二年以上も行方不明になってる子ども。

ゆっくりと引きこまれていく感覚が心地よかった。時がまるで砂のように指のあいだを流れ落ちていく中で、こういう瞬間はなににも代えがたい。

まず、ごく一般的な見解を述べた書類。失踪したのが子どもであること、通報時点ですでに二週間は行方不明だったことを考慮し、警察が法に適《かな》った形で介入できるよう、ただちに捜査の開始を決定した、と書かれている。

捜査を始めた。ということは、犯罪が絡《から》んでるかもしれないと疑ったわけだ。

次いで、失踪までの経緯を記した書類。確かに、少女はそれまでにも何度も家出していたと書いてある。長いときには一週間に及んだが、それでも家族は学校にも社会福祉局にも警察にも通報しなかった。

この子は、逃げてたんだ。安心してる人間は逃げたりしない。

エーヴェルト・グレーンスは椅子の背もたれに体をあずけた。もう夜中の二時近い。疲れているはずなのだ。今週は落ち着かない夜が続いていて、睡眠時間は足りていないし、眠りも浅かった。今夜に至っては一睡もしていない。それなのに、いまは胸にあるのは刑事としての高揚感だ。犯罪の疑いが高まるにつれて、アドレナリンが競うようにほとばしる。

三つ目の書類は、ホチキスで留められたA４用紙六枚で、クリアファイルに入っていた。複数の電話の通信履歴だ。どの履歴にも、とくに解説は加えられていない。どの発信元や着信先を見ても、単純かつ論理的に説明がつく相手ばかりで、捜査に役立つ情報はひとつもなかった。ただし、一台の履歴を除いて。

興味を惹《ひ》かれる番号が、ひとつだけあった。

ヤニケ・ペーデシェン名義の携帯電話。

エーヴェルト・グレーンスは人差し指で一行ずつ番号をたどった。二年前、失踪前後の週に、少女がかけたり受けたりした電話の番号。

どれも持ち主が特定され、調査されている。

ひとつの番号を除いて。

名義人の登録されていない、プリペイドカード式の携帯電話。問題の時期、ヤニケ・ペーデシェンの電話からこの番号に、計十七回の発信があった。

刑事たちはありとあらゆる技術を駆使して、プリペイドカード式携帯電話の持ち主に迫ろうとしていた。エーヴェルトは専門用語を理解しきれず、ふと老いを実感した。ほんの数年前にはだれひとり聞いたことのなかった用語だ。まず〝セル・グローバル・アイデンティティ〟。電話会社の記録から、通話の正確な時刻と接続した基地局が割り出され、それをもとに、プリペイドカード式携帯電話の持ち主がそのとき立っていた場所を、誤差百メートル以内の範囲まで狭めることができる。それから〝ダイミングアドバンス〟。電波が基地局に到達するまでにかかる時間を割り出す方法で、電話を手にしている人物の居場所をさらに絞りこむことができる。誤差は六十メートル。

エーヴェルト・グレーンスは身を乗り出し、クリアファイルのいちばん後ろに入っていた書類、ヤニケ・ペーデシェンの携帯電話の通信履歴にクリップで留められていた紙を手に取った。

ストックホルム中心部の地図。円が十七個描かれている。これは十七回の通話に相当する。プリペイドカード式携帯電話の持ち主が、そのときにいた場所。ひとつひとつの円の現実の半径は六十メートルだ。

エーヴェルトは机を叩いた。

「生きてるのか」

青いフェルトペンで描かれた円は、どれもフリードヘム広場周辺の街路を覆《おお》っている。つまり、二年半前にヤニケ・ペーデシェンがかけた電話の相手は、母親のリズ・ペーデシェンが今日の午前、死体となって発見されたのと、同じ界隈《かいわい》にいたということになる。

「生きてるんだな」

彼女は眠れずにいた。

煙草《たばこ》を何本も巻いては吸った。焚《た》き火に板の切れ端をくべた。少し入れすぎだとわかってはいたが、いつもより高々と燃え上がる炎は心地がよかった。ゆらゆら動いて、いっしょに時を過ごしてくれた。彼女はレオのリュックサックを、だれも寝ていないマットレスを、じっと見つめた。こんなに寂しいと思うのは、記憶にあるかぎりでは初めてのことだ。

寒くはないが、上着は着たままでいる。赤い中綿ジャケットのファスナーのそばには、パパが見たら怒りそうな、煙草の新しい焦げ跡がいくつもついている。ズボンを二枚重ねた上にロングスカートをはき、帽子と手袋も身につけたまま。服を重ねれば重ねるほど、その下の彼女自身に手を出すことは難しくなるから。ひどく疲れていて、目を開けていようとしていても、ときどき眠気に抗《あらが》えなくなる。だがそうすると当然、あれがたちまち戻ってくるのだ——目を閉じるとまた現われる、あの両手。家にあった両手。シャワーを浴びる彼女の裸体に、湯と同じように触れてきた両手。

レオが出かけたのには気づかなかった。出かける前に起こしてくれればよかったのにと思った。今回はあと一日ぐらいで終わるだろう。レオの躁状態はもうすぐおさまる。なのに不安でしかたがない。彼の具合が悪いときはいつもそうだ。彼がまったく無駄なものにエネルギーを注いでいるとき。身を守る盾《たて》もなしに、やみくもにトンネルを走りまわっているとき。

板切れを、もうふたつ。

焚き火にくべるとパチパチと音がした。やがて彼女は赤い革のひじ掛け椅子から降り、レオの寝袋に潜りこんだ。ただ彼のにおいを嗅《か》いでいたかった。

エーヴェルトは音楽のボリュームを上げた。

地図に描かれた円、十七カ所。

部屋の真ん中、絨毯《じゅうたん》の上で、軽くダンスのステップを踏む。

ここへ、実際に行ってみたら。

女の死体は、聖ヨーラン病院の地下通路にあった。

死体を引きずった跡は、ストックホルムの地下トンネル網に出る金属扉のところで途絶えていた。

死体に残っていた指紋は、地下トンネル網に出る扉のあるほかの建物、少なくとも七軒への空き巣事件でも発見されていた。

実際に、この円のひとつひとつの中心へ行ってみたら。

エーヴェルトは窓を開け、冷たい空気を吸いこんでから、眠っている建物のあいだに向かって、いいまだ、と力のかぎりに叫んだ。

そこにはきっと、マンホールがあるんだ。

いま、霧は晴れた。

現実世界への出口が。

いま、この瞬間には、無意味な夜も、明日もない。

地下世界への入口が。

いまだ、彼はまた叫ぶ。いま、この瞬間に存在しているのは、この捜査だけだ。方向を変え、刑事の手を引いて、このためならまた一年生きてもいいと思える風景を見せてくれる、この捜査だけ。

寝袋はレオのにおいがして、よけいに寂しくなった。いま必要なのは、彼のにおいではなくて、彼そのものなのだ。ときどき思うことがある――人をこんなに好きになったのは初めてだ。ここまで深く知り合えた相手など、突きつめてみれば彼ひとりだけで、彼のことは信頼している。全面的に信頼している。初めのころは、いっしょに寝てもいいか、抱きしめてもいいか、自分のことを抱きたいか、尋ねてみたこともあった。だがレオは苛立って首を横に振るばかりだった。彼女があまりにしつこいので、鍵のことで彼女を戒めるときのような剣幕で怒鳴ったことも何度かある。〝ふざけるな、だめに決まってる、俺はこんな歳で、おまえはまだ子どもだ、わからないのか、だめと言ったらだめだ、俺みたいな人間は絶対に、おまえみたいな子に手を出してはいけないんだ〟

捜査資料のフォルダーの後ろのほうには、定石どおりの捜査をしたがなんの成果も得られなかったことを示す書類が詰まっていた。ヤニケが親しくしていた数少ない友人を見つけ出して話を聞いた。なにもわからなかった。学校の職員や級友からも話を聞いた。なにもわからなかった。ヤニケのパソコンを押収してチャットの履歴を調べ、彼女の交友関係をさらに割り出そうとした。なにもわからなかった。捜査の初めの段階では、ヤニケの携帯電話に三十二回電話をかけてもいた。まったくつながらないこともあれば、呼び出し音が鳴ったものの応答がないこともあった。エーヴェルトは笑みを浮かべた。電話をかけてみるのは捜査の常套手段だ。携帯電話を持っている連中というのは、いつも不安がっていて、自分がほんとうに存在していることをつねに確かめずにはいられない。結局は好奇心に負けて電話に出てしまう。この娘よりずっとたちの悪いごろつき連中ですらそうなのだ。

「いま、時間あります？」

彼女の足音は聞こえていなかった。

「まだいるのか？」

「それがなにか？」

「さっさと帰れ」

「見ていただきたいものがあるんです。バスの件で。出どころを探りました」

エーヴェルト・グレーンスは首を横に振った。

「まだだめだ」

「いつならいいですか？」

「俺はおまえの上司だぞ、ヘルマンソン。これは命令だ。帰れ」

「いつならいいですか？」

「一時間後。それまではだめだ」

エーヴェルトは去っていくヘルマンソンを見送った。心に広がるこの感覚。彼女の御しがたい頑固さを、どこか誇らしいと思っているのかもしれない。

残る書類は数少なかった。

要捜索者名簿への届け出のコピー。全県へ出された捜索命令のコピー。街の全パトカーに送られた人相書のコピー。

エーヴェルトはそれらを脇に寄せ、フォルダーに残った最後の資料をめくった。

新聞記事の切り抜き、十二件。

エーヴェルト・グレーンスはこれが苦手で、いつもマスコミからはできるかぎり距離を置くようにしている。とはいえ、捜査の過程では必要悪として避けられないことでもあり、事件が報じられることで一般市民から情報が得られるようになることも事実だ。まず、ストックホルムの中心部で配られているフリーペーパーにでかでかと載った記事。〝十四歳の少女、忽然《こつぜん》と姿を消す〟。一面を飾ったうえ、見開き記事にもなっている。次に、大手日刊紙に載った短い記事がいくつか。〝女児が行方不明との通報〟。最後に、全国タブロイド紙の記事もあった。〝ヤニケ（14）失踪〟。見出しの文字はこちらのほうが太く、写真も大きいが、記事の内容はほぼ同じで、エーヴェルトがすでに把握している情報ばかりだった。

切り抜きを指先でいじりながら写真を眺める。

どの新聞も同じ学校写真を入手していて、ヤニケは背景となっている青空のスクリーンの前で、苛立っているであろう写真家にぎこちない笑みを向けていた。いまどきの十四歳は、皆こんな感じなのだろう。かなり濃い褐色の長い髪は、この写真がクラスメートにまじまじと見られ吟味されるとわかっているからか、完璧に整えられている。黒いマスカラで目元が重そうだ。思春期の肌は、分厚いファンデーションの層に隠されている。口には微笑を浮かべているが、ほんとうは不安のあまり叫びたがっているのがわかる。

タブロイド紙にはほかにも写真が載っていた。ピントのぼけた写真で、キャプションの最後に〝写真：個人所有〟とある。

これからパーティーに行くような服装で、自室のベッドで女友だちに囲まれている、ヤニケ・ペーデシェン。エーヴェルトが名前すら聞いたことのないミュージシャンのコンサートで、舞台前にひしめく聴衆の中にいる、ヤニケ・ペーデシェン。クリスマスイヴの写真、夏至祭の写真。皆が楽しそうで、思わずカメラを出してきてその雰囲気を保存したくなる、そんなひとときの数々。

エーヴェルトは老眼鏡の位置を直した。

ヤニケの顔。じっくりと観察する。近づこうとする。

どの写真を見ても、目元になにか悲しみのようなものがある。彼女と撮影者のあいだに、なにかが割りこんでいる。カメラが彼女まで届いていないと感じる。

楽しいひととき。

エーヴェルト・グレーンスはしばらくのあいだ、しわになった新聞記事を手に握りしめ、じっと座っていた。

だがおまえは、楽しんでなどいなかった。

彼女はファスナーを引き、レオの寝袋から這《は》い出した。暑くて、背中や腹に汗がにじんでいる。しばらく眠れて、またママやパパの夢を見た。パパが家を出ていくことになって、アルバムや本の入った箱を運ぶ手伝いをしてあげた、あの日のこと。箱は重くて、最後のほうはもう持ち上げる力もなくなり、なにも言わずに逃げてしまったことを覚えている。彼女は体を起こし、また煙草《たばこ》を吸ってから、焚《た》き火のようすを確かめた。まだよく燃えている。あと一時間は板を追加しなくても大丈夫だろう。

気持ちが落ち着かない。もう、ずっと待っているのだ。

なにをしたらいいかわからない。

レオのリュックサックが壁沿いに置いてある。彼の手伝いをしよう。そうすれば、少しは楽に待てるかもしれない。

彼女はリュックサックを開けた。

パイプレンチ、ジャッキ、ハンマー、ネジまわしがいくつか。彼女は工具をレオのマットレス脇の床に置いた。リュックサックの底に、円筒形のものが三つ入っている。いつものように金属製で、手に持ってみるとずしりと重い。

赤い革のひじ掛け椅子に腰を下ろす。片手にやすりを、もう片方の手に円筒のひとつを持って。

ぐっと力を込めて、大きな動きで、円筒にやすりをかける。

開けるのに時間はかかるだろうが、中でマスターキーがガチャガチャ鳴っているのが聞こえるし、時間だけならいくらでもある。レオのためなのだ。彼が喜ぶとわかっているから。

エーヴェルト・グレーンスは新聞の切り抜きをたたみ、フォルダーのいちばん後ろに入れた。指先で机をタタンと叩いてから、もうひとつのフォルダー、はるかに薄いほうのフォルダーを引き寄せた。

わずか十四時間前に、病院の地下通路で女の死体が発見されて始まった捜査。行方不明になっているヤニケ・ペーデシェンの母親だ。

エーヴェルトはフォルダーを開き、いちばん上に載っているクリアファイルを出した。ニルス・クランツが書いた鑑識報告書を要約したもの、計十ページ。新しい情報はこれだけだ。鑑識官の目から見た聖ヨーラン病院地下通路。エーヴェルト自身、午前中はかなりの時間をそこで過ごしたが、警部の目や思考は全体的な印象に向けられる。ここにあるのは、細部だ。肉眼で見えるとはかぎらないが、それでも全体的な印象が正しいことを裏付けたり、逆にその誤りを修正したりする。似たような報告書は何千と読んできた。この報告書も、ほかとあまり変わらない。

写真5　北側の壁の一部に沿って、ストレッチャーが八台置かれていた。

写真はいつものごとく下手《へた》でぼやけているし、文章もいつものごとく神経質で堅苦しい言いまわしばかりだ。クランツも部下たちも有能だと思うし、信用している。

写真9　死体は、病院の東側に頭部を向ける形で横たえられていた。

だが、芸術的な才能はほとんどないと言っていいだろう。

写真14　襟《えり》に配置された布製のタグ（写真左側）によれば、女性の上着は木綿とナイロンの混紡製である。タグは一部がＲｈ＋のＢ型の凝固した血液に覆《おお》われている。

エーヴェルトは、女の顔にあいた穴、死体を引きずった跡、地下通路に残った指紋のクローズアップ写真を、じっくりと観察した。あくびを嚙《か》み殺し、目をこすり、廊下に出てもっとコーヒーを持ってこようと考えたところで、はっと動きを止めた。

キスだ。

最後から二ページ目の中ほど。ニルス・クランツが、女の死体を検分したときに見つけた唾液《だえき》の痕跡について、三行にわたって書いている。

この女に、だれかがキスをした。

エーヴェルトは机の引き出しを開け、そこにあるはずの電話帳を探した。番号を押し、呼び出し音が十一回鳴るのを数えながら待った。女性が応答する。あの男の妻だ。エーヴェルトは名乗り、夫君に代わってほしいと頼んだ。彼女が寝ている人間を起こして受話器を渡すまでのあいだ、ひとり歌を口ずさんでいた。

「グレーンスだ」

「なんですか」

「家宅捜索をやらなきゃならない」

ラーシュ・オーゲスタムの声は疲れ切っていた。

「検察庁の当直に電話してください」

エーヴェルト・グレーンスは口角を上げた。パジャマ姿にちがいないこの男、現実がオフィスアワーで動いているとでも思っているのか。

「ほう、そうかい。この件の捜査責任者はおまえだと思ってたが、勘違いだったか」

「夜中の二時半には、僕は何者でもありませんよ、グレーンスさん」

「仮説がひとつ立った。こいつが真相なら、おまえが担当してるこの事件は解決にぐんと近づいて、おまえは大いに褒《ほ》められることになる」

「夜中の二時半には、僕は寝たいんですよ、グレーンスさん」

オーゲスタムはベッドの上で身を起こし、威厳のある声を出そうとしたが、あきらめの念しか表われていないと自分でもわかった。この老いぼれ警部は、言ってわかる相手ではない。説明を続けても無駄だ。この人の時間の感覚は、ふつうとは違っている。

「そんなことはどうでもいいんだよ、オーゲスタム。いますぐ家宅捜索の令状が欲しい。殺されたリズ・ペーデシェンのアパートに入って、娘がいなくなった事情を詳しく調べたい」

オーゲスタムは上半身を起こしたまま、眠っている妻の頬に手を当てた。

「令状なら出ますよ」

そっと撫《な》でてから、自分も横になった。

「検察庁の当直に電話してくだされば」

エーヴェルト・グレーンスの手の中の電話が沈黙した。ラーシュ・オーゲスタムが電話を切ったのだ。

わめき叫んでもおかしくない場面だった。力いっぱいに机を叩いて当然だった。だが、エーヴェルトはすっと立ち上がり、廊下に出た。

おまえは、いまも生きてる。

体を伸ばし、廊下の先にあるヘルマンソンの部屋から明かりが漏れているのを目にとめてから、コーヒーマシンに向かった。

間違いない。おまえはいまも生きてるんだ。

廊下を歩く足音がマリアナ・ヘルマンソンの耳に届いた。重い音と軽い音が交互に聞こえる。グレーンスは以前にも増して足を引きずるようになった。音楽も聞こえるから、オフィスのドアを開けっぱなしにしているのだろう。いつまでも変わらない一九六〇年代の声の明るさは、彼自身の暗さとは対照的に思える。コーヒーマシンが音を立てはじめたのが聞こえて、ヘルマンソンは笑みを浮かべた。エーヴェルト・グレーンスのブラックコーヒー。一日二十四時間、いつでも。

エーヴェルトがさっき持ってきたカップを見やる。角砂糖のふたつ入った、甘いコーヒー。それから、スーパー〈コンスム〉の惣菜《そうざい》カウンターで買い、まだ半分残っているサラダに目を向けた。

食べている時間がなかったのだ。空腹だとも感じなかった。なにかに追い立てられている。

こちらを凝視するナディアの目。椅子に座って向き合った彼女は、どこへ逃げようかと考えているように見えた。

ヘルマンソンはサラダボウルをそのまま放置し、室内のほかのものをぐるりと見渡した。書類の山、ファイル、フォルダーが、床を埋めつくしている。いつもなら絶対にないことだ。片付いた空間でなければものを考えられない、まわりに秩序がなければ仕事にエネルギーを注げない性格だから。

片付けるつもりでいる。あとで。これが終わったら。

バスのモナコ公国《プランシポテ・ドウ・モナコ》ナンバーが本物であることを確認するのに、二十分かかった。持ち主を特定するのには、さらに一時間かかった。財団法人〈チャイルド・グローバル・ファウンデーション〉。連絡窓口となる人の氏名も、電話番号も、沿革も不明で、閲覧できる登録簿のどれにも載っていない。住所はモンテカルロ中央郵便局の私書箱になっている。

わけがわからない。筋の通った答えからますます遠ざかったように思える。もっと情報が欲しい。なんでもいい、とにかく子どもを捨てるような連中に一歩でも近づかなければ。

そこで、夜更け、真夜中近い時刻にもかかわらず、電話をかけはじめた。

最初の電話は、イェンス・クレーヴィエと、スウェーデンのインターポール事務所へ。だが、どの番号にかけても、明日の朝に戻ります、という同じメッセージが流れてきただけだった。

次いで、ブラシエホルメン地区にあるモナコ領事館に電話をかけた。応答した役人は礼儀正しくも人を見下したような口調だったが、それでもストランド通りにあるという総領事の自宅へ電話をつないでくれた。寝起きの男性が出て、やはり礼儀正しく、しかし簡潔に、自分にはそういう情報を入手する権限がない、と言った。仮にあなたが現地で調査を続けたとしても、やはりそういった情報を入手するのは無理ですよ。ご存じだと思いますが、モナコ公国は、国民についての情報をけっして公開しないという評判のもとに成り立っている国なので。

三件目の電話は、スウェーデン公営テレビの記者、ヴィンセント・カールソンにかけた。アメリカで死刑囚だった男の事件のときに出会った相手で、それからの一年、何度か情報を交換している。あのエーヴェルト・グレーンスが毛嫌いしていない唯一のジャーナリストだ。あなたの助けが要る、条件はいつものとおりで、とヘルマンソンは言った。もしそれで捜査が進展して、もしそれがニュースとして価値がありそうだったら、真っ先にあなたに知らせる。特ダネはあなたのものになる。

ヴィンセント・カールソンの情報源とデータベースで、彼女の予想が裏付けられた。

俗に言う、ペーパーカンパニー。住所はあるが、オフィスはない。私書箱はあるが、実体はない。

〝こういう財団は、善意の団体のように見せかけて、多額の利益を掠《かす》め取っていく。それなのに、どうしたって告発できない〟

自分も過去に、そういう財団をいくつも調べたことがあるのだ、とヴィンセント・カールソンは言った。折目正しい外見の裏で、莫大な額のやりとりが行なわれている。最近調べたのは〈ノン・スモーキング・ジェネレーション〉という財団。一見したところ善意の非営利団体のようだが、実は高価な服に身を包んだ四十歳前後の男たち、ストゥーレプラン広場のバーで飲んでいるような連中が運営している。〈チャイルド・グローバル・ファウンデーション〉同様、住所はモナコの私書箱になっていて、そこに実体はない。

〝わかるでしょう、ヘルマンソンさん、こういう腐った国は、調べられたらまずいことを隠してくれる。それが売りなんですよ〟

〝ヘルマンソンさん、わかります？〟

そのときは決定的な証拠が手に入らず報道を見送ったが、いまの話を聞いて、基本は同じだ、とヴィンセント・カールソンはすぐに思った。利益の源として、善意を――子どもを利用するのだ。

ヘルマンソンはプラスチックの容器に入っていたレタスを一枚つまんで口に入れ、嚙《か》んだ。なんの味もしなかった。

ナディアの目。

こちらを見ている。

迫り、追い立てる瞳。逃げ場のない瞳。

ヘルマンソンは事務用椅子にもたれ、目を閉じた。しばらくこの部屋を離れて、数時間前、ナディアのもとを訪れたときのことを思い返した。


警察が所有する一般車両を一台拝借した。無駄な騒ぎを起こしたくなかったからだ。いかにも警察らしい車というのは、役立つどころかむしろ害になることもある。その時点では、まだ夜は更けていなかった。マリアナ・ヘルマンソンはクングスホルメン島を離れ、ストックホルム市街を出て西を目指した。トラーネベリ橋を渡り、ウルヴスンダ通りをたどって、高速E18号線へ。コンクリートの建物が並ぶ郊外の風景。ここストックホルムの、彼女が生まれ育ったマルメ郊外の団地に相当する場所だ。

ヴィークシェーは、そこからさらに十分走ったところにあった。

狭い道路をゆっくり進んだ。どの道も同じように見える。小さな庭のある連棟住宅、共用ガレージ前に駐《と》まった、雪に覆《おお》われた車。彼女はさして洗練されているわけでもなければ荒れ果てているわけでもない家の前で車を駐めた。ストックホルムから二十キロほど離れたところにある、手入れの行き届いたシンプルな一戸建て。郵便受けの名前を確かめてから、雪かきされた四角い石板の小道を歩いて玄関に向かい、呼び鈴を鳴らした。

張り切って勢いこんでいるような足音。だれかが木の階段を駆け下りている。ドアを開けたのは子どもだった。ジーンズに赤いTシャツ姿の、満面に笑みを浮かべた男の子。五歳ぐらいだろう、とヘルマンソンは当たりをつけた。

「こんばんは」

「こんばんは」

その顔は輝いていた。

「名前なにどこから来たのポケットになに入ってる？」

「えっ？」

「名前なにどこから来たのポケットになに入ってる？」

マリアナ・ヘルマンソンは笑い声をあげた。

「名前はマリアナ。マルメから来ました。ポケットに入ってるものは……内緒」

「それ……」

彼女は指を立てて口に当てた。

「内緒だってば」

階段を下りてくる、別の足音。さっきよりも重い音だ。四十歳ぐらいの男性で、背が高く、まるで十代の少年のようにほっそりとしている。彼の前にいる男の子と似たような服装で、ジーンズに、こちらは緑のTシャツを着ていた。

「すみません。息子のエーミルです。うちに来るお客さんはみんな、同じ質問に答えさせられるんですよ。どうぞ、お入りください」

一家の父親である男性は、家の一階も二階もひととおり見せてくれた。キッチン、寝室、居間。車を駐めて、外からこの家を見たときと、まったく同じ印象を受けた。高級感はないが、古びているわけでもない。居心地のいい、やさしい家だ。ときどきそんなふうに感じる。やさしそうな家。これは、そんな家だ。

男性がヘルマンソンの先に立って二階への階段を上がっていったとき、彼女はその背中を見ながら、なにが彼を駆り立てているのだろう、と考えた。どうしてこんなことを引き受ける気になれるのだろう？　ストックホルムで刑事となって一年、すでに捜査のため里親家庭をいくつも訪問している。期間はさまざまだが、保護者や家のない未成年の児童を受け入れて面倒を見ている、ごくふつうの家庭だ。

スウェーデンでは一万人の子どもたちが、こんなふうに里親家庭で暮らしている。それぞれの過去を抱えた、一万人の子どもたち。だれも欲しがらない、一万人の子どもたち。

男性は、道路に面した窓のある小部屋ふたつの前で立ち止まった。

屋根裏で斜《なな》めになった天井、明るい色のカーテン。それぞれの部屋にベッドが二台ずつと、机と、クローゼットがある。

「四人しか引き取ってあげられなくて」

ヘルマンソンはひとつ目の部屋をのぞきこんだ。わりに幼い少年がふたり。さっき玄関を開けてくれた男の子よりは年上だが、まだ子どもだ。

「気分はどう？《チェ・ファチェッツィ・ヴォイ》」

　具合はどうか知りたいだけだった。が、ふたりは答えなかった。体をすくめて床を見下ろすばかりだった。

　一家の父親が、あきらめたように両腕を広げてみせた。

「僕もね、意思の疎通ができないんですよ。あらゆることを試してみたんですが、ふたりとも無気力そのもので。エーミルにもおもちゃにも興味を示さない」

　ヘルマンソンは部屋の壁を、家具を、プラスチックのミニカーやパズルの積んである一角を見つめた。見捨てられた子どもたちがこれまでに何人、あのベッドに座って床を見下ろしてきたのだろう。彼らの痕跡が感じられるだろうか。まだここにいるのではないか。この部屋に住みついているのではないか。

　単純なことのように思える。

　服や食事を与えられ、ちゃんと生きていけるように大人が面倒を見てくれる。しばらくは幸せであるはずだ。

　いや、ひょっとして逆なのだろうか？

　自分にないものが、よけいにはっきりと見えてくるのではないか。脇に押しやって忘れようとしてきた感情を、あらためて顔になすりつけられるようなものなのだろうか。

　ナディアはもう片方の部屋で床に座り、息子をひざに乗せていた。

「こんばんは《ブナ》」

ヘルマンソンは、ナディアが挨拶《あいさつ》に応えなかったのを無視して部屋に入り、身をかがめて彼女を抱擁《ほうよう》した。ナディアは社会福祉局を通じて新しい服を与えられていた。黒い、分厚いプルオーバーと、グレーのコーデュロイらしき生地でできたズボン。あの青と黄色のツナギはもう、どこかで燃やされているといい、とマリアナ・ヘルマンソンは思った。

「気分はどう？《チエ・ファチ・トゥ》」

少女は肩をすくめた。

「大丈夫」

汗をかいている。

息子の腰のあたりに両手を置いているのに、それでも手が震えている。まだ禁断症状があるのだ。毒が彼女の体から出ていこうとしている。激しい禁断症状を示す子どもなど見るに堪えないが、それでもこのほうがましだとヘルマンソンは思った。昨日から薬をやっていないということだから。

「よく眠れた？」

ナディアは首を横に振った。

「寒くなって、汗をかいて。寒くなって、汗をかいて。また寒くなって。わかります？」

一家の父親は部屋の入口に立ったままだ。彼もまた、ヘルマンソンと同じ光景を見ていた。「赤ん坊もですよ。禁断症状。着替えをさせようとしたら……この子たちの肌が、なんと言えばいいのか、乾いた接着剤やら切り傷やら腫《は》れ物やらでいっぱいで。こんなひどい状態の子どもを見たのは久しぶりです。もう現場では働いていないので。でも……こんなのはめったに見ない。ストックホルムの地下トンネルで暮らしている子たちぐらいですよ」

ヘルマンソンは振り返った。

「どういうことですか？」

「この子たち、ストリートチルドレンなんでしょう。確かに、スウェーデンのストリートチルドレンにそっくりだ」


ヘルマンソンはふたたび目を開けたが、事務用椅子から動くことはなかった。もうすぐ、またパソコン画面に向かおう。夜が昼に押しのけられていく前に、もっと先に進みたい。もう少しだけ。それが終わったら、あの里親家庭の父親の話はしばらく忘れよう。スウェーデンの、西ヨーロッパのトンネルや公園で、ナディアと変わらない生活をしている子どもたち。だれも彼らを探さない。豊かな国々で社会福祉を担当する当局の、公《おおやけ》の説明では、そういう子どもは存在しないことになっているから。

味のないレタスの、最後のひと切れ。彼女は前に身を乗り出し、机に両ひじをついた。

顔のない連中。もうすぐ、その顔がこちらを向く。

アーランダ空港国際線ターミナルの監視カメラ映像をナディアがひととおり見た結果を、アーランダ警察がまとめてくれていた。まず、十四番カメラと十五番カメラ——セキュリティーチェックを通る乗客を正面からとらえたカメラだ。

ナディアが特定した人物は三人。男ふたり、女ひとり。

三人は九時三十二分にセキュリティーゲートを通過した。二台の監視カメラをまっすぐ見ている自覚なしに。

添付ファイルを開くと、カットされ編集された数分の映像が入っていた。十三番カメラ、十二番カメラ、十一番カメラと、三人の移動をさかのぼって逆にたどっていく。すると、カウンターでチェックインする三人をとらえた映像で、顔が鮮明に映っていた。時刻は九時十六分から十八分のあいだ。

ヘルマンソンは映像を巻き戻し、動きのぎこちない一連の映像にもう一度目を凝らした。身なりはきちんとしている。男たちは褐色の短髪で、ロングコートの下はスーツのようだ。女は染めたらしい金髪で、暗い色のコートの下に、やはり暗色のワンピースを着ている。どこにでもいそうなふつうの男女に見える。けれど、子ども四十三人を捨てていったのはあんたたちだ。

ヘルマンソンの手元に、氏名、国籍、行き先の印刷された紙がある。

フランス人らしい名前。フランスのパスポート。出発地はストックホルムのアーランダ空港、行き先はパリのシャルル・ド・ゴール空港。

嘘だ。

ナディアによれば、三人は訛《なま》りのないルーマニア語を話していた。外見も、まるでマリアナ・ヘルマンソン自身の父親と、その妹を若くしたようだ。

あんたたちは、ルーマニア人だ。

　里親家庭の父親はあのあと、ナディアに与えられた部屋の入口にしばらく立ったまま、スウェーデンにいるストリートチルドレンの話を続けていた。社会福祉にかかわる部局の上層部は、そんな子どもはスウェーデンにはいない、と主張している。〝まったく、恥を知れっていうんだ〟彼の頬は紅潮していた。〝ああいう子たちはみんな、死ぬほどおびえていて、身を隠しているんですよ〟無意識のうちに声のボリュームが上がる。〝そんな子たちが、社会福祉局に電話して、自分はここにいますなんて知らせるわけがない〟。彼はそのあと、いっしょに一階へ下りようと全員を促した。キッチンの大きな伸長式テーブルに夕食を用意してあるのだ。ナディアはヘルマンソンに見つめられ、〝食事だよ《ムンカール》〟と二度言われて、ようやく立ち上がった。息子をぎゅっと抱きしめて、一歩ずつゆっくりと木の階段を下りた。
　隣の部屋にいた男の子ふたりは、なかなか下りてこなかった。ヘルマンソンも里親家庭の父親も、最終的にはナディアまでもが、それぞれ何度も二階に上がって、なにか食べなければだめだ、怖がらなくていい、と言い聞かせた。ふたりがうつむいたまま忍び足で下りてきて、空いていた椅子ふたつに並んで座ったときにはもう、食事はかなり冷めてしまっていた。子どもたちの食事のしかたは、警察本部の食堂で今朝《けさ》ピザを食べていたときと同じだった。休みなく、会話もなく、犬のように食べていた。ヘルマンソンはまさにそう感じた——まるで犬みたいだ。餌《えさ》入れに餌が入っているうちにできるかぎり食べようと躍起《やっき》になっている。

「来てくださってよかった」

やさしい目をした背の高い父親は、ヘルマンソンのほうを見て、そう言った。

「何時間か前、この子たちがここに着いたときにも、こうして食事を出したんですよ。でも、部屋から出てこなかった。見るからに腹をすかせているのに、出てくる勇気がなかった。僕のことが信用できなかったんですね。でも、あなたがいると……あのときほどの警戒心は感じない」

ヘルマンソンはほとんどなにも食べられなかった。

ジュース一杯に、サンドイッチ。それだけでも無理だった。恐怖と禁断症状が真向かいにある状況で、食事になど集中できるわけがなかった。

「僕たち夫婦は――妻は今夜、仕事なんですよ、学校で会議があるとかで――僕たちは、実子ができるずっと前から、きちんと務めを果たす親のいない子どもたちをこうして受け入れてきました」

彼も食べていなかった。皿は空《から》っぽのままで、フォークにもナイフにも手をつけていなかった。

「性暴力を受けた子。売春をしていた子。社会でうまくやっていけない障害のある子。精神を病んだ子。なにかの依存症になった子、犯罪に手を染めた子、暴力事件を起こした子、地下トンネルや公園で暮らしていた子。ありとあらゆるケースを全部見てきました。ほんとうです。全部」

彼は自分の息子をちらりと見やり、話を聞かれていないことを確かめた。父親のすぐそばに座って、マカロニの載った皿にコケモモのジャムとケチャップを同量ずつかけた、五歳の男の子。テーブルを見下ろすばかりの客人たちに話しかけることに、まだかかりきりになっている。

「しかし、こんなのは初めてだ。ゴミみたいに捨てられた子どもなんて」

彼はナディアを、その赤ん坊を、十二歳ぐらいの男の子ふたりを、ひとりずつ、じっと見つめた。子どもたちのほうは、彼の視線に気づかなかった。

「そういうことでしょう。置き去りにする。捨てて、処分する。ゴミみたいに。ここまであからさまなケースは初めてですよ。少なくとも、僕にとっては。まったく……僕たちはいったい、どういう時代に生きているんだ？　こんなことがまかり通る社会なんて……」

彼の声のボリュームが、また上がった。

それだけでじゅうぶんだった。

不意に、男の子の片方が食べるのをやめた。サンドイッチが床に落ち、手に持っていた牛乳のグラスが倒れて、奇異なほどに背筋が伸びた。体が痙攣《けいれん》しはじめ、数秒後には椅子から落ちて床に倒れた。里親家庭の父親が流し台へ走り、タオルをひったくると、細長く丸めて男の子の口の中に突っこんだ。歯のあいだにおさまっていることが確認できるまで、そのまま押さえていた。

「痙攣の発作です。舌を嚙《か》みかねない」

男の子の体をそっと両腕で抱え、向きを変えてやる。横向きに、少しうつぶせになるように。それから時計を見た。

「二分。まずは二分待つんです。その時点でまだおさまっていなかったら、薬をあげなければ」

男の子の顔は真っ白になっていた。体はまだ痙攣していて、握った拳がひどくこわばっている。父親はそばに座り、男の子の額に手を当てている。ヘルマンソンははっと立ち上がった。食卓を囲んでいるほかの子どもたちを落ち着かせてやらなければ、と思った。

その必要はなかった。

エーミルという名の五歳児は、あいかわらずマカロニにコケモモのジャムとケチャップを注いでいた。生まれてこのかたずっと、ぼろぼろになった里子たちに囲まれて暮らしてきたのだ。混沌《こんとん》には慣れているし、それを父親がなんとかしてくれることにも慣れているのだろう。

ナディアともうひとりの男の子は食事を続けていた。また犬のようになっている。初めて見る光景ではないのだろう。

「ナディア」

「はい?」

「どうしたら……」

「そのうちおさまります」

里親家庭の父親が腕時計をチェックする。"六十秒"。そばの床に横たわっている男の子の体のこわばりが、少し解けたようだ。〝九十秒〟。痙攣が徐々におさまっていく。〝百二十秒〟。体がぐったりと力を失い、まるで縮んで小さくなったように見えた。

父親は男の子を抱き上げて階段を上がり、今夜の寝床となるベッドに寝かせてやった。男の子は目を閉じたまま、支離滅裂な言葉を発していたが、やがて疲れのあまり眠りに落ちた。

「十二歳ですよ」

父親は階段を半分下りたところで立ち止まった。やさしい目が、さっきの男の子の瞳のように重苦しくなっている。

「まだ十二なのに、あんなにぼろぼろになって」

ヘルマンソンはうなずいた。これまでにも見たことはある。毒がどんなふうに体をずたずたにするものか。クスリで酩酊状態にある男たちが、早くも護送車の後部座席で、あるいは留置場の独房で、痙攣の発作に襲われてばたりと倒れるところ。

三十歳から四十歳ほどの、成人した男たちだった。

あの男の子は、十二歳だ。

それなのに、同じようにぼろぼろの体をしていた。

ヘルマンソンはあくびをすると、向かった机の中央に置いてある、氏名、国籍、目的地、との項目が太字で記された書類に戻った。それから、ふたたびパソコン画面に向かった。一時停止させた映像の最後のコマが、かたくなに点滅を続けている。アーランダ空港国際線ターミナルの監視カメラ、十五番、十四番、十三番、十二番、十一番の映像だ。

〝ゴミと同じですよ〟

里親家庭の父親は、暗くなった夜の冷気の中、車のそばでふたたびそう言った。ヘルマンソンが彼の家を辞して、ストックホルムの警察本部へ戻ろうとしていたときのことだ。

〝子どもが、ゴミみたいに捨てられる〟

ヘルマンソンは答えなかった。無言のままエンジンをかけ、雪に覆《おお》われた道路を猛スピードでとばした。

またあくびをする。目がちくちく痛む。指をパソコンのキーボードに置き、次の書類を開いたところで、だれかがオフィスのドアを勢いよく開けた。

「ヘルマンソン」

エーヴェルト・グレーンスはノックもせず、もう彼女の部屋に入ってきている。

「どうぞ、お入りください」

画面から目を上げたときにはもう腰を下ろしていた。

「どうぞ、お座りください」

エーヴェルトの頬は紅潮し、首筋のほうまで赤くなっている。片方のこめかみの血管が脈打っている。興奮しているときはいつもそうだ。

「死体に唾液《だえき》が残ってた」

ヘルマンソンは彼を見た。なんの話をしているのか、さっぱりわからない。

「病院の地下通路で見つかった女。あの女の死体に唾液が残ってた。だれかがキスしたってことだ。そいつはおそらく、生前の女に会ってる。あの女が死んだトンネルのどこかで」

エーヴェルトは答えを待たず、興奮した声でそのまま続けた。

「明日。リンシェーピンの国立科学捜査研究所からDNA鑑定の結果が来る。それでわかる」

エーヴェルトは笑みを浮かべた。

「娘だよ、ヘルマンソン。あの女の娘。わからないか？　娘は生きてるんだよ、、、、、、、、」

この騒がしい警部に、好感を抱いているのか、それとも我慢しようと決めただけなのか、ヘルマンソンは自分でもよくわからない。そのエーヴェルトが、彼女の机をバンと平手で叩いた。冷めたコーヒーの入った彼女のプラスチックカップを勝手につかみ、残りを一気に飲み干した。立ち上がり、床に積まれた書類の狭いすきまを縫《ぬ》って、室内をふたまわりした。

「腹減ってるか、ヘルマンソン？」

「ちょっと落ち着いてください」

「三時十五分だ。ということは、セルシウス通りの喫茶店がたったいま開いたところだ。パサパサしたまずいイタリアのパンとか、コーヒー牛乳とかじゃない、ほんものの朝食を出す店だ。俺たちにはそういう朝食が要る」

「あまり空腹じゃないんですけど」

「そのうち減ってくる。おまえの助けが要るんだ。まずわからなきゃ先に進めそうにない。十四歳の小娘がいったいどうしたら、二年半も行方不明でいられるんだ？　この国で。世界が羨《うらや》んで真似ようとするセーフティーネットと福祉モデルのある、この国で。それを、夜が明けるまでに理解したい。時間がないんだ、ヘルマンソン。あの娘、急いで見つけなきゃならない気がする」

外は寒かった。わかっていたことだが、それでも頬を刺す冷気の力、呼吸を難しくし足取りを重くするその威力には驚かされた。

クングスホルメン島は閑散としている。この時間、人々はここではない別の場所にいる、そんな地区だ。

「女の子だから」

エーヴェルトの歩みは遅い。左脚がいつも以上にこわばっているようだ。

「どういう意味だ？」

「今回の件では、それが理由です。どうして、い、い、どうして子どもが行方不明になるのか？　女の子だからですよ、警部」

エーヴェルトは立ち止まり、左ひざを両手でさすった。

「女の子だから、なんなんだ」

「わかりませんか？　そういうものじゃないですか。昔から、ずっと。つらい思いをしてる女の子は、黙りこくったまま自分の殻に閉じこもる。男の子は周囲とぶつかって問題を起こす。その帰結を、あなたも私も日ごと目にしてる。机の上にある捜査資料の事件、ほとんどが男のしわざでしょう」

エーヴェルトのひざの関節のどこかで、ぽきりと大きな音がしたのが聞こえた。二度。耳を突き刺す音だ。まるで銃声のような。エーヴェルトはまた歩きはじめた。

「なぜって、女の子は目につかないから。まわりとぶつかって問題を起こす男の子たちのほうを、社会は優先します。どこかの犯罪現場に踏みこめば、目につくのは男たち、逮捕されるのも、尋問されるのも、刑務所にぶちこまれるのも男たち。女性の共犯者がいるケースも多々あるのは、あなたも、私も、後ろにあるあの建物にいる人ならだれだって知ってることです。でも、彼女たちにはだれもほとんど興味を持たない。彼女たちはめったに懲役刑を科されないから。私たちは事件を終わらせたい。結果を出したい」

五段ある階段は滑りやすく、赤い木の扉にあいた窓ガラスは曇っていた。ヘルマンソンは古びた店内を見まわした。まだ夜中で、あえて家を出た人々は冷気に苦しめられたことだろう。しかもこの店はまだ開いたばかりだ。それなのに、席の半分が早くも埋まっている。

「同等の罪を犯しても、男と女では下りる判決が違ってくることも、ご存じですよね。女性の犯罪を、私たちは男性の犯罪ほど深刻にとらえない。無知で偏見まみれの集団なんですよ、私たちは。男の犯罪者のことは悪魔みたいに扱って、女の犯罪者のことは過小評価して無視する」

朝食の並べてある場所は、カウンターというよりふつうの家のキッチンにある食卓のようで、チーズをはさんだ丸パンの載った大きな皿や、コーヒーポット、ポリッジのボウル、リンゴのピュレーが、ひしめくように置かれている。

「なににする？」

「パニーニとカフェラテで」

エーヴェルトはふんと鼻を鳴らした。

「言っただろうが。ここはほんものの朝食を出す店だ」

「警部は好きに注文すればいいでしょう」

客は皆、ひとりずつ離れて座っている。タクシー運転手、新聞配達人、帰宅途中の若者たち。ヘルマンソンは空いたテーブルを探したが、見つかったのはひとつだけ、カラフルなジュークボックスと、かつては白かったらしい冷蔵庫にはさまれた席だった。

エーヴェルトがその数歩後ろを歩く。両手にコーヒーカップを持ってバランスを取っている。

「残りは持ってきてくれるそうだ。二、三分で」

ヘルマンソンは片方のカップを受け取った。

「さっきの話、まだ終わってません」

「わかってる」

コーヒーに口をつける。熱くて、喉《のど》が焼けそうだ。

「いいことみたいに聞こえますよね。女性のほうが刑が軽くなるって。でも……頭にきてしかたがないんです。まさにそこが問題だから……懲役刑を科されない女性たちは、代わりに保護観察処分になります。だから行動のパターンは変わらないし、なにかの悪癖や依存症があればそれも変わらない。男性のほうは、警部、私たちの目につく、刑務所に閉じこめられる男たちのほうは、少なくとも一時的には、依存症や悪癖を止めることができる」

エーヴェルトが片手を上げて立ち上がった。

「ちょっと待て」

しばらくズボンのポケットを手探りしていたが、やがて五クローナ硬貨を握りしめ、ジュークボックスの上に身を乗り出していちばん上の投入口にコインを入れると、同じプラスチックボタンを二度押した。シーヴ・マルムクヴィスト『本気になんかならないわ』。こもったような音だ。擦《す》り切れたレコードのせいで、シーヴの声はときおり雑音にかき消された。

「E6だとさ。二度聞かせてやる」

エーヴェルトは軽くダンスのステップを踏んでから腰を下ろした。

「ヘルマンソン？」

彼女は話を続けた。

「男を刑務所に閉じこめることのほうが好まれる傾向、女に有利なように見えるこの傾向は、子どもへの接し方にも表われています。大人は男の子にばかり目を向けていて、女の子には目を向けない。男の子のことはちゃんと罰して、立ち直るための対策も立ててあげる。女の子のことは気にもかけない。女は自分の殻に閉じこもるしかない。消えるしかない。そうやって、はるかに深い奈落の底へ落ちていく」

ヘルマンソンはごくりと唾《つば》をのみこんだ。

「それが答えですよ、警部。あなたの〝どうして〟への答え」

エーヴェルトは長いこと彼女を見ていた。何度もうなずき、コーヒーの残りを飲み干した。

「ヘルマンソン」

「はい」

「踊るか？」

彼女が答えもしないうちから立ち上がり、ジュークボックスの前でひざをつくと、機械の裏側と壁のあいだに手を入れて、そこにある黒い小さなつまみを何度かまわした。

音量が急にぐんと上がり、シーヴの声が店内に満ちた。

エーヴェルトはひょいと肩をすくめた。

「歳を食ってるからこそわかることもあるな、ヘルマンソン」

いかにも満足げだ。

彼女はエーヴェルトが差し出した手を取り、ふたりはしばらく店の真ん中で、四拍子の曲に合わせて踊った。二分四十秒後、音楽が沈黙し、ヘルマンソンはテーブルに戻ろうとした。

「二回押したんだ。もう一回流れるぞ」

エーヴェルト・グレーンスは上着を脱ぎ、ヘルマンソンが戻ってくるのを待ちつつ何歩かステップを踏んだ。首も脚もこわばっていて、白いコットンシャツの上に古い茶革のホルスターが掛かっている。ヘルマンソンは笑った。大きな声をあげて笑った。

音楽が盛り上がって店内を包みこんだ瞬間——エーヴェルトはすでに、客の何人かがビュッフェテーブルの奥の店主に文句を言っているのを目にしていた——エーヴェルトの携帯電話が鳴った。

失礼を詫《わ》び、テーブルへ取りに行く。

非通知番号。交換手経由でかかってくる電話はいつも非通知になる。ソフィアヘメット病院には交換台がある。出なければ。アンニの手を握りながら、看護師に宣言したではないか。ソフィアヘメット病院から二十分以上かかるところには行かないと。出なければ。電話がかかってくるということは、夜中に電話がかかってくるということはつまり、容体が悪化したということだ。

エーヴェルトは呼び出し音が途絶えるまで電話を握っていた。

ふたりとも腰を下ろし、ポリッジやパンやコーヒーのお代わりを持ってきてくれた若い女性に礼を言ったところで、また呼び出し音が鳴りだした。

やはり非通知番号だ。出なければ。彼は応答した。

警察の当直からだった。

「グレーンスさん？」

「ついさっきかけてきたのはおまえか？」

「聞こえてたんですか？　なのに出なかった？」

「なんの用だ」

ゆっくりと息を吸いこむ音。

「何者かが現場に侵入しました。聖ヨーラン病院の地下通路に入ったやつがいるんです。立ち入り禁止になってるのに、地下通路への入口には全部見張りを置いてるのに、それでもだれかが入ったんですよ」

聖ヨーラン病院の地下通路は青と白のボールの海と化していた。リズ・ペーデシェンが昨日、死体となって見つかった場所、その現場を囲むために警察が張った立ち入り禁止テープ。それが全部引きはがされ、丸められて小さな球となり、一見したところなんの秩序もなくあたりに投げ散らかされていた。

エーヴェルト・グレーンスは白衣に白ズボン、白いキャップという姿で軽く前かがみになり、散らばったビニールテープを見ている。ついさっきスヴェン・スンドクヴィストに電話して、グスタフスベリの自宅から直接、聖クララ教会に行くよう指示した。今日の朝は、警察本部では始まらない。

「現場検証がまだ終わってないんだが」

ニルス・クランツは地下通路の壁ぎわ、開いたドアのそばでひざをついている。地下トンネル網に直接つながっているとわかったドアだ。

「だがな、急いでるのはわかるから、仮の結論ではあるが役に立ちそうな話をいくつか伝えておこう」

エーヴェルトはしわくちゃの青いビニールカバーを冬用の重い靴にかぶせ、クランツが通行を許可した狭い通路を歩いた。ひざをついたまま作業を続けていたクランツが、宙に丸を描いてみせる。コンクリート床の数センチ上だ。

「ここ」

「なにも見えやしないんだが」

「ここに靴跡がくっきり残ってる。昨日と同じ靴だ。足の置き方も同じ」

「ほう」

「同一人物だよ、エーヴェルト。死体をここへ引きずってきたのと同じ男だ」

エーヴェルトは見えない靴跡を見つめた。

「戻ってきたってわけか」

「二度な」

「二度？」

「ふたつの異なる時間帯に来た形跡があった。昨日の午前中に私がここへ来たあとの話だ」

エーヴェルト・グレーンスは向きを変え、床に散らばった青と白のボールを無意識のうちに数えた。それから、昨日はストレッチャーが八台置かれていた、いまはがらんとしている空間に、しばらく目を向けた。

「二度だと？」

「ルートは同じ。あのトンネルへのドアから入ってきた」

エーヴェルトはため息をついた。

「で、この立ち入り禁止テープは？」

「理由はわからない。それはあんたの仕事だ。だが、丸められたテープ全部に、指紋がくっきり残ってる」

「同じ男のか？」

「昨日、死体から見つかったのと一致した」

現場は立ち入り禁止にした。地上からの入口は全部見張ってた。

エーヴェルトは地下通路の壁に開いた金属扉へ向かった。

だが、この扉は見張ってなかった。

「男は二度とも、あっち側から入ってきた。で、こっちへ向かった」

クランツがエーヴェルト・グレーンスの白衣の袖《そで》を引っ張る。ふたりは地下通路をはさんだ向かい側のドアへ移動した。クランツが開けると、作業台が一台に、いくつかの機械、ずらりと並ぶ工具がエーヴェルトの目に入った。

「病院の作業場だ。あちこちに指紋が残ってる。たとえば、圧縮機。施設管理職員がボルトを緩《ゆる》めたりするのに使ってる機械だ。それから、ジャッキ。高圧タンクにも……」

「もういい」

エーヴェルトは作業台のいちばん奥に置いてある青く丸い鉄の塊をじっと観察した。少し離れたところに、長さ五十センチの太い管のようなタンクがふたつ置いてある。透明なチューブが壁のプラグにつながっている。

「これでわかった。だれかも、なぜかもわからないが、つながりはわかった」

エーヴェルトはかなり暗い室内に足を踏み入れた。

「ネズミに喰《く》われた女の死体をトンネルのドアから引きずった跡と、病院の作業場に入った形跡が、どうつながってるか」

スヴェン・スンドクヴィストは閑散としたストックホルムを車で抜けた。あたりはまだ暗いが、もうすぐ一日が始まる。建物の中にいる人々はそろそろ朝食をとり、子どもたちに着替えをさせるころだろう。そうやって、二度と取り戻せない時間を追いかけて急ぐのだ。エーヴェルトが聖ヨーラン病院の地下通路から電話をかけてきたのは五時過ぎで、押し殺したような声が〝あの娘、生きてるぞ〟と言った。スヴェンはアニータの頬にキスをし、ヨーナスの部屋の入口で何秒かたたずんで、まだ数時間は目覚めないであろう少年の深い寝息を聞いた。それから、別の子どもを探すため、グスタフスベリの連棟住宅をあとにした。とうの昔から放置されている捜査資料によれば、十六年ほどの人生のうち二年以上、行方不明になっているという少女を探しに。

クララベリ陸橋そばのデパート前に車を駐《と》め、除雪の済んだばかりの道路を渡って、雪に覆《おお》われた聖クララ教会の芝生への階段を上がった。教会は開いていなかったが、イェオリと名乗る管理人は感じのいい人で、背が低くでっぷりとした、自分と同年代の男だった。教会の隣の建物までわざわざ連れていってくれて、彼女はいつもだれよりも早く出勤している、いまもあの中にいる、と教えてくれた。もしかしたらなにか知っているかもしれない、彼女。

あたりは暗かったが、それでもスヴェンには見えた。麻薬常用者。立体駐車場に面した柵のそばに四人が集まり、品物を交換している。罪名にするなら違法薬物譲渡か。さらに何人かが墓石に座って自分自身に注射している。罪名、違法薬物所持。スヴェンはその光景を目にしたが、そのまま目をつぶった。ここに来た目的は別にある。

「なあ、管理人のおっちゃん」

弱々しい明かりに照らされて歩くふたりの姿を、墓石組のひとりが遠くから目にし、薄手のスニーカーを履《は》いた足を滑らせながら、雪の中をあわてて駆け寄ってきた。

「メシ代くれよ、なあ、俺……」

「俺に言ってもだめだぞ、わかってるだろう」

「……クソ腹減ってんだよ。いいから……」

「シルヴィだ。シルヴィと話してくれ」

まだ若い男で、二十歳前後だろうとスヴェンは思ったが、それでも老けこんでいて、顔にはすでに浅いしわが刻まれていた。男は興味津々《しんしん》といった表情でふたりを見つめた。

「だれだよ、こいつ」

教会の管理人はうんざりしたようすだった。

「警察の人だよ」

ほんの一秒で、男はもうほかの連中のところへ知らせに駆けつけていた。

スヴェン・スンドクヴィストは肩をすくめた。

「また別の機会に」

シルヴィという名の教会執事は、墓地の先にある建物の小さな事務室にいた。とても小柄で華奢《きゃしゃ》な五十歳ほどの女性で、顔はどことなくさっきの若い麻薬常用者に似ている。老けこんでぼろぼろになった、すでに役目を終えたかのような顔。似てはいたが、一ヵ所だけ例外があった。シルヴィの瞳。燃えている。さっきの男の瞳は覆い隠されていた。彼女の瞳は、生命を取り戻している。

「ストックホルム市警のスヴェン・スンドクヴィストです」

ふたりは握手を交わした。シルヴィの華奢な手には力がみなぎっていた。

スヴェンは手短に説明した。今回こうして訪ねてきたのは、とある殺人事件の捜査で、フリードヘム広場付近で暮らすホームレスとの接点が浮かび上がってきたからだ。あなたに話を聞くといいと勧められて来た、あなたなら警察の知らないことも知っているというので。

「スンドクヴィストさん、でしたっけ」

執事。教区の資金で雇われている、教会付きのソーシャルワーカーのようなものだ。彼ら自身、ややこしい過去を抱えていることも多い。この人はどんな道をたどってきたのだろう、とスヴェンは考えた。この人には、どんな物語があるのだろう。

「そうです」

「あなたの言いまわしが気になります。ホームレスとの接点が浮かび上がってきた、とおっしゃいましたね。もっとご存じなんじゃありませんか？　すでに名前もわかっていて、その人についての情報が欲しいのでは？」

その人、ではない。

その人たち、だ。

痕跡を残してはいるが、身元のわからない男。十四歳のときから存在していない少女。

「殺人事件ですから。先入観はなるべく排して捜査するようにしています」

シルヴィは質素な事務用椅子にもたれた。スヴェンを見ている。見透かしている。

「どんなことで私が役に立てるとお思いですか？」

「あなたの知識です。フリードヘム広場界隈《かいわい》についての知識」

シルヴィは窓の外を指差した。

「この街には、家のない人が四千人います。うち少なくとも五百人は、完全な路上生活者です。ほら、見えるでしょう。そのうちの十人があそこにいます」

外にいる、影のような麻薬常用者たち。スヴェンはうなずいた。

「フリードヘム広場付近に限ると、どのくらいでしょう」

「なぜですか？」

「殺人事件がそこであったからです」

シルヴィはためらっている。さっきスヴェンを見透かした人だ。彼が嘘をついたことも見抜いただろう。

「五十人ぐらいです」

「ここの窓の外にいる人たちと同じです。どこでも同じです。精神を病んだ人たち。薬物依存症の人たち。あるいは両方。社会の余り物になってしまった人たち」

「年齢は？　性別は？」

「年配の男性もいれば、若い、十代の女の子もいます」

「十代ですか？」

「十五歳ぐらいの子も、何人も」

スヴェンは仕事で毎週、街をうろつく若者たちに出会っている。だが彼らには親があり、家がある。

この人が話しているのは、まったく別のことだ。

路上で生活している子どもたち。

「それなら……どうして僕たちは、そういう子たちの存在を知らないんでしょう？」

シルヴィがスヴェンをあざ笑うことはなかった。そういうことをする人ではないのだ。

「公《おおやけ》には、いないことになっているから」

シルヴィはカーディガンのいちばん上のボタンをはずして、聖職者の白い襟《えり》をあらわにした。

「そういう子たちは、親にとってはもういないんです。家を追い出されたり、自ら家出したりした娘がいるというのは、親にとっては危険なことです。ここで私が言っているのは、たとえば、アルコールや薬物を常用している家庭。心の病に冒されている家庭。暴力や虐待のある家庭。そういう家庭の親は、どんなことがあっても他人に内情を知られたくない。社会福祉局を恐れ、警察を憎んでいる」

カーディガンのボタンをさらにいくつかはずす。白い襟に加えて、緑のシャツも見えた。こうして話をしていると、さらに教会執事らしく見える。街の権威だ。

「そういう親は、娘を家から追い出したと当局に通報はせず、娘が病気になったと学校に伝えるんです。当局とかかわらなくて済むようにね。だから、子どもが家をなくしてさまよっていると発覚するのに、何週間も、ときには何カ月もかかる。私がたまたまそういう話を耳にして発覚することもあります」

シルヴィはファイルの並んだ棚に向かい、一冊を選び出して机に置いた。

「でも、発覚しても、そういう子たちはあいかわらず存在しない。なにも起こらないんです。社会福祉局が探そうとすることはありません。現場へ探しに行くことも、だれかに訊いてみることもない……ただ単に、私からの通報を、資料として保管するだけです。資料として保管されるだけの手紙を書く時間なんて、私にはありません」

シルヴィは机に置いたファイルをめくった。

「ここ三、四年で私が通報した、未成年の女の子についての資料です」

声に出して数える。

「三十三件。みんな十五歳ぐらいの若い女の子です。一時期、路上で生活していた、あるいはいまも路上で暮らしている子たち」

シルヴィはファイルを裏返し、最後に綴《と》じてあった記入用紙のコピーを出した。

「いちばん最近のは……ほんの三週間ほど前に、社会福祉局の当直に通報した件です」

エーヴェルト・グレーンスは雪の降る中、徒歩で聖ヨーラン病院を離れた。

彼は、殺人犯を探している。

ストックホルムが目を覚ますあいだに、そいつに迫るつもりだ。鍵のかかった扉を抜け、ストックホルムの地下に広がる閉ざされた世界を自由に行き来し、女の死体を病院のストレッチャーに置いていった男に。

小脇に抱えたブリーフケースには、書類が三つ入っている。

最初の書類は、地下トンネル網に直接つながっている公の建物、七軒の住所を記したリストだ。どの建物も、ここ数年のあいだに未解決事件の捜査に浮上している。共通の手がかりがひとつ——今回死体から見つかったのと同じ指紋だ。

間違いない。おまえは圧縮機とジャッキを使って鍵を集めてる。だから、おまえは計二十四カ所の扉を自由に行き来できたし、鑑識官は扉をこじ開けた跡を見つけることができなかった。

二つ目の書類は、かつての捜査資料に入っていた、十七カ所に円の描かれた地図。ヤニケ・ペーデシェンが失踪した当時、彼女からの電話を受けた人物がいた場所だ。

それぞれの円の真ん中に、ひとつ残らず行ってやる。間違いない。そこには、おまえが上がってくる道、下りていく道があるはずだ。

最後の書類は、民間防衛団体が所有する極秘扱いの登録簿のコピー。フリードヘム広場付近で、マスターキーを金属の容器に入れて鍵をかけ、共同玄関脇の壁に埋めこんでいる建物、十四軒のリストだ。

さっき病院の作業場に行った。おまえが拝借してる設備を見た。間違いない。もうすぐ、またおまえの指紋が見つかるだろう。おまえの行動範囲は限られてる。おまえが把握してる世界だ。その世界を、俺ももうすぐ把握してやる。

重く大きな雪片が宙を舞い、風は強くなる一方だが、エーヴェルトは気づかなかった。正しい方向に向かっているのが、近づいているのがわかる。一時間ほど歩けば目的は果たせるだろう。

おまえはそこにいる。

いい、おまえたちはそこにいる。

スヴェン・スンドクヴィストは早朝から開いているホーン通りの喫茶店のそばに駐車し、チーズサンドイッチふたつと紅茶を頼んで、八時になるのを待った。

あのあと、教会の狭い墓地をしばらく散歩した。シルヴィのファイルに記された、家を持たない三十三人の少女たちのことが、頭の中で渦巻いていた。あれから一時間、早い朝食をとっている人々に囲まれた彼は、いまも頭を蝕《むしば》む不快感をなんとか振り払おうとしている。

教会執事のシルヴィは、彼をすっかり見透かした。〝もっとご存じなんじゃありませんか？〟。彼女の言ったとおりだ。〝すでに名前もわかっていて、その人についての情報が欲しいのでは？〟。そのとおり、ある少女を探している。いまのところはまだ、生命のない名前でしかない少女を。

冷めた紅茶と、縁から真ん中のほうまでパサパサに乾いたパンを残して店を出ると、車でローセンルンド通りを走ってリング通りに出た。それから狭い裏道に入り、エリックスダール基礎学校の校庭へ。つま先のすぐそばを駆け抜ける子どもたち、宙を舞う雪玉、アスファルト敷きの校庭の隅に張った波打つ氷を叩くホッケーのスティック。最近は学校を訪れることなどめったにない。自宅のあるグスタフスベリですら。ヨーナスがいやがるのだ。ここのところ急に、親といっしょにいるところを見られるのを恥ずかしがるようになった。息子の姿を思い浮かべる。毛糸の帽子を目深にかぶり、外の寒さと内側にみなぎるエネルギーで頬を紅潮させている。ちょうどいまごろ、息子もこんなふうに、雪と氷に覆《おお》われた校庭を走りまわっていることだろう。始業ベルが鳴るまで。

中に入るなり、廊下のにおいで自分の学校時代を思い出した。教室の外、廊下に設けられた木製のフックに、湿った服が何着も重なって掛かっている。重なったセーターの層に閉じこめられた汗。はるか昔のことのようにも、つい最近のことのようにも思えた。

教室に子どもはいなかったが、スヴェンよりやや年上らしい女性が教壇で待っていた。ドアの枠をノックすると、女性は顔を上げたがなにも言わず、合図で彼を招き入れると、生徒用の机から椅子を一脚引き寄せた。

「ストックホルム市警のスヴェン・スンドクヴィストです」

女性は目の前に積んである書類をそわそわと動かしている。

「ヤニケのことでご質問があるとか」

「はい」

「見つかったんですか？」

「いいえ。残念ながら」

「もう二年半も前から行方不明です。なんの理由もなくいらしたわけではありませんよね」

かなり広い教室だ。スヴェン・スンドクヴィストは壁に飾られたものをひととおり眺めた。世界のエネルギー資源に関するグループワークの絵、ボーンホルム島への修学旅行の写真。小学校高学年のクラスが集う、整然とした教室だ。幼く見られたくはないが、大人になるにはまだ遠い子どもたちの居場所。

「子どもたちが来るまでに、時間はどのくらいありますか？」

「今日の始業は九時です」

事件から長い時間が経ったあとに質問することの威力を、スヴェンはよくわかっている。

人を真っ二つに引き裂くのだ。偽りの希望にすがりつく人もいれば、最終的な死亡の知らせを聞いて安堵《あんど》したがる人もいる。

「あなたが捜査の役に立つかもしれないことをご存じだと、校長先生からうかがいました」

この女性は、知りたがっている。生きているのか、死んでいるのか。だが、どうやらこの刑事は答えてくれないらしい、といま理解した。

「それはどうでしょう。でも、どんな子だったかはお話しできます。そういうことをお聞きになりたいんですよね」

エネルギー資源の絵と修学旅行の写真のあいだ、壁に沿って置いてある戸棚を開ける。本、書類、ファイルが大量に入っている。彼女はそのうちのひとつを取り出した。

ホチキスで留められた、Ａ３大の新聞。

「わかったときにはもう手遅れっていうこと、よくありますよね」

ざらついた紙の束を、生徒の机の上に置く。

「新聞を作ろうという課題です。五年生でやるんですよ。少なくとも、うちの学校では」

スヴェン・スンドクヴィストは、十二歳の子どもたちが張り切って作った新聞、見知らぬ子どもたちの名前の入ったその新聞を、ぱらぱらめくった。そういえばヨーナスの担任も、似たような課題の話をしていた。最近の学校ではそういうのが多いらしい。現実に即した課題。自分が通っていたころのような、暗記重視の教育より、はるかに理にかなっているように思える。

「ヤニケは文句なしの優等生でした。成績がよくて、協調性があって。聞き分けがよくて。なんというか……ある意味、目につくことをしない、手のかからない子でした」

スヴェンはヤニケの書いた記事を探した。

「見つかりませんか？」

もう一度、紙の束をめくる。

「そうなんですよ。あの子、記事を書かなかったんです。お見せしたかったのはそこです」

このときが初めてだった。目につくことをしない子が、目につくことをした。記事を書きあげるのが面倒だと言い、やってみようともしなかった。以来、何度も同じことが繰り返された。なにもしようとしない姿が目につくようになった。

「当時は私、なにも知りませんでした。お母さんがお父さんのことを告発するまで」

教師は紙の束を引き寄せた。

「あとから振り返ってみれば、なにもかも一目瞭然だったんですが」

紙の束をそっと棚の中央に戻す。教師は、とっくの昔に彼女のもとを離れていった生徒たちの思い出の詰まった戸棚を閉めた。

「親御《おやご》さんはどんな方でした？」

教師は肩をすくめた。

「お母さんのことですか？　たぶん、お会いしたことは一度もないと思います。お父さんのほうは、初めのころはよくいらしていました。保護者会とか、三者面談とか。無口な方でしたけど……関心はあったように見えました」

「初めのころは、ですか？」

「しばらくするとお見えにならなくなりました。小学校高学年を教えはじめて、今年で七年目になりますが、親御さんが離婚なさると……たいていはお父さんのほうが姿を見せなくなります」

スヴェン・スンドクヴィストは、ふだん十二歳の生徒が座っている席を立ち、ドアを開けたまま教室を出た。だれもいない廊下を、ふたつ先の教室まで進んだところで、女性教師の声が聞こえてきた。

「ほんとうのことを言ってください。そのほうがありがたいです」

スヴェンは振り返った。

「えっ？」

「わざわざ質問しにいらした。もう二年以上経っているのに」

「ヤニケの失踪について調べているからです」

ドアは大きく開いたままで、彼女は数歩、外に出てきた。あたりを見まわしてから、続けた。

「亡くなったんでしょう。わかっています。ヤニケは亡くなったんですよね」

エーヴェルト・グレーンスは降る雪に向かって微笑んだ。

マリエベリ通りにある赤いレンガ造りの賃貸住宅、その共同玄関の前に立ち、ストックホルムのどこかへ出勤していく住人ふたりに会釈をした。玄関の左側の壁にある丸い穴を調べる。いま、おまえに近づいている。直径は五センチほど、壁に埋めこまれた金属容器の錠が見える。おまえたちに近づいている。フリードヘム広場の周辺にある十四軒の建物、その一軒目の共同玄関。事故や火事、戦争などの有事にそなえてマスターキーを保管してある場所のひとつだ。

民間防衛団体の地図を片手に、エーヴェルトは容器の鍵を開け、黒ずんだ金属筒に指を突っこんで中を探った。鍵がふたつ。聞いたとおりだ。エーヴェルトはそれらを取り出し、手に握ってから、元の場所に戻した。

次はアルベータル通りの古く美しい建物で、時代を感じさせる装飾が外壁に施されている。が、共同玄関の左側の壁、ちょうど扉の半ばあたりに、空っぽの丸い穴があいていた。

鍵を保管する容器のない穴。

まだ二軒しか訪れていない。それだけで、すでに予想どおりの空洞が見つかった。

これがおまえのやり口だ。おまえはそうやって生き延びてる。

エーヴェルトは玄関に近づくと、ビニール手袋をはめた手で、外階段のいちばん上に落ちている、砕かれて粉々《こなごな》になった漆喰《しっくい》に触れた。それから、こじ開けられた穴のまわりに、なにかで嚙《か》んだような小さな跡があることに気づいた。おそらくパイプレンチだろう。

ここに来たのは、つい最近か。

二カ所に電話をかける。まず、ニルス・クランツへ。病院の地下通路の調べを終えたら、ここに来てさらに指紋を採取してほしいと伝えた。次いで、県警の指令センターへ。殺人事件の捜査に関連する犯罪現場がひとつ増えた、パトロール隊を派遣して封鎖してほしい、と指示した。

あたりが明るくなっていく。短い冬の日の始まりとともに、エーヴェルトは地図に載っている鍵の保管場所、さらに六カ所を訪れた。なんの変哲もない共同玄関のようすを確かめ、住人たちの訝《いぶか》しげな視線は無視した。壁に埋めこまれた金属筒のうち、四つは無傷のままだった。一カ所は空《から》だったが、最近のことではなさそうだ。だが、残る一カ所には、つい最近こじ開けられた跡があった。外壁の大きなかけらが、地面にも、外階段のすべての段にも落ちていた。

エーヴェルトは、さきほど病院の作業場でクランツに見せられたジャッキと圧縮機を思い出した。

ここの金属筒は、あれで吹き飛ばされたわけだ。

手際がいいな。少なくとも二カ所か。一晩で。

ストックホルムの真ん中で長年刑事をやってきたエーヴェルト・グレーンスは、王宮のマスターキーを手に入れたとんでもない連中を追いかけたこともあれば、殺し屋が鍵を持っていて、死体をどこかに埋めるのではなく病院の遺体安置室に直接置いていったケースに遭遇したこともある。そういう連中もまた、公《おおやけ》の建物の鍵を入れておく、見張りのいない保管所から鍵を盗んでいた。そうしてほんの束の間、鍵のもたらす権力をほしいままにしていた。

だが、全体像を把握しているやつは、ひとりもいなかった。

その地区での保管方法が、実はストックホルム全体に、スウェーデン全国に共通していることなど、彼らには知る由《よし》もなかったのだ。それがわかれば、真の権力が手に入る。鍵のかかったドアを十ヵ所ほど開けて、電力網や通信網の中継点のそばに爆弾をうまく仕掛けてやれば、理屈のうえではこの国そのものを沈めることもできる。だが、彼らはそのことを知らなかった。

この男も、そこまでは知らないだろう。

エーヴェルトはそう確信している。

ほかの連中と同じだ。ちっぽけなコソ泥が、近所に保管されていた鍵をいくつか、たまたま手に入れただけのこと。その地区での権力を鍵束に収めて、生き延びるだけで満足している。

地図に描かれた円の真ん中に立っていたのは、おまえだ。

ヤニケがいなくなった当時、あの子からの電話を受けていたのは、おまえだ。

エーヴェルトはもう微笑んでいない。笑っている。そばを通りかかった人がふたり、振り返ってやれやれとかぶりを振るほどの大声で。身をかがめ、積もったばかりの雪で大きな球を作り、宙に投げ上げることまでした。

リズ・ペーデシェンをずたずたに切り裂いた男は、この下にいる。

そこで暮らしているのだ。この十五メートル、二十メートル下で。

エーヴェルトはまた笑い声をあげ、雪玉をもうひとつ、遠くのほうへ投げ飛ばした。共同玄関の指紋の件でまたクランツに電話をかけ、パトロール隊を現場に派遣する件でまた県警の指令センターに電話をかけた。それからクロノベリ地区に向かって歩きはじめた。穴をあけられた賃貸住宅の壁はもう見なくていい。ここで突き止めようと思ったことはこれで突き止められた。

ヤニケが生きているとしたら。

ほんとうに生きているとしたら、彼女が暮らしているのは、地下だ。失踪事件を捜査していた連中の真下。警察本部のある界隈《かいわい》のアスファルトの下で、二年半以上。

俺はこれから、おまえのもとへ下りていく。

おまえたちのもとへ。

おまえたちが安全だと思ってる世界に入ってやる。

女性教師の声が、がらんとした廊下で、木のフックに掛かった雪まみれの上着のあいだに響きわたった。

〝亡くなったんでしょう。わかっています〟

自分の質問のせいで、忘れ去られていた傷口がまた開いてしまった。そんな思いを、スヴェン・スンドクヴィストはなんとか振り払おうとした。滑りやすい校庭を通って、隣の建物へ。さっきよりも少し大きい建物、もっと年上の生徒たちが通う校舎だ。好奇心にかられて、開いた教室のドアから授業のようすをのぞいてみると、十五歳の少年少女がノートを机に置き、ペンを手にしているのが見えて、昔とは違うな、と思った。いいことだ。自分が中学生だったころ、教室のドアはいつも閉まっていた記憶がある。教師は授業を品定めされるのをいやがり、絶対に中を見られないようにしていた。

職員室で出されたのは、いれてから少々時間の経ちすぎた濃いコーヒーで、スヴェンはそれを飲みつつ、ジーンズにジャケット姿の若い男性教師の話に耳を傾けた。ヤニケ・ペーデシェンがいなくなった当時、彼女のクラスの担任だったという。その前に彼女を担当した教師の言う、目立たない優等生、というヤニケ像に、彼はいささかも賛同せず、そんなヤニケは見たことがない、と言った。

彼が出会ったのは、まったく別の子どもだった。七年生になって彼のクラスに来たときにはもう反抗的な態度で、ずっと年上の教師である彼をも性的に挑発するような真似をした。その当時は、まだ年若い娘が、危なくないとわかっている人間を相手に性への興味をぶつけてみているだけだろう、と解釈していた。女の子が男性歌手に惹《ひ》かれて部屋にポスターを貼っているのと同じだ。距離のあるセクシュアリティー。身体的に触れ合う必要はなく、自分からなにか与える必要もない。

スヴェン・スンドクヴィストは耳を傾け、茶革のソファーに背をあずけた。屋内での喫煙が許されていた時代のにおいが、まだ残っている。一瞬、また子ども時代に戻っていた。いま訪れているのは、自分からすすんで行くことなどけっしてなかった場所だ。権力を握っている大人の世界。ここに――職員室に呼ばれると、いつも居心地が悪かった。

ジーンズにジャケット姿の教師はコーヒーのお代わりをすすめ、スヴェンの隣に腰を下ろした。動揺しているのが見てとれる。何年も経ってからやってきた刑事の質問は、またもや突き刺さり、痛みをもたらした。教師は長い時間をかけて、あるひとりの生徒について話をする。手のかかる生徒だった。無断欠席が続くようになり、また校庭や廊下で、一度は授業中に、複数の成人男性と関係を持ったことをおおっぴらに話すようにもなって、彼はかなりの労力を奪われた。穴をあけた網タイツにミニスカートという姿で、助けを求めて叫んでいたのに、結局助けてやれなかった。

終わりのほうになると、その生徒のようすが変わった。

失踪する直前。

教師は立ち上がり、広い職員室に自分たちしかいないことを確かめた。

急に、におうようになったのだ。

体も髪も洗っていない、汚れた姿で学校に現われた。

ほんの数週間で、男の興味を惹《ひ》きたがる少女から、他人をいっさい寄せつけない少女に変わってしまった。

結局心を許してはもらえなかったが、それでもだれより記憶に残っている女生徒について、思うところを話してくれた教師に、スヴェン・スンドクヴィストは礼を言い、職員室を出てドアを閉めた。校庭は閑散としていた。車に向かって歩きつつ、この同じ校庭をかつて歩いていた子どもに思いを馳《は》せた。自分を見てほしくて必死だったのに、だれにも見てもらえず、逃げてしまった少女。それでもなお、だれも彼女を探さなかった。それから二年半後のある朝、急に注目されることになったのも、だれかが彼女に関心を寄せたからではなく、ただ殺人事件の捜査で名前が浮上したからなのだ。スヴェンは咳払いをした。自分が、警察が、社会が、どんな力に駆り立てられているかを考えて、ごくりと唾《つば》をのみこむ。それから、恥のしこりをのみこんだ。

死人の家を歩きまわるのは奇妙なものだ。

ここの住人は、ワイングラスを洗って流し台に置き、寝室の真ん中にでかでかと鎮座している幅の広いベッドを整え、帽子棚からふたつ下がっているハンガーの片方に青い冬用ジャケットを掛け、洗濯かごに洗濯物を入れて、ごわごわしたビニールのシャワーカーテンの陰に隠した。それが最後になるなんて夢にも思わず、朝、家を出て玄関の扉を閉めた。

エーヴェルト・グレーンスは、リズ・ペーデシェンと話をしたことがない。生きている彼女に会ったことすらない。

それなのに、いま、彼女の家の玄関に立っている。

もう何年もここでは暮らしていない、彼女の娘を探すために。

セーデルマルム島西部にある美しいアパートだ。交通量の多い幹線道路にも、タントルンデン公園の芝生や市民菜園にも近い。エーヴェルトはフリードヘム広場から車を走らせてきた。あの界隈《かいわい》では、娘がすぐそばにいることを示す共同玄関をいくつも訪れた。そしていま、さらに娘に近づいた気がして、エーヴェルトは笑みを浮かべた。人を殺したにちがいない男のところへは、あと数時間もあればたどり着ける。

俺はこれから、おまえのもとへ下りていく。殺人犯のもとへ。おまえたちの世界へ。

広さは八十平米ぐらいだろう、とエーヴェルトは推測した。とはいえ、推測する必要はとくになかった。娘の部屋だけ見られればじゅうぶんだ。もう二年以上も主《あるじ》のいない部屋。それでも十四歳の少女の部屋であることに変わりはなく、おそらく行方不明になった当時からそのままになっているだろう。

中に入ると、明るい色の分厚いカーペットの上にしばしたたずんだ。ベッドの上には大きな枕がいくつもあり、ぬいぐるみが二列ずらりと並んでいる。机の上のパソコンは、もう最新型ではなさそうだ。ドレッサーの上に掛かった、金縁の細長い鏡。暗い色のカーテンが窓を包みこみ、雪で白くなった裏庭の眺めを隠している。少女はこの部屋の温もりに満ちた現実を離れ、エーヴェルトの推測が正しければ、暗いトンネルで生き延びるという大人の闘いを長いあいだ続けている。この部屋は当時のまま、いなくなった人をずっと待っている。周囲よりも速く歳を重ねている人。ここに戻ってきて暮らすことは二度とないだろう。この世界はもう、過去にしかなりえない。

おまえには逃げ場がない。ここにすら逃げてこられない。

エーヴェルトはドレッサーに向かうと、ビニール手袋をはめた指先で、まず一部が細かい皮膚片で覆《おお》われた爪やすりを、次いで少女の長い褐色の髪が何本か抜けて絡《から》まっているブラシをつまみ上げた。

机に向かい、パソコンのキーボードを本体からはずす。

完璧に整ったベッドの寝具をはぐと、ヘッドボードと壁紙のあいだに、洗っていない下着がはさまっていた。

見つけたものを、それぞれビニール袋にそっと入れる。

おまえの母親の死体に、唾液《だえき》がついていた。

エーヴェルト・グレーンスは、かつてひとりの少女の全世界だった空間を離れ、なんの変哲もないようでありながら、すでに生命の欠けているアパート内を、ひと部屋ずつ見てまわった。

キスの跡だ。

排水トラップが乾いて悪臭が漂うのを遅らせるため、トイレの水を流し、シャワーブースの床の排水口に水をかけた。昼のあいだに解凍して夕食に使うつもりだったのだろう、肉汁に浸った状態で流し台に置いてあったひき肉を処分した。窓六カ所に置いてある植木に水をやった。いずれにせよ、あと数日もすれば萎《しお》れはじめるだろうが。

おまえのキスの跡だ。

リズ・ペーデシェンのアパートの暗い窓のひとつが、バックミラーの中で徐々に小さくなっていくのが見える。まだ昼前で、車の列はリング通りをぎくしゃくと進んでいる。ホーン通りとの交差点で、エーヴェルトはうんざりして直進すると、ルンダ通りとへーガリード通りを走り、自転車に乗った人たちのすぐそばを通って彼らを苛立たせ、数分の節約にとバス専用車線を走ってロングホルム通りに出た。

「グレーンス警部ですか?」

「具合はどうだ?」

ヴェステル橋の頂点にさしかかったところで、携帯電話の呼び出し音が、ソフィアヘメット病院の廊下のどこかにいる看護師に届いた。

「変わっていません」

「変わってない?」

「一時間前と同じです」

電話を切ろうとしたところで、看護師がまた口を開いた。苦しげな声だ。

「グレーンス警部」

「なんだ」

「昨晩ここにいらしてから、一時間に一回は電話をくださっていますね。十三時間で十三回です。なにか変化があったらお知らせすると約束したのに」

「それがなにか?」

「グレーンス警部、心配なのはわかります。ですが、こんなふうに電話をかけていらっしゃるのは……主にあなた自身のためでしょう。それでアンニさんの容体が変わるわけではないんですよ」

クング橋は、クングスホルメン島とノルマルム地区のあいだに伸ばされた白い腕のようだった。硬く個性に欠けるバイパス道路を、今日はやわらかな雪が包みこんでいる。エーヴェルトは七階に検察庁のあるビルの前に駐車した。何台か先に、オーゲスタムの角張ったSUVが見えた。成金連中の乗る車だ。

オーゲスタムは職場にいる。期待どおりだった。

エレベーターの中は全面鏡張りで、エーヴェルトは自分を凝視している人物を見てぎょっとした。もうすぐ六十になる男。あまりにも重々しく、あまりにも灰色で、長らく休んでいない顔をしている。七階に着くまでの一分弱のあいだ、彼はひとりきりで、気にかける相手は自分しかいなかった。それが耐えがたかった。孤独を招き入れる余裕はない。怒鳴って追い払い、振り払うが、それでも近寄ってきて、彼は携帯電話を出さずにいられなくなった。だれかに電話をかけなければ。自分ではない、だれかに。まずアンニのいるソフィアヘメット病院の番号を押したが、さっきの看護師の声が頭に浮かんで、呼び出し音が鳴りだす前に電話を切った。代わりにヘルマンソンにかけてみた。喫茶店のジュークボックスのそばで朝食をとって以来、いっさい言葉を交わしていない。そんな時間はなかったからだ。いや、彼女を信頼しているからだろうか。うち捨てられた四十三人の子どもたちについて、だれと比べても遜色《そんしょく》のない捜査をやってくれるだろうと、心のどこかでわかっているから。あの若さで、あの賢明さだ。警部補になってまだ一年、そもそも警察官になったのが五年前。自分が一人前の刑事になるにはもっと時間がかかったのに。ヘルマンソンは電話に出ず、エーヴェルトは留守番電話にメッセージを残せなかった。苦手なのだ。心の準備をしたうえでもう一度電話をかけ、これを聞いたら連絡してほしい、とぎこちないメッセージを残した。

「疲れていらっしゃるみたいですね」

若き次席検察官は、首都を一望できるオフィスで、つやつや輝く机に向かって座り、大人びた親身な態度を見せようとしている。

「甘ったれたことを言ってる暇はない」

「スンドクヴィストさんから聞きました。いま、プライベートのほうで……ちょっと大変らしいですね」

エーヴェルトはこのスーツ姿の検察官を心底嫌っている。初対面のときからそうで、気持ちを隠そうとしたこともない。

「おまえには関係ない」

「どんな具合……」

「いまは仕事中だ。仕事の話がしたい。それともなんだ、俺の話を聞く時間はないか?」

ラーシュ・オーゲスタムはため息をついた。こんなことをしても無駄なのだと、毎回忘れては思い出させられている気がする。自分は人間で、人間は会話をするものだから、グレーンスとも会話を試みてしまうのだが、そうしようとした瞬間にかならず気づくのだ。グレーンスが相手では無理だ、と。

「コーヒーでも？」

「おまえとふたりきりで飲むのはごめんだ」

オーゲスタムは一度、二度とため息をつき、ストップの合図のように片手を上げてみせた。もういい、あきらめた。

「聞きましょう」

エーヴェルト・グレーンスはオーゲスタムが引き寄せた椅子を無視した。

「下りようと思う」

「下りる？」

「地下のトンネル網に」

「いったいどういう……」

「警察本部のそばの入口から下りる。特殊部隊を連れて。今日だ」

「特殊部隊ですか？　トンネル部隊があるでしょう。そういうのを専門にしている部隊です」

「これから下りていくトンネルには線路もホームもない。真っ暗闇で狭い未踏の地だ。特殊部隊がいい」

ラーシュ・オーゲスタムは笑みを浮かべた。

「で、グレーンスさん、だれがそんな許可を出すと思います？」

「特殊部隊だ。下りるのは今日。八十人は連れていきたい」

その笑みは、嘲《あざけ》りを感じさせる笑いに変わっている。

「八十人しかいませんよ。全部で」

「そのとおりだ。全員連れていく。非番だろうとなんだろうと、残業の上限を超えていようといなかろうと」

若き検察官はかぶりを振った。また笑っている。

「言っておきますがね、グレーンスさん、そんな許可は僕でも出せません。県警本部長レベルの話です」

エーヴェルト・グレーンスの机の上には、進行中の捜査、三十二件分の資料があった。ほんの数時間のあいだに、三十三件目と三十四件目が転がりこんできた。子どもがゴミのように捨てられ、病院の地下通路のストレッチャーに寝かされた女の死体が見つかった。

「オーゲスタム、ふざけるな、時間がない！」

それですでに切羽詰《せっぱつ》まっていたところ、信頼しているたったひとりの人間が急にいなくなりかけた。彼女の手を握った。握りつぶしてしまいそうなほどの力で。

「もうわかってるんだ、女を殺した犯人は地下にいる！」

ふつうの状況であっても、怒りをコントロールするのは得意ではない。

「その女の娘、二年以上行方不明になってる娘も地下にいる！」

だが、いまこうして怒鳴り、次席検察官のオフィスの壁をガンガン叩いていると、その激しい怒りがわれながら怖くなった。人工呼吸器をつけられた意識不明のアンニの姿と、顔に大きな穴のあいたリズ・ペーデシェンの姿が、がらんとした空《から》っぽの自宅、警察本部のソファーでひとり過ごす夜と混じり合い、目眩《めまい》が襲ってくる。ひざがくりと折れ、奇妙な熱が押し寄せてきて汗となり、背中を流れていくのを感じた。

さっき無視した椅子に腰掛け、世界がぐるぐるまわらなくなるのを、両腕の感覚が戻ってくるのを待った。

「もうわかってる、とおっしゃいましたね」

ごくりと唾《つば》をのみこむ。

「俺にはわかってる」

エーヴェルト・グレーンスは一連の状況証拠を提示してみせた。どれもまっすぐに地下を指し示している。女の死体と、空き巣に入られた公《おおやけ》の建物七軒で、同じ男の指紋が見つかった。さらに今朝《けさ》、あの界隈《かいわい》にある共同玄関二カ所、マスターキーの保管容器が空《から》にされた現場でも、同じ指紋が見つかっている。

「しかもだ、オーゲスタム、フリードヘム広場周辺の地下トンネルに下りていくマンホールのステップでも、同じ指紋が見つかってるんだ。アスファルトの道路の真ん中によくある鉄の蓋《ふた》の下だ」

目眩となった恐怖は、もう消えている。

「つまり、犯人は俺たちの真下にいる!」

また立ち上がることができた。

「いまも警察本部の下にいるんだ。ちくしょう、オーゲスタム、警察本部の真下だぞ!」

オフィスの中を歩きまわる。室内はグレーンスでいっぱいだ。その巨体が、家具のない空間を余すところなく満たす。オーゲスタムはやがて観念して椅子にもたれ、荒ぶるエネルギーが尽きて弱まるまで自由にさせてやった。

「気が済みましたか?」

グレーンスはまだ歩きまわっている。行くあてもなく、対話をしようともせず。

「昨夜は夜中の二時半に、僕に電話をかけてきた。六時半には聖ヨーラン病院にいて、また現場検証に立ち会っていた。そろそろ正午をまわるいま、あなたは殺された女性のアパートを調べてきたところだという。グレーンスさん……最後に眠ったのはいつですか?」

「おまえの知ったことじゃない」

「そのうえ、あなたにはいまプライベートでの心配事も……」

「おまえには関係のないことだとはっきり言ったはずだが」

ラーシュ・オーゲスタムは机の上に両手を置くと、頬杖をついて、じっとしていることのできない男を見つめた。

「グレーンスさん、あなたはバランスを欠いている。寝なきゃだめですよ。寝てください。そのあいだに、どうすれば許可を出せるか調べておきますから」

肩から首筋まで、かつて髪の生えぎわがあったあたりまで痛かった。ソファーの若干高すぎるひじ置きからそっと頭を下ろし、いつものように縁から転がって床に下りれば、疼痛《とうつう》は弱まる。背中の下のほうまで、逆に頭のてっぺんや額まで、ピリッと痛みが走るなどということは避けられる。

エーヴェルト・グレーンスには眠るつもりなど毛頭なかった。そんな暇はなかったし、しかも寝ろと言ってきたのはラーシュ・オーゲスタムだ。が、検察庁をあとにして、警察本部の自分のオフィスにたどり着いたとたん、机の上の電話が鳴り、応答せずにいると今度は上着の内ポケットに入っている携帯電話が鳴りだした。それにも応答せずにいると、机の上の固定電話がまた鳴りはじめて、力なく受話器を上げてみると、覚えのある声が聞こえてきた。

ソフィアヘメット病院の看護師だった。

「アンニさんの容体が少し変わりました」

エーヴェルトは口を開かなかった。微動だにしなかった。

「快方へ向かっています」

アンニが丸一日ぶりに自力で呼吸をしたのだという。呼吸器ははずされた。投与された大量の抗生物質が効いて、彼女を蝕《むしば》む細菌は早くも分解されつつあった。

とくにうれしいとは思わなかった。思うべきだったのだろうが。感じたのはすさまじい疲れだけで、彼はのろのろとソファーへ向かい、擦《す》り切れたコーデュロイの上に寝転がった。体は丸まり、ひじ置きの上で首が妙な角度に曲がった状態で、そのままなにも考えられずに眠りに落ちた。

「電話くださいましたよね」

このせいで目が覚めたのだ。声。ヘルマンソンが部屋の入口に立っている。

「留守電のメッセージ、聞きました。寝てらしたの気づかなくて。あとでまた……」

「寝てない」

床に転げ落ちていたエーヴェルトは、ひざ立ちになってソファーの縁に両手をつき、重い体を支えて立ち上がった。ヘルマンソンはその疲弊《ひへい》した目を見つめ、夜中のやりとりを、エーヴェルトが心のうちを打ち明けてくれたことを思い出した。

「容体はどうですか？」

「だれの？」

「アンニさん」

「おまえもか？　おまえには関係のないことだ」

夜中、この男は喫茶店で踊っていた。夜が明ける前、ジュークボックスとビュッフェテーブルにはさまれた狭い空間で、彼女を立ち上がらせ、踊った。白いコットンシャツの上に、このコーデュロイソファーと同じくらい古びた茶革のホルスターを身につけていた。

「電話したのは、進捗《しんちょく》状況が聞きたかったからだ。あの子どもたちの件。おまえの捜査の現状」

彼女も昨晩は一睡もしていない。午前中、クングスホルメン島西部にある自宅アパートに戻って、しばらく眠ろうとはしてみた。体は休息を求めて叫んでいるのがわかったが、頭のほうは、ヴィークシェーの里親家庭を訪ねたときのこと、キッチンの床で子どもが痙攣《けいれん》して終わった夕食のことを、どうしても手放そうとしなかった。

「あの子たちはもうぼろぼろです。やることも、示す反応も、年寄りの麻薬常用者と変わりません」

子どもたちが、用意の整った食卓に向かうのにもおびえていたこと、痙攣の発作を起こしたこと、互いのそういう発作を見るのに慣れきっているようだったことを話した。

「俺は疲れてるんだ、さっさと本題に入ってくれると助かるんだが」

「これが本題です」

彼女はエーヴェルトとは違う。なにも感じていないふりなどできない。行く手に立ちはだかるものを吐露してからでなければ、先に進めない。

「おまえの感想はべつに聞きたくない。捜査の進捗状況が知りたい」

「私は警部に聞いてほしいんです。ちゃんと本題に入りますから」

この人のことが好きだとは思わない。怖いとも思わない。昨晩感じたことがよみがえる。かわいそうな人だ、と思う。

「男の子は十二歳で、床に倒れてタオルを嚙《か》みしめてました。でも……その子だけじゃないんです」

マリアナ・ヘルマンソンは報告を続けた。自分の視点から話さなければならないと思った。彼女自身の視点。年老いた、ひどく孤独な男の視点ではなく。

その男の子だけではない。精神的にも身体的にもぼろぼろになった子どもたち、さらに四十二人が、ストックホルム近郊のあちこちの里親家庭に引き取られている。

だが、それは一時的なことでしかない。

社会福祉局が午前中に通告してきたのだ。警察が捜査を完了するまで費用を負担するつもりはない。今週中の費用は払うが、そのあとは子どもたちを全員、ルーマニアに送り返す、と。

ヘルマンソンはエーヴェルトに近づき、その疲弊した目をとらえようとした。

「ただし、警部、何条だったか忘れたけど、とにかく社会サービス法に基づいて、あの赤ん坊だけは引き取るんだそうです」

「赤ん坊？」

「ナディアの赤ちゃん」

「それ、捜査に関係あることか？」

「私には関係ありません！」

エーヴェルトはあくびをして体を伸ばした。しばらく待つようヘルマンソンに告げ、廊下に出てコーヒーマシンへ向かう。目を覚まさなければ。カップが満たされるなり一杯目を飲み干し、またボタンを押して、二杯目をこぼさないように気をつけつつ部屋に戻った。

「あともう少しだと思います」

そういえば、おまえもコーヒー飲むかとは訊かれなかった、とヘルマンソンは気づいた。ということはつまり、もう不安ではないわけだ。アンニは快方に向かっているのだろう。

「なにが？」

「突破口が開けるまで」

エーヴェルトが机の縁に腰掛けるのを待ってから、彼女はスウェーデンのインターポール担当者、クレーヴィエから昨日もらった情報を伝えた。西欧にある大きな空港、アーランダ空港のほかに四カ所の長期駐車場で見つかった、ほかの四台のバスのこと。

「もう少しというと、具体的には？」

フランクフルト、ローマ、オスロ、コペンハーゲンで捨てられた子どもたちのこと。各地の捜査担当者がなぜか協力したがらず、クレーヴィエや彼女が問い合わせても奇妙な沈黙しか返ってこないこと。

「午前中、ドイツの連邦刑事庁から電話がありました。警部だったと思います」

「名前は？」

「バウアー」

「知らんな」

「私と――私たちと話がしたいと言っていました。でも、電話ではだめだ、と。デリケートな話だから」

「それで？」

「今夜にはもう、ヴィースバーデンから飛行機でいらっしゃるそうです」

長さの足りないソファーで、三時間。

首はいまだに痛むが、それでもエーヴェルトは妙なほどに、ぐっすり眠れた、と感じていた。

アンニは自力で呼吸をしている、ヘルマンソンは期待どおり、捜査をしっかり掌握して進めている。そして彼自身は、リズ・ペーデシェンを殺した男の居場所を確信している。

開いたドアをノックする音がした。

「寝起きですか」

オーゲスタムだ。

「いいことです、グレーンスさん」

「いいことだと？」

「僕の言うとおりにしたんでしょう」

エーヴェルト・グレーンスは苛立ってかぶりを振った。

「許可状を渡しに来ました。フリードヘム広場あたりの地下トンネル網に下りる許可です」

ラーシュ・オーゲスタムが部屋に入ってくる。白い紙を手に持っていて、彼はそれを机に置いた。

「グレーンスさん、ご自分がなにをしているか、ちゃんとわかっていますよね」

エーヴェルトは答えなかった。カセットの置いてある棚へ移動し、オーゲスタムが出ていくまでそこに立っていた。初期の曲の入ったカセットを探り、モノスピーカーに合わせて鼻歌を歌いつつ、ほんの数分のあいだに短い電話を三本かけた。

「あ、起きたのか」

エーヴェルトはため息をついた。

「なんなんだ、みんなしてまわりをうろつきやがって。しかもうるさい」

「二度通りかかって、ノックもしたんだけど」

「寝転がって考えごとしてたんだよ。悪いか？」

スヴェン・スンドクヴィストは微笑みながら室内に入った。ラーシュ・オーゲスタムがエーヴェルトに寝ろと言ったのを知っていたから、エーヴェルトが寝ていないと言い張るのは予測していた。

「なにか用か？」

スヴェンはさっきまでベッドだったソファーに腰を下ろした。

「ぐっすり寝ていたよ。子どもみたいに」

音楽を——シーヴ・マルムクヴィストの声をクッションにして背をあずけ、ふたりは向かい合わせに座ったまま耳を傾けた。エーヴェルトが、なんとも……力強く見える。頭に残っている乏しい髪には寝癖がついているが、それでも纏《まと》っている空気に疲れは見えない。ついさっきまで壊れそうになっていた彼が、いまはエネルギーの塊のようだ。しっかり休んだエーヴェルト・グレーンスを見て、よかった、と安堵《あんど》するべきなのだろうが、スヴェンはそれでも不安だった。上司であり、親しい友人でもあるこの男はいま、バランスを欠いている。振れ幅が大きすぎる。近しさと遠さとの隔たりが、かつてないほどに広がっている。

「あと二時間ぐらいで下りるぞ」

「下りるって?」

「地下に行くんだよ、スヴェン。死体を引きずった男のところに。いなくなった娘のところに」

スヴェン・スンドクヴィストには、自分が感じている不安の正体がわかっていた。決定的に欠けているものがあるのだ。それがなければ、危機に陥っている人間が正しい決断を下すことはできない。

「エーヴェルト」

「なんだ」

「それはまずいよ」

「大はずれだな、スヴェン、こんないい策はほかにない」

白髪《しらが》のまじったぼさぼさ髪は、昔こそ豊かだったものの、いまは禿げあがった頭頂部を囲む冠のようでしかない。それを何度もがしがしとかき上げるので、よけいにぼさぼさになっている。

「いまから四十五分後、特殊部隊の全メンバー八十人を集めて作戦会議をやる。その九十分後、十七時ちょうどまでに、計二十部隊をフリードヘム広場周辺に配置する予定だ」

単調なリフレインを繰り返すカセットテープの声が、エーヴェルトの声にかき消される。

「一部隊あたり四人。南はドロットニングホルム通り、西はマリエベリ通り、北はフレミング通り、東はサンクトエーリク通り、この四つの通りに囲まれた区域にある地下への入口、すべてに部隊を配置する。トンネル網に直接つながる入口だ」

エーヴェルトは身を乗り出して、机に置いてあった紙をつかみ、ばさばさ振ってみせた。

「任務の内容は単純だ」

許可状。書式にも署名にも見覚えがある。県警本部長の署名だ。

「地下トンネル網に住みついてるやつらを追い出して、事情聴取のため連行すること」

窓の外では、すでに日が暮れかけている。

まだ昼を過ぎて数時間なのに、暗闇があたりを侵食している。

一月という月には、美しさのかけらもない。スヴェンは昔からそう思っている。

「エーヴェルト、それでうまくいくとは思えない」

「ほう」

「そういうやり方で踏みこむのはよくないよ」

「おまえがそういう意見なのはわかった」

話が通じない。

「エーヴェルト、僕が今日、地下で暮らす人たちについて教えてもらったことを踏まえて考えると、きみのやり方は絶対に間違っていると断言できる。聞いているか？　武装警官が突入したりしたら、みんな心を閉ざしてしまう」

なにを言っても無駄だと、スヴェン・スンドクヴィストにはもうわかっている。

「証言が要るのに、こんなやり方じゃ……エーヴェルト、きみも知っているだろう……恐怖におびえた人からはなにも聞き出せない」

それでも、言いつづけるしかない。自分の意見をぶつけるしかない。なにはともあれ、自分自身のために。

「それに……考えてもみてくれ、特殊部隊だろうとなんだろうと、八十人の命を危険にさらすことになるんだぞ。ろくな準備もせずに、まったく未知の世界へ彼らを下ろすなんて」

エーヴェルト・グレーンスはそわそわと室内を歩きまわっていた。

「スヴェン、おまえの言い分はわかった」

だが、急にあわただしく部屋を出ていった。

「だが、それでも俺たちは下りる」

レオは中腰になって暗闇の中を走った。その両脚と、丸々と太った大きなネズミのあいだを、ヘッドランプの光がさまよう。あれを追いかけて、集めるのだ。大きなネズミだけ。こういう精神状態のときには、尻尾《しっぽ》だけで五十センチはあるおぞましい大ネズミでないと役に立たない。トンネルの天井に頭が擦《す》れる。彼は背が高く、ここの通路はほかより狭く天井も低い。距離が縮まった。ネズミに向かって拳をふるうと、獣は止まって後ろ足で立ち上がり、歯をむき出しにしてシャーッと唸った。耳をつんざく狂気の叫び。彼自身の狂気と同じだ。怖くはない。そのことはネズミにも間違いなく伝わっている。そういうことは伝わるものだから。追う側と追われる側、そのあいだにだけ成り立つやりとり。

不意に、ネズミが屈した。

身を縮め、沈黙し、消えた。

いつもなら絶対にないことだ。

レオはトンネルの交差点の真ん中で待った。軍用トンネル網と下水道が交わる接点のひとつ。ヘッドランプの光の中を逃げていくネズミを目で追い、理解した。

ネズミは彼よりもはるかに早く気づいたのだ。もっと大きな、ただならぬ脅威が迫っていることに。

遠くの方で、トンネルの壁に光が当たっている。

レオはその場でじっと待った。

光が近づいてくる。

だれかほかのやつらだろうか、と初めは思った。ミッレルか、それとも、あの十一人の女たちのひとりか。ときどきこのあたりをうろついて、レオが長いこと独り占めしてきた出入口を使っている。いずれにせよ鉢合わせしたくないので、次の交差点までの五十メートルほどを走った。

また、光の輪。もうひとつ。もうひとつ。

来たほうにも、これから行くほうにも、左のほうにも。光の輪があふれている。そして、人の声。明らかに興奮していて、犬の吠え声もまじっている。光は大嫌いだ。石壁に反響して増幅し、脳をつんざく大きな音も大嫌いだ。

俺の鍵を奪うつもりか。

ヤニケを俺から奪うつもりか。

レオはヘッドランプを消し、光のない唯一の通路へ駆けこんだ。足は速い。だれよりも速い。ここなら暗闇の中でも道はわかる。

エーヴェルト・グレーンスは、アルベータル通りとサンクトョーラン通りの交差点の中央に立ち、夕方のラッシュアワーにストックホルム中心部の道路をふたつふさいでいる大きな遮断桿《かん》をチェックした。

いまから数分前、特殊部隊の警官が四人、マンホールの鉄の蓋《ふた》を開けてひとりずつ穴の中へ消えていくのを見送った。紺色のツナギに白いヘルメット、小さいが強力な懐中電灯、黒いホルスターに入れた拳銃シグ・ザウアーP228。通行人が好奇心にかられて立ち止まり、指差している。薄いカーテンの陰から不安げに見守る住人たちの数も、だんだん増えている。

この足の十五メートル下にいる男が、人を殺した。もうすぐ対面することになる。

エーヴェルトは自身も下りていく準備を始めた。


スヴェン・スンドクヴィストは民間防衛団体から預かった鍵を握り、なかなか開かない錠を何度も右へ左へと回転させた。徐々にこわばりが解けていく。背後のどこかで大きな犬がクンクン鳴いているのが聞こえる。警官四人のうちふたりが待っているのが視界の端に見えた。

病院の地下通路の壁、その真ん中のドアを開ける。

昨日、女の死体がここから病院のストレッチャーまで引きずられていった。

スヴェンはドアを抜け、湿った空気を吸いこんだ。

ここはもう、地下トンネル網の中だ。

金属製の細い棒が、コンクリートの壁に固定されている。

エーヴェルト・グレーンスは一歩ずつ試してみるように足を置いた。滑りやすいし、ひとつひとつの段の間隔が広すぎる。もはややわらかさのない重い体では、道半ばで早くも腿《もも》や脛《すね》がくたびれてしまい、だんだん息がしにくくなっていった。暑苦しさが、彼を包んでいる。

湿った服と燃えた落ち葉のにおいが、わずらわしくてしかたがない。

トンネルの床に降り立ったときには両脚が震えていて、エーヴェルトはその震えをなんとか隠そうとしつつ、特殊部隊所属の若い警官から懐中電灯を受け取った。紅潮した頬に浮かぶ大粒の汗には気づかれなかったことを願った。

呼吸が整うまで待つ。

フリードヘム広場周辺のさらに十九カ所で、四人一組になった警官たちが、マンホールから、公《おおやけ》の建物のドアから、地下鉄の連絡通路から、ストックホルムの地下世界へいっせいに向かっている。探しているのは男ひとりだが、トンネル内を駆けまわって逃げようとする連中はひとり残らず追いかけ、連行する予定だ。

エーヴェルトは、一時間ほど前に行なったミーティングで指示したとおりの方向へ歩きはじめるよう、部隊に合図を送った。一歩ずつ、見知らぬ暗闇の中を探っていく。一歩ずつ、殺人犯の暮らす世界へ入っていく。急ぐ必要はない。十九カ所から同時に追いかけているのだ。

懐中電灯の明かりにも慣れてきた。

ときおりネズミが逃げていく音を聞き分けることもできた。

エーヴェルト・グレーンスは三十四年以上、ストックホルムで警察官をやっていて、地下十五メートルの深さにあるトンネル網についてはよく知っている。なんらかの形で捜査線上に浮かんでくることの多い場所だ。厄介な人物と知り合いだとか、なにか知りすぎてしまったとか、単に身を隠していたいとか、そういう連中がいつもいるから。だが、自ら乗りこむ理由ができたのは今回が初めてだ。深く考えたことはなかったが、ここにいる連中の大半は犯罪者ではなく、警察や当局に追われているわけでもない。ここで暮らしているのだ。人間が——ほんものの人間がこんなところで暮らすなんて、どう考えても間違っている。ぬるぬると湿ったトンネルの壁に手で触れてみる。みんな地上に引きずり出してやるべきだ。マンホールもドアも全部閉めて、釘で固定してしまえばいい。全員追い出して、社会福祉局に世話をさせるべきだ。

トンネルの天井がやや低くなり、幅も少し狭くなって、エーヴェルトはこわばった首を軽く前にかしげた。特殊部隊の二、三メートル後ろを歩いていると、白いヘルメットが黒い体の上に浮いたボールのように見えた。どこからか——おそらく西のほうの通路だろう、犬の吠え声が聞こえてくる。まだかすかにしか聞こえないが、一歩進むごとにその声が大きくなる。

エーヴェルトは立ち止まり、また耳をそばだてた。

犬が吠えているということは、なにかのにおいをつかんだということだ。

スヴェン・スンドクヴィストは暗闇の中、開いたドアを入ったところに長いことたたずんでいた。少しずつ目を慣らしたい。病院の地下通路の天井灯と、もっと凝縮された懐中電灯の光を、まずは混ぜてなじませたい。そう思っていた。

少なくとも、そう思っているのだと自分に言い聞かせていた。

ここから一歩も進む気になれないのだ。

オフィスではあれからさらに一時間近く、エーヴェルトを思いとどまらせようとした。論理的に説得を試み、それが効かなければ懇願し、脅しまがいのことも口にしたが、初めの印象は最後まで変わらず、やはり話しても無駄だとしか思えなかった。端的に言って、エーヴェルトは話を聞いていなかった。聞こうともしなかった。こちらがどんなに反対しようと、もうやると決めてしまっていた。

スヴェンは深々とため息をついて歩きはじめた。とはいえ、ため息は心の中だけでのことだ。特殊部隊の四人の耳に届いてはならない。自分の役目は、彼らをリードすることであって、すでに決まっていることを混ぜかえして混乱させることではない。

頭を占める迷いや抵抗感のせいだろう、完全に集中できてはいなかったので、すぐ目の前で犬が激しく吠えだしたのに虚をつかれてぎょっとなった。

「なにか嗅《か》ぎつけましたね」

もう一度、吠え声。さっきから弱まっていない。目の前を行く警察犬ハンドラーが歩幅を広げた。

「なにか聞こえるようです」

「なにが？」

「わかりません。あなたにも私にもまだ聞こえない音です」

不快きわまりない犬の吠え声、興奮状態にある人の声が聞こえた。あの子が危ない。ヘッドランプを消して走り、静かで暗い唯一の通路に駆けこんだ。音は聞かれたかもしれず、においも嗅ぎつけられたかもしれないが、少なくとも姿は見られていないはずだ。

二分後、部屋のドアを開けたときには、息がはずんでいた。

「逃げるぞ」

彼女は赤い革のひじ掛け椅子に座っていた。おびえて体をすくめている。

「ヤニケ、いますぐだ」

レオは半分ほど壊されたパレットの山へ急ぎ、重い木の台をひとつずつ引きずり出した。いまだに動かないヤニケを抱え上げて床に座らせ、革張りの椅子も引っ張り出した。焚《た》き火の炉のそばに、着火剤の半分入ったボトルが放置されていて、レオはそれをナイフで切り裂き、パレットとひじ掛け椅子に着火剤をかけた。また床からヤニケを抱え上げ、おまえも手伝えと怒鳴った。自分の足で立ってくれ、いますぐ走りださなきゃならないんだ。

犬の吠え声が近づいてきている。

追いかけてくる、いくつもの声。もう聞き分けられるほどの距離だ。

時間はないが、怖くはない。ほかの連中もみんな、あの声を聞いて同じことをしているはずだ。パレットや家具、ゴムタイヤを通路に出して、着火剤をかけている。

レオはヤニケを見た。もうぼんやりとはしていない。理解したようだ。レオは彼女の頬をそっと撫《な》でてから、部屋のドアを閉めて鍵をかけた。

マッチは三本で足りた。

がらくたの山に向かって投げ、二歩後ろに下がる。

炎はすぐに燃え上がった。貪るような激しい炎。木片を蝕《むしば》んで、大きな革張りの椅子に到達すると、煙が黒くなって床から天井まで立ちこめ、レオの来た方向へ流れていった。地下トンネル網の空気は、いつも同じ方向に流れている。

レオはヤニケの手を取り、暗闇の先を指差した。ふたりは走りはじめる。煙のない方向へ。光から、犬の吠え声から、興奮した人の声から離れて。

犬は一行の前方に広がる影の中にいて、追跡用のハーネスに固定された長いリードがぴんと張っている。ハンドラーが八メートル、いや、十メートルはリードを繰り出しているにもかかわらず。

「なにかのにおいを追っていますね」

「なんのにおいですか？」

「わかりません。この先にあるらしいってことしか」

犬の大きな吠え声にはもう慣れた。怒って吠えているのではない。張り切って興奮しているのだ。黒いシェパード犬は任務を与えられて、ハンドラーの求めどおりにしっかりとそれを遂行しようとしている。スヴェン・スンドクヴィストは汗をかいていた。ふだん着ていない制服は収まりが悪く、布がかすかな風をもさえぎって肌に貼りつくので、かゆくてしかたがない。まわりの物音に耳を傾け、走り、考えをめぐらせるが、頭は混乱するばかりで、自分自身の反応すらよくわからなくなってきた。さきほどはひとりの人間として抗議をした。あんな険しい口調で上司に楯突《たてつ》くなんてめったにないことだ。この作戦は間違っている、警察を信用していない人たちから、こんなやり方で情報が得られるわけがないし、こんなに大急ぎで未知の世界に踏みこむのも間違っている、と言った。だが、彼は同時に、ひとりの警官でもあった。犯罪者を追いかける警官。追跡はときに妙な高揚感を生む。いまもそうだ。自分にはまだわからないなにかを感じ取っている犬。この先にだれかいる、だれかが逃げている、という興奮。

そのとき、犬が急に立ち止まってぐいと頭を動かし、くしゃみをした。

「どうしたんですか？」

ハンドラーは首を横に振った。

「わかりません」

シェパード犬がまたくしゃみをする。激しいくしゃみだ。気道を刺激された人間のような。

「どうして……」

「わかりません」

それから、数秒。

スヴェンにもわかった。においだ。

次の瞬間、煙が見えた。濃い煙が、すぐそばまで迫っている。


エーヴェルト・グレーンスは、電波がもっとよく入るよう、トランシーバーを顔の前、頭の高さまで掲げて、マイクのボタンをさらに強く押した。すでに極限まで押しているにもかかわらず。

その声は険しく、喉《のど》から絞り出したかのようだ。

「スヴェン、どうぞ」

音はうまく運ばれず、言葉が切れ切れになる。

地下深く、コンクリートで固められたトンネルでは、高性能で音質のいい高周波トランシーバーなど、ほぼ無意味だった。

「スヴェン、どうぞ」

雑音がうるさい。スヴェン・スンドクヴィストの声は弱々しかった。電波がろくに届いていないせいだ。

「こちらスンドクヴィスト、どうぞ」

エーヴェルトはその場を動かなかった。いまつながっているこの通信が切れてしまうのが怖かった。

「いま俺のいるところは、煙のにおいがひどい」

「エーヴェルト、煙の……」

また雑音がして、通信が切れた。エーヴェルト・グレーンスは悪態をつき、マイクのボタンをさらに強く押した。電気通信や音波の問題だとわかってはいるが、それでも大声を出した。

「繰り返せ！」

「エーヴェルト、煙の出どころらしきものが見えた」

「俺たちはいま、並行するトンネルにいる。同じ煙のはずがない」

「ということは、火元がいくつもあるのか」


ヤニケには自分が震えているのがわかった。

トンネルの床に座って、レオがまた火をつけるのを見ている。

だが、マリエベリ通りに出るマンホールのそば、小部屋の前にいつも置いてあるマットレスふたつは、なかなか燃えなかった。代わりにどろどろ融けていって、煙はあたりを漂う壁のようになっている。鼻をつくにおい。アンモニアを吸っているみたいだ。レオがゴムタイヤを取ってきたかと思うと、また姿を消し、もうひとつ取ってきた。煙の壁がさらに厚く、さらに黒くなって、ふたりが来た方向へ流れていく。

ヤニケはコンクリートの斜面にもたれかかった。トンネルに設けられた狭い歩道のような斜面。こういうのはときどきあって、増水してもここだけは乾いている。ヤニケは怖かった。自分たちは追われているのだと、もうわかっている。走っているあいだ、犬の声も人の声も聞こえたし、ほかにもあちこちで炎が上がっているのが見えた。たくさんの人がいっせいに火をつけたのだ。いまはみんなが団結している。地下に暮らす人々が、地上からの脅威に対抗している。

初めは、躁状態のレオの妄想だろうと思っていた。幻覚、幻聴のたぐいだろう、と。でも、いまはもうわかっている。ここを出なければならない。だれから逃げているのかも、どうして逃げるのかもわからなかった。尋ねもしなかった。いまは、まだ。

エーヴェルト・グレーンスは沈黙したトランシーバーを手にたたずんでいる。

前方のトンネルを埋めつくしていく煙を見て、状況が変わったことを悟った。黒い煙は、脅威だ。危険だ。閉ざされたトンネル網の中で、炎はあっという間に酸素を使い果たす。煙が上へのぼっていけば、自分たちは身動きがとれなくなる。

すぐに逃げ場がなくなるだろう。

ヤニケは立ち上がった。

レオの作業が終わった。マットレスとゴムタイヤは融けて煙を吐き出した。彼はヤニケのほうを向いて言った——ヘッドランプをつけろ、全速力よりも速く走れ。

レオの背中を追いかけ、見たことのない通路を走る。壁はどんどん近寄ってくるし、天井は頭に向かって下がってくる。レオが足を止めたころには、ふたりともまっすぐ立てなくなっていて、ヤニケはしばらく壁のドアに気づかなかった。レオが鍵束を探る。鍵をふたつ試してみて失敗し、三つ目でやっとドアが開いた。連絡通路は見たことのない狭さで、彼女はとっさに入るのを拒んだが、レオが壁を殴りつけて怒りをあらわにするので従うことにした。四つん這《ば》いになって進んでいると、でこぼこの床でひざが擦《す》れて、彼女はレオに後ろから押されながら涙を流した。とにかく狭いのだ。幅は五十センチもないし、高さも同じくらいで、最後のほうはうつぶせになって這って進んだ。ひじから血が出て、硬い床で何度も胸を打ったが、もうなにも感じなかった。

出入口は灰色の金属製だった。ヤニケは壁に体を押しつけて小さくなり、鍵を握ったレオが隣へ這ってやってきた。

その先にあったのは、ごくふつうの部屋だった。

ヤニケは立ち上がってあたりを見まわした。ヘッドランプの明かりが壁や床をさっと照らす。

机。重ねられた椅子。なにも入っていない、埃《ほこり》まみれの本棚。

トンネル網から外に出たのだ。

スヴェン・スンドクヴィストはまだ火のついていない毛布を二枚抱えている。地面に伏せて、手の届くところにある炎をひたすら消した。ここの炎は比較的小さいほうで、火のついたパレットや段ボール箱を脇へ蹴り飛ばせば勢いは抑えられた。だが煙の勢いは激しく、すでに息をするのが難しくなりつつある。いまのスヴェンを駆り立てているのは、恐怖だ。特殊部隊の四人をちらりと見れば、それが自分だけでないことはありありとわかった。

「全部隊に告ぐ」

トランシーバーから、エーヴェルトの声が途切れ途切れに放たれる。

「全部隊に告ぐ。作戦は中止だ」

エーヴェルト・グレーンスを知らない人は、この口調を怒りと解釈するだろう。だが、スヴェンにはわかった。これは、別の形をとって表われた、同じ感情だ。

「トンネル網から撤退しろ。繰り返す。作戦を中止して、撤退しろ。ただちに」

恐怖。

エーヴェルトも。

エーヴェルト・グレーンスは地下の交差点のような場所まであとずさった。トンネルが出会い、四方に伸びている場所だ。

その四方全部から、煙が襲いかかってくる。

エーヴェルトは全力で体を床に押しつけた。胴体の下に折り曲げた脚が痛む。特殊部隊の四人は背後のどこかにいて、姿は見えないがトンネルの床を這っているのが聞こえた。

上がらなければならない。

数メートル進んだところに横道があった。五人はそこまで這っていき、たどり着くなり立ち上がった。ほんの二時間ほど前に打ちあわせた、時間のかかる安全確認手順をすべて省いて、そのまま移動を始めた。

走っていると、また煙の壁にぶつかった。

たったいま通ってきた狭い連絡通路にだれもいないと確信できるまで、数分待った。レオがすでに知っていることを、ヤニケもやがて理解した——机、椅子、本棚。ここは学校の一室だ。動くと埃《ほこり》があたりを舞い、ふたりは何度もくしゃみをしつつ、邪魔なものをどけてドアへ向かった。廊下に出ると、そこは暗かったが、それでいてはるかに明るい。ヘッドランプを消しても大丈夫だった。ふたりは遠くに見える階段へ忍び足で向かった。

レオは当然のように歩いている。何度もここに来たことがあるのだ。

ヤニケは彼の背を追った。震えはふっと一瞬で止まったように感じられた。もう安心だ。

レオは信用できる。彼のそばにいれば、いつだって身を隠せる。

ふたりは暗くがらんとした大きな建物の中を歩いて、ゆっくりと二階上に上がった。おそらく地下二階から、たぶん地上の一階へ。

レオに腕をつかまれ、そっと引っ張られる。校庭と狭い裏道が見えるふたつの窓。アスファルトからにじみ出ている煙をレオが指差した。

これじゃまるで、暗闇の中を逃げまわるネズミだ。

エーヴェルト・グレーンスは怒りと恐怖にかられ、煙の壁に向かって宙を叩く。火なんかつけやがって、そうして殺人犯をかばうつもりか。

わかっているのだ。自分たちの負けだと。数分以内に解決策を見つけなければ命が危ないと。また宙を殴ろうとしたところで、いちばん近くにいた警官が天井のくぼみに手を伸ばした。

出口だ。

頭の上に、ステップがある。コンクリートの細い円柱に固定された金属の棒。

エーヴェルトは勢いをつけ、彼の前で組まれたふたつの手に登った。いちばん下の段に手が届いて、重い体を腕力で引き上げていると、特殊部隊のふたりが下から両足をぐっと押し上げてくれた。狭い穴の中で、細く滑りやすい金属を一歩踏みしめるごとに、息が苦しくなった。こんなふうに胸が締めつけられるのは初めてだ。五、六メートル上がったところで、音が襲いかかってきた。

短い、圧縮された爆音。拳銃から発せられた音だ。

一発だけ。

警察の携行銃。

エーヴェルトは動きを止めた。戻らなければ。また下りなければ。

足を伸ばして下の段を探していると、なにかにぶつかった。見下ろしてみれば、特殊部隊のひとりが激しく咳きこみながら上がってきている。その下で、青黒い煙が風に吹かれて行き場を求めていた。

引き返すにはもう手遅れだった。

レオはまだ彼女の腕をつかんでいる。興奮したようすで、笑みを浮かべそわそわと顎《あご》をさすった。ふたりはフリードヘム基礎学校の大きな窓辺、街灯の明かりが雪に反射していちばん美しく輝いている場所で、待っている。校庭に人影はなく、その先のマンション群も、しんと静まりかえっている。

不意に、アスファルトの道路に設けられたマンホールの蓋《ふた》が下から開いた。濃い煙が湧き出て付近のほとんどを覆《おお》った。

制服を着て白いヘルメットをかぶった男がひとり、力なく這い出してくる。その後ろから、煙がさらに、いまやほとばしるようにあふれ出した。数人がそのあとに続き、合わせて四人が咳きこみながら、ヘルメットを乱暴に脱ぎ捨てて歩道に直接腰を下ろした。地面の穴から湧き出る黒いものを見ようと、野次馬が続々と立ち止まる。上のほうの窓でカーテンがまた揺れ、眼下の光景を理解しようとしている不安げな目がのぞいた。

現在

一月九日　水曜日
十五時五十分
聖クララ教会

広い教会の中が寒くなってきた。冬が分け入ってくるのだ。外で日が傾くにつれ、寒さも忍び寄ってくる。

少女が振り向いたのは、ほんの数分前だ。

〝あの人、追い出すしかなかった〟

同じ言葉を、二度。

シルヴィには少女の息遣いが聞こえる。深い呼吸。だんだん荒くなり、間隔も短くなっていく。

さっきの言葉が、ふたりのあいだに漂っている。

対話の始まりではなかった。なにかを伝えようとすらしていないようだった。ただ、言葉を追い払いたくて、だれにともなく、宙に向かって吐き出したような感じだった。

以来、ふたりとも黙って座っている。

シルヴィは、ずっと待っている。

そうするしかないのだ。

少女を怖がらせたくはない。ただ隣に座って、少女がどんなに黙りこくって宙を見つめていようと、自分はここを立ち去るつもりはない、と示すこと。それしか道はないとわかっている。自分も昔はこうだったから。

少女の両手はあいかわらず張りつめ、指の付け根が白くなっている。闘いにそなえているのか、逃げようとしているのか、それとも、いま以上に壊れる覚悟を決めているのか。

シルヴィは甘いシロップ水の入ったカップを手に取る。ふたりの前、聖書や讃美歌集を開くための木の台に置いてあったものだ。少女のために用意した飲み物を、自ら飲む。生ぬるく、やや味が濃すぎてあまり美味《おい》しくないが、少女にもう少し近づくための手段だ。

「だれを追い出すしかなかったの？」

シルヴィの声は低く、やさしげだ。彼女はまたカップに手を伸ばし、甘ったるい中身を飲む。そうして飲み干すと、初めて少女のほうを見る。

あまりにも若い。あまりにも脆《もろ》い。

顔はいまだに見えないが、イェオリが困り果てながらも伝えようとしてくれた特徴は見える。ひどく汚れた赤い中綿ジャケット。薄いスカートにも、丈の違う二本のズボンにも、煤《すす》の層が貼りついている。

そして、この強烈なにおい。この子はホームレスだ。それも、ずいぶん前から。にもかかわらず、一度も見かけたことがない。シルヴィはそう確信する。こういう人たちに会うのが彼女の仕事だが、ストックホルムの中心――この教会のそば、セルゲル広場周辺、ドロットニング通りや中央駅のあたりで、この少女を見かけたことは一度もない。

どこか別の界隈《かいわい》から来たのだ。

いや、地方から来た可能性もある。


少女は生気がなく、明らかな混乱状態にある。意識が混濁しているわけではなさそうだが、はっきりしているとも言いがたい。なんらかのショック状態。しかも間違いなく十八歳未満。選択肢はほかになさそうだ、とシルヴィは悟る。すぐにでも青少年支援課に連絡しなければ。未成年者で、しかも意思の疎通が叶わないとなれば、当局に保護してもらうしか道はない。

石の床に響く足音。この教会に何人かいる牧師のひとりが、通路の少し離れたところにいるのを、シルヴィは目にとめる。就任してまだ間もない若い牧師で、こちらと目を合わせようとしてくる。〝なにか手伝いましょうか〟という視線。シルヴィは首を横に振る。〝ありがとう、とりあえず大丈夫です〟。いま成り立っているなけなしの接点を、台無しにはしたくない。まだ、そっとしておかなくては。

木の長椅子が少し震えている。少女の呼吸がどんどん速くなる。このままでは過呼吸になってしまう。シルヴィは手を差し出し、少女の瘦《や》せこけた肩にそっと置く。まるで殴ったかのようだ。

少女がはっと身を引き、さらに身体をすくめて震える。

シルヴィは手を離さず、質問を繰り返す。

「だれ？」

中綿ジャケットは冷たい。肩のあたりの布は、ほつれた糸の塊に近くなっている。

「だれを追い出すしかなかったの？」

過去

十九時間前

警察本部でいま開いている窓は数少なく、そのうちのひとつの外で、暗闇がじわじわと濃くなっていく。エーヴェルト・グレーンスが外へ身を乗り出すと、クングスホルム教会の鐘の音がかすかに聞こえた。数百メートル離れたところで短く二度鳴った音を、風が運んできたのだ。八時半ということだろう、と彼は考えた。

室内には、煙のにおいが充満している。

ツナギは脱いだが、中に着ていた服はまだ替えていないし、シャワーすら浴びていない。皮膚に、髪に、息に、あのいまいましい炎が貼りついたまま頑として離れない。自分のオフィスだというのに、ここからもろくでなしどもを締め出すことはできないのか。

「開けておいてくださいよ」

ラーシュ・オーゲスタムは、スヴェン・スンドクヴィストと同じ訪問者用ソファーに座っているが、あからさまに一方の端に身を寄せて、においの源からできるかぎり遠ざかろうとしている。

「開けようと閉めようと俺の勝手だろ」

権力が行き先を求めて室内をさまよっているのがありありと感じられる。どの人間につけばいいのだろう、ひょっとして以前とは違う人だろうかと、迷って途方に暮れている。いまはたぶん、そういう瞬間だ。この雰囲気は、たぶんそういうことだ。

「グレーンスさん、気づいていないかもしれませんが、おふたりともすごいにおいですよ」

スヴェン・スンドクヴィストはやわらかいソファーの上でそわそわと身をよじった。オーゲスタムのいからせた肩、エーヴェルトのぼんやりした背中を見て、これから始まる議論はエーヴェルトの負けだ、と確信した。めったにないことだが、いまのエーヴェルトは不安定もいいところだ。この件の捜査が始まってからずっとそうで、他人への突っかかり方は彼にしても珍しいと思うほどだし、近しい同僚ですら見たことのない反応を示す。アンニが危篤《きとく》だと最初に聞かされた瞬間、力強さも威厳も雲散したかのようだ。鎧《よろい》をはぎ取られ、恐怖にかられた状態で、彼らしくない判断ミスがいくつも続いている。

オーゲスタムはもう座っていない。ソファーと机のあいだをずかずか歩きつつ、無理に抑えた、落ち着きを装った声で、エーヴェルトの後頭部に向かって話している。

「あなたの求めどおり、許可が下りるよう取りはからいました」

外は風が吹いていて、開いた窓から冷気がときおり押し寄せてくる。

「あなたを信用していたからです。あなたの刑事としての勘を」

エーヴェルト・グレーンスが振り返る。スヴェンにはなじみの表情だ。しわだらけの顔を占める怒り、左こめかみで脈打つ血管、見苦しくとがらされて答えを拒む口。

「グレーンスさん、あなたには特殊部隊が丸ごと与えられた。人員、装備、専門知識。八十人の警官があなたに協力して、殺人犯を探そうとした」

オーゲスタムは歩く足を止めずに、指を一本立てた。

「あなたは、ストックホルムの中心に近い地区、その半分を立ち入り禁止にする許可を得た」

立てた指が二本。オーゲスタムはそれを、年老いた男に向かって威嚇《いかく》するように振ってみせた。

「あなたは……」

エーヴェルト・グレーンスが一歩前に踏み出す。

「ここは俺の部屋だぞ！」

「……法律で許されるかぎりのあらゆる権限を得た」

立てた指、三本。

「で、グレーンスさん……犯人はどこですか？」

ずしりと重い大柄な警部と、それよりもかなり背の低い、ほっそりとした次席検察官。にらみ合うふたりのあいだにあるのは、憎しみとまではいかずとも、少なくとも嫌悪感ではあるだろう。

エーヴェルト・グレーンスがさらに前へ一歩を踏み出した。

「通りの下にいるよ」

もうこれ以上近づけないところまで近づいている。オーゲスタムは目をそらさない。答えようとした瞬間、エーヴェルトが続けた。

「現実の世界に」

あいかわらず口をとがらせたしかめ面で、さきほどぶんぶんと振られた指を、ネクタイとコーディネートされたスーツを、一分の隙もなく整えられた髪を見ている。

「おまえが行ったことのない世界に」

レオは床に寝そべっている。部屋のドアを勢いよく開けて、逃げるぞ、ヤニケ、いますぐだ、と叫んで以来、彼がじっとしているのはこれが初めてだ。ヤニケは彼の髪に指を差し入《な》れた。腹のあたりで、温もりと信頼感のようなものを感じる。額や頬まで撫でさせてくれるなんて、めったにないことだ。

あの大きな窓、フリードヘム基礎学校の校庭といつもは静かな裏道を見下ろす窓のそばには、あれからもしばらくとどまった。ふたりが見ているうちに、青黒い煙がもうもうと通りに立ちこめ、地面にあいた穴からは、白ヘルメットの警官が何人も、咳きこみながら力なく這《は》い出てきた。レオは逃げると決めてからずっと烈火のごとき勢いで動いていたが、それでいて冷静沈着でもあった。火をつけて反撃し、暗闇の中で彼女の手をつかんで、幅五十センチしかない通路を這って進めと強いた。守ってくれたのだ。だから、窓辺で裏道のようすを眺めているうちに、目を閉じても大丈夫だ、レオの肩にもたれても大丈夫だ、と思えた。煙が消え、人々がいなくなるまで、そうしていた。助かった。逃げおおせたのだ。それなのに、レオはそこでひと息つくことができなかった。追いかけられたことによる興奮は、躁状態の彼には過ぎた負担だった。学校の地下通路へ移動して、初めにたどり着いた物置部屋に戻ってきたころにはもう、支離滅裂な言葉ばかりを発し、壁から壁へとやみくもに走りまわっている状態だった。いまだかつて見たことがないほどに体が震えていた。

手をそっと頬から顎《あご》に滑らせる。無精ひげがちくちく指を刺す。レオは床に寝そべったままだ。もうしばらくはそのまま、そっとしておいてあげるつもりでいる。

レオは物置部屋のドアを開けるなり、あちこち走りまわって生徒用の机を寄せ集め、部屋の四隅に重ねだした。埃《ほこり》にまみれた本棚も積み重ね、椅子をあちこちに移動させ、そうしてできた空間を眺めては、これではだめだと却下する。ヤニケは彼を落ち着かせようとした。何度かは力いっぱい抱きしめて彼を止めようとしたが、レオが耳を傾けてくれることはなく、彼女の力も足りなかった。それで結局、初めからわかっていたことを受け入れるしかなくなった――薬に頼るしか道はない。レオの目を盗んで、暗い廊下でさきほど見かけたトイレへ向かい、壁のカップホルダーからプラスチックのカップをふたつ取って水を注いだ。二枚重ね着したズボンのうち、下のほうのポケットから、モガドンの錠剤シートを一枚引っ張り出すと、そこから四錠を出して細かく砕き、カップに入れて水に溶かした。戻ってみると、彼女がしばらくいなかったことにレオは気づいていなかった。汗だくになって暑がっていたので、カップを差し出すと、彼はなにも考えずにありがたく受け取って中身を飲み干した。手は、まだレオの顎に置いたままだ。彼が微笑んでこちらを見る。無精ひげが少しちくくした。

レオがカップの中身を飲み干してから、疲れがやってくるまで、化学物質が彼の精神をとらえるまでに、三十分かかった。彼は徐々に走りまわるのをやめ、まず歩くようになり、やがて何度か立ち止まって深呼吸をするようになって、最後には横になった。脚のこわばりが解け、腕はだらりと体の脇に垂れた。そしていま、ヤニケは彼の顔にやさしく手を添わせている。この手を感じてほしい。この感触に慣れてほしい。もうすぐここを出ないと、ここ二年ほどふたりで暮らしているあの部屋へ戻れなくなってしまう。一時間。それだけだ。タイムリミットは一時間。それが過ぎたら彼はがくりとくずおれ、起きていたのと同じ時間だけ眠りつづけるだろう。二日か、運がよければ三日。そうして目を覚ましたら、躁状態の狂気を乗り越えて、またふつうに戻っているだろう。次に同じことが起きるのは数カ月後だ。

ドイツ連邦刑事庁のホルスト・バウアー警部は、午後三時ごろにヴィースバーデンの本庁をあとにした。フランクフルトまでの短い距離を車で移動し、次のストックホルム行きルフトハンザの航空券を正規料金で手に入れた。四時間後、スウェーデン人の制服警官に迎えられてアーランダ空港を抜け、警察の所有する一般車両でストックホルムのクロノベリ地区まで案内されてきた。

六十歳ぐらいだろう、とマリアナ・ヘルマンソンは推測した。

銀髪は豊かで、やや高価すぎる濃い色のスーツをまとったその体からは、外見にかなり気を遣っていることが見てとれる。老いてなお、こんなふうにすらりと筋張った体型を維持できる男性もいるのだ。

「コーヒーでいいですか？」

彼は笑みを浮かべた。

「いや、結構」

「なにかほかには？」

「機内でビニール包装のサンドイッチをもらいました。さしあたりそれでじゅうぶんです」

沈黙が訪れ、ヘルマンソンは相手を観察した。開け放したオフィスのドアから人が入ってきて、椅子に落ち着き、相手が思い切って口を開くのをふたりとも待っている、そんなときの沈黙だ。

バウアーはなにも言わなかった。

身をかがめ、足元に置いてあったブリーフケースを開けた。

A４サイズの茶封筒。バウアーはその中から写真を一枚ずつ出し、ふたりのあいだの机に置いた。粗《あら》い白黒写真で、ややピントがずれているのも何枚かある。アングルや背景から、監視カメラの映像を拡大したものだとわかった。

一枚ずつ。白黒の顔が九つ、机にところ狭しと並べられる。

男が六人、女が三人。

顔ははっきり写っていて、たやすく身元を割り出せそうだ。とはいえ、カメラのほうを見ている者はひとりもいない。全員の視線がカメラを素通りしている。どこかに入ろうとしている、あるいは出ようとしている彼らは皆、天井に取りつけられたレンズの先のどこかを見ている。

マリアナ・ヘルマンソンは身を乗り出して顔を近づけ、九つの顔をじっくりと見た。間違いない。このうちの三つは見たことがある。まだ丸一日も経っていない。男ふたり、女ひとり。ナディアがアーランダ空港の機械室で特定した三人だ。九時十六分から九時十八分までのあいだにチェックインして、ゲートに向かう途中、十一番カメラ、十二番カメラ、十三番カメラに映っていた三人。ナディアによれば完璧なルーマニア語を話し、ヘルマンソンに言わせれば彼女のルーマニア側の親戚に似た外見をしているが、航空会社の乗客名簿によればフランス風の名前とフランスのパスポートを持ち、ストックホルム・アーランダ空港からパリのシャルル・ド・ゴール空港へ向かっていた三人。

「この三人です」

「確かですか?」

「間違いありません」

ホルスト・バウアー警部は満足げな表情でゆっくりとうなずいた。

「なるほど」

ここまで来たのは無意味ではなかったとわかったのだ。

「だとすると、われわれは同じ問題を抱えていることになります」

きちんとした身なりの、筋張った体をした男は、そこでようやく椅子に背をあずけた。

「したがって、これからお話しすることは、どんなことがあっても外部に漏らさないでいただきたいのです。あなたも、あなたのご同僚も」

彼の声は真剣だ。

「あなたがたったいま事件の関係者として特定した三人は、ブカレストを発《た》った一台目のバスの事件にも関与しています。乗っていた子どもは五十四人。全員が未成年で、同じツナギを着せられていました」

バウアーはドイツ訛《なま》りの英語を話した。これまではそれでも聞き取りやすかったが、感情が昂《たかぶ》ってくると、母語の影響がより顕著になる。

「三日後、その子どもたちはひとり、またひとりと、ローマの大きな鉄道駅の前で捨てられました。早朝、そこに置き去りにされたのです。どんな健康状態であろうと。何歳であろうと」

バウアーは、ヘルマンソンが手に取らなかった写真六枚を手に取り、粗い写真の顔を指差して説明を続けた。ほかの三件にも、この同じ連中がかわるがわる関与している。バスいっぱいに乗せられた子どもたちが、フランクフルト、オスロ、コペンハーゲンで捨てられた事件。つねに男ふたり、女ひとりの組み合わせ。おそらくルーマニア人だが、フランス風の名を名乗り、フランスのパスポートを持ってパリへ出発している。おそらく、おそらく、おそらくルーマニア人。

このドイツ人警部がなにより言いたかったのはそこだろう、とヘルマンソンは察した。捜査で明らかになったことを外部に漏らさないでほしいと初めに言われたのは、なにか外交関係が絡《から》んでいるからにちがいない、と。

だから、いったん話を中断させてほしい、と言った。

どの情報を機密とするか、どこまで黙っているか、そうしたことを決める権限は自分にはない。上司と担当検察官が責任をもって下すべき判断だ。

ヘルマンソンはドアに向かうと、閑散とした警察本部の物音に耳を傾けた。さきほどエーヴェルトが自分のオフィスに向かい、いつもどおりすぐに音楽をかけはじめたのは知っている。ついさっきスヴェンとオーゲスタムが来たらしいことにも気づいた。病院の地下通路で見つかった女性について、今夜中にもう一度ミーティングをする予定であることも知っている。

写真をまとめていっしょに来てほしいとバウアーに頼み、連れ立って暗い廊下を歩いた。ところが、目的地でふたりを迎えたのは、閉ざされたドアと怒号だった。

レオが眠りに落ちようとしている。ヤニケは彼の頬を何度もぴたぴたと叩いた。

立ち上がってもらわなければ。

あの部屋まで案内してもらわなければ。

あと一時間だけ、モガドン四錠に抗《あらが》ってほしい。そのあとなら好きなだけ眠ってくれてかまわない。

レオの体を押したり引いたりしていたヤニケは、ずっと前に自分を引っ張った両手を思い出し、記憶の映像を頭から振り払った。裸でシャワーを浴びていると、湯に濡れた胸をぬるぬるとたどっていった指。あのころはまだ幼かった。抵抗する勇気はなく、じっと立っていることしかできなかった。泣きもしなかった。その両手が脚のあいだに触れてきても、あまり長くかかりませんように、あまり乱暴にされませんように、そう願いながら、ひたすら待っているしかなかった。

来た道を戻ることはできない。

トンネルはまだ煙でいっぱいだ。地上を行くしかない。たとえばトーリルズプラン駅のほうまで行って、そこから下りて戻るとか。あのあたりにいま住んでいる人はいないはずだから、炎はあがっていない、したがって煙もないはずだ。

ふたりは机や本棚の詰まった物置部屋を出ると、階段でフリードヘム基礎学校の一階へ上がった。窓の外にいた白ヘルメットの人たちは、もういなくなっている。通りはもう封鎖されていない。レオはかろうじて立っている。彼女の手をつかむと、防犯アラームのついていない扉を選んで外に出た。

そこはアスファルトの校庭、何年かぶりの極寒の夜だった。

学校の西側とストックホルム医療介護病院の東側を隔てる柵にたどり着くと、ヤニケはレオが柵を越えるのを手伝ってから自分も飛び越えた。暗闇の中を忍び歩く。古い建物の前の芝生は雪に覆《おお》われている。中で立ち働いている人たちの姿が見える。どの窓にもクリスマスのキャンドルランプがともり、大きめの部屋には赤や緑や青のランプのついたクリスマスツリーも見えた。マリエベリ通りを走って渡ると、何人か歩いている人たちとすれ違った。なにを話しているのか聞こえるほどそばを通ったのに、だれもふたりに目をとめない。質問してくることも、振り返ってこちらを見ることもなかった。ふたりはそのまま歩き、トーリルズプラン駅そばのマンホールを目指した。


エーヴェルト・グレーンスは相手をにらみつけ、同じことをもう一度口にした。スーツ姿の検察官に聞かせるために。理解させるために。

「通りの下にいるんだよ。おまえみたいなやつが行ったことのない世界にな」

この議論はエーヴェルトの負けだ。スヴェン・スンドクヴィストの確信はさらに深まった。ラーシュ・オーゲスタムは引き下がらない。彼が目をつぶることはないし、相手が警察本部の影の権力者であろうと屈することもないだろう。

「特殊部隊としての訓練を受けた警察官が、襲ってきたのがただのネズミとわからず発砲した。精鋭を集めたチームがフリードヘム広場の地下で道に迷って、この数階下、警察本部の地下のドアから戻ってきた。殺人犯は、閉ざされた空間の実に十七カ所で放火した」

「想定内だ」

「あなたが指揮した作戦は大失敗に終わった。ご自身の命も部下の命も危険にさらした」

エーヴェルトが食ってかかる。

「地面にあいた穴にイタチを放ったら、別の穴からウサギが出てくる。経験豊富な狩人ならな、オーゲスタム、だれだって知ってることだ。見えもしない、あるのを知らないから見張ってもいない、そういう穴から出てくる。あえてそういうリスクを冒すんだよ。与えられた人員は八十人だった。出入口を全部見張ろうと思ったら、百八十人は必要だった」

「それは違いますね、グレーンスさん」

オーゲスタムは声のボリュームを落としたが、彼もまた咬《か》みつくような口調だった。

「煙を使ってウサギを穴から追い出すほうが、もっと効率がいい。経験豊富な狩人なら、だれだって知ってることです。あなたはそれを知らなかった。だから、グレーンスさん、だから今回は、狩人のほうが煙でウサギに追い出された」

ドアをノックする音がした。スヴェンは上司を、検察官を見やる。ふたりの耳にも届いたはずだが、それでも聞こえていないらしい。

「だいたいね、あなたがどんなに反論しようと、顔を近づけてきて威嚇《いかく》しようと無駄なんですよ。どんな言い訳も通用しません。僕は許可を取りつけた。あなたを信用していた。それなのに、あなたの作戦を経ても捜査はまったく進展していない」

また、ノックの音。だれひとり動かない。

「グレーンスさん、いまのあなたはバランスを欠いています。精神的に不安定すぎて、警察の仕事を指揮することはできない。ただちにこの件から解任されるよう求めます」

エーヴェルトは答えなかった。

「それと、もうひとついいですか？　一歩下がってください。近すぎます。気分が悪い」

オーゲスタムは向きを変え、ドアを開けようと歩きだした。

ヘルマンソンは高価なスーツを着たドイツ人警部を横目で見やった。エーヴェルトのオフィスから聞こえてくる怒りはすさまじく、この客がスウェーデン語を解さないのが心底ありがたいと思った。

「申し訳ありません。こんな……」

「謝る必要はありません。厄介な同僚というのは往々にしてよい同僚でもある。私の職場でも、扉を閉めて言い争うことはままあります」

ラーシュ・オーゲスタムがドアを開けた。顔が赤く、髪が乱れかけている。ヘルマンソンは中に入って客を紹介した。壁沿いに渦巻いている憎しみと敵意がありありと感じられる。よいタイミングとはとても言いがたい。少し待てばよかったと思った。

エーヴェルトは部屋の中央に立っていて、やはり顔を赤くしていた。スヴェンはソファーに座っている。傍観者として。彼はたいていいそうだ。

「なんだか煙たくないですか?」

ひとりひとりに目を向けるが、答えは返ってこなかった。が、確かに煙たいのだ。火事かと思うようなにおいで、彼女は不安になってあたりを見まわした。灰皿でくすぶっていた火が書類のフォルダーを蝕《むしば》んでいるとか、ろうそくの炎がカーテンに燃え移っているとか、そういった火災の兆しを探したが、なにも見つからない。

「煙たいのは僕たちだよ。僕とエーヴェルトだ。あとでゆっくり説明する」

スヴェン・スンドクヴィストが腕を前に伸ばすと、確かにまたにおいがした。さっきよりも強い、明らかな煙のにおいだ。好奇心にかられたが、それ以上は訊かず、代わりにホルスト・バウアーのほうを向いて、これからしばらくスウェーデン語を話す非礼を詫《わ》びた。監視カメラ映像から取った九枚の顔写真について手短に説明し、バウアーが教えてくれた事実——これら九つの顔がさまざまな組み合わせとなって、計百九十四人の子どもたちをヨーロッパの五都市に運び、そこで置き去りにした、という事実を伝えた。

「それは興味深い。で、相談というのは?」

オーゲスタムがヘルマンソンを見る。彼女はドイツ人の客を目で示した。

「バウアー警部に今後も協力していただくための条件は、私たちがこの捜査を忘れることだそうです」

「忘れる?」

「はい。選択の余地はなさそうだと思いました。それで、判断をお願いしたいんです」

ホルスト・バウアーは彼らのやりとりを解さなかった。

「とある外国と、スウェーデンが、良好な関係を維持できるかどうかの問題です」

だが、彼らのやりとりが終わったらしいということは感じ取った。ここからは自分が話さなければならない、と考えた。

「ドイツとその国との良好な関係。ノルウェーと、イタリアと、デンマークとその国との、良好な関係」

そして、ヘルマンソンがすでに伝えたことを繰り返した。

これから話すことは内密にしなければならない。正式な捜査はもう行なわないでほしい。

「おっしゃることが理解できません。聞き間違いであることを願っています」

オーゲスタムはドアを開けた時点ですでに頬を赤くしていた。その赤みはいまも消えていない。

「罪を犯した人間がいるのであれば、捜査をして起訴するのが僕の義務です」

エーヴェルト・グレーンスは、ヘルマンソンが入ってきて煙たいと言ったときから、ずっと同じ場所に立ったままだ。オーゲスタムとの口論がさえぎられたのはありがたかった。ほとんど眠っていないうえ、アンニが危篤《きとく》だったことでエネルギーが失われている。ふだんは自分でも気づかないほど、ごく自然に備わっているエネルギー。昔からそうだった。胸の中で動きつづけるエンジン、ものごとに耐えるための原動力。

彼はいま、若き検察官を見つめている。

そのあまりの正しさに、人生経験によって育《はぐく》まれる柔軟性の欠如に、笑みを浮かべた。

「それについては説明できます」

〝捜査をして起訴するのが僕の義務です〟

検察官ならまずそう反応するだろうと、バウアーは予測していた。

「謝罪の言葉もお伝えできます。このような……状況を引き起こすもととなった国からの謝罪です。件《くだん》の子どもたちをけっして悪いようにはしないという保証ももらっています」

バウアーはブリーフケースを掲げ、ぽんぽんと叩いてみせた。

「しかし、いっさい口外しないことが絶対条件です」

ラーシュ・オーゲスタムはバウアーを見つめた。それからブリーフケースを見やり、またバウアーに視線を戻した。

「人身売買が疑われる件の捜査を、そう簡単に打ち切ることはできません。犯罪が立証できないというのでないかぎり」

エーヴェルトはまだ笑みを浮かべている。なんと正しいことだろう。おまえの若さと、ベテラン警部の経験との対決だな。ふたりの人間のあいだに漂う緊張感。それが自分以外のところにあるのが心地よい。

「そういうことなら、失礼しますよ」

ドイツ人警部の態度には、皮肉も苦渋も含まれていなかった。ただ淡々と現状を受け入れ、握手のため片手を差し出し、それからドアに向かって歩きだした。

「もう、ここに用はありませんから」

レオの動きがどんどん遅くなる。

ヤニケはひっきりなしに彼に話しかけた。起きていてもらわなければ困る。道案内がなければあの部屋へは戻れない。フリードヘム基礎学校の校庭を離れ、ストックホルム医療介護病院の芝生を横切ったふたりは、その後聖ヨーラン病院を囲む広い敷地に入り、患者や病院スタッフにまじって歩行者用の小道を歩いた。いまはリンドハーゲン通りを渡っている。がらんとしたオフィスビルの並ぶ界隈《かいわい》で、道路のアスファルトがはがれているところがある。何年も前から少しずつ補修しているせいだ。そこから暗闇にまぎれてクリスティーネベリ通りの住宅街に入った。

トーリルズプラン高校は、賃貸住宅に囲まれた、黄土色のレンガ造りの建物だ。どの階にも明かりがともっている。そういう学校もあるのだ。夜間授業やら会議やらが開かれていて、夜でも人がいる。厄介なことに。

レオは建物の東側のドアで立ち止まった。錠はなんの変哲もないASSA社製で、彼は鍵束からさっと鍵を選んでドアを開けた。下へ向かうコンクリートの階段は、狭い段が緑色に塗ってある。暑く、オイルとガスのにおいが漂っていて、見まわしてみるとボイラー室だとわかり、やがてヤニケの震えはおさまった。防寒着を着込んでいる暇はなかったから、指はかじかんで真っ赤になり、足の指は薄手の靴に貼りついたようになっている。そこに、感覚が戻ってきた。まず痛みがやってきたのはいつもどおりだが、やがて穏やかさと熱のようなものを交互に感じた。

初めて訪れる部屋だ。あたりは暗く、赤や緑の小さなランプがそこらじゅうにある。ヤニケはレオをしっかりと支えた。彼はもうかなり弱っている。錠剤に凝縮された化学物質、体を少しずつ打ち負かしていく化学物質の力に、もうすぐ屈してしまうだろう。それでも彼は迷わない。行き先はわかっている。ずらりと並ぶLEDランプが点滅している、その後ろのドアを開け、ふたりはまた階段を下りた。一階分、二階分。地下階へ。

最後のドアは、トンネル網に通じていた。

レオはヘッドランプをつけ、ヤニケにも同じようにするよう命じた。

ここのコンクリート管は、地下トンネル網のほかの部分よりも狭い。直径は一・五メートル。ふたりは脛《すね》に押し寄せてくる泥水の中を歩いた。すえたにおいが漂い、ボイラー室で一度温まった両足は、びしょ濡れになりながらもひたすら前進した。

二百五十メートル。コンクリート管の壁に、金属扉が現われた。

レオが扉を開けると、そこは連絡通路だった。ふつうよりも短い。またドアが現われる。下水道から軍用トンネルへの入口だ。

ふたりは地上で歩いたのとまったく同じ道を、今度は逆方向へ進んだ。このほうが楽だ。どういうわけか、さっきほどエネルギーを奪われない。もう安心だ。ここなら道はわかるし、わけのわからない敵も来ない。彼らほどこの道を知りつくしている人間はいない。

ヤニケはまたレオの手を握った。

もうすぐだ。あと六百メートル強。歩くスピードは地上よりも上がっている。

エーヴェルト・グレーンスは廊下へ出ていこうとするドイツ人警部を見つめ、それからオーゲスタムのようすをうかがって笑みを浮かべた。さあ、どうする？　このために千キロも北へやってきたドイツ連邦刑事庁のベテラン警部が、検察官の若造のひとことですごすごと引き下がるとは思えない。

「話を聞きさえすればわかっただろうに」

バウアーは彼らに背を向けたまま、歩きながらドイツ語でそう口にした。

「失礼、いまなんと？」

「話を聞こうとしてくだされば、わかっていただけたはずです」

ホルスト・バウアーはドイツ語のまま続け、オーゲスタムを見つめた。

「人身売買事件の捜査など、いずれにせよ始めることはできないと」

「どういうことですか？《ヴァス・デンケン・ズィー》」

ラーシュ・オーゲスタムもドイツ語で答えた。グレーンスにも、スンドクヴィストにも、ヘルマンソンにもわからない言語だ。

「せいぜい児童誘拐罪にしかならない、ということですよ」

バウアーはドアのそばで立ち止まっている。

「確かに犯罪ではあるが、比較的軽微な罪です。それに、私の協力がなければ、あなたはそもそもだれも起訴できない。違いますか？」

オーゲスタムはためらい、目の前にいるドイツからの客を無言で見つめた。

エーヴェルト・グレーンスはまた笑みを浮かべた。さきほどよりも深い笑みだ。同じ刑事として感心させられている。他人に感心することなどめったにない自分が。このドイツ人警部の勝ちはもう決まっている。

「口外するなというのは、確かにルールを逸脱しています。しかし、四十三人の子どもたちにとっては最善の道です」

ラーシュ・オーゲスタムはまだ迷っている。体面を守りつつ応じるにはどうしたらいいか、妥協点を探っている。マリアナ・ヘルマンソンはそう見てとった。彼女は以前にも、捜査の行方を左右する局面で、この検察官が面目を潰すことなく解決策へ至れるよう導いてやったことがある。

「オーゲスタムさん」

「なんですか」

「ちょっと外に出てきたらどうですか。ふたりだけで話し合えば解決するかも」

エーヴェルトは机の後ろの本棚に向かい、シーヴ・マルムクヴィストの曲を集めたカセットテープを探し出すと、やがて音楽にどっぷり浸かった室内でゆっくりと体を揺らしはじめた。スヴェン・スンドクヴィストはソファーに座ったまま目を閉じ、頭の中で息子のヨーナスと向き合っている。今日はサッカーの練習を見に行くと約束したが、もうとっくの昔に終わっているだろう。マリアナ・ヘルマンソンはそわそわと室内を歩きまわった。ひとりで担当するよう任された中では、これがいちばん大きな事件だ。納得のいく答えが得られるまで続けたいと思っている。

十分後、オーゲスタムがノックもせずにドアを開け、部屋に入ってきた。その右側にドイツ人警部もいる。

「これからバウアー警部がお話しになることは、極秘の捜査情報として扱います。この部屋の外にはいっさい伝わりません。つまり、ここで聞いたことはくれぐれも内密に」

エーヴェルト・グレーンスは三たび笑みを浮かべた。若造の検察官が相手じゃ、経験豊富な警部のほうがかならず勝つわけだ。音楽を止め、机に向かって腰を下ろす。ヘルマンソンとバウアーに向かってうなずいてみせてから、椅子にもたれ、一日半前に鳴った電話で足を踏み入れるはめになった、この奇妙な物語に耳を傾けた。

「二週間ほど前、フランクフルト空港の駐車場の警備員が、違法駐車したまま乗り捨てられたバスを発見しました」

ホルスト・バウアーは部屋の中央に立ち、全員に少しずつ、うまく目を向けて話をしている。この人は自分に向かって話している、と全員に感じさせる態度だ。

「その十四時間前、フランクフルト中央駅の待合室で、ルーマニア語を話す五歳から十六歳までの子どもたちが三十九人、大人の同伴なく、意識の混濁した状態で発見されていました」

エーヴェルトはまたもや感心した。これとは正反対のことをする半人前の警官どもの話に、何度耳を傾けさせられてきたことか。おずおずと聴き手をひとり選び、その人ばかり見つめて話すのだ。それでほかの人たちは皆、自分がいなくてもよいのでは、と思わされる。

「子どもたちの目撃証言をもとに、空港の監視カメラ映像で特定された三人のうち、ひとりの身元は突き止めることができました。ルーマニア国籍の四十二歳の男です。以来、ルーマニアの警察や官庁、政治家たちと連携しながら仕事を進めていました。ところが、同じことがローマとオスロでも起きたらしいとわかって、われわれは初めて事件の規模に気づきました。さらに八十四人の子どもたちが捨てられていたのです。その一週間後、コペンハーゲンで二十八人が保護されたという知らせが入りました。そして二日ほど前、この街でも、四十三人がこの数階下の待合室に現われたというわけです」

マリアナ・ヘルマンソンは上《うわ》の空でうなずいた。

職場に到着してみたら、小さな人たちが廊下の壁にもたれて震えていた、あのときの光景が目に浮かんだ。ナディアがツナギの袖《そで》をまくったら、腫《は》れた切り傷が十五カ所あったこと。十二歳の男の子が、ヴィークシェーの里親家庭のキッチンで床に倒れ、口に突っこまれたタオルを嚙《か》みしめていたこと。

「ブカレストには、家を持たずに路上で暮らしているストリートチルドレンが何百人もいます。ここストックホルムよりも、私の故郷であるフランクフルトよりも、はるかに多い数です。それは周知の事実です。以前から知られていることで、もう何年も国際社会の批判の的になっています。そのうえ、他国の公的機関に保護されるルーマニア人児童の数は、一年あたり千人以上にのぼっています。親に売られて、物乞いや泥棒や売春婦になるのです。そういう子どもたちは、見つかりしだいルーマニアに送り返されます。しかし、今回のような事件は――未成年者を乗せたバスが五台、あっという間に乗客を降ろして置き去りにする。子どもたちを捨てていく。こんな事件は前代未聞です」

バウアーはブリーフケースを開けた。さきほどヘルマンソンの机の上に置いた、大きな空港の監視カメラ映像から取った九枚の顔写真を、今度は床の上に並べた。

粗《あら》い白黒写真、八枚を円形に。九枚目を、その中央に。

「ルーマニア政府がここ数年、社会福祉プロジェクトをいくつも立ち上げて、それまでずっと見て見ぬふりをしてきたストリートチルドレンの問題に取り組んでいることも、また周知の事実です。ただし、問題がひとつあります。ルーマニアの公的機関も、ドイツ、スウェーデン、ほかの欧州諸国の公的機関と、まったく同じように仕事を進めている。つまり、民間のコンサルティング業者に仕事を任せているのです」

バウアーは床にひざをついた。高価なスーツのズボンが、エーヴェルトのオフィスの汚い床に触れる。

「ドリネル・キロイウ」

中央の写真。男の顔だ。

「さきほどお話しした、ルーマニア国籍の四十二歳の男です」

バウアーはまたブリーフケースの中を探り、四色刷りのパンフレットを取り出した。光沢のある、高価そうな紙だ。

「これもドリネル・キロイウですが、こちらは白黒写真ではありませんし、飛行機に向から途中でもありません」

スーツにネクタイ。真っ白な歯、日焼けした肌。プロの写真家に向かって微笑んでいる。

「民間のコンサルティング会社の紹介パンフレットに載った写真です。社名は〈チャイルド・グローバル・ファウンデーション〉。このパンフレットは、同社がルーマニア政府から、ブカレストのストリートチルドレン二百人を更生させる仕事を委託されたときに作ったものでした」

相手を信用させる顔だ。こうしてストリートチルドレンは金儲《かねもう》けの道具になった。

「ルーマニア政府が仕事を委託している民間コンサルティング会社はいくつもあります。その大半は間違いなく素晴らしい仕事をしているのでしょうし、それで救われたストリートチルドレンもたくさんいるはずです。しかし、この会社──つやつやのパンフレットに笑顔の写真を載せた、この〈チャイルド・グローバル・ファウンデーション〉という会社に仕事を任せたのは、大きな間違いでした」

バウアーは白黒写真の隣にパンフレットを置いた。

現実と、嘘。

「〈チャイルド・グローバル・ファウンデーション〉には、子ども一人あたり一万ユーロが支払われました。百九十四人で百九十四万ユーロ。ルーマニア政府が、自ら問題を背負いこまずに済むなら払う価値はある、と考えた金です」

バウアーの声はやや高めだが、単調になることがない。エーヴェルトもスヴェンも、ヘルマンソンもオーゲスタムも、じっと座ったままその声に耳を傾けた。彼が三たびブリーフケースに手を入れ、床の空いているところに請求書や領収証、登録証を置いたときには、全員が息を詰めていて、聞こえるのは暗い窓の外を吹く風の音だけだった。

「ドリネル・キロイウと八人の部下たちは、二万五千ユーロで古いバス五台を手に入れました。さらに、さまざまなサイズのツナギ二百着を千ユーロで購入。航空券、ディーゼル燃料、食料を一万一千ユーロで購入」

バウアーは壁に向かって一歩移動した。いちばん最後の書類を床に置けるように。どこにでもありそうなエクセルシート、経理プログラムの抜粋だ。押収された〈チャイルド・グローバル・ファウンデーション〉のパソコンから見つかったものだった。

単純なプログラムだ。ひとつの行に収入、もうひとつの行に出費が記されている。ふつうの会社が、歯磨き粉や椅子やじゃがいもを売るときに使うプログラム。

が、ここで売られているのは、そういう商品ではない。

子どもだ。

だれにも探されない子どもたち。

「百九十四人の子どもを五都市に運んで捨てるのに、三万七千ユーロかかったわけです。ほんの数カ月で、利益は百九十万三千ユーロ。一人あたり二十万ユーロ強の報酬を得た計算になります。ルーマニアで家族を養っている人たちが一生働いて稼《かせ》ぐ給与を、はるかに上まわる額です」

ホルスト・バウアーはズボンについた埃《ほこり》を手で払った。これまではずっと、進行中の捜査の内容を報告する捜査官として、落ち着き払った、個性のない口調で話そうと努めていた。だが、もう抑えきれなくなった。

「やっぱり、と思いませんでしたか？」

両腕を広げてみせる。ドイツ訛《なま》りが強くなった。

「あの国が抱えている問題はどこよりも顕著だ。だからこそ、だれにも顧みられない子どもたちをそんなふうに利用する連中が現われたんだろう、と」

マリアナ・ヘルマンソンは里親家庭でのことを思い出した。あの一家の父親は、ルーマニア人の少年の口にタオルを突っこむ前、それまで長年にわたって接してきたスウェーデン人の子どもたちを引き合いに出していた。性暴力を受けた子ども、売春をしていた子ども、なにかの依存症になった子ども、地下トンネルや公園で暮らしていた子ども。

「ゴミと同じ」

「えっ？」

「子どもが、ゴミみたいに捨てられる。昨日耳にした言葉です」

バウアーは身をかがめ、書類を集めはじめた。

「私はこれまでずっと、警察官として働いてきました。もうすぐ四十年になります。この仕事を辞《や》めたあと、なにが記憶に残るでしょうね？」

疲れ切った声だった。

「たいして残るとは思えません。人の死について捜査をしたこと？　考えにくい。たくさん捜査をしたこと？　それも違う」

床から書類が消えた。見苦しく変色した白っぽいリノリウム床が、ぱっくりと口を開けている。

「だが、これはどうだ。エクセルの帳簿に記入された子ども。費用として扱われた子ども。費用として、検討され、評価され、節約された子ども。確かにこれはルーマニアで——われわれが長らく批判し見下してきたルーマニアで起きた事件です。しかし、同じことはドイツでも起きている。ここスウェーデンでも起きている。不要とみなされ、だれにも探されない子どもたち。みんな身を隠して暮らしている。公《おおやけ》にはいないものとされているから」

ヤニケはレオを見つめ、その手をしっかりと握った。やっぱり、レオの言ったとおりだった。ここにはいま、だれも住んでいない。煙も炎もここにはない。息をするのも歩くのも楽で、ヤニケは疲れて横になりたがっているレオの体を、そっと引っ張って進むことができた。

必要以上に遠まわりをしているのはわかっている。それでもこのルートのほうが安全で、トーリルズプラン駅から、ふたりだけで暮らしている部屋、アルベータル通りのマンホールのそばにあるあの部屋に戻ろうと思ったら、ここを行くしかない。まだ怖いけれど、胃の痛みは少しおさまった。しばらくしたら治るだろう。トンネル網を歩きまわるのは昔から嫌いだ。ほかの人たちと鉢合わせするかもしれない。人に会わなくて済むから、ここにいるのに。レオは汗ばんでいる。足はもう上がらず、靴がトンネルの床を擦《す》っている。寝なければ、ちょっと横になって目をつぶるだけでいい、と何度もつぶやいている。

道半ばまで来たところで、ようやく炎の痕跡が見えてきた。こんもりと積もった灰からさまよい出る煙、火事のにおい。上のほうからかすかに光が差しているのは、頭上のマンホールの蓋《ふた》がまだきちんと閉まっていないせいだろう。警察官らしき人たちの声まで聞こえてきて、ヤニケは息を止めてヘッドランプを消した。

女ばかり十一人が暮らす部屋に近づいたところで、ふと気づくと、そのうちの三人がすぐそばに立っていた。

懐中電灯も持たずに、トンネルの交差点の壁にあいた高さ五十センチの穴から這《は》い出してきたのだ。ヤニケもレオも気づかなかったし、音も聞こえていなかった。

三人ともおびえて身を隠していたところ、聞き覚えのある足音を耳にして、勇気を振り絞って外に出てきたのだった。

全員がいつものように顔を見合わせた。同じ場所にたまたま住んでいるということ以外、共通点などひとつもない。三人とも、ヤニケには見覚えのある顔だった。トンネル内をうろついているのを見かけたことが何度もある。とりわけ、リング形のピアスをたくさんつけた女の子のことが気になっていた。たぶん自分と同じ歳ごろで、一カ月ほど前から地下で姿を見るようになった子だ。

数分後、ヤニケとレオはミッレルの住処《すみか》、トンネルの壁に入った亀裂のような穴にさしかかった。ヤニケはレオの腕を引き、ちょっと待って、と告げると、ミッレルの無事を確かめようと中へ潜りこんだ。ミッレルは留守だった。彼の持ちものにそっと触れてみる。読んだことのない本、果物を入れる木箱に立てかけられた女性の写真。もう帰ってきているはずの時間なのに。ここに向かっている最中ならいいのだけれど。

あと少しだ。レオは大きく前のめりになって歩いていて、ヤニケは彼が転びそうになるのを何度も止めた。

もうすぐ好きなだけ寝かせてあげよう。横になるコンクリートの床はいまや空《から》っぽだ。食事をする場所も、マットレスも、毛布もない。すべてが外の通路で灰になった。

エーヴェルト・グレーンスは事務用椅子に座ったまま、バウアーのブリーフケースが廊下の暗闇に溶けこんで消えていくのを、じっと見つめていた。今日はなかなか悪くない一日になりそうだ。アンニは自力で呼吸をするようになったし、地下にいる殺人犯には一度目の突撃を仕掛けることができた。ドイツ人警部があのいけすかない検察官をうまくかわし、それから三十分で、同時進行中だった三十四件の捜査のうち一件を終わらせてくれた。電話のそばに置いてある目覚まし時計を見る。九時十五分。夜更けというにはまだ早い。今夜は自宅に戻ろう。首がいつになく凝っているし、この背中にはちゃんとしたベッドが必要だ。

「さっきの件は、もういいかな？」

バウアーがやってくる直前、エーヴェルトとオーゲスタムが立ち上がってにらみ合っていたとき、スヴェンはずっと無言だった。あれは虚《むな》しい権力争い、無意味な意地の張り合いにしかなりえなかった。

「さっさと仕事を始めよう。お互いの砂の城を崩し合うんじゃなくて」

封筒を指先でいじる。もう一時間近く前から手に持っているものだ。

ヤン・ペーデシェン（ヤ）：なんですって？　娘が……行方不明？

取調官エリック・トムソン（取）：知らなかったのか？

スヴェン・スンドクヴィストは、警察のマークのついた白い封筒を開けると、ホチキスでとめられた事情聴取記録０２０１‐Ｋ８４９７６‐０４のコピーを出した。

ヤ：これまでは質問ばかりで、なんの話だか教えてくれなかったじゃありませんか。で、三十分も経ったいまになって、娘が行方不明、ですって？

計八ページに及ぶ、ぎっしりと文字の詰まった書類。聴取の相手は、ヤン・ペーデシェン。彼が性的虐待をしていたとの通報に基づき、被疑者として取り調べを受けている。

取：質問に答えなさい。

ヤ：質問って、僕の話のいったいどこがわからなかったんですか？

ページをめくる。印をつけた箇所がいくつかある。余白部分に、赤ペンで太い線が引いてある。

取：こっちがなにをわかってるかはどうでもいいことだ、ペーデシェン。そろそろ質問に答えてくれないか。

スヴェンはエーヴェルトとオーゲスタムを見つめている。

「リズ・ペーデシェンは亡くなった。娘は二年半前から行方不明。元夫には性的虐待の疑いがかかっていた」

警部も検察官も腰を下ろした。耳を傾けているのだ。

「いまいちばん気になるのはこの男だ。女の子の父親」

ヤ：もう五回はいろんな形で説明したじゃないですか。僕がヤニケを性的に虐待していたというのは……ちゃんと聞いてください！……それはね、ただの突拍子もない妄想なんですよ。

スヴェンは質問を待った。
「ヤニケが失踪した時点で、事情聴取は二度行なわれた。これはその一度目のほう」
質問は来なかった。
だから、そのまま先を読み上げた。

取：じゃあ、もう一度説明してみろ。
ヤ：別れた妻のでっちあげです！　親権が欲しくてそんなことを言ったに決まっている！

スヴェン・スンドクヴィストはさらにページをめくった。ヤニケ・ペーデシェンを性的に虐待した疑いで、ヤン・ペーデシェンに対して行なわれた取り調べ。彼は質問されるたび、自分は無実だと言い張った。この一年前に告発されたときにも濡れ衣だと言い、妻が親権を取るために嘘をついたのだと主張した。

ヤ：だいたいね、あんたがた、僕を逮捕するつもりがあるようには見えないんですが。逮捕しないんなら、この取り調べはもう終わったものと考えていいですね。

取：ちょっと待て……

ヤ：僕はたったいま、実の娘が一カ月前から行方不明だと知らされたんですよ。いますぐ帰らせてもらいます。

エーヴェルト・グレーンスとラーシュ・オーゲスタムは耳を傾け、理解した。スヴェンの言ったとおり、いまはこの元夫、少女の父親の居場所を探すことが最優先だろう。

ヤ：で、ほんとうならあんたがやるべきことを、自分でやります。

取：座りなさい……

ヤ：娘を探すんです。

夜が更けつつあった。

室内がふっと静かになり、疲れた体があくびをして休息に入ろうとしたところで、オーゲスタムが、廊下のマシンでコーヒーを三杯いれてくる、と言いだした。

仕事はまだ終わっていない。

捜査二日目の今日、なんとしても死んだ女の元夫、失踪した少女の父親を探し当てなければならない。そして、どんなに意見が食い違っていようとも、いつかは折り合いをつけなくてはならない——もう一度、地下トンネル網に下りていくには、どうすればいいか。

リズ・ペーデシェンを殺した犯人がそこに隠れていることは、わかっているのだから。

高速道路のアスファルトを囲む木々の影が、だんだん勢いを増して過ぎ去っていく。乱れ舞う雪が風で車線に飛ばされてくると、車は少しずつ路肩へ滑っていき、木々との距離があまりにも近くなった。ブレーキペダルを踏むと、一瞬ハンドルを取られた。氷に覆《おお》われた地面がタイヤを騙《だま》し、もの言わぬ岩壁のほうへ導いていったのだ。

マリアナ・ヘルマンソンは疲れていた。疲労困憊《こんぱい》と言ってよかった。

昨晩は一睡もしておらず、残り少ないエネルギーにしがみついている状態だ。もし自分がいま交通取り締まり中の警官で、この車を停めたとしたら、きっと自分を車から引きずり降ろして、これ以上運転するなと言っただろうと思う。

クラッチペダルを踏んで、ハンドルを握る手に力を込め、車をもとの車線に戻した。それから、体の震えをなんとか隠そうとした。最悪の事態にどれほど近づいていたか、バウアーに伝える気にはなれない。車はアーランダ空港へ、今夜の最終便を目指して北上している。ヘルマンソンはまっすぐ前を見据え、数百メートル前を走っている車の赤いテールランプを目標にした。あくびを嚙《か》み殺し、ソレントゥーナへの出口のそばにあるガソリンスタンドに立ち寄った。

「コーヒー、どうですか？」

「ありがたいですが、この時間にはやめておきますよ。眠れなくなる」

ヘルマンソンはガソリンスタンドの売店で大きなサイズのブラックコーヒーを買った。グレーンスが帰宅しない夜、警察本部の廊下のマシンでいれているコーヒーにそっくりで、なるほどこういうことかと腑《ふ》に落ちた。心拍数が上がり、なにやらそわそわと落ち着かない感覚が胸の中に広がった。これであと何時間かは起きていられる。

「フランクフルトで子どもたちが見つかったときに、会ったんですがね」

ホルスト・バウアーはストックホルムの中心を離れて以来、ずっと黙ったままだった。彼女の運転技術を不安に思っていたのか、それとも単に、大事件の捜査の最終段階について考えていただけか。だが、いま、ようやくヘルマンソンのほうを見た。彼女は車のスピードを落とした。車線からはずれずに走ることと、バウアーの話に耳を傾けること、どちらにも集中できるように。

「捨てられて、おびえきった子どもが、三十九人。私にはわからない言葉を話していました。オスロの子たちには会っていませんし、ローマの子たちにも会っていません。が、一週間後のコペンハーゲンでは会いました。二十八人。うち何人かから事情を聞きました」

　苛立った車の長い列が、ふたりの車を追い越していく。邪魔だとばかりにクラクションを長々と鳴らしたり、彼女のすぐ前に割りこんだりしている。これが別の日だったら、ここぞとばかりに追いかけて路肩に誘導しただろうが、今日はあまりにも疲れているうえ、このドイツ人警部の話に興味を惹《ひ》かれてもいた。ここまで詳しい話をするつもりはなかっただろうに、どういうわけか語ってくれているのだ。

「実際に会ってみないと、ほんとうの意味で理解はできないものですね。ドイツでストリートチルドレンにかかわる捜査をしたことは何度もあったのに。他人の悪いところばかり嗅《か》ぎつけて、自分の悪いところには蓋《ふた》をするのが得意なんですよ、われわれは」

高速道路を降りると、空港の国際線ターミナル前、警察用にふたつ確保されているスペースの片方に駐車した。ゆっくり運転したにもかかわらず、チェックインの時間までまだ四十五分あったので、ふたりは車内に残った。

「これまでの四十年以上、なにがなんでも罪を犯した人間を見つけ、そいつを独房に閉じこめることが私の仕事でした。ところが今回は違う。犯罪があったことは明らかで、犯人もわかっているのに、だれも逮捕できなかったのは生まれて初めてです」

怒りに偽装された彼の苛立ちを、ヘルマンソンは感じ取った。

「というのも、いまの私は、警察官ではないのですよ」

ふたりは運転席と助手席に並んで座り、旅行鞄《かばん》と航空券を手にした人々を眺めている。期待をふくらませて夜のフライトへ急ぐ人々、あるいは到着したばかりで、くたびれたようすで待ち人を探している人々。

「いまの私は、役人、外交官、コーディネーターです」

不思議な場所だ。だれもがどこかへ向かっている。いつもどこかへ向かっているからこそ、自分の帰る場所がはっきりする。

「清掃係のようなものですね。ヨーロッパじゅうを旅して、外交のために口をつぐめと同僚に言ってまわっている」

バウアーの顔。エーヴェルト・グレーンスの部屋ではなんの迷いもなさそうに見えたその顔が、いま、この車中では、希望を失ってうなだれているように見えた。もはや自分が属しているとは思えない時代を、なんとか理解しようとしている人間。シートベルトを締めたまま座っている彼が、さらに話を続けようとしたところで、ヘルマンソンの携帯電話が鳴った。彼女はグローブボックスに手を伸ばし、失礼を詫《わ》びて応答した。

こんなにスピードを出すべきではないだろう。道路は凍結しているし、あたりは真っ暗で、自分は疲れている。運転手としてあるべき状態でないのはあいかわらずだが、それでもヘルマンソンは制限速度を大きく上まわるスピードで車を走らせた。ローテブローで高速E４号線を降り、県道２６７号線を十キロ弱走って、ステーケットへ、そこから高速E18号線へ。昨日訪れた里親家庭のあるヴィークシェーへの、いちばんの近道だ。胸が痛い。もっと若かったころ、いろいろなことが怖かったころと、同じ痛み。心臓のそばを締めつけられるような不快感がある。

ヘルマンソンは雪に覆《おお》われた柵のそばに車を駐《と》めた。

そこから、すぐに見えた。

数メートル前方、暗い前庭で、車のヘッドライトに照らされて。

ナディアは背を丸め、鉄のフレームにぶら下がったブランコに乗っていた。大きな雪の吹き溜まりの上を、ゆっくりと前へ、後ろへと行き来している。後ろへ下がるときに片方の足で地面を軽く蹴るので、その力でもうしばらくブランコが揺れる。

そうして揺られながら、ナディアは歌っていた。

マリアナも知っているメロディーだった。ルーマニアの子どもの歌。はるか昔、マルメの高層団地で、父が歌ってくれた。

「もう一時間以上前から、ああしてブランコに乗ったままなんですよ」

あたりは寒い。街から数十キロ離れたここのほうが寒い気がする。クングスホルメン島の警察本部を出たときはマイナス十八度だったが、いまはさらに何度か下がっているにちがいない。里親家庭の父親が毛布を持ってそっと近づいていき、ナディアの脚に掛けてやった。それから、ささやくような声で説明してくれた——これまで六十分間、なんとかして家の中に入ってもらおうと手を尽くしてきたこと。ついさっき初めて、薄手のセーターの上にジャケットを掛けてあげられるほど近くに寄れたが、だれだかわからないという目で見られたこと。いま精神科医がこちらに向かっていること。でも、あなたが来てくださってほっとしました、あなたなら言葉がわかるし、昨日の夕食のときにはナディアとちゃんと話もできているようだったし。

「ねえ、寒いでしょ」

そっと何歩か進み、ナディアの頬に手を置く。ナディアが気づいたようすはない。足で地面を強く蹴り、後ろへ下がる。揺れている。鼻歌を歌っている。

「ナディア、ここじゃ寒いよ。いっしょに中に入ろう」

ナディアの瞳。目が合わない。ここにはいないかのようだ。

「ほら、中に入らなきゃ。家の中に。みんながいるところに」

「これが終わったら」

少女の視線は、彼女自身の奥深くにあるなにかに向けられている。いま、マリアナ・ヘルマンソンのそばにいるのは、昨日別れたときとはまったく別の人間、ここではないどこかにいる人間だ。

ヘルマンソンが手首をつかんで脈を確かめようとすると、ナディアは腕を引っこめて目をそらした。ヘルマンソンは車に戻り、懐中電灯を取ってくると、スイッチを入れていきなりナディアの目に向けた。それで、光への反応に異常はないとわかった。瞳孔がふつうに収縮したということは、おそらく薬物の影響下にはないだろう。念のため、大きめの名刺のような紙をナディアの顔のそばに掲げ、彼女の瞳孔と、その長方形の紙に描かれたものとを比べてみた。正常な大きさより小さくはない、ということは、オピオイド薬の影響下にはない。逆に、正常な大きさより大きくもない、ということは、中枢神経刺激薬の影響下にもない。

「ねえ、ナディア」

はるか奥深くへ向けられたまなざし。

「ナディア、中に入ろう」

ブランコのチェーンに絡《から》められた指。勢いをつけ、スピードを上げて、前へ、後ろへ。

「これが終わったら」

ヘルマンソンは振り返り、数メートル離れた暗闇の中で待っている一家の父親を見た。彼の声は小さかった。

「まずい。まずいですよ。これは……」

ブランコが止まり、冷たい鉄が硬いプラスチックに擦《す》れてきしむ音もやんだ。ナディアがブランコを降りている。また鼻歌を歌いながら、年端《としは》のいかない少女のように前へジャンプし、雪の積もった砂場にしゃがみこんだ。雪の玉をひとつ、またひとつ。丸めては口に運び、舐《な》める。

「精神を病みかけている」

里親家庭の父親は雪を見下ろした。

「むりやり連れていこうとしたら……きっと壊れてしまう」

街から車で三十分、ここでは違う空が広がっている。ひしめくように輝く星。大都市を覆《おお》う人工的な光の中では、こんなふうに星を見ることはできない。

「午後にね、人があの子を訪ねてきたんですよ。社会福祉局の担当者と、通訳でした。僕はなにも知らなかった。せめてあらかじめ知らせてくれていたら……あの子に心の準備をさせてやれたかもしれないのに」

頬を赤くしたナディアは、雪を運んでさまざまな大きさの山を作っている。

「キッチンの食卓で話をしました。そのときはあの子、話を理解していなかったと思います。見ていて、ああ、これはわかっていないな、と思いました。社会福祉局の担当者が話をして、通訳がルーマニア語に訳したとき。あの子は理解していませんでした。はっきり言われていたのに……赤ん坊をあの子から取り上げる、と」

父親は顔を上げ、ナディアのほうを見た。

「あの子が重度の薬物依存症だから。本人もまだ子どもだから。したがって、母親としては不適格だから。スウェーデンの法律では、環境に恵まれない子どもの面倒を公的機関が見ることと決まっているから。社会福祉局の担当者は、そう説明していました」

深く息を吸いこむ。吐き出した息が大きな雲になった。

「ナディアはなにも言わなかった。人が来て、赤ん坊を引き取っていったときにも。なにも言わずに、三時間、部屋に閉じこもっていました。で、出てきたと思ったら、ここに来て、ブランコを揺らしはじめた」

ヘルマンソンは雪に覆われた芝生に立っている。

また、空を見上げる。なにかを探して。

それからナディアのほうへ向かい、雪の玉を作っている手を取って、ここにはいない瞳をのぞきこんだ。ここは寒いよ、中に入らなきゃ。そして、いや、まだだめ、遊びが終わってから、と繰り返す、十五歳の母親の声を聞いていた。

真夜中まで、あと二時間。

ヤ：別れた妻のでっちあげです！　親権が欲しくてそんなことを言ったに決まっている！

エーヴェルト・グレーンスは訪問者用の茶色いソファーに寝そべり、さっきスヴェンが読み上げた事情聴取記録をぱらぱらめくった。

ヤ：僕はたったいま、実の娘が一カ月前から行方不明だと知らされたんですよ。いますぐ帰らせてもらいます。

スヴェンが余白に赤ペンで引いた太い線。彼はていねいに読みこんでいた。

ヤ：で、ほんとうならあんたがやるべきことを、自分でやります。娘を探すんです。

殺されたリズ・ペーデシェンの元夫。行方不明になっているヤニケ・ペーデシェンの父親。エーヴェルトは床に置いてあるコーヒーカップに手を伸ばした。今夜は家に帰るつもりだ。だれも暮らしていない静かなマンションに帰り、広いキッチンに座ってスヴェア通りを眺める。疲れが襲ってくるまで。ふたりのものだったベッドが、真っ逆さまに突き落とされる穴ではなくなるまで。ときおり、背後でだれかが寝ていると感じる夜がある。アンニの腕が肩にかかり、彼女のゆったりした寝息が聞こえるような気がするのだ。ふと頭をめぐらすと、こわばった首がぎくりと痛んで、カップの中身が胸にこぼれ、熱い液体に肌を焼かれて思わず悪態をついた。廊下の先の更衣室にまだ自分のロッカーがあるので、そこへ行ってシャワーを浴び、茶色く濡れたシャツをビニール袋に突っこんで、何年も着ていなかった真っ赤なジャージの上着を身につけた。洗わずに放置されていたにおい、体育館のにおいが漂ってきたが、少なくとも湿ってはいない。それに、黒い革靴とグレーのズボン、流行遅れで毛玉だらけの派手なトレーニングウェアという組み合わせの奇妙さなど、こんな時間に警察本部に残っている連中はだれも気にしないだろう。

〝ペーデシェン〟

しみのついた事情聴取記録がカーペットの上に落ちていて、エーヴェルトはそれを拾い上げた。左上の隅に個人識別番号が入っている。パソコンの電源を入れると、いまだに意味のよくわからないアイコンが画面に並んだ。頻繁に使っている数少ないプログラムのひとつを開く。いわゆる人物検索というもので、スウェーデンの全住人についての情報が入っている。

〝ヤン〟

検索は数秒で済んだ。名前がひとつ、大きな画面の中央で点滅する。カーソルをそこに寄せ、マウスを軽く押して、次の表示を待った。

そして、読んだ。

たったのひとこと。

〝死亡〟


スヴェン・スンドクヴィストは、聖クララ教会の西側から墓地に入る石階段を駆け上がった。教会のこちら側には明かりがあまりないが、冷たく硬い階段で大いびきをかいて眠っている若者三人の姿は見えた。向こうはなにも気づかず、踏んでしまってもおかしくないところだった。

「ちょっと」

いちばん近くに寝ている若者の脇腹を、足先でつつく。

「ここで寝ちゃだめだよ。いまの季節は。聞こえるか？　凍死してしまう」

路上で生活している、若い麻薬常用者。目を覚まし、スヴェンのほうを見もせずになにやらつぶやいて、寝返りを打った。

「わかっていないみたいだな。ほら、起きてくれ」

スヴェン・スンドクヴィストは固まっていない雪をわしづかみにすると、眠っている顔にその冷たい塊を落とした。男はたちまちびくりと反応した。

「うるせえな」

苛立って目を覚まし、しかめ面をして、また寝返りを打とうとした男の目の前に、スヴェンは警察の身分証を突き出した。

「寝てる仲間を起こして、ヘーグベリ通りのシェルターに行きなさい。そこなら受け入れてくれる」

「ちくしょう、好きなところで寝るのもだめなのかよ。サツが牛耳《ぎゅうじ》ってるこの国じゃ」

「いいから行くんだ。それとも警察本部で寝るか？　とにかくここで寝て凍え死ぬのは許さないぞ」

スヴェン・スンドクヴィストは三人全員がゆっくりと視界の外へ消えていくまで待ってから、石階段を上がりきって聖クララ教会の墓地に入った。教会管理人のイェオリはすでに今日の勤務を終えているが、しばらく待っていると電話で約束してくれていた。

「あっちですか？」

スヴェンは、小教会と呼ばれている建物、執事のシルヴィが今朝《けさ》、だれにも顧みられていない子どもたちの情報が詰まったファイルを見せてくれた、あの部屋に向かって歩きはじめた。

「いや、あそこにはもういません」

管理人は分厚いオーバーコートに耳当てのついた毛皮の帽子をかぶっているが、それでも寒いらしく、両腕を体の脇でぶんぶんと振り、雪の上でひっきりなしに足踏みをしている。

「いっしょに来てくださいますか。シルヴィがこの時間、どこで仕事をしているかご案内します」

スヴェンは墓地を横切っていくイェオリのあとを追い、狭い小道を通って教会の東側へ出ると、そこからクララベリ通りを歩いてセルゲル広場に入り、マルムシルナド通りへの階段を上がった。オフィスビルの入口そばの暗闇に、女性が三人立っている。そのうちのひとりを、スヴェンは知っていた。五十歳ほどの、痩《や》せた、小柄な女性。燃える瞳の持ち主だ。

「じゃあ、ここで失礼しますよ」

イェオリは会釈をし、一月の夜にそなえている首都の人混みに消えた。スヴェンはしばらくその場を動かなかった。三人の会話を邪魔したくない。薄手のナイロンストッキングで厳しい寒さに震えている若い女性ふたりと、その話を聞くために来ている教会執事とのやりとり。女性たちがちらり、ちらりとこちらに目をやり、やがて口をつぐむ。私服警官は見かけでわかるのだ。そして、彼に向かって唾《つば》を吐いた。こいつのせいで客が寄ってこず、今日最後のヘロイン〇・五グラムがさらに遠ざかる。

「仕事の邪魔です」

シルヴィは女性たちを抱擁《ほうよう》し、やがて去っていったふたりに向かってなにか呼びかけたが、なんと言ったのかは聞き取れなかった。ふたりが歩いていった先には、ボルボが一台停まっていて、運転席の窓が開いていた。シルヴィは決然たる足取りでスヴェンに向かってきた。

「お怒りになるのはわかります」

「今朝もいらしたでしょう。手伝ってほしいとおっしゃって。手伝った結果があれですか」

寒い夜だが、彼女の首筋が赤いのは冬のせいではない。内側からにじみ出た赤さだ。スヴェンには彼女の怒りが手に取るようにわかった。

「確かに、今朝はお伝えしなかったことがいくつかありました」

「あんな……悪魔のような所業をやってのける組織というのは、いったい……いったいどういう仕組みで成り立ってるんですか？」

「警察の捜査にはいくつもの段階があります。今朝の段階ですべてをお話しするわけにはいきませんでした」

「相手はね、ほんものの人間なんですよ。身を隠している人たち。社会から爪弾《つまはじ》きにされて、人目を避けて暮らしている人たち。そういう人たちを、あなたがたは攻撃した。ストックホルム警察の大量の人員を使って追いつめようとした！」

スヴェン・スンドクヴィストは恥じ入るしかなかった。彼自身、はなはだ疑問に思っていた作戦だが、いまは自分がそれを代表する立場だ。

「おっしゃるとおりです」

「脅して！　発砲までして！」

「いま言ってもしかたのないことですが……僕が決断を下す立場だったら、あんなことはしなかったはずです」

「あの人たちはただ、暖かい場所を求めているだけなんですよ。冬から、寒さから、身を守ろうとしているだけ。そんな人たちを怖がらせて！　もっと奥へ、もっと遠くへ追いやるなんて」

「でも、あなたの助けがどうしても必要です」

「ああいう人たちは……味方になってほしかったら、敬意を表して、信頼関係を築くしかないんです。追いつめてつかまえるのではなくて」

女性がひとり近づいてきた。二十歳ぐらいだろうか。長い髪をひとつにまとめ、黒いハンドバッグを肩から掛け、ミニスカートをはいていて、革のロングブーツのかかとが擦《す》り減って斜《なな》めになっている。彼女は道路をはさんだ反対側の歩道を歩いていて、若い男を四人乗せたメルセデスが停まると、わざとらしい笑い声をあげた。シルヴィを見やり、高い声でひとことだけ告げる――「車のナンバー、見ておいて」。そして後部座席に乗りこみ、ドアを閉めた。

「あの子、いつもああ言います。相手が何人もいるときはね。一度、暴力をふるうのが好きなのを五人も相手させられて、ひどい目に遭ったことがあるから」

スヴェンは二冊持っているメモ帳の片方を裏返し、そこに車のナンバーを書きとめた。

「私も昔はここを歩いていました。あの子たちはそのことを知っています。私ならあの子たちの気持ちがわかると知っているんです。いまの、あの子……まだ十七歳です」

「未成年じゃないですか」

「あの子だけじゃありません。今週だけで、もう二十人と話をしました。大人にはほど遠い、まだ幼い女の子たち。年齢が下がるほど難しいんです。人の話を聞かないから。とにかくヘロインが欲しくて、どんな手段を使ってでも手に入れようとする」

黒いメルセデスはすでに遠ざかっている。どこに行くのだろう、とスヴェンは思った。

「もう一度、ご協力をお願いしたいのですが」

「今日の夕方、あんなことがあったあとに？ 侮辱もいいところだわ」

スヴェン・スンドクヴィストには彼女の言い分が理解できた。自分が彼女の立場だったら、やはり同じことを言っただろう。もう一度謝罪してから、説明した——女性が殺された事件を解決すること、犯人をつかまえることが目的だったのだ、と。犯人の男はいまもなお、通りの下、地下のどこかにいるはずだ、と。

「お断わりします」

「どうしたら……」

「信頼関係。人を信用できるかどうかの問題です。私はあなたを信用できません」

シルヴィが歩きだす。マルムシルナド通りを、北へ。スヴェンはしばし立ちつくしていたが、やがてあとを追った。そうするしかなかった。疲弊《ひへい》しきった肥満体の女性がふたり、どこからともなく出てきてシルヴィを囲んだ。小柄で華奢《きゃしゃ》なシルヴィがふたりを抱擁し、その丸い頬を撫《な》でる。女性たちの声は甲高《かんだか》く、コンクリートの建物にこだまして響きわたった。彼女たちが求める慰めを、シルヴィは確実に与えている。明日また来てちょうだい、ホームレスを助けてくれるお役所に、いっしょに連絡しましょう、と言った。また抱擁を交わしている。シルヴィの華奢な体がはさまれて潰れそうだ。

「あなたのおっしゃるとおりです。僕たちは確かに過ちを犯した。でも、そこにとどまっていても意味がありません。違いますか?」

スヴェンはまたひとりになったシルヴィに追いついた。

「女性がひとり殺されているんです」

被害者もまた人間だ、そうわかってもらえれば。

「ナイフで刺されて。四十七回も。狂気の沙汰です」

つい最近まで生きていた人間なのだと、この教会執事にわかってもらえれば。

「顔をネズミに喰《く》われていました。犯人はいまもフリードヘム広場あたりの地下トンネル網にいます」

痩《や》せた背中に大きすぎるコートをはおったシルヴィは、また歩き去ろうとしていた。が、振り返った。

「ネズミですって?」

「ドブネズミです。女性の顔の一部が喰われていました」

シルヴィは立ち止まった。スヴェンの願いは叶った。被害者の描写に、シルヴィはひとりの人間を見た。

「女性が殺されたとおっしゃいましたね？」

「はい」

「どんな女性ですか？」

生きていた人間を見た。

「四十一歳のシングルマザーで、テューレセーの社会保険事務所で働いていました」

シルヴィは耳を傾けている。被害者の名前も伝えよう、とスヴェンは考えた。そうすれば、ますます無視しにくくなる。

「ペーデシェン。リズ・ペーデシェンという名前でした」

シルヴィの顔を観察する。反応があった。びくりと体が震えた。素知らぬ顔をして隠そうとしているが、いまの名前に聞き覚えがあったにちがいない。スヴェンはそう確信した。

「犯人は地下トンネル網にいる。そうおっしゃいましたね？」

「ええ」

シルヴィは黙りこんだ。風がふたりのやりとりを見張っている。あたりは寒い。車が二台、ゆっくりとそばを通り過ぎる。ぴかぴかの新車。買える人間を探しているのだ。シルヴィはため息をついた。なにかをあきらめたようにも見えた。

「私もね、昔は地下で暮らしていました。あれからもう十三年になります。以来、注射器には一度も触れていません。結婚もしました。でも、夫にはいまだに、私が注ぎたいと思っているほどの愛情を注いであげられない。無理なんです。十三年も経ったのに！　わかるかしら……体が覚えているんです。ここにいた記憶。どこにも家がなかった日々。自分の体を売って、耐えるために注射していた日々」

シルヴィはコートを体にきつく巻きつけ、白髪《しらが》まじりの頭を覆《おお》う手編みの帽子を直した。

「協力します。フリードヘム広場のそばから地下に下りて、そこで暮らしているある人と接触してみます」

スヴェン・スンドクヴィストは彼女を抱きしめたくなった。

「でも、ひとりで地下に下りるのはだめですよ」

「ひとりで行きます」

「殺人犯が地下にいるのはわかっているんです」

「ひとりで行きます。そうするしかありません。あなたたちは地下の人たちを怖がらせ、傷つける。あなたたちのことは信用できない。彼らも、私も。私が警察官を連れてきたなんて、地下の人たちに知れたら……私はもう、二度と下りられなくなります」

シルヴィの背丈は、スヴェンの胸ほどまでしかない。片腕で抱え上げることもできそうな体だ。

「ひとりで行かせるわけにはいきません」

「地下では、私のほうがずっと安全です」

だが、その瞳には、力強さがあふれている。

「危険すぎます」

「あなたたちが地上にいるときと比べても安全です」

埃《ほこり》のにおいがする。ここはいつもそうだ。埃と、記憶のにおい。

エーヴェルト・グレーンスは警察本部の大きな資料室の中央に立ち、フォルダーを手に持っている。もうすぐ家に帰るつもりだ。今夜こそはあのマンションに勝つ。孤独をコントロールするのは自分のほうだ。資料室の閲覧スペースで三十分かけて資料を読みこんだ結果、ヤン・ペーデシェンの死についての捜査には非の打ちどころがない、あらゆる手が尽くされている、という結論に達した。いまから六カ月前のマンション火災。煙草《たばこ》の燃えさしが掛け布団《ぶとん》に燃え移ったのが原因で、男性がひとり亡くなった。そばの机に置いてある台帳を開き、捜査資料借り出しのサインをする。このフォルダーは家に持ち帰るつもりだ。かならずなにか見つかる。二度目、三度目、四度目と目を通して、初めて見えてくるものがあるのだ。

エーヴェルトはあたりを見まわした。この部屋はけっして好きではない。胸糞《むなくそ》悪い事件の数々が、紙製のフォルダーに入れられてスチール棚に保管されている。年代順に、何年分も、ずらりと並んでいる。壊れてしまってもう元には戻らない人間についての捜査。出るときにはいつも遠まわりをする。避けている棚があるのだ。地下通路に出るドアのすぐそばにある戸棚、二十七年前に終わった捜査の資料をまとめた分厚いフォルダー。アンニ・グレーンスという名の女性警官が、パトロール中の車に頭を轢《ひ》かれた事件。車椅子や介護ホームのことはなにも書かれていない。ふたりの人生になるはずだったものが、ほんの数秒で永遠に変わってしまった事実についても、なにも書かれていない。好きになれないのは、たぶん、そこだ。終わった捜査の資料を見ても、そのあとどうやって生きていけばいいのかについては、なんの答えも得られないから。

エーヴェルトはいつもどおり裏口から資料室を出ると、しんと静まりかえった通路を抜け、地下駐車場に駐《と》めてある車に向かった。運転席に座り、キーを手にして二秒、目を閉じていたところで、携帯電話が鳴った。ヴィークシェーからストックホルムに戻る途中のヘルマンソンからで、疲れた声を出さないよう努めているのがわかった。例のルーマニア人の子どもたち、そのうちのひとりについていての話に耳を傾ける。ついさっきまで庭のブランコに乗って、自分だけの世界に閉じこもりかけていた、と彼女は言った。疲れた声がだんだん激昂《げきこう》していくのがわかって、エーヴェルトはやがて彼女の話をさえぎると、そのまま車で家に帰れ、せめて何時間か寝たあとでなければ、おまえの姿は見たくないし連絡も欲しくない、と言い渡した。

地下駐車場からサンクトエーリク通りに出てフレミング通りに入り、自宅へ向かう途中、クング橋にさしかかったところで、ビルの七階にある検察庁をちらりと見上げた。オーゲスタムのオフィスと思われる部屋に明かりがついている。あの若造、ずいぶん遅くまで仕事をしているらしい。いい気味だ。もうすぐヴァーサ通りというところで、右側に見覚えのある車が駐まっているのに気づいた。角張ったＳＵＶ。そのまま素通りしたが、急に車を停め、バックで戻った。

こんな寒い夜は何年ぶりだろう。だが、エーヴェルトはなにも感じない。声をあげて歌いながらSUVに近寄り、フロントガラスにこびりついた氷をこすり取って中をのぞいた。

間違いない。この車だ。

そのまま歌いながら、車のボンネットの前に立って足先で雪に線を引き、そこから交差点へ歩いた。また車に戻り、同じことを繰り返す。もう歌っていない。一歩進むごとに歩数を数えている。

車に向かって笑い声をあげると、通りの向かい側でまだ営業している〈セブン‐イレブン〉に入った。店員はにきび面の若者で、携帯電話に没頭していたが、エーヴェルトは待つのにうんざりして、巻き尺を買いたいのだが、と声をかけた。若者は微笑み、冷蔵コーナーや菓子コーナーのあるほうを手で示してみせた。

「巻尺は売ってません」

「なら貸してくれ」

「そりゃ、どこかの引き出しに入ってるかもしれないけど、貸し出し用じゃありませんよ」

エーヴェルト・グレーンスの機嫌は急降下した。また歌って上機嫌に戻りたい。身分証をカウンターに置く。

「警察の者だ」

積もったばかりの雪は白砂糖のようだ。エーヴェルトはさっき歩道に引いた線のそばでひざをついた。車の前端から巻き尺を最大限まで伸ばし、またそこに線を引いた。線を五本引いて立ち上がったころには、ズボンのひざから下がすっかり濡れていた。車から交差点までの距離は、九メートル九十二センチだった。

「八センチか」

声に出して独り言を言う。それから、歩道を這《は》いまわっている変人に注目して立ち止まっていた男性に向かって言った。

「どう思う？　八センチ足りない。検察官なら違反だって知ってるはずだよな？」

男性はかぶりを振ってその場を去った。エーヴェルトは自分の車へ戻り、運転席のドアを開けると、グローブボックスに詰まったゴミに手を突っこんで中を探った。いちばん奥に入っていた。使ったことは一度もない。積もった埃をふっと吹き飛ばしてからページをめくった。

一冊当たり五十枚だ。いちばん上の一枚をめくり取ると、老眼鏡をかけ、笑みを浮かべつつ空欄をすべて埋めた。もう二度と使わないであろう冊子を元の場所に戻し、ＳＵＶに向かう。フロントガラスにまだ残っていた雪や氷をきれいにこすり取ってから、駐車違反切符を片方のワイパーの下にはさみこんだ。

エーヴェルトはまた歌いながら自分の車に戻り、エンジンをかけた。自宅まで、あとほんの一、二キロだ。

不思議な気分だった。

エーヴェルト・グレーンスはぐっすり眠って目を覚ました。自宅で。この広大な、がらんとしたマンションで。上階の住人の重い足音を何時間も聞きつづけるはめにはならず、スヴェア通りで意味もなくクラクションを鳴らす車に向かって怒鳴り散らすこともなかった。サンドイッチを夜食にすることも、いやなにおいのする牛乳パックを開けることもなければ、凍りついたバルコニーへそわそわと歩いていって、冷たく暗い夜空を見上げることも、無味無臭な深夜ラジオ番組にチャンネルを合わせて、行き先を見失ったようなジャズや、女性アナウンサーのなめらかな声に耳を傾けることもなかった。一晩、ぐっすり眠ったのだ。身支度を整え、玄関扉に鍵をかけると、共同階段を下りつつ、胸の内にある妙な感情をなんとか振り払おうとした。安堵《あんど》だろうとは思うのだが、どことなく不快で、泣きたいような気すらした。

待ち合わせ場所は、フリードヘム基礎学校のアスファルト舗装された校庭の北側、ベンチが並んでいるあたりだった。エーヴェルトは校舎の屋根近くからこちらを見張っている時計に目を向けた。八時五分。スヴェンが遅刻している。めったにないことだ。

腰を下ろして待つことにした。大都市はなかなか眠りから目覚めない。昨晩、フリードヘム広場付近の騒音はまだ控えめで、ときおり通るバスに乗客の姿はなかった。昨晩、飲食店から最後に出てきた客と、今朝《けさ》、デパートに最初に入るであろう客、そのあいだの空白地帯を走っている。エーヴェルトはふと笑みを浮かべた。昔、アンニとよく逆のことをした。彼女は週末になると目覚まし時計をかけ、がらんとした夜明けのストックホルム散策にエーヴェルトを連れ出した。そうしてほんの束の間、首都を独り占めしていたのだ。エーヴェルトは電話を出し、ソフィアヘメット病院にかけようかと考えたが、やめておいた。いまのアンニには、いつも以上に睡眠と休息が必要だ。あとで話をする時間はたっぷりあるだろう。

「ごめん、遅くなった。ヨーナスに説明するのに手間取ってしまって。昨日の練習のあと、どうして迎えに行かなかったのか。どうして今日も出かけなきゃならないのか」

「全部グレーンスのせいだって言っとけ」

「いつもそう言ってる」

スヴェン・スンドクヴィストはベンチに積もった雪を払い、上司の向かい側に腰を下ろした。

「八時十分か。まだ二十分あるな」

エーヴェルト・グレーンスはブリーフケースを開け、昨晩資料室から借り出したフォルダーを出した。スヴェア通りに面した窓辺のベッドで読みこんだ捜査資料。六カ月前、ヤン・

ペーデシェンのマンションが火事で焼けた事件の資料だ。
「なんだって？」
「ヤン・ペーデシェンはもう死んでるんだよ」
エーヴェルトは添付書類のひとつをめくった。鑑識捜査報告書と呼ばれるもので、セーデルマルム島西部のマンション、ヤン・ペーデシェンが離婚したあとに住んでいたマンションの白黒写真が入っている。

写真10。マンションの床で、人体の残骸《ざんがい》が発見された。

ほとんど真っ黒な写真だ。煤《すす》と、灰。どこで床が終わって壁が始まっているのかも判別しがたい。スヴェンはその真ん中あたりに白いペンで描かれた楕円を指でたどった。その輪郭《りんかく》に、生きた人体と共通するところはほとんどない。

写真17。人体の下および横に、鉄細工とスチールのスプリングが見える。ベッドの残骸と思われる。

歯科医のカルテで、身元が百パーセント確定した死体。ベッドの炎がカーペットに燃え移り、人間の呼吸をのみこんだ。

「ほんとうに間違いないのか？」

「こいつを何度も読んだがな。リズ・ペーデシェン殺害事件の捜査にはいっさい無関係だ」

スヴェンは鑑識捜査報告書をクリアファイルに戻し、フォルダーを返した。

「二年半前に娘が失踪した。六カ月前に父親が死んだ。二日前に母親の他殺体が見つかった」

かぶりを振る。

「家族全員だよ、エーヴェルト。みんないなくなってしまった」

彼女は時間に正確だった。

八時半ちょうど、校庭の反対側から教会執事が歩いてくるのが見えた。華奢《きゃしゃ》な体が、アスファルトの上に浮いているかのように動く。軽い、エネルギッシュな足取りだ。隣を歩いている男の足取りははるかに重い。体を揺らして歩いていて、校庭の真ん中で急に立ち止まると、大きな体が前のめりに倒れそうになった。両腕を振りまわしてなにか言っているのが、小柄な女性のそばではひどく大げさに見える。彼女はひとりでそのまま進んできた。

「昨日の話ですけど」

「はい」

「協力する相手はあなただけのつもりだったんですが」

スヴェン・スンドクヴィストは彼女の背後のベンチを手で示した。

「僕の上司です。エーヴェルト・グレーンス警部」

彼女は振り返らなかった。

「トンネルでのことを命じたのはあの方ですか？」

「そうです」

「でしたら、お引き取りいただいてください」

シルヴィのコートの下に、牧師のような白い襟《えり》がちらりと見えた。一種の身分証だ。遠くからでも信頼を勝ち取れる。たまたま見えてしまっただけのようだが、実は考え抜いたうえで身に着けているのだろう、とスヴェンは察した。トンネルの暗闇の中では、あれが盾《たて》になるのだ。

白髪のまじった長い顎《あご》ひげを生やし、子ども用のような毛糸の帽子をかぶった大男は、校庭の真ん中に突っ立ったまま、じっとベンチのほうを見ている。シルヴィは彼を目で示してうなずいてみせた。

「お引き取りいただけないなら、この話はここで終わりです」

エーヴェルトはブリーフケースを手に立ち上がり、スヴェンを見た。

「俺は失礼する」

顎ひげを生やし子ども用の帽子をかぶった男は、エーヴェルトをじっとにらみつけている。頭を前へ突き出してそのことを強調し、エーヴェルトが大きな建物の裏へ消えるまでそうしていた。シルヴィがふたたびうなずく。男は体を揺らし、前へつんのめりそうになりながら近づいてきた。

「スヴェン・スンドクヴィストさんよ。こちらはミッレルル」

シルヴィが男の手を取り、ふたりはさっきまでエーヴェルトが座っていたベンチに腰を下ろした。路上生活者。スヴェンは彼の手を見やった。汚れていて、ネズミに咬《か》まれた痕《あと》がくっきり残っている。顔は煤《すす》の層に覆《おお》われている。

「十五分だけやる。シルヴィの頼みだから」

男の声は明快だった。薬の影響下にはなさそうだ。訛《なま》りからして、おそらくスウェーデン西部の出身だろう。スヴェン・スンドクヴィストは前へ身を乗り出し、両ひざにひじをついた。近づきたい。距離を取り払ってしまいたい。

「地下で暮らしているんですか？」

ミッレルルという名の男はうめき声をあげ、さきほどエーヴェルトの背中をにらみつけていたときのような怒りの視線を向けてきた。シルヴィが彼の肩に片手を置く。

「そうだと答えたら、あなたは彼を不法侵入で逮捕できる。そうでしょう？　でも、それが目的ではないのですよね？」

スヴェン・スンドクヴィストはミッレルルのほうに向き直った。

「安心してください。いま不法侵入についてはいっさい捜査していないので」

車の行き来する音が大きくなってきた。バスの数が増え、車が急ブレーキをかける頻度も増している。寒くとも美しい冬の日になりそうだ。薄くかかっていた靄《もや》も、太陽の光に追い払われつつある。

「昨日、リズ・ペーデシェンという名前を出されたでしょう」

シルヴィはスヴェンを見つめている。

「その方が殺されたのだとおっしゃいましたね。それで、こうするしかないとわかりました。協力するしかない、ここにいるミッレルと連絡を取らなければならない、と。あなたが私の反応に気づかれたこともわかりました」

シルヴィはミッレルのほうを向いた。ほっそりとした手が、彼の煤けた頬に触れる。

「聖職者として秘密を守る義務があるので、昨日はお話しできませんでした。でもミッレルと連絡がついて、話をする許可をもらったので、あなたのご質問の一部には答えられると思います。ですが、話を始めるのは私ではありません」

彼女はミッレルの頬から手を離さなかった。ミッレルは言葉を探している。ためらい、それからかぶりを振った。

「僕は、不法侵入の件には興味ありません。昨日あなたが火をつけたかどうかも関係ない。そのほかにもなにか、罪を犯しているとしても……僕に話す必要はありません。あと十三分半経ったら、さよならと言って別れる。それで終わりです」

スヴェン・スンドクヴィストは大きな時計に目をやってみせ。取り決めを破るつもりがないことを示した。ミッレルはそわそわと毛糸の帽子をさすっている。その呼吸が荒く、速くなった。

「子どもは……子どもは、地下なんかにいちゃいけない」

首に刻まれたたくさんのしわ、ぼろぼろになった頰。その肌がうっすらと赤みを帯びる。憤《いきどお》っているのだ。

「あの子もそうだ。まだ子どもなんだ」

スヴェンはもっと近づきたくなったが、その場を動かず、必死で落ち着きを装った。

「地下で会うと、ときどき話をするんだが、なんとなく……俺のことを信用してくれてるような気がする」

男がなんの話をしているのか、まだよくわからないが、怖がらせたり怒らせたりするのは避けたい。

「地下で信用できる人間なんて、めったに出会えるもんじゃない。だから、ほんとは……だけどな、二年以上だぞ。ちくしょう、話すしかないだろ」

ミッレルはそこで黙りこんだ。深く息をついてから、続けた。

「だれかに話すしかないと思った」

エーヴェルトはガラスのコーヒーサーバーに手を伸ばした。ほとんど空《から》だが、それでも二杯目を注ぐ。教会執事に言われてフリードヘム基礎学校の校庭を去ったあと、彼はここサンクトエーリク通りに昔からある、赤いベルベットを基調とした内装の喫茶店で待つことにした。ときどき来る店だ。新聞があり、コーヒーがあり、人間観察もできる。社会に爪弾《つまはじ》きにされた人間に、逆に爪弾きにされるなんて、めったにない経験をしたもんだ。さきほど追い払われたこと、条件を突きつけてきたホームレスのことを思って、笑みを浮かべる。いずれにせよ、ろくでなしにだって話をする権利はある。それで殺人事件の捜査が進展するのなら。黒い液体を飲み、食事になりそうな大きさのシナモンロールをかじる。しかもあのろくでなしは、殺人犯がまだ潜んでるにちがいない場所で暮らしてる。空になったカップを脇へ押しやる。スヴェンから電話があって、地下で暮らしている人間と明朝会うことになった、と知らされたとき、真っ先に思った。殺人犯との待ち合わせか、と。実際、校庭の真ん中に立ってこちらをにらみつけてきた、あの顎《あご》ひげ男が、自分たちの探している殺人犯だという可能性もないではなかった。が、いまのエーヴェルト・グレーンスは、そうではないだろうと確信している。両腕を振りまわして話をしていたあのホームレスが、人殺しとは思えない。三十四年間も警官をやってきたのだ、殺人犯がどういうふうに見えるものか、どういうふうに振る舞うものかは心得ている。エーヴェルトは巨大シナモンロールを咀嚼《そしゃく》しつつ、背後のテーブルで馬鹿笑いしているティーンエイジャー三人や、隣のソファーでやたらと大声で話している若者たちを見やった。最近の喫茶店はどこもこうだ。客はガキばかり、温めて泡立てた牛乳入りの、イタリア風の名前のついたまがい物コーヒーのにおいが漂っている。内ポケットの中で携帯電話がピッと鳴ったが、エーヴェルトは気づかなかった。その音は、互いにメッセージを送り合い、実際に話をするより電話をいじっている時間のほうが長い若者たちの立てる音に、すっかり溶けこんでしまっていた。またピッと音がして、それが自分の電話であることにやっと気づき、舌打ちをする。小さすぎるボタンをイライラしながら探り、コーヒーを飲んでいる若者たちに助けを求めようとしたところで、着信メッセージのメニューがようやく開いた。

内容を読むと、すぐに立ち上がった。残りのシナモンロールをナプキンに包み、警察本部へ急いだ。

スヴェン・スンドクヴィストはもう一度、フリードヘム基礎学校の大きな白い時計を見た。与えられた時間は、あと九分。

「話すしかなかった。だれかに知らせなきゃならんと思った」

ミッレルは立ち上がろうとしたが、肩に置かれたシルヴィの手がそっと彼を制した。

「あなたは正しいことをしたのよ」

シルヴィは長いことミッレルを見つめていたが、やがてスヴェンに目を向けた。

「三週間ほど前のことです。クリスマスイヴの日、フリードヘム広場でのこと。私たちは週に一度、寒い季節になるともっと頻繁に、あの広場でコーヒーやサンドイッチを配っています。路上で暮らしている人たちは、私たちがいつ、どこに現われるか知っています。コーヒーだけ取ってなにも言わずにいなくなる人もいれば、食べ物より人との触れ合いを楽しんでいるらしい人もいます」

ミッレルの肩に置かれた手に力がこもる。

「ここにいるミッレルは……そうね、七年前からときどきコーヒーをご馳走《ちそう》しているかしらね。でもあのとき、あなたは帰りたがらなかった。話をやめようとしなかった」

「もう二年以上も地下にいるんだ」

「あなたがしたことは、告げ口とは違うのよ」

「よくないだろ。子どもが地下で暮らしてるなんて」

シルヴィは聖職者のしるしである白い襟を手で直した。また、あの盾《たて》だ。これから話したくないことを話すから。

「ミッレルは、だれにも探されていない女の子の話をしてくれました。まだとても若い女の子。私のファイル、ご覧になったでしょう？ そういう情報を得たら行動するのが私の義務ですから、社会福祉局に通報したんです。ところが四日目になっても、だれも確認すらしてくれていなかったので、私、自分で調べはじめました」


「シルヴィといいます。聖クララ教会で執事をしています」

「はあ」

「お訊きしたいことがあります。お嬢さんのことで」

「女の子のファーストネームはわかっていて、珍しい名前でした。そこで教区の牧師にお願いして、住民登録簿を調べてもらいました。その名前の、その年代の女の子は、ストックホルム県に十四人いました」

「ヤニケという名前のお嬢さんがいらっしゃいますよね？」

「どうしてそんなこと訊くんですか？」

「可能なかぎり電話番号を調べました。十一人の番号がわかりました」

「お嬢さんがいま、どこにいらっしゃるかご存じですか？」

「あなたには関係ないでしょう？」

「電話をかけた八人目の相手が、リズ・ペーデシェンという人でした」

「ご存じないのなら、関係あるかもしれませんよ」

エーヴェルト・グレーンスは寒さにもかかわらず汗ばんでいる。

携帯電話に送られてきたメッセージを手に、赤いベルベットを基調にした喫茶店を出て、いつもよりはるかに速いスピードでクロノベリ公園を横切った。心臓がまるで急《せ》かすように肋骨《ろっこつ》を打ち、彼はベリィ通りの入口を開けると、廊下を急ぎ、三階分の階段を上がった。

ファックスの隣のトレイには、書類が一枚だけ入っていた。

インクにむらがあり、上のほうの段落が読みづらい。ぎっしりと詰まった文字列を人差し指でたどる。


グラス、ブラシ、下着に付着したDNAは、リズ・ペーデシェン（六六年五月十三日生）のDNAと近い血縁関係にあると判明。


これを待っていた。

昨日、だれもいないリズ・ペーデシェンのマンションで、歯ブラシを入れていたグラス、下着、ヘアブラシをそれぞれ小さなビニール袋に入れ、大至急リンシェーピンの国立科学捜査研究所へ届けさせた。

そしていま、ラボの責任者が取り急ぎ送ってくれたこの結果のおかげで、あれが殺された女の娘の持ち物である可能性が高い、という確認が取れた。

こうして、ヤニケ・ペーデシェンのDNAが確保された。

エーヴェルトは紙を手にして長い廊下を歩いた。天井の蛍光灯のきつい明かりではよく読めず、彼は簡易キッチンで立ち止まると、コンロの上のランプをつけて、電気プレートふたつのあいだに書類を置いた。人差し指を少し下へ動かす。次なる分析結果の要約だ。

女性の死体に付着していた唾液《だえき》のＤＮＡは、グラス、ブラシ、下着に付着していたＤＮＡと同一である。


やはり。

ふたりは会ったのだ。

娘が、母親にキスをした。


スヴェン・スンドクヴィストはだれもいない校庭を見まわした。積もった雪に両足が埋もれ、冷えてしかたがない。子ども用の帽子をかぶり、白髪まじりの顎ひげをたくわえた大柄な路上生活者と、聖職者の白い襟のついた服を身にまとい、やつれた顔をした華奢《きやしや》な教会執事は、彼の向かい側のベンチにじっと座ったままだ。

ふたりのおかげで、捜査はたったいま、死んだ女とその行方不明の娘にぐっと近づいた。

「地下にいるんですか？」

スヴェンはミッレルと目を合わせた。

「その子はいまもまだ、地下に？」

汚れた手が汚れた額を掻《か》く。ミッレルは学校の時計に目をやった。

「もう十五分経った」

車の音が大きくなり、風の音がかき消されている。ほかにはなんの音もしない。

「けど、あんたは悪いやつじゃなさそうだ。ずっと黙ってたし、説教も垂れなかった」

ミッレルは初めて笑みを浮かべた。少なくとも、そんなふうに見えた。

「もう少し居てやってもいい」

スヴェン・スンドクヴィストは話の続きを待った。

ふたりとも、きっとすべて話してくれる。話そうと決めたようだから。自分を信用してくれている。

その信用を裏切らないようにしなければ。

「電話で話した翌日、リズ・ペーデシェンさんは私を訪ねて聖クララ教会にやってきました」

シルヴィがベンチから立ち上がる。コートを整えてから、また座った。

「私の隣に立って、チーズとハムのサンドイッチを百二十個作るのを手伝ってくださいました。話のきっかけはなかなかつかめなかった。わかるでしょう。彼女は恥じ入ったようすで、目をそらしてばかりいたから」

スヴェンには理解できた。人から事情を聞く仕事をもう十年はやっているのだ。恥が信頼関係の妨げとなるのはよく知っている。

「そのあと、仕事場までついていらっしゃいました。大晦日《おおみそか》で、今日みたいに寒い日でした。でも、ここフリードヘム広場に来てみても、この人はいなかった」

シルヴィはミッレルの手に自分の手を重ねた。

「あらかじめ言ってはおいたんです。今日会えるとはかぎりませんよ、って。ところが、撤収の作業をしているときに、この人が現われました」

「はじめまして」

「ああ」

「リズ・ペーデシェンといいます。ヤニケの母親です」

「ふたりはしばらく話をしていて、私たちは片付けをしながら待っていました」

「いっしょに行かせてください」

「だめだ」

「地下に。娘のいるところに」

「ミッレルはコーヒーとサンドイッチを受け取って去っていきました。ペーデシェンさんはそのあとを追いかけていきました。泣きながら、ミッレルを叩いていたように見えました」

「無理だ」

「私はあの子の母親なのよ！」

「危なすぎる」

ミッレルはシルヴィの手を握った。不安そうだ。スヴェンがそう感じるのはこれが初めてではない。いつ会話が打ち切られてもおかしくない状況だ。

「あの人、紙になにか書きはじめてな」

ミッレルがそわそわと身をよじる。巨体はこの場を去りたがっている。

「書いてるあいだ、手が震えてた。泣いてた。人に泣かれるのはいやだ」

彼は立ち上がった。

「二、三分で終わった。なにか書いた紙を折り畳んで、俺に渡してきた」

かぶりを振る。

「シルヴィ、やっぱり、あんたに話しちまったのがよくなかったんだ。ヤニケのおふくろさんなんかと話すんじゃなかった。手紙なんか受け取るんじゃなかった」

迷っているような足取りだったが、それでもミッレルは去っていった。がくりとうなだれて校庭を横切っていく。スヴェンは座ったままだった。追いかけて、もっと話してくれと頼んでも、きっと無駄だろう。

そのとき、不意にミッレルが立ち止まった。

じっと立っている。風がその服を引っ張る。

やがて彼は向きを変え、戻ってきた。

「もっといるんだよ、地下に」

そう言ったとき、ミッレルはふたりのほうを見ていなかった。

「部屋が……いろんな年代の女ばっかり、十一人いる部屋があって」

恥。正しくないことをしている、告げ口をしている、という感覚。

「何人かは……まだ子どもで……ヤニケと同じくらいの歳だ」

現在

一月九日　水曜日
十八時五分
聖クララ教会

彼は、教会の最後列のさらに後ろ、いつもの場所に立っている。またしばしの静寂があった。大きな教会はいつものごとく休息している。今日最後の訪問者が、じわじわと暗くなった外へ急ぎ足で出ていったあとのこと。

大人になってからずっと、ここで働いている。だが、こんなにも一日が長く感じられたのは初めてだ。

イェオリはため息をつき、教会の前のほうに目を向ける。あの赤いジャケット、乱れて絡《から》まった髪、痩《や》せ細った肩。

朝からあそこに座っている少女。

ここはあと二時間もしないうちに閉める。教会の南側と北側の出入口に鍵をかける予定だ。あの少女も、ずっとあそこに座っているわけにはいかない。

ここ一時間のあいだ、少女が放心状態ではなくなっている兆候を何度か見かけた。伸びをしたり、さっとあたりを見まわしたりしている。敷布を直すため祭壇に向かう途中でそばを通ったときにも、少女の目を見てみたら、ちゃんと生きているように見えた。

シルヴィが、少女の空虚に風穴をあけたのだ。

少しずつ、少しずつ近づいていき、少女のカップに入った飲み物をわざと飲んでみせた。そうやって、相手を尊重しつつも反応を求め、少女を取り巻いていたすさまじい孤独を、ぐいと脇に押しやった。ふたつの体が接近した圧力で、孤独は押しつぶされ、打ち砕かれた。

背後から足音が聞こえる。音楽主任が教会に戻ってきたのだ。雇われてまだ日の浅い、若い女性で、何時間か留守にしていたが、この時間になるといつも階段で二階席に上がり、翌日の讃美歌の練習をしばらくしている。

また、見えた。

変化の小さな兆し。

イエオリは午前中のことを思い出す。礼拝の始まるころ、少女が前かがみになって両耳を手で覆《おお》い、自分の世界の扉を閉ざしていたこと。

いま、少女は背筋を伸ばし、頭をかすかに横へ向けている。耳を傾けているようだ。がらんとした教会で、オルガンの音をたどっている。

過去

九時間前

ミッレルの右手は、人差し指と中指の先が欠けている。彼自身、もうほとんど意識していないし、とりたてて考えることもない。とにかく遠い昔に二本の指の先を失った、それだけのことだ。どうしてそうなったのかすら覚えていない。

彼はファイルをひざに置き、先の欠けた二本の指で、一枚一枚の写真の縁をなぞった。青いスクリーンを背景に、きちんとした恰好をして、こわばった笑みをカメラに向けている少女たちが、何週間も、何カ月も、何年もの時を経て老いてしまったとしたら、どんな顔になっているかを想像しようとした。

「これ……みんな行方不明なのか？」

「そうです。あなたがいま手にしているのは、スウェーデン全国にまたがる要捜索者名簿です。ほんの数日前にいなくなった子もいるだろうし、もっと長いこと行方のわからない子もいる。対象となっている子たちの一部は、コペンハーゲンやヘルシンキ、オスロでも捜されています。どこかの大都市でいなくなった人が、ほかの大都市に現われるのはよくあることだから」

「子どもが地下にいるのはよくない」

三人はいまも、フリードヘム基礎学校の北側に二列設置された冷たいベンチに座っている。スヴェン・スンドクヴィストに与えられた時間は、はじめ十五分だった。だがミッレルが校庭の真ん中できびすを返し、視線をあちこちにさまよわせながら、女ばかり十一人で暮らしている部屋の話を小声で始めると、あと十五分ここにとどまって話を続けよう、とシルヴィが彼を説得してくれた。スヴェンはヘルマンソンに電話をかけた。彼女は捨てられたルーマニア人の子どもたちの捜査を中断して、要捜索者名簿から、ここ一年のあいだに失踪届の出された十三歳から二十歳前後までの若い女性たちの情報をすべて抽出し、ファイル二冊を警察本部からフリードヘム基礎学校まで持ってきてくれた。そしてすぐに状況を察し——ヘルマンソンはいつもそうだ——ミッレルをまじまじと見ることも怖がらせることもなく、失踪届のファイルをスヴェンにぽんと渡しただけで、なにも訊かずに去っていった。

ミッレルはさらに十五分とどまることに同意してくれた。これで三度目だ。

「あの子らは、もうこういう姿じゃない。だから、なんとも言えない……路上で暮らすと、人はあっという間に変わる。この子ら……くそっ、みんな女学生じゃないか。汚れてないし、髪もちゃんと梳《と》かしてる。それに、この目。あの子らがこんなふうにものを見ることはもうない」

先の欠けた人差し指と中指が、じっくりと時間をかけて学校写真の入ったページをたどる。ときおり旅行先の写真があり、友人の携帯電話から直接コピーされたにちがいない写真もちらほらある。捜査官がいちばん新しい写真を探し求めたしるしだ。

「地下にいる人たちの多くは、ここにも載っていません」

数分前からあたりは日溜まりになっているが、それでもスヴェンは寒さに震えた。まばゆい光で、冬の日がさらに美しく見えるが、厳しい寒さを追い払うことまではできていない。

「公《おおやけ》にならないケースがたくさんあるんです。それは僕たちも承知しています。若い人が行方不明になっても、さまざまな理由で、何週間も、ときには何カ月も失踪届が出されない」

ミッレルはある写真のところで長いこと止まっていた。まるで他人の笑顔を貼りつけたような顔をした、金髪の娘。プライベートな写真で、海岸と、雨雲のたれこめた空が見える。それから、別のカメラがとらえた同じ顔。広場のカフェのテーブル。笑っている。白い、少し並びの悪い歯が見える。

「見覚えがありますか？」

スヴェンは写真を目で示した。答えは返ってこない。

「この子をご存じなんですか？」

ミッレルはバタンとファイルを閉じた。顔が赤い。すっくと立ち上がり、シルヴィを連れて少し離れたところへ移動する。彼女の顔の前でミッレルが両腕を振りまわしてなにか言っているのが見えた。さっきと同じだ。が、やがて戻ってきた。

「子どものことを知らせるのはいいんだ」

「ええ」

「子どもが地下にいるのはよくないから、子どものことを知らせるのはいい。けど、この子は……二十三歳で、あんたの足の下で暮らしてる。そうする権利がある。好きなようにすればいい。だから告げ口はしない。大人はだめだ」

スヴェンはうなずいた。説得を試みるのはやめておこう。そうして得られるものより、失うもののほうがたぶん大きい。圧力をかけたり、なにかを強いたりすると、警戒心の強い人は口を閉ざし、二度と戻ってこなくなる可能性がある。そこでミッレルの目を盗んで、若い女性の写真の下に小さくメモを残すだけにしておいた。あとでシルヴィとふたりきりになったら訊いてみよう。この街の路上で暮らす女性たちと深くかかわっている彼女に。

「何人いるんでしょう？」

ミッレルにもう一度ファイルを開いてほしい、とスヴェンは考えた。

「何人って？」

「知りたいんです。ここ、フリードヘム広場あたりで暮らしている人は、何人ぐらいいるんですか？」

ミッレルは答えなかった。

「みんなひっくるめたら？　男性、女性、子ども、みんな」

「ずっといるわけじゃない。来ようがいなくなろうがそいつの勝手だ」

「だいたいの推測でかまいません」

ミッレルはファイルを開き、笑顔の写真の載ったA４書類を見下ろした。どこまで話したいのか、自分でもよくわからない。地下にいる連中は彼にとって、ときには気を許せる友人たちでもあったから。

「三十人か、四十人か、五十人いるかもしれない。決まった隠れ家のある連中は」

「あなたのように？」

「俺みたいに、長いこと地下で暮らしてて、地下を知りつくしてるやつは……そんなに多くない」

ミッレルは次のファイルを手に取った。開き、さっきと同じように時間をかけて、じっくりと目を通す。写真の縁を指先でたどり、咳払いをし、ぶつぶつと独り言を言う。三つ目の顔のところで長いあいだ止まっていた。

「この子」

まだ子どもだ。いや、若い女性と呼んでもいい年齢だろうか。か細く、青白く、失踪届に添付された四枚の写真のどれを見ても笑っていない。さしたる特徴のない、あまり目立ちそうにない少女だが、片方の耳だけは例外だ。耳たぶから上のほうまで、シルバーの細いリングが耳の縁をびっしりと覆《おお》っている。すきまはまったくない。五十個、いや、百個はありそうだ。

「外見は変わってる。けど、この耳輪……あの部屋にいる子だ。十一人いる部屋」

「間違いありませんか？」

「最近トンネルで何度もすれ違った。話をしたこともある。あの子たちとはよく話すんだ」

「十一人で暮らしている女性たちのひとりなんですね？」

「部屋に入れてもらったこともある。まだ大人になってないのが何人もいる。せいぜい十五歳。トンネルの中にあるけっこう広い部屋で、俺のいるところの近くだ。段ボール箱をテーブルにして、花瓶を置いて、そこで暮らしてる。もっといるのかもしれない。俺が見たかぎりでは十一人」

スヴェン・スンドクヴィストは、届け出に記された失踪当時の状況、少女の個人情報と経歴に目を通した。

「話し方はどうでした？」

「話し方？」

「方言とか、訛《なま》りとか」

「ストックホルムじゃないな。南のほうだ。ルンドか、イースタか、ひょっとしたらマルメかもしれん」

スヴェンは頰を緩《ゆる》ませそうになったが、ぐっとこらえた。失踪届によると、少女は十四歳。六週間前から行方不明で、出身はヘルシンボリ。ミッレルが挙げた都市と同じ地方、ほんの数十キロしか離れていないところだ。

ミッレルの話に偽りはない。

この少女は、ほんとうに地下にいるのだ。

ということは、同じ部屋で暮らしているというほかの女性たち十人も、ほんとうに存在しているにちがいない。

エーヴェルト・グレーンスは簡易キッチンの硬い木の椅子に座っている。国立科学捜査研究所からのファックスは、電気コンロプレートのあいだに置かれたままだ。

ヤニケ・ペーデシェンは、母親にキスをした。

自室に戻り、机の中央に置いてある捜査資料を開く。司法解剖報告書を探し出すと、四十七カ所に及ぶ刺傷についてあらためて読んだ。うち十二カ所が、それぞれ致命傷となりうるほどの傷だったこと。終わりのほうで刺したとみられる三カ所の傷は、腹から腸も皮膚も突き抜けて、背中にまで達するほどの激しさだったこと。

急がなければならない。

邪魔になるのはわかっていたが、それでも電話を手に取った。

「いまはだめだよ」

「知りたい」

「ちょっと待ってくれ」

スヴェンが失礼を詫《わ》びているのが聞こえる。ふたつの声がなにやら返事をしたが、風にかき消されて聞こえなかった。

「あと少しなんだ、エーヴェルト」

「なにがわかった？」

「一時間後に知らせる」

「いまわかってることを教えろ」

スヴェンが一瞬、電話を耳から離して下げたのがわかった。風の音。電話のマイクに雑音が入る。

「ほかにも未成年者が何人も地下にいる」

「間違いないのか？」

「彼の話は信じられると思う。ひとりの身元を特定してくれた。女性ばかり十一人で暮らしている部屋があるらしい。少なくとも四人はまだ子どもだそうだ」

エーヴェルト・グレーンスは音楽をかけていないが、それでも天井灯の下でダンスのステップを踏んだ。

フリードヘム広場周辺の地下トンネルに住みついている人間が五十人ほどいるとわかった。その中に未成年者が複数いることもわかった。死体についていた唾液《だえき》が、二年以上行方不明になっている娘のものであることもわかった。

自分が地下で決行したあの作戦は、やはり正しかったのだ。したがって、もう一度下りていくつもりだ。

ヘルシンボリで六週間前に行方不明になった十四歳の少女が地下にいる、とミッレルは言った。彼が話した少女の特徴は、失踪届の内容と一致していた。つまり、まぎれもない真実ということだ。

エーヴェルトが実にまずいタイミングで電話をかけてきたことにまだ苛立っているが、それでもスヴェン・スンドクヴィストはファイルのいちばん後ろに入っていたクリアポケットを出した。これも要捜索者名簿の抜粋だ。ほかよりも二年ほど古い、ヘルマンソンに頼んで探し出してもらった失踪届。

ミッレルがここでも真実を話してくれることを願いつつ。

「この子は？」

ミッレルはスヴェンが彼のひざに置いた二枚の写真を見下ろした。

「この子も見かけましたか？」

別の学校写真に写った、別の少女。時の流れでだれよりも変わってしまった顔。ミッレルはまた写真の縁を指でなぞった。この頬に触れたい、この娘と話がしたい、家に帰れと言ってやりたい。だが、現実には言わないままだった。日々が過ぎて、この娘がなにか訊くため、話をするため、煙草《たばこ》を分けあうために自分のところへ来るようになってからは、もう遅かった。

「ああ」

それでシルヴィに話した。その後、手紙を渡すよう母親に頼まれた。そしていま、彼はこうしてベンチに座り、やっぱり黙っておけばよかった、と思っている。

「ヤニケだ」

写真をぐっと握りしめる。

「昔……初めて下りてきたときは、こんなふうだった。身ぎれいだった。肌も、服も。それが一週間で変わった。次に見かけたときには、すっかり煤《すす》けて汚れてた。ぼさぼさ頭で、クスリをやってる連中みたいにぼんやりしてた」

スヴェン・スンドクヴィストは確信した。この人は真実を語っている。

「さっきもうかがいましたが、もう一度聞かせてください」

彼はミッレルを見つめた。

「この子はいまもまだ、地下に？」

しばらくのあいだ訪れていた太陽が、もうどこか別の場所へ去ってしまっている。ベンチが日陰になって寒さが増した。ミッレルは体をゆらゆらと前後に揺らしていたが、やがてうなずいた。

「ああ」

「地下にいるんですね？」

「ほんの何時間か前にも見かけた。不安そうで、いつもみたいに俺と話そうとはしなかった」

これでヤニケ・ペーデシェンの居場所がわかった。ヘルシンボリの少女の居場所もわかった。さらに未成年三人を含む女性が十人、花瓶と段ボール箱のテーブルのある部屋で暮らしているという。スヴェン・スンドクヴィストは、がくりとうなだれて揺れる背中と、まるで空中に浮いているかのように歩く華奢《きゃしゃ》な女性が、校庭からサンクトヨーラン通りに面した塀の向こうへ出ていくのを、じっと見送った。ふと、自分たちの足の下でいま、スウェーデンのストリートチルドレンが息をしているのだ、と思った。

エーヴェルト・グレーンスは首に巻いたマフラーをきつく結び、布製の薄い手袋の上にもうひと組手袋を重ねた。寒さがつらいと思うことはあまりないが、さっきよりも風が強くなっていて、クング橋近くの開けた空間に出たところで、氷点下の空気が勢いよく襲いかかってきたのだ。クロノベリ地区の警察本部から、七階に検察庁のある建物まで、二十分かけてゆっくり歩いた。入口前の路上にずらりと駐《と》まった車列のそばを通ったときには、彼の顔に笑みが浮かんだ。埃《ほこり》をかぶった駐車違反切符の冊子を思い出したからだ。昨晩、グローブボックスから初めて引っ張り出した、あの冊子を。

三人ともすでに着席していた。オーゲスタムは自分の机に向かい、スヴェンとヘルマンソンは部屋の隅の小さな会議用テーブルに向かって座っている。古風な家具が並び、ストックホルムの中心部を一望できる美しいオフィスだが、エーヴェルトはこれまで何度もオーゲスタムと組んでいるのに、ここにはほんの数回しか来たことがない。来ないで済むならそれで済ませたい場所だった。

「今日は車で出勤してきたのか、オーゲスタム？」

会議用テーブルに大きな魔法瓶が置いてあり、全員が紅茶を飲んでいる。エーヴェルトも自分のカップに紅茶を注ぎ、オーゲスタムを見た。

「俺は歩いてきたよ。どういうわけかここ最近、駐車スペースがなかなか見つからない」

ラーシュ・オーゲスタムは黙ったまま紅茶を飲む道を選んだ。スヴェン・スンドクヴィストとマリアナ・ヘルマンソンには、エーヴェルトがなんの話をしているのかわからなかったが、彼がいかにも満足げな顔で、笑いをこらえていることには気づいた。

「人身売買が疑われていた件の捜査ですが」

オーゲスタムが立ち上がった。

「ついさっき、打ち切りを決めました」

薄いフォルダーを手に、室内を横切って歩く。ゴミのように捨てられた、四十三人の子どもたち。

「僕はそうするしかなかった。僕たちはそうするしかなかった。昨日、みんなあの場にいて、ホルスト・バウアー警部の話を聞いたのだから」

あの時点でもう決めていた。グレーンスのオフィスの外で、バウアーとふたりきり、ドイツ語で話をしたとき。これは、あるとわかっていてもけっして立証されない、そういう犯罪だ。

テーブルの上、魔法瓶のそばにフォルダーを置くと、ちょっと待ってください、とヘルマンソンの声が飛んだ。

「私は昨晩、ヴィークシェーにある二階建ての家で、庭のベンチに座っていました。すごく寒くて、芝生には五十センチも雪が積もっていました。どうしてそんなところにいたかというと、犯人たち三人を特定してくれた女の子と話をするためです。お願いだから家の中に入ってと懇願したのに、だめだった。寒さに震えているのに、あの子はブランコに乗ったままで、これが終わってから、と。そう言ったんです。これが終わってから、って」

ヘルマンソンは語った。幼児に逆戻りした十五歳の少女、痙攣《けいれん》の発作を起こした十二歳の少年。ほんものの人間たちが抱えている恐怖。ほんの数日前、青と黄色のツナギ姿で警察本部に現われ、ここはスコットランドなのかと尋ねてきた、ほんものの人間たち。

「ほかにどうしようもないんです。あなたもそれはわかっているでしょう、ヘルマンソンさん。バウアー警部とだれよりも長く話していたのはあなたなんだから」

オーゲスタムは青いフォルダーを指差した。

「児童への不法関与罪に切り替えて捜査をやり直す道もないことはなかった。でもそれですら、ルーマニアで守られている被疑者たちの罪を立証するのはまず不可能です。彼らがもしいつか、なにかの罪で罰せられるとすれば、それはルーマニアでのことでしょう」

ヘルマンソンはごくりと唾《つば》をのみこみ、エーヴェルトを、スヴェンを、オーゲスタムを見つめた。

「これがいい解決策だとお思いですか？」

「いや」

オーゲスタムは両腕を広げてみせた。

「最悪もいいところですよ。この部屋にいる全員がそう思っている」

エーヴェルトのほうを向く。

「違いますか、グレーンスさん、どう思われます？」

「八センチで七百五十クローナってのは、なかなかの額だと思うな。一センチあたり百クローナ近い」

ヘルマンソンはまた唾をのみこんだ。

「話がさっぱり見えないんですけど」

「ほかに選択肢はないと思う。そういうこともあるんだ、ヘルマンソン」

ラーシュ・オーゲスタムは机に戻り、別のフォルダーを手に取ると、打ち切られた捜査の資料の上にそれを置いた。

「リズ・ペーデシェン殺害事件。グレーンスさん、お願いできますか？　ちなみに言っておくと、あれはもう無効です。駐車違反切符。検察官はそういうこともできるので」

腰を下ろし、紅茶をさらに注ぐ。微笑んでいるように見えないこともない。

「いったいなんの話ですか？」

ヘルマンソンがエーヴェルトを見ると、彼は身を乗り出して上に載ったフォルダーをひったくり、顔を上げずにしばらくぱらぱらめくった。

「犯人はフリードヘム広場の地下にいる。間違いない」

四十七カ所に及ぶ刺傷。

「ということはつまり、被疑者の数は三十人から五十人のあいだ。心を病んだ連中もいれば、クスリ漬けの連中もいるし、この社会から逃げたいだけのやつもいる。大半はその三つの組み合わせだろうが」

うち十二カ所が、それぞれ致命傷となりうるほどの傷だった。

「地下にいる連中のうち、これまでに身元がわかったのは三人いる。殺された女の、行方不明になってる娘。ヘルシンボリから失踪した十四歳の娘。ここ七年ほど、ときどき地下で暮らしてるホームレス。この三人の指紋は、トンネル網から病院の地下通路へ死体を引きずっていったやつの指紋とは一致しない」

終わりのほうで刺したとみられる三カ所の傷は、腹から腸も皮膚も突き抜けて、背中にまで達するほどの激しさだった。

「そいつがだれなのかを突き止めたい。また地下に下りるぞ」

目を覚ました彼は、至るところに散らばっている眠気と闘っていた。それは重い布団《ふとん》となって感覚を鈍らせ、動きたくとも尻込みして動けずにいる体をとらえて離さない。コンクリートの床に直接寝そべっていたせいで、あらゆる関節や筋肉が痛む。首をもたげてあたりを見まわすと、ふたりの家はがらんとしていた。マットレスも、毛布も、赤い革張りの椅子もない。それで火のことを思い出した。身を守る盾《たて》となってくれた炎のことを。

レオは背中を床から上げ、慎重に上半身を起こして、両手と両ひざを床についた。予定よりも早く目が覚めてしまったらしい。この眠気は化学的なものだ。きっと昨晩、モガドンかステソリドを何錠か、ヤニケが自分にこっそり飲ませたのだろう。躁状態を断ち切る方法はほかにあまりない。

立ち上がろうとしたが、脚ががくりと折れて失敗した。二度目は両手を壁について、なんとか踏みとどまった。体がどこから始まってどこで終わっているのかよくわからないが、その真ん中あたりで恐怖におびえた心臓が強く打っているのはわかった。

あの子がいない。

ヤニケがそばにいることに、すっかり慣れてしまっている。何年も前、もう地上には戻りたくない、と言ったヤニケ。そんな彼女とともに暮らすのがだんだん心地よくなり、彼女がいないと孤独に首を絞められるように感じた。

心配だ。ヤニケが留守にすることはめったにない。ふたりにはありえないことだ。行き先も告げずに姿を消すなど。

ポケットから出す前にはもう、鍵束からいくつか鍵がなくなっていることに気づいた。ふたつ欠けている。通信公社の施設の鍵がひとつと、ふつうのASSA社製の鍵がひとつ。

地上に上がったのだ。

やっぱりあの死体、動かしたりしなければよかった。

前へ進もうとしたが、またひざががくりと折れた。まるで自分の脳の中にずぶずぶと沈んでいるみたいだ。レオはその場に倒れたまま、じっと待った。百まで数えてから、立ち上がろうとした。千まで数えてから、また立ち上がろうとした。二千まで数えた。

歩くことはできるようになった。脛《すね》のあたりが震えているだけで。ドアを開け、トンネルに出る。ヘッドランプをつけた頭をめぐらせ、炎のあがっていた場所、いまは灰からかすかに煙が立ちのぼっているだけの場所を照らし出した。すぐそばまで寄ってきたネズミを蹴りつけた。

あの人が下りてきて以来、ヤニケはずっとようすがおかしかった。おびえていた。そのせいで彼も怖くなった。

震えは止まっている。やっと脚が言うことを聞いてくれるようになって、レオは歩調を速めた。百メートル弱進んだところで、光の輪が初めて見えた。すぐにトンネルの角の向こうへ消えたが、また現われた。明るさが増している。ぽつんとともった光。ここで暮らしているだれかの明かりだ。光が大きくなり、足音も聞こえてきた。足を持ち上げず、床を擦《す》りながら進む音。アルベータル通りとサンクトヨーラン通りの交差点、あのあたりにある出入口から来ている。地上から戻ってきた、だれか。

ヤニケだといいのだが。

「おい」

ミッレル。レオはがっかりした。

「レオか。眠ってると思ってた」

ミッレルはどこかそわそわしている。

「地上に出たのか」

「ああ」

「昼間なのに？」

「成り行きだ」

ミッレルが歩きだす。レオはその背中に呼びかけた。

「見かけなかったか？」

「だれを？」

「ヤニケ。いないんだ」

ミッレルは立ち止まらなかった。話したくない。これ以上なにか訊かれたら耐えられそうにない。ついさっき、地上から戻ってきた。フリードヘム基礎学校の硬いベンチに座って、刑事と長いこと話をした。ファイルに入った書類をめくり、未成年の娘ふたりの写真を指差してみせた。そうやって、地下で暮らすうえでの唯一のルールを破った。告げ口したのだ。それが後ろめたくて目を合わせられない。

「いや。見かけてないが」

それでも後悔はしていない。子どもがここにいるのは間違っている。

「一度も？」

「今朝《けさ》なら見かけた。おまえが眠ってるときに。不安そうだった。どこかに行こうとしてて、つかまえられなかった」

「地上か？」

「さあ。そうかもしれない。話はしなかった。あの子が話したがらなかった」

レオはミッレルの背中が急な角を曲がり、暗闇にのみこまれて消えていくのを見送った。眠くてしかたがないが、脚はまだあてになる。マリエベリ通りの出入口までは、ここからさほど遠くない。

いまから丸二日前、ちょうどここで死体を引きずって歩いていた。あの人をここに置いておくわけにはいかない、とヤニケに説明した。ストレッチャーに毛布を敷いて、その上に乗せ、さらに毛布を掛けてやった。寝心地がいいように。
あんなこと、しなければよかった。

まだ昼間だが、ついさっきまで天高いところにあった太陽は、広大なアーランダ空港の上で早くも西に傾いている。

コンクリートで舗装された空間に、九人乗りのマイクロバスがぽつんと駐《と》まっている。窓ガラスは曇っていて、外があまりよく見えない。ナディアも十二歳の少年ふたりも、ひざを抱えて小さくなり、目を閉じている。眠ってはいないが、現実の世界に参加したくない。自分の中に閉じこもれば、まわりの世界は見えなくなる。里親家庭の父親は最初の十キロほど、ずっと心配そうだった。精神的に壊れかけた子どもは暴力的になりかねない。が、むしろ逆の危険性のほうが高いとやがて気づいた。自分の殻に深く閉じこもってしまい、意思の疎通が叶わなくなる危険性だ。

服は着替えている。清潔な服に。それでも、この子たちが捨てられたことにはなんの変わりもない。

四十分前、ウップランド地方とセーデルマンランド地方の各地に散らばった里親家庭から、パトカーや警察のマイクロバス計十四台が出発した。それがいま、一台、また一台と到着している。曇った窓ガラスの数が増え、子どもの数も増えていく。ただ目を閉じて、道順を知りつくしたトンネルに、麻薬を手に入れることを覚えた街路に、思いを馳《は》せている子どもたち。

それが彼らの知っている唯一の生き方だから。安心できる唯一の生き方だから。

マリアナ・ヘルマンソンは寒さに震えた。彼女の立っている場所は風が激しい。白と青の機体から、二メートルほど離れたところ。乗客用のタラップは二台接続されている。ルーマニアの航空会社、タロム航空は、機体の前方をふつうの乗客で埋め、後ろの入口から乗りこむ乗客を待っていた。子ども四十三人、警察官四人、社会福祉局の担当者四人だ。

ヘルマンソンはエーヴェルトとスヴェンのもとを離れ、マイクロバスへ、曇って中の見えないガラスへ向かった。窓をノックする。里親家庭の父親がサイドドアを開けてくれて、彼女は暖かく静かな車内に乗りこんだ。後部座席の瞳に目を向けると、相手は二、三秒で目をそらした。なにも見たがっていない瞳だ。ヘルマンソンは昨晩のことを思い返した。幼児に逆戻りしてはいたが、薬の影響下にはなかった少女。いま、この瞳は、薬に支配されている。

「精神科の救急で、この子が強制送還されるんだって話したら、ハルドールとノジナンをひと瓶ずつくれたんです。それで破綻《はたん》を防げると。少なくとも、ブカレストに着くまでは」

里親家庭の父親は、絶望でもある怒りをぐっとのみこんだ。彼がそうするのは、これが初めてではない。

「あれから三日、僕たちもまったく同じことをやっている。この子たちを捨てようとしている。子ども、問題、コスト。どこでもいいから追い払え。ここじゃなけりゃどこでもいい」

出発準備の整った飛行機の後ろの扉が開いた。十四台の車やバスが子どもたちを降ろし、彼らは新品のカラフルなリュックサックを持ってゆっくりと移動する。ヘルマンソンは先頭を歩いた。ナディアのそばを。意思の疎通を試みるために。ナディアがタラップのそばで立ち止まると、ヘルマンソンは彼女の頬を撫《な》で、か細い体を抱きしめた。

まるで木を抱いているようだった。

両腕はだらりと脇に下がったままで、背はこわばっている。

「クリスティアン、取られちゃった」

ナディアはヘルマンソンのほうを見ていないが、それでもついに口を開いた。ささやき声。

ヘルマンソンは彼女をまた抱きしめた。

「でも、べつにいいんだ。新しいのが来るから」

十五歳の少女は片方の手を腹に当て、軽く丸めてそっと上下に動かした。

ヘルマンソンは答えなかった。

答えられなかった。

そのとき彼女の中にあったのはただひとつ、ときおり胸のあたりで彼女をじわじわとさいなむ、あの感覚だけだった。家族や友人から六百キロも離れた土地で、又借りのアパートで夜を過ごしていると、ふと、自分がここストックホルムでなにをしているのかわからなくなる。そんなときと同じ、言葉にならない感覚がある。ナディアが腹に手を当てたまま向きを変え、タラップを上がっていくのを見ていると。

エーヴェルト・グレーンスは全員が乗りこむまで待った。

「おまえもいっしょに行け」

「いまからですか？」

「あの子らの到着を見届けてこい。それでおまえの捜査は完了だ」

「なにも用意がないんですけど」

「すぐに引き返してくればいい。本でも買いなさい」

数分後、飛行機は灰色のコンクリートの上を進んでいき、エーヴェルトとスヴェンは同じ場所に立ったまま、最悪の解決策だということで全員の意見が一致した光景を、じっと見つめていた。

「ブカレストのストリートチルドレン」

エーヴェルトがスヴェンのほうを向く。

「だが、ここのはまだ残ってる」

「ここの？」

「ヤニケ・ペーデシェン。ヘルシンボリの娘。アルストレーメル通りの地下の部屋で、例のホームレスが見かけた三人。教会の執事のファイルに入った、なんの調査もされてない通報記録、あれに載ってる子ら」

エーヴェルトは腕をひょいと動かして、目の前に思い描いたストックホルムを指し示した。

「ここにもいるんだよ。ストリートチルドレンは」

置き去りにされたタラップの鉄の欄干《らんかん》を叩く。

「俺はまた地下に下りる。ガキどももみんな引きずり出してやる。リズ・ペーデシェンを殺した犯人もだ。地下に住みついてる連中は、ひとり残らず地上に引きずり上げる」

スヴェン・スンドクヴィストはずっと耳を傾けていたが、ここに至って上司の話をさえぎった。声が裏返る。彼が憤《いきどお》ると、ときどきそうなる。

「エーヴェルト、もうそんなことをする許可は出ないぞ」

「俺は下りると決めたら下りる」

スヴェンのよく知っている表情だった。エーヴェルトは本気だ。

「また参加しろとは言わないでくれ」

「言えるに決まってるだろうが」

「エーヴェルト、やめたほうがいい」

スヴェン・スンドクヴィストが命令を拒んだことはこれまで一度もない。だが、もしエーヴェルト・グレーンスが参加しろとしつこく迫ってきたら、今回が初めての経験になるだろう。

風が強まり、それにつれて寒さも厳しくなった。

あと数時間で暗くなる空に向けて飛び立った飛行機を、最後に一瞥《いちべつ》する。

ふたりはアーランダ空港のメインターミナルへ向かう通路を歩いた。まわりの人たちは皆、似たようなスーツケースを引いて歩いている。小さすぎるキャスターがきしみながら硬い床を転がる。

到着ロビーを過ぎたところで、エーヴェルトの電話が鳴りだした。着信音はなかなかやまず、駐車場ビルのエレベーターにたどり着いたところでようやくエーヴェルトが電話に出た。そして、叫びだした。殺しちまった、走りだした。殺しちまった。車のエンジンをかけて走り去ったときにもまだ叫んでいて、スヴェンにははっきりと聞こえた。車内の壁に反響しているその声。これまで耳にしたなによりも耐えがたかった。

なにか大変なことが起きたのはわかった。

その印象が強烈で、どうしても消えてくれない。エーヴェルトが叫びだした瞬間、頭の中に入りこんできた。

あのおぞましい声。あんな声は聞いたことがない。あんなにも硬く荒々しい音があるなんて知らなかった。

スヴェン・スンドクヴィストはエーヴェルト・グレーンスの部屋のドアをノックした。この午後は十五分ごとにそうしている。警察本部の廊下を隅から隅まで探し、休憩室や会議室、体育館やトイレまで見てまわった。一定の間隔を置きつつ何度も電話をかけたが、エーヴェルトの携帯電話は電源が切られていた。スヴェア通りにある彼の自宅にも、もう何度もかけている。

エーヴェルトは、アーランダ空港の駐車場ビルで壁に向かって叫び、ふたりで乗ってきた車で走り去ってしまった。

スヴェンはいやな予感をつのらせながらタクシーに乗った。四十キロの道のりのあいだ、対向車線やバックミラーに視線を据えたり、座席に置いてある新聞を読もうとしたりもしてみたが、いっこうにうまくいかなかった。エーヴェルトの気まぐれには慣れているし、我慢できるようにもなってきた。だがこれは、フリードヘム広場の地下での殺人事件とも、捨てられた子どもたちを乗せてさっき飛び立ったボーイング737‐300機とも、まったく関係がない。

なにか大変なことが起きたのだ。

もう一度、警察本部を隅から隅まで探してみようと歩きはじめた。同僚とすれ違うたびに、エーヴェルトを見かけなかったかと尋ね、地下駐車場に行って車が駐まっていることを確かめ、交換手に電話してあらゆる区画、あらゆる階につないでもらった。そうやって、いやな予感を追いつづけたが、結局追いつくことはできなかった。

尋ねる相手がいなくなると、うつろな気分でパスポート申請窓口の待合室の長椅子にぐったりと腰掛けた。もうあきらめようと思ったそのとき、民間採用の職員に背中を叩かれた。二時間ぐらい前に、グレーンス警部と地下階の廊下ですれ違ったという。広い資料室の前を通る、長い、暗い地下通路だ。

ストックホルム市警の資料室のドアは開いていた。

スヴェン・スンドクヴィストは、同じ金属キャビネットが両側にずらりと並んだ最初の狭い通路に入った。ストックホルム中心部で起きた犯罪の捜査資料が、時系列順に整理されている。真ん中の部屋への小さなドアを開けると、またキャビネットがずらりと並んでいた。その奥に、三つ目の部屋、古い捜査資料を保管しているいちばん広い部屋がある。それぞれの棚の端に、タイプライターで年月日の記された年代物の札が掛かっている。

そこに、人がいた。

その人が動いた。息遣いが聞こえる。出口のそばにふたつある狭い閲覧席の片方に、明かりがついている。

彼は質素な木の椅子に座り、パイン材の机に向かっていた。

「エーヴェルト？」

大きな、やや傾《かし》いだ背中が、スヴェンのほうに向けられている。

「なあ」

スヴェン・スンドクヴィストは最後の数歩を進み、彼の隣に立った。

「エーヴェルト？　僕だよ。スヴェンだ」

机の上に、開いた茶色い段ボール箱が置いてある。

二十七年前の捜査資料。公務員に対する暴行についての捜査だ。若い女性警官が重傷を負い、介護ホームで一生を過ごすことになった。

捜査資料の一ページ目を読んだスヴェン・スンドクヴィストの目は、何カ所かに記されている女性警官の氏名に釘付けになった。

アンニ・グレーンス。

結婚していたのか？

スヴェンは成人してからの人生の半分を、この上司とともに過ごしている。

いつも、他人に食ってかかっているか、苛立っているか、ピリピリしているか、集中しきっているか、疲れているか、怒り狂っているか、あるいはその全部か。そういう人間だ。

だが、こんな姿は見たことがない。

スヴェンは会ったことのない女性。

上着を着たままの肩に手を置いても、反応はなかった。

ふだんなら気安く触れられる相手ではない。本人も体にさわられるのを嫌っているし、周囲に態度でそう示してもいる。

エーヴェルトが愛し、けっして手放すことができなかった、ただひとりの女性。そうして彼の孤独と同義になってしまった女性。

スヴェン・スンドクヴィストは前かがみになり、横目で彼を見た。半ば閉ざされた目、張りつめた体、赤くまだらになった首。茶色い段ボール箱を持ち上げてひざに置いた両手は震えていた。

「死んじまった。俺が殺したんだ」

マリアナ・ヘルマンソンは、飛行機に乗るのが好きではない。

機体が揺れ、強風のためシートベルト着用のサインが出ると、彼女は固く決意した――自分の生命を他人に委《ゆだ》ねるようなことをするのは、もうこれっきりにしよう。あたりを見まわす。だれも怖がっているようすはない。そわそわと視線をさまよわせていた子どもたちは、やがて眠りに落ちるか、少なくとも落ち着きを取り戻した。制服警官たちや社会福祉局の担当者たちは、雑談に興じたり、前の座席のポケットに入っているつやつやした光沢紙の雑誌を読んだりしている。乗務員は客室の前方と後方を隔てる仕切りカーテンをさっさと閉め、以来いっさい姿を見せていない。小さな窓の外はもう午後で、上には空、下には雲の層が広がり、なにもかもがぼやけて見えるが、それでもとっくにバルト海を過ぎているのはわかった。いまはおそらくドイツの真ん中あたりだろう。隣の席に座っているナディアを見ると、彼女は眠っていて、ヘルマンソンはこれまでの日々に思いを馳《は》せた。前腕が切り傷だらけで、外見だけを見れば妹でもおかしくない、そんな人を相手に事情聴取をしたときの、不思議な感覚。与えられる条件によって、人生はこんなにも違ってしまうのだと思った。飛行機がまた揺れる。身を乗り出して、眠っている少女のシートベルトを締めてやっていると、薄手のコットンのセーターに手が触れた。それまでは深く考えていなかったが、その瞬間、ナディアの腹に手が触れた瞬間に、はっきりと実感した。ふくらんでいる。十五歳のこの体は、夏が来る前に、二人目の子どもを産むのだ。

悲しみはまだない。孤独感もまだない。とにかく前へ、前へ、前へと進む気力を保っていれば、そういうものは存在しない。

俺のひざの上で血を流していた、あいつの頭。

殺したのは自分だ。はるか昔のあのときにはもう殺していた。なにも考えることのない人生、入江に面した窓辺で車椅子に座って過ごす日々、そういうものへの扉を開けたのは、車のハンドルを握っていた自分だった。

あいつは、もういない。

エーヴェルト・グレーンスは震えている。六時間前、コンクリートの駐車場ビルで、人の死を手短に告げられたときから、ずっと震えている。

そして、地下トンネルの中央に立っている。

ヘッドランプと防煙マスクを手に。

あれからも仕事を続けた。道はそれしか知らない。これからも続けるつもりだ。やめざるをえなくなるまで。体内でうずく喪失感のせいで、立ち止まらずにいられなくなるまで。

地下トンネルには、警察本部の地下駐車場の壁についているグレーの金属扉から入った。これと同時に、四人一組になった警官たちが十九カ所でマンホールの鉄の蓋《ふた》を持ち上げ、じわじわとフリードヘム広場に近づいていった。エーヴェルトはいま、扉を抜けて百メートルほど進んだところ、いくつものトンネルが交差した広間のような空間にいる。レスキュー隊の一員に向かってこくりとうなずいてみせると、地下トンネル網のあちこちに設置された排煙ファン十台のスイッチが入った。今回はもう、炎などに邪魔されはしない。巨大なファンの音が、エーヴェルトの手の中にあるトランシーバーの音とせめぎあう。彼は音量を上げた。待機している警官たちにも、呼び集められたソーシャルワーカーたちにも、無線通信の内容がちゃんと聞こえるように。

トランシーバーから目を離し、トンネルのひとつをのぞきこむ。

殺人犯を探し当てるまで、あと一歩だ。

「いったいどういうつもりですか?」

だんだん狭くなっていくトンネルの向こう、暗闇のほうから聞こえてきた。よく知っている声。

「なんだ。許可は出てるぞ」

ラーシュ・オーゲスタムは夕方、帰宅の準備をしているときに、エーヴェルト・グレーンスがまたストックホルムの地下世界を攻撃しようとしているらしい、という噂を耳にした。薄手の黒い革製の上靴を履《は》いたままクング橋のオフィスを飛び出し、雪に覆《おお》われた歩道を走って、警察本部の地下駐車場からここへ、臨時の作戦基地までやってきた。

「それですか？　それ、僕が出したやつじゃないですか、グレーンスさん」

警部が差し出した紙を、じっとにらみつける。

「ほらな」

「前回の作戦のときに出したやつです！」

「有効期限についてはなにも書かれてない。これを出した検察官がちゃんと書かなかったせいだな」

トランシーバーが雑音を立て、数百メートル離れたトンネルからふたつの声が報告をよこした。オーゲスタムは排煙ファンの音しか聞こえなくなるまで待った。

「作戦は中止します」

「すればいい。俺の部下たちの命を危険にさらしたいんなら。わかってるだろうが、俺たちは少しずつ安全を確保してここまで来た。いま中止したら、少なくとも一度は人を殺すことをいとわなかった人間に、こっちの身を無防備にさらすことになる」

「グレーンスさん、なにがあったかは聞きました」

「このトンネルを掃除してやるんだよ」

「いまのあなたは判断力を欠いている」

「そこをどけ」

九十分かかった。

彼は作戦基地に戻っている。警察本部の地下駐車場の扉から百メートルほど入ったところ、いくつものトンネルが交差した広間のような空間だ。

アルストレーメル通り下のトンネル、安全を確認しました。入ります。

終わったのだ。しばらくゆっくりと息をする。作戦は完了した。

消火完了しました。ただいま排煙中。

展開は速かった。地下で暮らしている連中の行動は前回と変わらず、十五ヵ所で火の手が上がったが、警官たち全員に防煙マスクが配られていたうえ、排煙ファンの力で煙は放火した連中のほうに流れたので、火をつけた側が地獄を見るはめになった。

こちら、フレミング通りとフリードヘム通りの交差点下。連絡通路に入る鍵がないので扉をこじ開けます。

地下で暮らしている連中は、もはや逃げられないと悟り、何人もが板切れやナイフや石で応戦してきた。

警官が負傷しました。応援求む。倒れて脳震盪《のうしんとう》を起こしたようです。

エーヴェルト・グレーンスはその数分後、急に作戦基地を離れた。

人が住んでいるとみられる部屋を発見しました。

アルストレーメル通り下のトンネルに入った部隊がそう言い、現場に来ているソーシャルワーカー全員を呼び寄せたので、それに同行したのだ。

かなり広い部屋だった。元はおそらく軍の倉庫だろう。そこで、十一人が暮らしていた。女ばかりで、十一人のうち、四人が未成年だった。

エーヴェルトはドアのそばに立ち、家を模したようなその空間をのぞきこんだ。逆さにされた箱がテーブル代わりで、赤いテーブルクロスの上に花瓶が置かれていた。椅子がいくつもあり、ソファーが一台、ランプは天井近くのコンセントにつながっていた。女たちは無言でひとりずつ部屋を出ていった。汚れやつれた顔の数々を思い返す。とくに記憶に残っているのが、片耳の縁にシルバーのリング形ピアスを百個近くつけた少女だ。要捜索者名簿に写真の載っていた少女。

遠くのほうで音がします。何人かに逃げられたかもしれません。

そのあとも地下の一掃作戦は続き、さらに十二人のホームレスがつかまった。全員が男、年齢はさまざまで、地下トンネル網のあちこちで見つかった彼らもまた、十一人の女たちとともに、フリードヘム広場に駐車されたキャンピングトレーラーに連行された。そこで事情聴取され、汚れきった姿で一月の夜の寒さに震えている彼らを見て、エーヴェルトの決心は固まった――人間がこんなふうに生きるのは間違ってる。暗闇の中で、ネズミに咬《か》まれて暮らすなんて。そこでフリードヘム広場付近にある地下への出入口すべてを、民間の警備員に見張らせることにした。こいつらを地上に引きずり出してやれば、役所はこいつらの面倒を見るしかなくなる。逃げおおせた連中、警察がつかまえられなかった連中も、もう地下には戻れないだろう。

エーヴェルト・グレーンスは、トンネルの暗闇にひとり残っている。

防煙マスクも、予備の懐中電灯も、沈黙しているトランシーバーも片付けた。作戦はなかなかうまくいった。のちのマスコミの報道でも、警察の内部調査でも、彼はそう言い張り、けっして考えを変えないだろう。結局つかまって保護されたのは、男十二人、女七人、未成年の少女四人だった。一掃作戦の一週間後には、年配のホームレス男性がふたり、スタッツゴード埠頭《ふとう》そばの鉄道トンネル内で凍死体となって発見される。寒さが死を連れてくるときにはよくあることだが、彼らもまた着衣を脱ぎ、裸になった状態で見つかるだろう。そのひとりは、あのミッレルだ。ふたりが亡くなったのは、必死に温もりを求める人々を地下トンネル網から締め出したせいだ、と主張する連中を、エーヴェルトは一蹴するだろう。ホームレスが凍死するのは毎冬あることだ、と。彼はいま、トンネルの中をゆっくりと歩いている。重々しい足音と、ほとんど聞こえないほどの軽い足音が交互に響く。こわばった脚が痛み、いつも以上に足を引きずっているせいだ。警察本部の地下駐車場に出る扉に向かって歩く。あわただしい数時間だった。空腹で、喉《のど》も渇いているから、オフィス近くの廊下にある自動販売機の前を通るのが楽しみだ。そのあとにまた、仕事を再開しよう。本来の目的だった男の追跡を続けよう。

フリードヘム広場の地下で二十三人をとらえ、尋問した。

あの中に殺人犯はいない。エーヴェルトはそう確信している。

現在

一月九日　水曜日
十九時四十五分
聖クララ教会

エーヴェルト・グレーンスは警察本部の地下駐車場を横切りながら、一歩進むごとに自分の中がうつろになっていくのを感じている。地下での徹底作戦のおかげで、彼女のことは頭から遠ざけられている。いまいましい思いに脳を切り刻まれることもない。仕事をしているかぎり、窓辺に座って眼下の海を眺めている彼女の姿だけを思い浮かべているかぎり、彼女はまだ生きている。

今夜は、家には帰らない。

エレベーターに向かう。狭すぎる、遅すぎるエレベーターだが、犯罪捜査部に行くにはいちばん楽な道だ。前にふたり警官がいる。男がひとり、女がひとり、見覚えのない顔だ。どちらもまだ若い。これから長いこと、ここで働く連中。彼らにはわかっているのだろうか。警官として四十年を過ごしたところで、あとから振り返ればなんの意味もないのだと。

左腕がエレベーターの壁に当たり、右腕が若い警官の背中にぶつかる状況で、上着のポケットから携帯電話を出すのは至難の業《わざ》だ。エーヴェルトは子ども用としか思えないエレベーターの狭さに悪態をつく。

「エーヴェルト、僕だ」

スヴェンが大声で、早口で言う。珍しいことだ。

「電話がかかってきた。聖クララ教会のシルヴィから」

スヴェン・スンドクヴィストは車から電話をかけている。グスタフスベリの自宅を出たばかりで、そこからストックホルムに戻るべく、制限速度をかなり上まわるスピードで車を走らせているところだ。数分前に聞いたシルヴィの話によれば、聖クララ教会の前方の長椅子に、少女がひとり座っているという。朝早くからずっと、一日じゅうそこに座っていて、こちらとコミュニケーションを取ろうとしない。なんらかのショックで混乱状態にあり、意思の疎通が叶わない。路上生活者のような外見で、そういうにおいを放ってもいる。もちろん珍しいことではない。しばしの避難所を、憩いを求めて、中央駅とセルゲル広場のあいだ、首都の喧騒《けんそう》のただ中にあるあの静かな教会の扉を開ける人は多い。だがシルヴィの話は、スヴェンに見せられたファイルに入っていた、二年以上前の失踪届に載っていた写真に及んだ。リズ・ペーデシェンが財布に入れていた写真、少女のいまの容貌についてミッレルが言っていたこと。

身長、体重、瞳の色。どれも一致しているのだ。

汚れた赤い中綿ジャケットを着て、ズボンを二枚重ね、その上にスカートもはいているという少女は、彼らが探しているヤニケ・ペーデシェンかもしれない。

エーヴェルトはエレベーターの非常停止ボタンをぐいと押す。若い警官ふたりが苛立って彼を見る。その訝《いぶか》しげな表情、にらみつける視線を、エーヴェルトはまったく意に介さない。またボタンを押す。地下一階だ。目をそらしたまま無言でエレベーターを降りる。

いま、この瞬間に集中している。はやる気持ち、湧いてくるエネルギー。

あと十五分で、すべてが終わる。


彼女は顔を前に向けたままだが、教会の中にだれもいないことはわかっている。しばらく前から空《から》っぽだ。ここで働いていて、食べ物を出したり話しかけてきたりした男の人と女の人も、いまは姿が見えないし、声や物音も聞こえない。ひどく静かだ。たぶんもう何時間も経っているのだろう。外はきっと夜だ。大きなステンドグラスの窓の外が暗くなっているように見える。彼女は長椅子に置いてあるパンに手を伸ばし、紙コップに入った甘いシロップ水を飲む。

いまの彼女にはわかっている。自分のしたことは正しかったのだと。

彼女は立ち上がる。これから、あそこへ戻るつもりだ。


エーヴェルト・グレーンスが西側から教会の墓地に上がる階段で待っていると、スヴェン・スンドクヴィストが車から降りてくる。ふたりは無言のまま、暗い墓地を小走りに横切る。

話をする必要はない。もうすぐ終わるのだ。厳しい寒さで、墓石のそばで今夜の気慰みを売っている数少ない連中も、コートを着て手袋を二重にはめているにもかかわらず震えている。ほんの数メートル先にお巡りがいると気づいても、身を隠そうとすらしない。こんな天気の日にポリ公が下っ端へロイン売りをつかまえに来るわけがないとわかっているのだろう。小教会の扉は開いている。刑事ふたりは窓辺の椅子に座っている教会管理人に挨拶《あいさつ》し、机の向こうで立ち上がったシルヴィを見る。分厚いジャケットと大きなショールの中のどこかに、華奢《きゃしゃ》な体が隠れている。

「暖房がね。壊れてしまって」

エーヴェルトはろうそくの数を数える。小さなこの部屋に、十八本。熱源はそれだけだ。

「電話をくださったそうで」

シルヴィは、ほかよりもやや太い白ろうそくが三本置いてあるトレイに向かい、その炎の上で両手をこすりあわせる。

「確信はありません。でも、可能性はあります」

彼女は教会管理人を見やってから、窓の向こう、大きな教会を包む暗闇に目を向ける。

「イェオリによると、今朝《けさ》にはもう来ていたそうです。私自身は今日、七回あの中に入りました。意思の疎通を試みましたが、だめでした」

彼女は両手を下ろしていく。両手はいま、炎のすぐそばにある。細い指が赤くなっている。

「やつれて、疲れ果てたようすで、においがします。路上生活が長いしるしです。それなのに、私はこれまで会ったことがありませんでした。ここに来たのも初めてです。でも、今朝拝見した写真にも、ミッレルが話してくれた子のいまの容貌にも、よく似ていると思うんです」

ヤニケは硬い木の長椅子から立ち上がる。体じゅうが痛い。脚も、背中も。朝からずっと動いていないせいだ。長椅子のあいだの狭い通路を抜けて、中央の通路に入ると、教会の側面、北出口と呼ばれている扉を目指す。あの両手の感触が、また戻ってくる。体に触れてくる両手。それで立ち止まる。逃れられない。また怖くなって、教会の石床に横になりかけるが、ふと気づく。怖がることはないのだと。

あの両手が触れてくることはない。もう、絶対にないのだ。

ヤニケは扉を開ける。外は寒く、少しだけぞくりとする。

エーヴェルトとスヴェンは教会執事と管理人について歩き、教会の正面入口の重い扉を抜ける。広大な空間が沈黙とともに彼らを迎える。訪ねてくる人たちが五クローナで買って金属製のホルダーに置く、細いろうそくの弱々しい炎が、不意に吹きこんできた風で心もとなげに揺れる。

人はいない。だれひとり。どの長椅子も空《から》だ。

「あそこに座っていたんです。今朝から、ずっと」

シルヴィの手が、がらんとした教会の奥を指差す。

「二列目の、真ん中に近いところ」

エーヴェルト・グレーンスは、はるか前方の長椅子に目を走らせる。

「姿を見かけたのはいつですか？」

「前回ここに来たとき。三十分ぐらい前かしら。お電話する直前です」

四人は広大な空間に並んだ長椅子を全部チェックする。

手分けしてそれぞれ出口に向かい、教会の周囲を歩いてみるが、すれ違う相手は風だけだ。

祭壇のそばを忍び歩き、講壇への柵を開け、二階席の椅子を持ち上げる。

少女はもう、ここにはいない。


ヤニケは広い芝生を横切る。寒い。小さかったころ、ママとパパに連れられておばあちゃんのお墓に行ったときも、こんな感じだった。同じ寒さ。墓地はいつだって寒い。少し先に麻薬の売人の姿が見え、こちらに向かってなにやら声をあげているのも聞こえるが、ヤニケは答えず、そちらを向きもしない。西側の階段を下りて通りに出ると、あの両手が戻ってくる。胸を、尻を、脚のあいだをつかむ、力強い手、振り払えない手、ママの手。ヤニケはぶるりと震える。怖い、でも、前ほど怖くはない。このまま歩きつづけても大丈夫だとわかっている。

マンホールの蓋《ふた》は、大きな駐車場への入口のそば、道路の真ん中にある。

赤い中綿ジャケットの前側には大きなポケットがあって、レオのリュックサックから拝借した長い金棒がちょうど入る。その棒を、道路のアスファルトとマンホールの蓋とのあいだのすきまに押しこむ。鉤《かぎ》状の鋭い先端が引っかかり、ヤニケは重い蓋を持ち上げる。ぐい、とひと押し。レオに教わったとおり。

ママが連絡してきた。自分が地下にいることを、ママは知っていた。

そのときにはもう、ヤニケはわかっていたかもしれない。

ママが提案してきた待ち合わせ場所で待った。ママの姿を見るのがつらくて、代わりにマンションの窓に掛かった星形のランプを見ていた。とてもきれいだった。暗いときにはあの輝きがよく見える。しばらくいっしょに過ごしてから、ママを連れて、サンクトヨーラン通りとマリエベリ通りの角の入口から地下へ下りた。二年半が経っていたけれど、ママの声は変わっておらず、呼吸のしかたも同じだった。抱擁《ほうよう》しようと差し出された両手も変わっていなかった。

ヤニケがパニックになったのは、たぶんそのせいだ。

あの細長いナイフで、力が尽きるまで刺しつづけたのも、たぶんそのせいだ。

泣きはしなかった。これでよかったのだと思った。ただじっとママを見ていた。そのあと、レオがママを引きずってトンネルを歩いていたときに、ヤニケはいきなり駆け寄り、唾《つば》を吐いた。ママに向かって、何度も唾を吐いた。

ヤニケは微笑む。彼女が微笑むのは久しぶりだ。管に似たマンホールをゆっくりと下りていく。金属製のステップは細くて滑りやすく、ヤニケは壁に固定された棒をしっかりとつかむ。ここで下りてもフリードヘム広場のほうまで戻れるのは知っている。家に帰るのだ。レオのもとへ。そのあと、もし気が向いたら、パパがいま住んでいるところを突き止めて、訪ねていってみてもいいかもしれない。

著者より

この物語で、真実らしくないように思えることは、すべて真実である。

この物語で、真実らしく思えることは、どれも真実ではない。


十四歳の少女が長期間、フリードヘム広場付近の地下トンネルで年配の男性と暮らしていたことは、真実である。

年齢のさまざまな女性たちが十一人、フリードヘム広場付近の地下トンネルで共同生活を送っていたことは、真実である。

青と黄色のツナギを着せられたルーマニア人の子どもが四十三人、ストックホルムの中心部でバスを降ろされたこと、自分たちはスコットランドに来たのだと思いこんでいたことは、真実である。

現実の世界から逃げようとする若い女性の数が増えていることも、真実である。政府機関が、問題を抱えた若者たちに対して果たすべき責任を民間企業に丸投げし、そうした企業が多大な利益を得ていることも、真実である。生き延びるために自分の体を売るスウェーデン人の少女や女性の数が増えていることも、真実である。

そういう話は、公的機関に尋ねて聞けるものではない。

表向きには、スウェーデンにストリートチルドレンは存在しないことになっている。表向きには、売春禁止法が施行されて以来、売春件数は減ったことになっている。表向きには……

「里親家庭の父親はあのあと、ナディアに与えられた部屋の入口にしばらく立ったまま、スウェーデンにいるストリートチルドレンの話を続けていた。社会福祉にかかわる部局の上層部は、そんな子どもはスウェーデンにはいない、と主張している。〝まったく、恥を知れっていうんだ〟。彼の頬は紅潮していた。〝ああいう子たちはみんな、死ぬほどおびえていて、身を隠しているんですよ〟。無意識のうちに声のボリュームが上がる。〝そんな子たちが、社会福祉局に電話して、自分はここにいますなんて知らせるわけがない〟」

公的機関は知らないし、知りたくもないのだ。問題が存在することを公《おおやけ》の機関が認めれば、とたんにそれを解決するための資金や人員が必要になるから。いまのところ、路上や公園、あちこちのマンションの共同階段などで、そういう若者たちと接する仕事をしているのは、ほとんどが教会などのボランティアである。ボランティアには口を閉ざす義務がない。ボランティアは助けることで満足する。

とはいえ、これは小説だ。いま述べたような真実が土台となってはいるが、それ以外のことは当然、われわれがでっちあげた。なぜなら、小説では人の経歴を変えることができるし、またそうする必要もある。社会的弱者を描いた物語ではとくに大切なことだ。というわけで、われわれが描いた地下道の少女は、実際にはわれわれが出会った複数の少女たち、人生からの逃避のさまざまな段階にいる少女たちの組み合わせである。ほかの十人と地下生活をしていた少女も同じだ。ルーマニア人の子ども四十三人がツナギを着せられてストックホルムに連れてこられた経緯は、真実でもおかしくはないが、やはりわれわれの創作である。現実の子どもたちがこの街に捨てられたのには、まったく別の、だが同じように唾棄《だき》すべき理由があった。作家は、内密に手に入れた情報をこういうふうに使うことができるし、またそうするべきだとわれわれは考えている——人物たちの顔を変えたうえで、例として提示するのだ。

変えたことはほかにもある。地下トンネル網のようすは物語に合わせて変えた。フィクションには往々にしてそういうことが求められる。地下トンネル網の中でも、とくに軍用の部分について書くときには、現実に修正を加えるのがわれわれの義務だろうと考えた。目的はあくまでも人々の人生を描くことであり、国の安全を脅《おびや》かすことではないからだ。

最後にもうひとつ——この物語では、ストックホルムのあちこちの街路が重要な役割を果たすが、これらの綴《つづ》りは少々ややこしい。たとえばサンクトエーリク通り。公的機関であれ住人であれ、あるところではSt Eriksgatanと綴っているかと思えば、St:t Eriksgatanとなっているところもあり、また別のところでは……どのケースでも、われわれはこの小説の舞台となっている街路で、実際にそこの建物の外壁に掲げられている標識をチェックし、そこで使われている綴りを採用した。

今度こそ、最後にもうひとつ——モナコ公国の綴り（PRINCIPAUTE DE MONACO）にアクセント記号がないのは、実際のモナコのナンバープレートに倣《なら》った結果である。

これから名前を挙げる人たちに、心からの感謝を捧げます。

われわれには見ることのできない、見せてもらえない、それでも間違いなく存在している社会について、貴重な知識を提供してくれた、教会執事助手トーマス・ヘルストレム、教会執事ハンス・ヘルンベリ＝ブラット、現場支援コーチ《フィールド・モチベーター》を務めるマリー・スヴェンソン。あなたたちのエネルギー、気力には、感心せずにはいられない。

何年も地下で暮らし、われわれが鍵を持たない世界への扉を開けてくれた、ヤンネ。計五人の少女たちと若い女性たち。実名は使わないと約束したので、物語の中では五人が合わさってヤニケと呼ばれている。きみたちが家に帰れたことを願っている。

警察の仕事に関する知識を提供してくれた、ヤン・ストールハムレ警部補、インガ＝リル・フランソン警部。医学面での知識を提供してくれた、ラッセ・ラーゲルグレン。地下トンネルについての知識を提供してくれた、ラッセ・ローセングレン。

執筆の全プロセスにわたって貢献してくれた、フィーア・ルースルンド。

とりわけ賢明な意見を述べてくれた、ヴァーニャ・スヴェンソン、ニクラス・ブレイマル、エーヴァ・エイマン、ダニエル・マッティソン。

国内外で、すぐれた能力と思いやりをもって精力的に活動してくれている、サロモンソン・エージェンシーのニクラス・サロモンソン、エマ・ティブリン、ニーナ・エイデム。

われわれとはもはや切り離せない、本の内容ともよく合った装丁をまたもや実現してくれた、エーリク・トゥーンフォシュ。精力的に校正してくれた、アストリッド・シヴァンデルとリース＝ロット・オライセン。

プロに徹しながらも人間らしくあるという難業をこなしている、出版元ピラート社のマティアス・ブーストレム、シェリー・フッセル、ラッセ・イェクセル、マデレーン・ラーヴァス、アンナ・カーリン・シグリング、アンナ・ヒルヴィ・シグルドソン、アン＝マリー・スカルプ、カーリン・ヴァレーン、ロッティス・ヴァールー。

そして、われわれの編集者であるソフィア・ブラッツェリウス・トゥーンフォシュに、とりわけ深い感謝を。

訳者あとがき

凍てつく冬のストックホルム。街の喧騒の中にひっそりとたたずむ教会を、謎めいた少女が訪れる。髪は乱れ、顔は汚れの層に覆《おお》われていて、強烈なにおいを放っている。長椅子に腰を下ろしたままじっと動かず、話しかけても反応しない。

時をさかのぼること約五十時間。エーヴェルト・グレーンス警部の机の上には、進行中の捜査三十二件の資料が積んである。そこに飛びこんできた、三十三件目と三十四件目。外国人の子どもが四十三人、バスで連れてこられ、警察本部の目と鼻の先に置き去りにされた。病院の地下通路で、顔の肉がところどころえぐられて欠けた女性の死体が見つかった。ふたつの奇妙な事件に導かれて、刑事たちは未知の世界に足を踏み入れることになる。

アンデシュ・ルースルンドは長年、スウェーデン公営テレビでジャーナリストとして活躍していたが、二〇〇四年、執筆活動に専念するため退職。同年刊行された小説家としてのデビュー作『制裁』は、〈ＫＲＩＳ（Kriminellas Revansch I Samhället　犯罪者による社会へストレムとの共著だった。ヘルストレムには服役経験がある。〈KRIS〉は、かつて自分も服役していた人々が出所したばかりの服役囚をサポートし、将来の犯罪防止につなげることを目的とした団体だ。ふたりはルースルンドがこの団体の活動を取材したのがきっかけで知り合ったという。

こうして、ジャーナリストと元服役囚という異色のコンビで執筆した『制裁』は、人が人を罰することの意味を鋭く問うた小説で、デビュー作にして「ガラスの鍵」賞（最優秀北欧犯罪小説賞）獲得という快挙を成し遂げた。ふたりはこの後、『制裁』に登場したグレーンス警部を主人公にシリーズの執筆を続け、女性の人身売買と強制売春を描いた『ボックス21』、死刑制度の意味に正面から取り組んだ『死刑囚』を発表。シリーズ第四作となったのが、二〇〇七年に刊行された本書『地下道の少女』（原題 *Flickan under gatan*「通りの下の少女」の意）である。

続く第五作、潜入捜査をテーマにした『三秒間の死角』（角川文庫）は、英国推理作家協会（CWA）賞インターナショナル・ダガー賞を受賞、日本でも翻訳ミステリー読者賞を獲得するなど高く評価された。ルースルンドとヘルストレムはその後、二〇一二年にシリーズ第六作『*Två soldater*（ふたりの兵士）』を発表したのち、コンビでの執筆をいったん休止したが、二〇一六年、『三秒間の死角』の続篇にあたる『*Tre minuter*（三分間）』で復活を遂げた。

その一方で、二〇一四年、コンビでの執筆休止中に、アンデシュ・ルースルンドは脚本家ステファン・トゥンベリとタッグを組み、実話をもとにした小説『熊と踊れ』（ハヤカワ・ミステリ文庫）を発表した。さらに二〇一七年一月、この続篇にあたる『兄弟の血――熊と踊れII』（ハヤカワ・ミステリ文庫）を刊行。同年のスウェーデン推理作家アカデミー最優秀長篇賞にノミネートされた。

二〇一七年二月、ベリエ・ヘルストレムが享年五十九で惜しくも逝去《せいきょ》。その後はルースルンドが単独でグレーンス警部シリーズの執筆を続け、二〇一八年五月に『三秒間の死角』の続篇第二弾となる第八作、『*Tre timmar*（三時間）』を刊行している。グレーンス警部シリーズは、「ガラスの鍵」賞を受賞した第一作『制裁』を除く全作が、スウェーデン推理作家アカデミー最優秀長篇賞にノミネートされている。

ルースルンド&ヘルストレムの作品はどれも、社会の病巣に正面から向き合ったうえで、現実に根ざした、それでいて緊張感あふれるサスペンス小説に仕上げたものだ。本書も例外ではない。家を持たない子どもたちをテーマにした本書はとくに、公《おおやけ》の統計には表われない現状を明らかにするため、徹底的なリサーチに基づいて執筆された。

スウェーデンで刊行された本書のペーパーバック版には、ルースルンドとヘルストレムによる取材の舞台裏を明かした「『地下道の少女』の裏にある現実」という記事が掲載されている。これによると、取材ルートは三つあった。まず、ホームレスの若者たちのために活動し、彼らの信頼を勝ち得ているボランティア団体。次に、裏社会の人脈。ホームレスの若者たちは裏社会の一員として、そうでなくともその入口付近で暮らしていることが多いからだ。最後に、かつて路上で暮らしていた若者たちへのインタビュー。著者たちを信頼し、自らの過去を語ってくれたのは、全員が若い女性だったという。

本書の冒頭に掲げた〝ミカエラ〟の言葉は、著者たちが話を聞いた少女たちのひとりが、実際に口にしたものだ。本書に登場する地下道の少女の人物像は、著者たちが会ってインタビューした現実の少女たち五人を合わせて生み出された。

その五人のうちひとりの物語が『地下道の少女』の裏にある現実」に紹介されている。少女の名は、仮にリンダとしよう。彼女が歩んだ道のりは、本書の少女とは異なっているが、ふたりにこうした道を歩ませる社会の病理はよく似ている。

リンダは十一歳のときに自宅を追い出されたが、親は学校に病欠の届けを出しただけだったので、彼女がホームレスになっていることに当局が気づくまでに四カ月近くかかった。捜索が始まり、リンダはその二カ月後、薬物依存症患者として知られている四十二歳の男のアパートで発見される。里親家庭に送られたが、そこでの暮らしになじめず家出した。また発見され、今度は青少年保護施設に送られたが、もちろんそこからも逃げ出した。そうして七年間、路上で、友だちの家のソファーで、ときには年配の男のアパートで眠る日々が続いた。初めて自分の体を売った日は十三歳の誕生日だったという。

スウェーデンのストリートチルドレンに関する統計はない。保護者がホームレスでないかぎり、その子どもはホームレスとはみなされないからだ。たとえ実際には路上で暮らしているとしても。

ボランティア団体Stadsmissionenによる調査では、ストックホルムのごく一部で、ごく限られた期間だけ行なった調査であるにもかかわらず、ホームレスの若者が四十一人いることがわかった。最年少は十四歳。四人に三人は女の子だった。

問題を抱えている女の子は、静かで目立たない。男の子は往々にして暴力的になり、周囲の目を引きつける。対策が講じられる。ところが女の子は目につかないまま消えてしまう。なかなか見つからず、より深いところまで転落していく。社会復帰にも、男の子より長い時間がかかる。

本書がスウェーデンで刊行されたのは十年以上前であり、本書の力もあって若者のホームレス問題を知る人が増えたことは事実だが、それでも根本的な病理はいまも変わっていない。豊かな高福祉社会というイメージを保っているスウェーデンだが、ホームレスに関連する最近の統計、たとえばストックホルム市が二〇一八年に行なった調査を見てみると、同市のホームレス人口（全年齢）は二千四百三十九人。うち三分の一が女性で、女性の割合は増加傾向にある。ホームレスのうち五十五パーセントは薬物などの依存症とみられ、四十五パーセントには明らかな精神障害があるという。繰り返しになるが、こうした公の統計に反映されていないケースもたくさんある。

これはどこか遠い国の話、他人事にすぎない、と思われるだろうか？　本書に登場する刑事たちも、まったく同じように考えていた。そんな彼らに、ある人物がこんなセリフを投げつける。

「他人の悪いところばかり嗅《か》ぎつけて、自分の悪いところには蓋《ふた》をするのが得意なんですよ、われわれは」

グレーンス警部シリーズの邦訳は、初めの三作『制裁』『ボックス21』『死刑囚』がかつて武田ランダムハウスジャパンより刊行されたが、同社の倒産にともない絶版となっていた。が、二〇一七年から一八年にかけてこれら三作が早川書房より復刊され、さらには未訳のままになっていた本書の翻訳刊行も実現することができた。ご尽力くださった編集担当の松木孝さん、早川書房の山口晶さん、永野渓子さん、根本佳祐さん、株式会社リベルの山本知子さん、高口邦枝さんはもとより、このシリーズを応援し、後押ししてくださった読者のみなさんにも、この場を借りてあらためて心よりお礼を申し上げたい。

二〇一九年一月

ヘレンハルメ美穂

地下の世界では、みんなそれぞれに物語があり、だれもが語るのを避けている

書評家
川出正樹

「マンホールの中の吸い込まれそうな闇は印象的だった。しかし本当の問題はこの地上に存在する暗い闇である」

早坂隆『ルーマニア・マンホール生活者たちの記録』

「彼女は社会のシステムの中に存在していない」

カーリン・アルヴテーゲン『喪失』

これは、ふたつの都市の地下世界《アンダーワールド》を真っ向から見据えたミステリだ――しかも二重の意味での〈アンダーワールド〉を。

高度に発達した福祉国家スウェーデンの首都ストックホルムと、社会的にも経済的にも

様々な問題を抱えたルーマニアの首都ブカレスト。一見、対極にあるように見えるふたつの街だが、行き交う人々の足の下に地上とは異なる世界が広がり、その暗い闇の中で生きざるを得ない人間が存在するという点では何ら変わりはない。そこは、いわゆる普通の市民が暮らす社会から切り捨てられ、見て見ぬ振りをされてきた者たちがたどりついた地下世界《アンダーワールド》だ。

本書『地下道の少女』は、そんなふたつの都市の深淵に切り込んだ先鋭的でサスペンスフルな警察小説である。作者のアンデシュ・ルースルンドとベリエ・ヘルストレムは、現代北欧ミステリ界を代表する骨太な犯罪小説の書き手だ。二人は、ストックホルム市警の警部、エーヴェルト・グレーンスを主人公にしたシリーズを通じて、一貫して、世界が羨《うらや》むほど豊かな社会福祉国家であるスウェーデンの内面を照射し、社会システムの欠陥を剔出《てきしゅつ》して、批判的な検討を試みている。罪の在処《ありか》を追求するというミステリの特性を最大限に活用して、腐敗の根源へと分け入っていくのだ。

小児性愛者の更生と刑務所内での暴力を核としたデビュー作『制裁』（二〇〇四年）で、「ガラスの鍵」賞（最優秀北欧犯罪小説賞）に輝いた彼らは、第二作『ボックス21』（二〇〇五年）で人身売買と強制売春を、第三作『死刑囚』（二〇〇六年）では冤罪《えんざい》問題と死刑制度、さらに国家による個人の圧殺という、いずれ劣らぬ重厚なテーマに取り組んできた。どれも皆、容易に答えの出る問題ではなく、作者は単純明快に正邪を断じるようなことをしない。エーヴェルトを中心とする市警の面々の昼夜を問わぬ捜査により事件は決着を見るものの、白黒がはっきりとした大団円を迎えることはない。ゆえに、哀しみと憤《いきどお》りを覚えつつ、もやもやとした思いを飲み込まされたまま本を閉じることになる。読後感は苦く、やるせなく、思い切り心を抉《えぐ》られる。

にもかかわらず読むのをやめられない。なぜなら抜群に面白いからだ、このコンビの手になるミステリは。その魅力は大きく言って四つある。第一に、根深く普遍的なテーマを読者の関心を惹《ひ》く物語に仕立て上げる手際の妙。第二に、エーヴェルトをはじめすべての登場人物を、息づかいが感じられるほど奥深く多面的に描く確かな人物造形力。第三に、巧みにカードを切り、常に読者の興味を惹きつけたまま最後までページを繰らせてしまうストーリーテリングの技巧。そして第四に、ミステリとしての仕掛けに凝り、必ずやあっと驚かせてくれるサービス精神。とりわけ四番目は重要で、この結果、リアルで重厚な警察小説であると同時に謎解きミステリ・ファンも唸《うな》らせる、現実と虚構を絶妙なバランスで融合した独自の作品に仕上がっている。この点が、他の北欧警察小説の書き手と一味違うところだ。

そんな二人がシリーズ四作目となる本書『地下道の少女』で俎上《そじょう》に載せたのは、子供に対する性的虐待と、公的機関が無視し続けてきたホームレス、とりわけ表向きには存在しないことになっているストリートチルドレン問題だ。

物語は、二〇〇八年一月九日の朝八時四十五分、凍てつくストックホルムの中心にある聖クララ教会の管理人イェオリが、朝の礼拝の片付けをしているシーンで幕を開ける。数少ない出席者も去り、大きな建物を満たす静けさの余韻に耳を傾けるイェオリ。その時、扉が開く音がして少女が教会の中に入ってくる。がりがりに痩《や》せたからだに何枚も服を重ね着した十代半ばと思《おぼ》しき少女だ。長い髪も顔も汚れと煤《すす》に覆《おお》われ、長期にわたって淀んだ空気の中にいたものに特有の鼻をつく悪臭を纏《まと》った彼女は、イェオリの呼びかけにまったく反応を示すことなく奥へと進み、前から二番目の長椅子に腰を下ろす。座ったままぴくりとも動かない少女を見て、イェオリは直観する。この若さで、こんなにも汚く、こんなにも寄る辺《べ》のない少女は、あのまま長いこと座っているだろうと。

この何か深刻な事態が起きてしまったことを予感させる静かで厳《おごそ》かなオープニング・シーンから、五十三時間前へと時は遡《さかのぼ》り、舞台も公共施設が建ち並ぶストックホルムの中心街クングスホルメン島へと移る。そして、同島に埋設された軍用トンネルに十一年間住み続けているレオという中年男性のホームレスが、何やら意を決して錯綜するトンネル網の中を歩いて行く姿と、色褪《いろあ》せたような薄い赤色の時代遅れの型式のバスが南の方から同島に近づいてくる様がカットバックで描かれる。やがてレオは連絡通路を通じて大病院の地下階へと侵入、一方バスは、警察本部にほど近いクングスホルム広場に停車し、四十三人の子供を置き去りにしたまま走り去る。

同時刻、いつものようにオフィスでの仮眠から目覚めたエーヴェルト・グレーンス警部は、人生の五十八年目を蝕《むしば》むいまいましい冬に腹を立てていた。そして、二十七年前の事故で植物状態となり、以来ずっと介護ホームで暮らす恋人のアンニを思いながら、かつて二人で楽しんだシーヴ・マルムクヴィストの曲ばかりを編集したカセットテープをかけ、その場にいない彼女を抱擁《ほうよう》して踊るという毎朝欠かさぬ儀式に没頭していた。だが、そんな一時の安らぎも、指令センターからの電話により断ち切られてしまう。クスリか何かで意識のもうろうとした四十三人の子供が、歩道で震えているのをパトロール警官が発見し、署に連れてきたというのだ。いったい何が起きたのか。全員同じ青と黄色のみすぼらしいツナギを着た外国人と思しき子供たちは、どこから誰によって連れてこられて、なぜゴミのように捨てられたのか。

戸惑うエーヴェルトのもとに、さらにもう一本電話が。聖ヨーラン病院の地下通路で、顔の一部が抉られた女性の死体が発見されたのだ。かくして三十二件もの捜査を進行中のエーヴェルトは、新たにふたつの異様な事件を抱えて奮い立つ。ありふれた日常、なんの面白みもない型どおりの捜査が続いたせいで、ここから逃れたいという気持ちが強まっていた彼は、一年半前に警部補に大抜擢《だいばってき》した若く有能な女性刑事マリアナ・ヘルマンソンに子供たちが遺棄された事件を任せて、自らは長年捜査をともにしてきた思慮深い同僚のスヴェン・スンドクヴィスト警部補とともに、ストックホルムの地下世界《アンダーワールド》へと分け入っていく。古すぎるし、数が多すぎるし、地下深いところにありすぎるため、もはやだれも全容を把握していない錯綜したトンネルにより構築された未知の世界へと。

こうして幕を上げた後、作者は、現在と過去とを往還してスピーディーかつスリリングに物語を展開していく。レオとともに地下世界《アンダーワールド》の〈家〉に身を隠して生きる少女は何者なのか。教会を訪れた少女はどうして、じっと座り続けているのか。なぜスヴェンは死んだ女性に見覚えがある気がするのか。四十三人の子供たちが遺棄された背後に横たわる想像を絶する闇とは。数少ない理解者であるスヴェンからも、「いつも、他人に食ってかかっているか、苛立っているか、ピリピリしているか、集中しきっているか、疲れているか、怒り狂っているか、あるいはその全部か。そういう人間だ」と思われている有能だが他人を理解できない仕事中毒のエーヴェルトは、アンニの状態が急変し予断を許さぬ中、不安と罪悪感を紛らわすためにも、スヴェンが危ぶむほど苛烈に捜査にのめり込んでいく。やがて過去が現在に追いついたとき立ち現われる真相には、二重の意味で息を呑む――シンプルだが巧みなミスディレクションによってもたらされる驚きとやり切れなさと。そして曰《いわ》く言い難い感情を抱かされるラストの一文。

作者はこれまでの作品同様、本書でも安易なカタルシスを与えてはくれない。真相を追うエーヴェルトたちの前には、どうにも動かしようのない現実が立ちふさがる。遺棄された子供たちと同じ国出身の父とスウェーデン人の母の間に生まれ、貧しい移民街で少女期を過ごしたヘルマンソンにとって、今回の事件は決して他人事ではない。彼女は、子供たちのリーダー格で十二年前の自分とそっくりな、頑《かたく》なに周りを寄せつけない十五歳の少女と言葉を交わすうちに、「私たちの立場が入れ替わっていても、まったくおかしくはなかった」とやり場のない思いにとらわれる。そして、なぜ少女が地下世界《アンダーワールド》にいたままでいられるのか、と問うエーヴェルトに対して、「女の子だからですよ、警部」「男の子のことはちゃんと罰して、立ち直るための対策も立ててあげる。女の子のことは気にもかけない。女は自分の殻に閉じこもるしかない。消えるしかない。そうやって、はるかに深い奈落の底へ落ちていく」と怒りを抑えつつ吐露する。作中で少女が述懐するように「地下の世界では、みんなそれぞれに物語があり、だれもが語るのを避けている」のだ。

それでもなお信じる正義を胸に犯罪と向き合う刑事たちと、誰にも見られず誰にも裁かれることのない地下世界《アンダーワールド》に安らぎを見いだした少女の物語が胸を打つ。

二〇一九年一月

制裁

ODJURET

アンデシュ・ルースルンド＆ベリエ・ヘルストレム
ヘレンハルメ美穂訳

〔「ガラスの鍵」賞受賞作〕凶悪な少女連続殺人犯が護送中に脱走。その報道を目にした作家のフレドリックは驚愕する。この男は今朝、愛娘の通う保育園にいた！　彼は祈るように我が子のもとへ急ぐが……。悲劇は繰り返されてしまうのか？　北欧最高の「ガラスの鍵」賞を受賞した〈グレーンス警部〉シリーズ第一作

ハヤカワ文庫

特捜部Q
—檻の中の女—

Kvinden i buret

ユッシ・エーズラ・オールスン
吉田奈保子訳

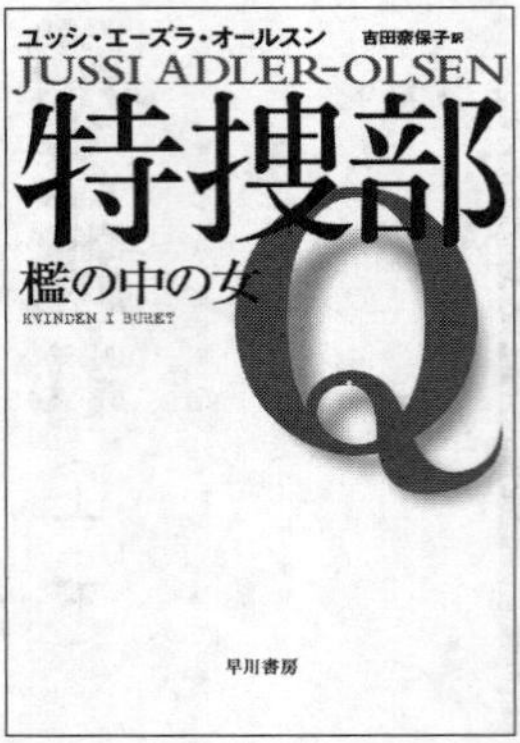

〔映画化原作〕コペンハーゲン警察のはみ出し刑事カールは新設部署の統率を命じられた。そこは窓もない地下室、部下はシリア系の変人アサドだけ。未解決事件専門部署特捜部Qは、こうして誕生した。まずは自殺とされていた議員失踪事件の再調査に着手するが……人気沸騰の警察小説シリーズ第一弾。　解説／池上冬樹

コールド・コールド・グラウンド

The Cold Cold Ground

エイドリアン・マッキンティ
武藤陽生訳

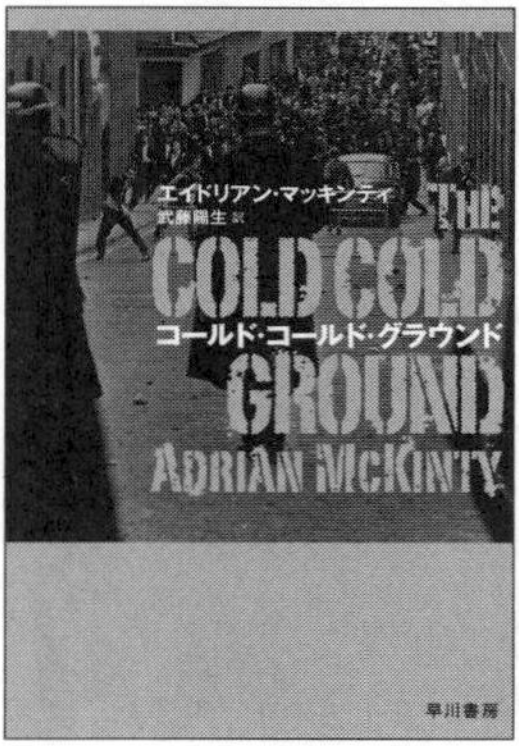

紛争が日常と化していた80年代北アイルランドで奇怪な事件が発生。死体の右手は切断され、なぜか体内からオペラの楽譜が発見された。刑事ショーンはテロ組織の粛清に偽装した殺人ではないかと疑う。そんな彼のもとに届いた謎の手紙。それは犯人からの挑戦状だった！　刑事〈ショーン・ダフィ〉シリーズ第一弾。

ありふれた祈り

ウィリアム・ケント・クルーガー

宇佐川晶子訳

Ordinary Grace

〔アメリカ探偵作家クラブ賞、バリー賞、マカヴィティ賞、アンソニー賞受賞作〕フランクは牧師の父と芸術家肌の母、音楽の才能がある姉や聡明な弟と暮らしていた。ある日思いがけない悲劇が家族を襲い、穏やかな日々は一転する。やがて彼は、平凡な日常の裏に秘められていた驚きの事実を知り……。解説／北上次郎

ハヤカワ文庫

二流小説家

The Serialist

デイヴィッド・ゴードン

青木千鶴訳

〔映画化原作〕筆名でポルノや安っぽいSF、ヴァンパイア小説を書き続ける日日……そんな冴えない作家が、服役中の連続殺人鬼から告白本の執筆を依頼される。ベストセラー間違いなしのおいしい話に勇躍刑務所へと面会に向かうが、その裏には思いもよらないことが……三大ベストテンの第一位を制覇した超話題作

ハヤカワ文庫

東の果て、夜へ
英国推理作家協会賞受賞
DODGERS
Bill Beverly
ビル・ビバリー
早川書房

ＩＱ

ＩＱ

ジョー・イデ

熊谷千寿訳

〔アンソニー賞／シェイマス賞／マカヴィティ賞受賞作〕ＬＡに住む青年〝ＩＱ〟は無認可の探偵。ある事情で大金が必要になり、腐れ縁のドッドソンから仕事を引き受ける。それは著名ラッパーの命を狙う「巨犬遣いの殺し屋」を見つけ出せという奇妙な依頼だった！　ミステリ賞を数多く獲得した鮮烈なデビュー作

ハヤカワ文庫

訳者略歴　国際基督教大学卒，パリ第三大学修士課程修了，スウェーデン語翻訳家　訳書『熊と踊れ』ルースルンド＆トゥンベリ，「ミレニアム」シリーズ（共訳／以上早川書房刊）他

HM=Hayakawa Mystery
SF=Science Fiction
JA=Japanese Author
NV=Novel
NF=Nonfiction
FT=Fantasy

地《ち》下《か》道《どう》の少女《しようじよ》

〈HM㊴-8〉

二〇一九年二月二十五日　発行
二〇一九年八月二十五日　二刷
（定価はカバーに表示してあります）

著者　アンデシュ・ルースルンド　ベリエ・ヘルストレム
訳者　ヘレンハルメ美《み》穂《ほ》
発行者　早川　浩
発行所　株式会社　早川書房
郵便番号　一〇一 - 〇〇四六
東京都千代田区神田多町二ノ二
電話　〇三 - 三二五二 - 三一一一
振替　〇〇一六〇 - 三 - 四七七九九
https://www.hayakawa-online.co.jp
乱丁・落丁本は小社制作部宛お送り下さい。
送料小社負担にてお取りかえいたします。

印刷・三松堂株式会社　製本・株式会社フォーネット社
Printed and bound in Japan
ISBN978-4-15-182158-5 C0197

本書は活字が大きく読みやすい〈トールサイズ〉です。